レイラ・モトリー
井上里 訳

夜の底を歩く

Nightcrawling

Leila Mottley

早川書房

夜の底を歩く

NIGHTCRAWLING
by
Leila Mottley

Translated by
Sato Inoue
First published 2025 in Japan by
Hayakawa Publishing, Inc.
This book is published in Japan by
arrangement with
Leila Mottley LLC c/o The Friedrich Agency, New York
through Tuttle-Mori Agency, Inc., Tokyo.

装幀／藤田知子
装画／ヒロミチイト

オークランドとそこで暮らす女たちに

プールは犬の糞だらけで、わたしたちを嘲るみたいなディーの笑い声が夜明けの空に響いている。ヤク中ってことがバレバレだよ、と今週は何度ディーに言っただろう。笑ってればオチが変わると思ってるみたいに、おなじ冗談に笑い続けるヤク中。ディーは彼氏と別れたことを特に気にしていないみたいだ。火曜日に元カレがプールサイドに現れたときでさえ、どうでもよさそうだった。そいつは、近所のゴミ箱をあさって、犬の糞が入ったビニール袋を集めてきたのだ。午前三時、水しぶきがあがる音が何度も聞こえた。そいつがディーのことを浮気女とののしる大声も。だけど、ディーの笑い声のほうがもっとうるさかった。このアパートは自分と他人の足音を聞き分けることさえできないから、夜もまともに眠れない。そのことをわたしたちはあらためて思い知った。

ここに住みはじめてから、あのプールが使われているのは見たことがない。大家のバーノンが掃除をしないせいもあるだろうけど、なによりここの住人は、泳ぐと気持ちがいいと教わったことがないのだ。ちゃんとした息継ぎで泳ぐ方法も、髪が塩素入りの水に濡れて絡みあう心地よさも。でも、わたしは溺れるのはこわくない。人間の体は水でできているんだから。溺れるというのは体の内も外も水浸しになる感じなんだろう。死に方としては悪くないと思う。薄汚れたアパートの床に転がって意識が薄れていき、心臓がゆっくり止まっていくのに比べれば。

今朝はいつもとなにかがちがった。ディーの笑い声が渦を描くみたいにして甲高い悲鳴に変わり、どなり声になった。ドアを開けてむこうを見ると、ディーはいつものように手すりのそばに立っていた。今日は自分の部屋のドアのほうを向いていて、プールに反射した朝日が背中に射しているから、表情は陰になってわからない。わかるのは、やつれた顔の上で頬骨がリンゴみたいにゆれていることだけ。わたしはディーがこっちを見る前にドアを閉めた。

時々、朝になると鍵のかかっていないディーの部屋をのぞき、眠っている彼女が息をしているか動いているか確かめる。だから、発作みたいな笑い声もひたすら迷惑という感じでもなかった。声が聞こえれば、ディーはまだ生きている、肺はまだ持ち主を見捨てていないと安心できるから。ディーがまだ笑えているなら、世界のすべてがクソってわけじゃないってことだから。

突然、ドアを叩く音が聞こえた。こぶしを両方使って立て続けに四回。予想していたはずなのに、わたしはびくっとしてドアから飛びすさった。気付いていないかったわけじゃない。バーノンが部屋から部屋を回っているのも、ケタケタ笑うディーの視線の先で、ドアに貼られたビラが揺れていたのも。わたしは振り返って兄さんを――マーカスを――見た。ソファの上でいびきをかいている。曲がった鼻筋と眉がつながっている。

マーカスはいつも赤んぼうみたいに眠り、眠っているときはきまって顔をしかめる。顔を少し傾けているから、横顔と、首すじのタトゥーがぴんとなめらかに伸びているのが見えた。タトゥーは左耳のすぐ下にあって、わたしの人差し指の指紋を彫ったものだ。兄さんが笑うたび、わたしは無意識にタトゥーを見る。もうひとつの目みたいに。わたしもマーカスもこのごろは笑うことも多くない。だけど、笑顔の下でタトゥーにしわが寄るイメージを思い出すたび、わたしは兄さんを近くに感じる。

希望を感じる。マーカスの両腕にはタトゥーがびっしり入っているけれど、首に入れているのはわたしの指紋だけ。こいつが一番痛かった、とマーカスは言っていた。

　マーカスが指紋のタトゥーを入れたのはわたしが十七歳になった日で、あのときはじめて、兄さんはわたしをなによりも、自分の皮ふよりも愛しているのかもしれないと思った。だけど、十八歳の誕生日まであと三カ月となったいまでは、マーカスのあごの下で震える自分の指紋を見ていると、裸になったみたいな無防備な感じがする。マーカスが路上で血まみれで倒れていたら、その体に彫られたわたしの一部からすぐに身元が割れるだろう。

　わたしはドアノブをつかんでつぶやいた。「まかせて」こんな時間にマーカスが起きるはずもないのに。壁のむこうから聞こえてくるディーの笑い声が、塩水みたいに歯茎に染みる。口のなかの柔らかい部分に直接染みてくる。わたしは首を振ってまた外へ出て、オレンジ色のドアにテープで貼られたビラを見た。

　こういうビラは読まなくてもなにが書かれているかわかる。珍しくもないし、受け取った人たちは丸めて手すりのむこうに放り投げ、勘弁《ナー・ニガ》しろのひと言でつらい現実から逃げられる振りをする。冷ややかなフォントと凍りついたみたいな数字が、大量印刷のインクのにおいのなかに浮かんでいる。毒々しいビラの束からこの一枚が取られ、わたしの家族が何十年も前から住んでいるこの部屋のドアに貼られた。バーノンが食わせ者だということはみんなが知っている。こんなアパート、用が済めばさっさと売り払うだろう。金持ちたちはオークランド中をうろついて、中心地からわたしたちみたいな貧乏人を追い出そうとしている。

　ビラに印刷された金額にそれほどひるんでしまったのは、ディーがまさにこの数字を見てけたたましい声で笑い、発作でも起こしたみたいに体を折り曲げて笑い続けていたから。その笑い声に、いくつも並んだゼロをお腹にねじこまれるような感じがしたから。わたしはディーをにらみ、強い風の音とトラックのごう音のなかで叫んだ。「ディー、静かにするか部屋にもどるかして。うるさいんだよ」ディーは数センチだけ顔をこっちに向け、一瞬真顔になってから満面の笑みを浮かべた。口が横に開いて完ぺきな楕円を作る。それから、またけたたましい声で笑いはじめた。わたしは家賃の値上げを知らせるビラを乱暴にはがし、部屋にもどった。ソファの上ではなにも知らないマーカスがいびきをかいている。

ここでの暮らしが崩壊していこうとしているのに、兄さんは眠り続けている。わたしたちは生きていくのもやっとで、家賃の支払いはもう二カ月遅れていて、マーカスはなんの仕事もしていない。わたしはバイト先の酒屋に頼みこんでシフトを増やしてもらい、キッチンの棚にクラッカーがあと何袋残っているかいつも気にしている。わたしたちには自分の財布さえない。このあいだ世界が崩れたときはどうにか切り抜けた。だけど、かすむ視界のむこうにマーカスを見ながら、今度こそおしまいだと思う。ママの写真が入っていたフレームもいまは空っぽだ。

部屋を占領しそうなマーカスの長い体を見ながら首を振った。その胸に値上げのビラを置く。呼吸に合わせてビラが上下する。上に、下に。

ディーの笑い声はもう聞こえなかった。上着をはおってそっと外へ出る。マーカスはそのうち目を覚まして、くしゃくしゃになったビラと手にあまる問題に直面するだろう。手すりにそって歩いていき、ディーの部屋のドアを開けた。さっきまであんな笑い声をあげていたのに、ディーはマットレスの上で熟睡し、時々びくっと体を震わせている。息子のトレバーはせまいキッチンのスツールにすわり、ノーブランドの輪っかのシリアルを箱から食べていた。トレバーは九歳で、生まれたときから知っている。赤んぼうからひょろっとした少年に成長するのを見てきた。トレバーはシリアルを頬ばりながら、母親が起きるのを待っていた。だけど、ディーが目を開けて息子の姿をはっきり認識するまで何時間もかかるだろう。

わたしは中に入ってそっとトレバーに近づき、床に落ちていたリュックを拾って渡した。トレバーが笑い、歯抜けのあとにシリアルが詰まっているのが見える。

「トレバー、学校に行かなきゃ。ママなら大丈夫だから。ほら行こう。バス停まで送るよ」

わたしはトレバーと手をつないで部屋を出た。トレバーの手はバターみたいになめらかで、わたしの手の熱で溶けてしまいそうだ。ライムグリーンのペンキが剝げた金属の階段を一階まで下り、汚れたプールのそばを通りすぎ、金属の門からハイ通りに出る。

ハイ通りは、煙草の吸殻と酒屋、曲がりくねる路地の幻想。路地の先にあるのは、ドラッグストアと、町角という名の大人の遊び場。子どもっぽい活気があって、宝探し遊びをするにはぴったりの場所という感じがする。ずっとむこうには橋があるけれど、どこからどこまでが低所得者層のエリアなのかはだれも知らない。行ったことはないけど、むこうもこのへんみたいにスキップしたくなる場所なんだろうか。葬儀場にガソリンスタンド。オレンジ色の明かりがともった家が散らばる通り。なんでもそろっているけど、なんにも期待できない町並み。

「ママが言ってたけど、リッキーはもううちに来ないんだって。だからシリアルを一人占めできる」

トレバーはわたしの手のなかからするりと手を抜き、先に立って歩き続けた。足取りが軽い。この子を見てると、自分が動いてることをわかってるのはわたしたちだけだという気がする。本当の意味でわかっているのは。時々、この小さい男の子は、わたしが灰色の空に飲みこまれないように守ってくれているんじゃないかと思う。だけど、そう考えるたびに、兄さんにもいまのトレバーくらい小さいころがあったことを思い出す。わたしたちは変わり続ける。

リーガル＝ハイを出ると、わたしたちは左に曲がった。道路を渡るトレバーのあとを追う。トレバーは赤信号も行き交う車も気にしない。だれだって自分には道を開けると知っている。輝く目をしたすばしこい少年なんだから。バス停はいま歩いてきた通りにあるけれど、トレバーは公園のあるむかい側を歩くのが好きだ。毎朝この公園では、十代の子たちがネットのないゴールでバスケをしている。コートの上でぶつかりあい、時々激しく咳きこむ。トレバーはゆっくり歩きながらゲームに集中している。女子チームと男子チームにわかれたゲームは、いまのところ引き分けみたいだ。

わたしはトレバーの手を引いた。「バスに遅れるよ。足を動かしな」

トレバーはのろのろ歩きながら、首をひねってボールを目で追った。バスケットボールが旋回しながら宙を飛んでは落ち、手やゴールに当たってキュッキュッと音を立てる。

「おれにもできるかな」トレバーが感嘆して口をOの字にすると、頬がへこんで震えた。

「今日は無理だよ。あんたはこれからバスに乗るんだから。バスケなんかして風邪引いて学校を休んだら、ママだってがっかりする」

オークランドの一月の寒さは変な感じだ。寒いけど、ほかの月と変わらない感じもして。雲が青空を覆いかくし、厚いコートはいらないけれど肌を出すには寒すぎる。トレバーは半袖だったから、わたしは自分の上着を脱いで肩にかけてやった。さっきとは反対の手をにぎり、今度は並んで歩く。

バスが角を曲がってくる前にエンジン音がした。ぱっと顔をあげて路線番号を確認する。緑色の大きな車体がごう音を立てて近づいてくる。

「渡るよ。ほら、急いで」

行き交う車を無視して車道を渡るあいだにも、バスはどんどん近づいてきて、バス停にとまった。わたしはトレバーを軽く押して列に並ばせた。並んだ人たちが歩道からバスのなかへゆっくり移動していく。

「いってらっしゃい。勉強がんばって」わたしは乗車口に上がったトレバーに声をかけた。トレバーは振りかえり、小さな手をちょっと上げた。バイバイと手を振ったようにも、敬礼をしたようにも、鼻水をふこうとしているようにも見えた。わたしはそのままそこに立って、トレバーの姿が見えなくなり、バスが勢いをつけてうめき、それから走り去るのをながめていた。

　数分後、わたしが乗るバスがキイという音とともにとまった。となりに並んでいた男性は、こんな曇り空だというのにサングラスをかけている。わたしは男性を先に行かせ、自分も乗りこんだ。空いている席はない。木曜日の朝にはだれだって行くべき場所がある。わたしは混み合った車内を奥へと進み、うしろのほうに見つけた空間に収まった。金属のバーをにぎり、車がわたしを前進させる瞬間を待つ。

　十分後にはイースト・オークランドのべつの区域に入り、わたしはバスの揺れに身をゆだねた。母親が子どもを寝かしつけるときも、きっとこんなふうに揺らすんだろう。苛立ちが爆発して子どもを揺さぶるまでは。乗客たちは髪を帽子のなかにたくしこみ、顔にはシワが路線図みたいに縦横に走っている。今朝目を覚まし、世界が崩れることを紙切れ一枚で知らされた人は、このなかに何人いるんだろう。あんなビラ、はるか遠くで切り倒される木くらい無意味なはずなのに。降りるバス停の直前で気付いてワイヤーを引っ張り、ドアを押し開けて新鮮なオークランドの空気を吸いこんだ。ラ・カーサ・タケリア（タケリアはメキシコ料理店の意）のむかいには建設現場があって、オイルと機械のにおいがうすく漂っている。

　バスを降りて店にむかった。なかが見えないスモークを張った窓に、おなじみの青い天幕。ノブをつかんでドアを開けた瞬間、暗い店の奥で騒音とともに作られているなにかのにおいがした。テーブルの上には椅子が逆さに上げられているけれど、店のなかには活気がある。

「ちょっと、電気つけといてよ」わたしは奥にむかって声を上げた。アレがすぐそこにいるのはわかっているのに、暗がりのなかではほるかむこうにいる感じがする。アレの影が出入り口に現れ、スイッチを探っているのが見えた。ぱっと明かりがつく。

アレハンドラの髪は黒くてつややかで、高い位置で結ったお団子から後れ毛が流れるように垂れている。厨房に二十分はこもっていたのか、顔は汗まみれで光っている。白いTシャツは特大サイズでなんの特徴もなくて、マーカスが着ているシャツとよく似ている。こういうTシャツを着ていると、アレは男っぽくてかっこよく見える。わたしがおなじ服を着てもそうはならない。体のあちこちからタトゥーがのぞいていて、時々アートみたいだと思う。そう思うなりアートはすぐに動き出し、アレが体が大きいこととか動き方がぎこちないこと、いつも大きな足で地面を踏みしめていることを思い出す。

「その気になれば、あんたなんか一瞬で追い出せるんだからね」アレが近づいてきてブラックの男おきまりの握手をする素振りを見せ、そこにいるのがマーカスではなくてわたしだと気付くと両腕を大きく広げた。こんなとき、わたしは心を奪われる。アレは特大サイズのTシャツの内側を占領するみたいに、レストランの内側も占領することができるから。アレの腕のなかはどんな場所よりも落ち着く。片方の耳をアレの胸に押しつけると、温かくて、心臓の鼓動が聞こえる。

「いいからなにか食べさせな」わたしは体を離してアレに言い、気取った歩き方で厨房にむかった。アレの前でおしりを振って歩くのが好きだ。そうすると、アレはわたしのことを〝あたしの女《チャバ》〟と呼ぶ。

アレがわたしの動きを目で追い、自分も厨房のドアに突進した。わたしたちは厨房に入ろうとして押し合いながらゲラゲラ笑い、とうとう悲鳴をあげて床に転がった。先に立ち上がろうとして互いの手や足を踏み、明日には青あざになることなんか気にしなかった。勝ったのはアレだった。コンロにむかい、深皿に食べ物をよそいはじめる。わたしは肩で息をしながら床に両ひざをついた。ようやく立ち上がると、アレがいたずらっぽく笑いながら深皿とスプーンを渡してくれた。

「ウエボス・ランチェーロスだよ」鼻先から汗を垂らしながら言う。

熱くて湯気が立っていて、濃い赤色のサルサソースの上に卵が載っている。

アレは週に一度は料理をしてくれる。マーカスが一緒に来ることもあって、そんなとき兄さんは、前に作ってもらったことのある料理だろうとおかまいなしに、これなに？　と絶対に聞く。アレをからかうのが好きなのだ。オフビートのラップや調子のいいおしゃべりが好きなのとおなじで。

わたしは弾みをつけてカウンターに飛び乗った。なにかの液体でジーンズがぬれたのを感じたけれど、気にしない。スプーンでサルサをすくって頬ばり、舌が焼ける感覚に身をゆだねる。アレはむかいのコンロにもたれて立っている。それぞれの深皿から湯気が立ちのぼり、天井の近くで雲を作った。

「仕事、見つかった？」アレが言った。口のまわりにサルサがついて、口紅を塗りたくったみたいに見える。

わたしは首を横にふり、人差し指をサルサにひたしてなめた。「街中聞いてまわったけど、高校中退のクズは用なしって感じで目も合わせてくれない」

アレは食べ物を飲みこんでうなずいた。

「最悪なのは、マーカスが職探しすらしないってこと」

アレは肩をすくめただけで黙っている。言ったってどうせ理解できないと決めつけてるみたいに。

「なに？」わたしは言った。

「べつに。でも、マーカスもがんばってるんだよ。前の仕事、やめてまだ二カ月とかだよね。若いんだし、四六時中働いてないからって責められない。いまのところ、あんたが週に何日か酒屋で働けばなんとかなってるんだし。深く考えすぎ」アレは食べ物を口いっぱいに入れたまま話していた。口のはしに赤いソースがにじんでいる。

わたしはカウンターから下りた。おしりは無視できないくらいびしょ濡れになっていた。深皿を叩きつけるようにしてテーブルに置く。ガチャンという音がして、いっそ粉々に砕ければいいのにと思う。アレは食べる手を止めてわたしを見つめ、ネックレスをいじっている。

アレが喉を鳴らした。咳が出そうなときみたいに。

「ひどくない？」わたしは吐き捨てた。

「キアラってば。やめよう。今日は葬式の日なんだから、路上に飛び出してダンスしなきゃ。なのに、仕事が見つからないからって皿に八つ当たり？　このへんの人間はいつだって職探しだよ。あんただけじゃない」

わたしはアレの首から下に目を泳がせた。Tシャツが汗で張りついている。こういうとき、アレにはわたしのいない世界があるんだと思い出す。わたしと出会う前の世界。それから、きっとわたしがいなくなったあとの世界も。なんにせよ、こんな蒸し暑い厨房なんか早く出ていきたかった。わたしをキアラと呼ぶ権利がある唯一の人でさえ、わたしがバラバラになりかけてることに気付こうとしない。ディーみたいにタガが外れそうになってることに。

アレが一歩近づいてきて手首をつかみ、わたしを見つめた。〝やめて〟と言いたげな顔で。わたしはすでに厨房のドアを押し開けていた。足の動きが息より速い。追いかけてきたアレがわたしの袖をつかもうとして失敗し、また失敗し、だけど最後にはTシャツをつかむことに成功する。振り返ると、すぐそこにアレの顔があってわたしを見つめている。その表情を見て、持ち主がいる舌がホルマリン漬けの舌を見たらこんな哀れみを覚えるのかも、と思う。アレに助けられた回数はわたしがマーカスを許した回数より多い。Tシャツに包まれたアレの体がかすかに震えているのがわかる。

アレは唇をほとんど動かさずに言った。「今日は葬式の日だよ」

ものすごく意味のあることみたいに。アレの爪は短くてコリアンダーのにおいがして、わたしの爪は尖って危険。アレのあごにえくぼが浮かび、その瞬間、アレはわたしのすべてになる。

「あんたはなにもわかってない」わたしはドアに貼られていたビラのことを考えながら言った。アレの顔がこわばる。

わたしは首を振り、自分の顔に浮かんでいる表情がなんであれ、それを消し去ろうとする。「もういいよ」わたしは息をはき、アレは顔をしかめる。アレが問いつめようと口を開くより先に、わたしはそのわき腹をくすぐった。アレが悲鳴をあげ、またくすぐられるんじゃないかと警戒して、びっくりするくらい女の子らしい声で笑う。わたしは手を離す。「ほら、行くんでしょ?」

アレがわたしの肩に腕を回し、タケリアを出てバス停へと歩きはじめる。建設現場の前を通り過ぎると、わたしたちは駆け足になり、いきなり猛然と走り出す。通りを全速力で駆け、車が来ているか確かめもせずに道路を渡る。クラクションの歌が聞こえる。

〈ジョイ葬儀場〉は、イースト・オークランドに何軒もある死体ホテルのひとつだ。セミナリー街と、だれも名前を知らない通りの角にあって、いつでも死体を歓迎している。アレとわたしはだいたい二カ月おきにここへ来る。そのくらいのタイミングで従業員が辞めるから。スーパーのチーズを並べた皿のそばで死体の髪をとかすのが嫌になるらしい。わたしたちも葬式なら何度も出てきたから、悲しむ人がチーズなんかほしがらないことは知っている。

わたしとアレはマッカーサー大通りまで歩き、そこでNL線のバスに乗った。わたしたちのICカードは小学校の落とし物保管所でくすねてきたやつだ。バスはがら空きだった。若くてバカなのはわたしたちくらいで、ほかの普通の人たちは、テック企業のビルのデスクでパソコンの画面をにらみながら、静かで新鮮な空気を味わえたらいいのにと夢想してるから。わたしたちには行くべき場所なんかないし、そういう暮らしが嫌いじゃない。

アレは運のいい子だ。あのタケリアは家族が経営してる店で、いつも地元の人でにぎわっている。店の上にある寝室ひとつの部屋を借りるのがせいいっぱいらしいけど、それでも、アレは生まれてから一度もひもじい思いをしたことがない。この街では、お腹いっぱい食べるということがそのまま生きるということだし、アレにハグしたり、アレがスケボーで歩道をすべっているのを見たりするとき、わたしは彼女の心臓が力強く鼓動しているのを感じる。だけど、どれだけ運がよくても、生きるためには毎日働かなくちゃいけないことには変わりなく、それができない人たちはすき間からすべり落ち、残った灰は湾にまかれる。

木曜日と日曜日の二日だけ、アレはわたしとつるんで街をぶらつく。いつもはタケリアで母親の手伝いをして、コンロで料理をしたりウェートレスをしたりする。だれかに会いたくなると、わたしはよく店にアレの様子を見に行く。ほとんど動かない日でも、アレはぶっ続けで何時間も汗をかくことができる。

アレは窓の外をながめ、わたしはそのアレをながめていた。バスが揺れるたびに、わたしたちはくっついたり離れたりする。バスが赤信号で停まり、アレがわたしをつついた。

「本気でオバマの後釜にあの女を据えようとしてんだよ」そう言って、金物店の窓に貼られたポスターをあごで指す。ポスターに写ったヒラリー・クリントンが、しわの刻まれた顔でほほえんでいる。次の選挙まで一年以上あるけれど、戦いはもうはじまっている。集会が開かれデモが行われ黒人の男たちが撃ち殺されるたびに、噂や憶測が広まっていく。わたしは首を振り、バスはまた動き出す。わたしはまたアレをながめる。

「ねえ、その服、黒ですらないじゃん。なに考えてんの?」わたしは言った。

アレはレストランで着ていた白いTシャツに短パンという格好だ。

「あんたもじゃん」

そう言われて自分の格好を見る。グレーのTシャツに黒いジーンズ。「半分は黒だし」

アレが小さく笑う。「ていうか、地元の葬儀場だよ。なに着てたってなんにも言われない」

わたしたちは同時に吹き出した。アレの言うとおりだし、そんなの前からわかってることだったから。これまでだって、葬儀場へ行くときはジーンズと汚れたTシャツという格好が定番だった。例外はアレの祖父《アブエロ》が二年前に死んだときだけ。あのとき、わたしたちは二人してアブエロのシャツを着た。古くて黄ばんでいて、煙草と土のにおいしかしなくなったシャツ。地中深くから掘り出された、肥沃《ひよく》な土のにおい。なんであんたには刺し傷がないんだとたずねる葬儀屋がいないように、参列者の服装に文句をつける葬儀屋もいない。わたしだってパパの葬式には蛍光ピンクのタンクトップで参列したけど、だれにもなにも言われなかった。

ママはパパが死んだのを刑務所のせいにしている。つまりそれは刑務所に入る原因を作った人たちを許していないということで、この街を許していないということ。パパは詐欺師でも売人でもなかったし、ハイになっているところも一度しか見たことがない。タイおじさんとアパートのプールサイドにすわって、パイプでマリファナを吸っていた。だけど、そういうことも全部関係ない。ママの記憶にあるのはパパが逮捕された日のことだけ。パパの仲間たちの震える口元。警官たちがやってきて、パパたちを漆喰塗りの壁に乱暴に押しつけたこと。パパたちがしたこともしなかったこともママにはどうでもいい。ママはただ、責める相手が、責められるなにかがほしかっただけ。ママの肌はあまりにもやわらかくて弱くて、世界そのものを責めるだけの強さがなかったから。手錠が立てた音も、警官があまりにたやすくパパの手首に手錠をはめたことも、ママには責められなかったから。

サン・クエンティン刑務所で、パパは病気になった。血尿が出るようになって、医者にかかりたいと何週間も頼み続けた。痛みはだんだんひどくなって、とうとう医者に診てもらう許可が下りた。医者は、たぶん食べ物のせいだろう、よくあることだと言った。そして、痛み止めと、尿が出やすくなるα遮断薬を処方した。最悪の症状は一応やわらいだけれど、出所して帰ってきてからも、たぶんパパはずっと血尿が出ていたんだと思う。わたしたちには黙っていたけど。刑務所を出て三年後、パパは腰が激しく痛むようになって、勤務先のセブンイレブンまで行って帰ってくるのもままならなくなった。

脚のひどいむくみがはじまって、わたしたちはパパを病院へ連れていった。医者は、原因は前立腺だと言った。ガンはすでにかなり進行していて、治る見込みはほぼゼロだった。だから、ママが化学療法と放射線治療を受けてくれとどんなに頼んでも、パパは首を縦に振らなかった。おまえに医療費の借金を残していくつもりはないよ、と言って。

パパはあっという間に、だけどゆっくりと死んだ。あの時期、マーカスはほとんど家にいつかなくて、いつもタイおじさんと出かけていた。死んでいくパパから目を背けたからって、マーカスを責めるつもりはない。すべてを目の当《ま》たりにしたのはママとわたし。毎晩、何時間も看病をして、冷たい水に浸した布でパパの体を拭き、歌をうたってきかせた。とうとう終わったとき、感じたのは安堵だった。パパがサン・クエンティンを出て四年がたっていた。こうして、夜中に何度も目を覚ましては、パパが冷たくなっているんじゃないかと怯える日々が終わった。葬式に出るころには疲れ切っていて、黒い服を着なくちゃなんてことを考える気力もなかった。心の隅で、自分もマーカスみたいに逃げられたらいいのにと思っていた。見えない死なら、乗り越えるのはずっと簡単だ。

バスはセミナリー街のバス停でとまり、乗客を外へ吐き出した。湾のなぎさに打ち寄せる白波みたいに。わたしたちはバスから歩道に飛び降り、そこにしばらく立って、バスがうしろ足で立つ馬みたいに勢いをつけて走り去るのをながめた。左側のタイヤが道路に開いたいくつもの穴にはまり、咳払いみたいな音を立てて抜け出した。

アレがわたしの肩に腕を回してぐっと引き寄せると、自分の体が冷え切っていたことに気付いた。

上着やアレの胸がないとわたしの体は冷えてしまう。唇が痛くて、きっと紫色になっているだろうと思う。青に近い色を想像していたのに、酒屋のウィンドウに映った自分の唇はまだピンク色で、今朝、空気を吸いこんでいびきをかいていたマーカスの口もやっぱりピンクだったことを思い出す。アレとわたしはばらばらの歩調で歩いた。アレはハルクみたいに歩幅が広い。体の片側をうしろに残し、もう片側を前に出して歩く。わたしはせまい歩幅でそのとなりを歩く。わたしはアレにもたれている。歩調があり得ないほどばらばらでも関係ない。それでもわたしたちは歩けている。

わたしたちはジョイ葬儀場の前で立ち止まり、参列者たちをながめた。濃いのも薄いのもある黒い服、灰色の服、青い服、ジーンズ、ワンピース、運動靴。色々な格好の人たちが、ゆっくりと、少しうつむいて玄関を出入りしている。葬儀場の玄関のドアは両開きで黒い。たぶん、防弾ガラスだ。わたしを見たアレの目には、偽物の罪悪感みたいなものが浮かんでいる。「ビュッフェ？　保管庫？」アレの口はすぐそこにあって、しゃべりながらすばやく舌を動かすのが見える。

「保管庫」

わたしたちは同時にうなずく。参列者たちみたいに、顔をうつむき加減にする。

アレは最後にきゅっとわたしの手を握り、先に立って玄関へむかい、ガラスのむこうに消えた。わたしは何秒か待ってから、ガラスのドアを引いて開けた。

葬儀場のなかに入った瞬間、二対の瞳に出迎えられた。葬式の定番。数メートルむこうの棺に収められた人たちの拡大写真が、こっちを見つめている。二人だけど写真は一枚。小さな看板《ビルボード》みたいだ。一人は女性で、短くまばらなまつ毛に囲まれた目で、腕のなかの子どもを見つめている。

子どもは、子どもと呼ぶには早すぎるくらい小さい。まだ赤んぼうで、テーブルクロスみたいなものに包まれているけれど、それはテーブルクロスじゃなくてつなぎの服だ。赤いチェック模様のつなぎ。笑ってはいないけれど、二人の顔はしびれるほど幸福な絆に結ばれて溶けてしまいそう。他人のわたしが目をそらしたくなるくらいに。そらしたいのに、赤んぼうの鼻から目が離せない。小さくてつんと尖って、茶色いけれどほのかに赤い鼻。長いあいだ外にいたみたいに。わたしは赤んぼうを温めてやりたい。顔色をもどしてやりたい。だけど、赤んぼうはこんな写真よりはるか遠くにいるし、死者をよみがえらせることはできない。どれだけたくさんの人生が残っていたとしても。

涙の味がして、自分が泣いていることに気付いた。今日は葬式の日。死に触れてランチにありつく日。本当に泣きじゃくるまで泣いている振りをする日。葬儀場に宿るすべての幽霊と握手をし、保管庫にある彼らの服を着ることを許してもらう日。幽霊たちの人生の思い出を着るみたいに。少なくとも、わたしはこう信じたい。泣いていると背すじが寒くなるのは、幽霊たちがささやきかけてくるせい。

肩をたたかれ、わたしは身震いする。

「死ぬには早すぎた」うしろにいた男の人は七十歳くらいだった。ひげにまじった白髪が、葬儀場にそぐわないほど明るく見える。

男の人はスーツを着てネクタイを締めていて、わたしはTシャツ姿で小さくなる。

「ですね」そう返すのがせいいっぱいだった。二人のことは顔と名前しか知らないし、その名前もどう発音するのかわからない。

どうして死んでしまったんですか、とたずねかけてやめた。どうしてあの人たちは棺桶に入ってしまったんですか。そんな質問に意味はないから。レストランを経営して子どもを育て上げる人もいれば、ベビー服を着るくらい小さいわが子を亡くす人もいる。男性がネクタイを揺らしながら立ち去った。肩をたたかれたところが冷たい跡になって残っていた。

わたしは写真のそばを通り過ぎて廊下を歩き、突き当たりの扉を開けた。なかには服のかかったラックがいくつも並んでいて、漂白剤と香水のにおいがした。

ここは死者のクローゼット。わたしを仲間みたいに迎え入れる。布に囲まれて歩きながら服に手をはわせ、部屋の奥へむかう。ハンガーから落ちたブレザーが床の上でほこりをかぶっている。わたしはブレザーを拾いあげ、軽く振ってほこりを落とし、Tシャツの上からはおった。大きすぎる服を着ると、布に抱きしめられている感じがする。二本の腕がそっと胸の前に回されたみたいで暖かい。わたしはブレザーを脱がなかった。

この建物のどこかにはアレがいる。礼拝堂の一般観覧席に立って遺体を見つめ、葬式に加わって泣いているかもしれない。それとも、軽食が用意された部屋にいるだろうか。紙皿を一枚と紙ナプキンを何枚か取り、食べ物を——もちろん控えめに——盛っているころかもしれない。お腹を満たせば苦痛も消えるという振りをして。もうすぐアレは裏口からそっと外に出て、サン・アントニオ公園でわたしを待つだろう。

わたしはラックのあいだを歩きながら、アレを思わせるものがないか探した。アレが堅苦しい格好をしてるところなんて想像もできない。ふと、男物の黒いセーターに目が留まった。手首にひとつ穴が開いていて、持っていけという許可みたいに見える。わたしの持っているどんな服よりやわらかくて、飾り気もない。アレは飾らないことで自分を飾る。アレには余計なものなんかひとつもいらない。インクみたいに濃い色の肌と、顔に浮かべた複雑な表情だけでいい。

これでやるべきことは終わりだ。自分とアレの服を手に入れた。こんな服があったらパパの葬式にぴったりだったのに。用は済んだというのに、わたしはこの場を離れたくなかった。ドアを開け、大きな手をした人たちのそばを通り過ぎるのがいやだった。あの人たちはわたしにそっと触れたり、うめき声まじりのため息をつくだろう。わたしも内なる地震を抱えていると思いこみ、ともに悲しみを乗り越えようと誘いかけてくるだろう。わたしは床にすわりこんだ。黒い服でできた巣穴のなかで、暗闇に囲まれて。だれにも見られていないと思うとほっとした。葬式の日は贖罪《しょくざい》の日。目的は盗みだという振りをして、涙を流す口実を探しに行く。気がすむまで泣いたらおなかがはち切れるまで食べ、ダンスができる場所へ行く。葬式の日は一番いい自分になる日。お別れできなかった人たちをわたしたちのやり方で追悼する。だけど、どんな葬式もかならず終わりが来るし、終わればまた、わたしたちは慌ただしい生活にもどっていく。わたしは部屋の空気を最後にもう一度吸い、立ち上がった。

おもてに出ると、空はまぶしく輝いていた。すべてが高速で動いている。車もバイクも、とまり方を忘れたみたいに空気と地面を震わせている。脚の動かし方がわからなくなったって、体はそのたびにわたしを驚かせ、主を無視して勝手に動き出す。わたしは通りを歩いて公園へむかった。公園は広い車道や標識や小さめの集合住宅のあいだにある。集合住宅には、そこで暮らせる以上の数の人たちが暮らしている。

アレはブランコのひとつにすわって、ひざの上に紙皿をのせていた。食べ物には手をつけていない。空を見上げている。今日の空には雲より霧が多くて、アレは笑っているみたいに見える。

わたしはなだらかな丘を上っていき、アレのそばまでくると黒いセーターを放った。セーターがアレの足元に落ちる。セーターを拾いあげると、アレの顔に浮かんでいたかすかな笑みが、頬の上で踊るみたいな満面の笑みに変わる。今日は葬式の日。死んだ人のものをなんだってもらえる日。死者のセーターが幽霊のセーターとしてよみがえる。

「ソニー・ロリンズがかかってた。ループ再生で」アレがそう言って見せた笑顔は、わたしの笑顔とよく似ている。通夜で流れる曲が、わたしたちには重要だ。死んだ人のことがわかるからじゃなくて、残された人たちのことがわかるから。

「どの曲?」耳のなかでその曲を聴きたくて、わたしはたずねた。すすり泣くようなサックスの音。パパのステレオから流れてたざらついた音。記憶のかなたで輪郭をうしなった、だけどいまも澄んだ音。

「ゴッド・ブレス・ザ・チャイルド」答えながら、アレは片方のひざを軽くゆすった。紙皿が小さくかたむく。

わたしがとなりのブランコに乗ると、アレは食べ物を盛った紙皿をわたしのひざにのせた。チーズにポテトチップス。セロリにはアレがピーナッツバターを塗ってくれていた。アレはわたしの好きな食べ方を知っている。わたしたちは食べはじめる。食べ物を口に押しこみ、パリパリ音を立てて嚙む。嚙んで舐めて飲みくだす音が、頭のなかで何度も流れるソニーのジャズのコーラスになる。礼拝堂ではいまもおなじ曲がかかっているんだろう。アレとわたしは葬式には天才DJがいると思ってる。それとも、葬式で聞こえる音は空疎なリラックス効果のあるサントラみたいなもので、だから、むせび泣いたり遺書を書いたりしたくなるんだろうか。

「バーノンがリーガル＝ハイを売るらしいんだよね」わたしはポテトチップスの最後の一枚を食べながら言った。アレはわたしを見て続きを待っている。

「家賃が二倍になったんだ」そう言いながら、どんな顔をすればいいのかわからない。自分で自分の限界を試しているみたいな感じ。現実は、口にした瞬間、現実になりすぎることがある。

「最低」

「マジで」わたしは空を見上げた。「だから、マーカスに働いてもらわないと困るわけ」

アレが手を差し伸べ、手首のあたりにそっと触れた。脈を取ろうとしているみたいに。脈打つ場所を探そうとしているみたいに。「どうするの？」

「さあね。どうにもできなかったら路上で暮らすしかない」

わたしは地面から離れすぎないように、不規則なリズムでブランコをこいだ。アレがポケットから、巻紙とマリファナが入った小瓶を出した。わたしはアレがジョイントを巻くのを見るのが好きだ。瞑想っぽい雰囲気があるし、素朴で甘い匂いが広がる。セコイアとシナモンが混ざったような匂い。わたしはジョイントをうまく巻けたためしがない。きつく巻いていないとほどけてしまうのに、きつく巻きすぎると空気が通らない。こんなふうにアレを見ているのは心地いい。洗濯物をたたんでいたママの姿を思い出す。なにかを決意したような顔で、正しい位置に折り目をつけていたママ。

アレがふと手を止め、わたしを見た。「大丈夫だって。どうすればいいか一緒に考えよう」

そう言って、広げた巻紙の上に小瓶のマリファナを振りかける。ラベンダーの香りがふわりと漂う。アレはラベンダーの匂いがついたマリファナのことを教会用の靴《サンデー・シューズ》と呼ぶ。だから、変な話だけど、サンデー・シューズを吸って吐くと、両足が穏やかで神聖なラベンダーの香りに包まれている感じがする。アレは巻き終わったジョイントを目の前にかざし、出来栄えを確認した。頬をゆるめ、得意げに心持ち口をとがらせて。

アレはライターを取り出し、わたしは風をさえぎろうと、片手を丸めてジョイントに添えた。アレが親指でやすりを回すと、ライターからぱっと火花が散る。炎の下の部分は、うちの共同住宅のプールとおなじ青。犬の糞だらけになる前のプールの色。アレがジョイントの先に炎を近づけると、少しかかって火がつく。

わたしたちは交代でマリファナを吸い、やがてジョイントは小さくなって、唇ではさむとぽろぽろ崩れはじめる。マリファナなんか好きじゃない。だけど、マリファナを吸うとアレに近づけるような

ろうとする。気がする。だから、わたしはアレと一緒にはしゃぎ、ハイだってことしか感じなくなるまでハイにな

アレがブランコをこぎはじめ、わたしもアレについて空を目指す。思い切り高くこぐと、そのまま雲のなかに飛びこんでいけそうだ。下を見ると、バスケのコートのむこうにテントが張ってあって、おじいさんが木陰でおしっこをしている。見られてないかまわりを確かめることさえしない。わたしもあれくらい大胆になれたらいいのに。まわりなんか気にしないで、木曜の真昼間のサン・アントニオ公園で、顔もあげずにおしっこをしてやれたらいいのに。

「なに考えてると思う？」アレが言った。

わたしたちは空のはしとはしにいて、近づいたかと思うとまたすれちがう。わたしはようやく全部を忘れる。ドアに貼られたビラのことも、マーカスの寝顔も、ディーのぽっかり開いた大口のことも。

「なに考えてんの？」

「ひどい道路をだれも直してくれないなってこと」

わたしは反射的に笑った。世界そのものに対する哲学みたいなことを言っているのかと思ったのだ。

「車もないのになにが気になるわけ？」風も強いし、アレのブランコはまた遠くに離れていたから、わたしは声を張りあげた。

そう言いながら、公園からクモの脚みたいに延びた道路に目をやる。するとアレの言った意味がわかった。道路には穴がいくつも開いていて、そのうちのひとつにおんぼろのフォルクスワーゲンの車輪がはまっていた。永遠に抜け出せないんじゃないかと思って見ていると、車輪はふいに穴から抜け出す。かすかに震えるバンパーに苦戦のあとが残っている。オークランドのいたるところにある穴は、落ちたと思ってもすぐ抜け出せる。絶望の幻を見せるだけ。それが車の場合なら。

「おかしいと思わない？　このへんの道路って、何十年も穴だらけで放置されてるんだよ」アレは大のスケボー好きだから、道路の穴に落ちては出るってことをわたしの何倍も経験してきたんだろう。

「それのなにがムカつくわけ？　ケガ人が出たわけでもないし」

「そうじゃない。よそはこんなにひどくないってこと。おなじオークランドでもブロードウェイはこんなにめちゃくちゃじゃない。サンフランシスコ《SF》はどうよ。あそこじゃ中心地にも郊外にもおなじだけ金を使ってる。それってムカつかない？」アレは前かがみにしていた体を起こしている。ブランコはどっちも勢いが弱まり、空から地上にもどろうとしていた。

「べつに。ムカつかない。タイおじさんがＬＡでマセラティに乗って豪邸に住んでてわたしたちのことは放置なのもムカつかない。マーカスがスタジオにこもってラップばっかりやってるのも、わたしだけ必死で家賃を稼いでるのもムカつかない。みんながどんなふうに毎日を生きのびてたって、わたしがとやかく言うことじゃないし。でかい街が税金で金持ちたちの道路をきれいにしたいなら好きにすれば？　札束さえもらえれば、わたしは他人のことなんかどうでもいい」

　わたしは自分の教会用の靴《サンデー・シューズ》のなかでつま先を動かした。ブランコが止まる。アレが真剣な表情でわたしを見ている。

「ウソだね」

「どういう意味？」

　アレは首を横に振った。ハイになってるから動作がにぶい。「キー、あんたは優しいから人を見捨てたりしない。そこまで残酷になれないんだよ。金儲けのためだけにマーカスやトレバーやあたしを置いてったりするようなやつじゃない」

　アレが間違ってたらいいのにと思った。もしもアレが間違ってるなら、わたしは暗くなるまでブランコをこいで限界までハイになるだろう。アレのタトゥーのこととか、道路がこのままどこまでも砕けていって、やがては土の上を歩くようになるだろうだとか、そんなことばかりを考えながら。

だけど、かわりにわたしはマーカスのことを考えた。二人して街角に立ち、わたしが段ボールに描いた絵を売ろうとしてたときのこと。絵の具がやっと買えるくらいの稼ぎにしかならなかったけれど、あのとき、わたしたちはおなじ気持ちだった。お互いを選んでいた。言うべきことを言うときが来たのだ。兄さんがなにもしてくれないなら、わたしもこれ以上兄さんのために苦労するつもりはない。マイクを置いて穴だらけの街と向きあうときが来たんだと伝えよう。この半年間、わたしはずっとこの街と向きあってきたんだから。

「マーカスを探してくる」わたしはそう言ってブランコから飛び下り、回転する世界をながめた。焦点が合ってはずれる。回転しても鮮明な世界。アレをブランコに残して歩き出す。アレがぷっと煙を吐く。おなじ煙をずっと口のなかにためてたみたいに。アレがこっちを見なくてもかまわない。ブレザーはアレの教会用の靴《サンデー・シューズ》の匂いがするし、葬式の日の今日、わたしに必要なのはそれだけだから。

だれかが出産でもしてるみたいな声がした。わたしはおそるおそるレコーディングスタジオの階段を下りていった。知らない女の人が地下であおむけになって両脚をあげ、いまにも爆発しそうになっているんだろうか。

そのまま下りていくと、マーカスの親友の彼女――ショーナ――が見えた。わめきながらタコベルのジュースの容器を力まかせにゴミ箱に投げこんでいる。なにかあったのかと聞かれるのを待っている。容器に残っていた液体がベージュのラグにこぼれていた。ショーナに声をかける人はだれもいない。スタジオではマーカスがラップをしていて、みんな、支離滅裂な歌詞のなかから意味のある単語をひとつでも拾おうとしている。

アレと公園で別れて家に帰ってみると、マーカスはいなかった。わたしは何時間もイエローページをめくって働き口がないか聞けそうな場所を探し、そうしているうちに外が暗くなったから、マーカスが確実にいるこのスタジオに行くことにした。いま、わたしは男子の聖域に入ろうとしている。兄さんがアレみたいにわたしを抱きしめるか、この泥沼から抜け出す方法を探そうとするか、確かめなきゃいけない。

マーカスの親友はコールという名前で、母親の家の地下室のすみっこにレコーディングスタジオを持っている。地下室に続くドアはいつも閉まっている。この家はフルートヴェール地区の荒れた通りにあって、リーガル＝ハイからもイースト・オークランド側のダウンタウンからも近い。いつ来てもさわがしい。男子たちはコールに金を払い、一週間、毎晩このスタジオに通ってレコーディングをする。できた曲はサウンドクラウドにアップされるだけ。

ショーナの赤んぼうが、部屋の真ん中に置かれたベビーベッドで眠っている。ショーナはうめき、ののしり、マーカスの早口のラップをかき消そうとしている。だけど、ショーナの声に本当に耳をかたむけているのはわたしだけ。部屋の天井が、空間を埋めつくす声と競いあうように低くなっていく感じがする。そのうちここは爆発するんだろう。地下室は息苦しい。だけど、聞き慣れたマーカスの声でここへ来た理由を思い出す。オールドスパイスの芳香剤の匂いを吸いこみ、わたしはショーナの声に耳をすます。

スタジオのドアを開けた瞬間、男子と音楽の世界に引きずりこまれる感じがする。ブースのなかでマーカスがレコーディングしている曲がすみずみに染みこんでいる。ガラスのむこうにマーカスが見える。目を閉じて腕を大きく広げ、普段とはちがう抱擁のポーズを取っている。2PACが墓のなかでマーカスのラップを聞いたら身震いするだろう。兄さんはラップの仕方なんてわかってない。めちゃくちゃな言葉のつらなりのなかで聞き取れるのは〝女《ビッチ》〟と〝腰抜け〟と〝こいつ《ニ》の金《ガ》のネックレス〟という歌詞だけ。マーカスに言ってやりたい。この部屋にいる人たちは一人残らず知ってるよ。パパが死んだとき、悲しみに暮れたあんたが二週間バスルームにこもってたこと。あんたのネックレスは、ゲームセンターの機械に五十セント入れたらビニール袋に入って出てくるおもちゃだってこと。あんたの女《ビッチ》は妹のわたしだけだってこと。いたたまれなくて、ドアのむこうに消えてしまいたい。マーカスが歌詞のなかからわたしたちを消してしまったみたいに。

このスタジオはきれいでも高級でもなくて、プロが使うレコーディングスタジオとは似ても似つかない。だけど、兄さんたちはここを安息の地と決めていて、ここにいるときの自分たちは神聖な存在なんだと思っている。アレと一緒にブランコで空へと舞い上がっていくとき、わたしもそんなふうに感じた。だけど、あとにはかならず現実が待っているんだから、そんな感覚はそれ自体を餌にする幻想。

マーカスがラップをやめ、ビートを刻む手が止まった。ガラス越しにわたしを見つめる。男子たちが口々にわたしの名を呼び、トニーがソファから立ち上がってわたしをハグする。がっしりした体と静寂が、わたしの体を包みこむ。マーカスがガラスのむこうでうなずき、わたしはトニーから離れてブースのドアを押し開ける。そこに兄さんの温かな体がある。ビートに隠れていた体が現れる。

マーカスのおなかを軽くパンチすると、力のこもった筋肉の感触がした。マーカスはどんな時も力をひけらかそうとする。「ちょっと話があるんだけど」わたしはまわりに聞かれないように声をひそめた。ヘッドフォンをしてるコールには聞こえるだろうけど。

「了解」マーカスの顔つきだけで、わたしにはすべてがわかる。拒絶の意思。全部の感情が締め出された顔。

「あのさ、家賃が上がったけど、うちにはお金なんてないよ。兄さんは働きもしないでここに入り浸ってるし、わたし一人じゃもう無理だから――」

いつものように、わたしが話そうとした瞬間にマーカスは口をふさいでこようとする。空間全体をマーカスの声が埋めつくす。空間に挑みかかり、わたしからすべてを奪おうとする。わたしがいないみたいにふるまう。家賃の値上げを告知するビラを、迷い猫を探すビラみたいに無意味なものとして扱おうとする。

「いいか、キー。おれが働いてないなんてでたらめはやめろ。おれは働いてる。いいからおまえは帰れ。こっちはレコーディングで忙しいんだ。マジでふざけんな」

そう言い捨てるなり、マーカスはべつのラップをはじめた。おれは絶対に成功してみせる、とかそういうやつだ。

前はこんなふうじゃなかった。

半年くらい前、クラブにいたマーカスはタイおじさんの声が聞こえるのに気付いた。おじさんがいつも歌っていたラップがスピーカーから流れてきたのだ。マーカスはタイおじさんのことを調べ、おじさんがアルバムを出していたことや、ドクター・ドレーのレーベルと契約をしてLAで荒稼ぎしていることを知った。そのとき、マーカスのなかでなにかが芽生えた。翌日には〈パンダ・エクスプレス〉の仕事をやめ、毎日のようにコールと会うようになった。自分もタイおじさんみたいになるんだと思いこんで。わたしも、兄さんに考える時間をあげようと努力はした。怒りを感じる時間をあげたほうがいいと思った。だけど、半年は長すぎる。兄さんは自分がもう子どもじゃないってことを自覚しなくちゃいけない。したいかしたくないかはもう関係ない。

わたしは兄さんを見上げ、その顔に妹の気配を探そうとした。見つかったのは耳の下の指紋だけ。

マーカスがため息をついた。「キー、大丈夫だって」

「毎月の家賃を払うお金がないんだよ。二週間後には追い出される。大丈夫なんかじゃない」わたしは両手をポケットに入れた。自分の手が作り出す混沌を見られたくない。マーカスの暴走する言葉を聞いていると、両手が際限もなく動き続ける。「わたしは毎朝あんたが起きる前から外で仕事を探してるんだよ。なのに、あんたはコールやトニーとつるんで、なにかやってる気になってるだけ。兄なら兄らしくして」

「おなじ話の繰り返しだな」マーカスはうつろな目になり、壁の一点をぼんやりと見つめた。

「マーカス、お願い」兄さんにむかって〝お願い〟だなんていいたくない。少なくとも、いまは。ガラスのむこうにはトニーとコールがいて、にやにや笑いながらビールを飲んでいる。

この日はじめて、マーカスが正面からわたしを見た。まっすぐに見つめた。わたしの知ってるまなざしだった。話しはじめた兄さんの声は震えていた。

「ガキのころ、タイおじさんがスケートパークに連れてってくれたことがあっただろ。おれたちは窪《ボウ》地《ル》を下りてって、また上ろうとした。だけど、おまえはチビだったから、何回やっても上まで行けずにずるずるすべり落ちてた。最後には真ん中にしゃがみこんじまって、ほかのやつらは、そんなおまえのまわりで斜面を上ったり下りたりしててさ。すごいスピードで。そしたら、おまえは泣き出した」

質問の形じゃないけど、それは質問だった。マーカスは、手のひらをすりむいた痛みを覚えているかと聞いている。ひたいで脈打つ恐怖の感覚を。

「覚えてる」

マーカスは唇をなめながら言いよどみ、また話しはじめた。「あのとき、おれはおまえを助けなかったけど、どうでもよかったわけじゃないし、おまえに勝った気でいたわけでもない。ああ、そんなんじゃない。ただ、タイおじさんにもっと技を見せてほしかった。妹を助けたり待ってたりしたら、せっかくのチャンスがふいになると思った。わかるだろ？」

わたしたちのあいだを流れる空気は重苦しかった。マーカスはいま、わたしの許可を得ようとしている。

「たぶん」

口が渇いていた。わたしとマーカスのあいだには干上がった空気だけがあって、だけどわたしは、そこからなにか確かで豊かなものを見つけたかった。わたしは顔をあげ、ゆがんだ兄さんの顔を見つめながら息を吸った。

「もうわかった」マーカスのまなざしにはなにかが崩壊していくような気配があって、わたしはその気配を消したかった。見たくなかった。「チャンスをふいにしたりしてほしくない。でも……」ガラスのむこうに目をやると、トニーがじっとこっちを見ている。「やっぱりいい」わたしは言った。「なんでもない」そう言って、マーカスから目をそらす。

張りつめた空気をブースの外に追いはらうみたいに、マーカスが軽く手を振った。「じゃ、おれはビールを飲む。おまえはふくれっ面のままここにいるか？」そう言って背すじを伸ばす。傷ついたような表情は消え、あとには皮肉っぽい笑みだけが残った。わたしは首を横に振り、マーカスについてブースを出て、レコーディング《サウンドボード》の機械のまわりに集まっている男子の輪に加わった。マーカスは缶ビールのプルトップを開け、長々とビールを飲んだ。わたしはマーカスとトニーのあいだにすわり、正面にいるコールの様子をうかがった。コールは耳になにか問題でもあるんだろうか。わめき続けているショーナにどうして声をかけないんだろう。

コールは背が高くて、だれかが頭を思い切り引っ張れば天井に届きそうな感じさえする。頬がへこんでいるのは、内側でグリル（歯に装着する取り外し可能なアクセサリー）に触れようと吸っているせいだ。いつも態度がでかいけど、それがかえってみんなを引き付ける。仲間内で成功しているのはコール一人だから。子どもの母親を援助してるし、車も持ってる。暮らしてるのは母親の家だけど、本人に言わせればそれも親孝行のためらしい。母親がコールを抱きしめるところを見るかぎり、たぶんそれは本当なんだろう。

ふと気付くと、マーカスがじっとこっちを見ていた。わたしがトニーに渡された缶ビールを飲んでいるのが気に食わなくて、おかわりは阻止しようと考えているんだろう。マーカスはわたしがお酒を飲むのがきらいだ。見つめ返すと、マーカスはふっと目をそらした。

ビールを飲み終えるとマーカスはブースにもどり、わたしたちはマーカスが首でビートを刻み、口からつばを飛ばすのをながめた。胸の筋肉が盛り上がって、どんな時よりも真剣なのがわかる。わたしは男子の輪のなかに一人残されて、そばにはトニーが体のわきに垂らした左腕があった。トニーは左腕を何度か上げてわたしの肩に回し、それから腕を引いてわたしの脚をぽんぽんと二度叩いた。トニーの手はずっしりと重い。話すと、声の奥からかすかにうなり声が聞こえる。喉の奥にライオンが一頭隠れてて、飛び出すすきをうかがってるみたいに。

「今夜って予定あるか?」

トニーがまたわたしの肩に腕を回す。顔が胸に押しつけられ、デニムの上着に口をふさがれる。トニーの体の熱で息が詰まりそうだ。歌のビートに合わせて肩を叩かれ、わたしは閉じこめられたような気分になる。マーカスの歌声が背すじを這いあがってくる。トニーを見上げると、むこうもわたしを見つめている。いつものように。

「マーカスに言ってやってくれない? 仕事を探せって」そう言うあいだも、わたしの腕をさすりはじめたトニーの手の感触から意識が離れない。

「こっちの質問に答えてくれよ」

クリスマスはとっくに終わったのにトニーからはエッグノッグのにおいがして、そのにおいが好きなのかわたしにはよくわからない。トニーは数カ月前にマーカスとつるむようになったころからわたしを口説いているし、わたしに質問をして答えを知りたがる男はトニーしかいない。会えば手を握るくらいは許すけど、トニーのことはまだよく知らないし、気を持たせたわけでもないのにどうしてあきらめないんだろう。

「どうかな。心配ごとで頭がいっぱいで」

わたしはひざに置いた手に目を落とす。マーカスの声はますます大きくなり、トニーの視線はますますわたしの顔に食いこみ、その手はあいかわらずわたしの腕をなでているけれど、わたしはもう自分の手のことだけを考える。むかしは爪を長く伸ばして尖らせていた。かぎ爪みたいに尖らせようと、いつも爪を噛んでいた。

いま、わたしは両手を隠したくてたまらないし、いっそのこと手の上にすわってしまいたいけれど、そうすればトニーは気まずくなって、拒絶されたと思うだろうから、両手はひざの上に置いたままにしておいた。爪はぎざぎざで、ところどころ剝がれてうすくなっている。むき出しで無防備で、六歳の爪みたいだ。ケイドロ遊びに夢中になって、本物の警察と泥棒に気をつけるのを忘れた六歳みたい。

「わかったよ」トニーがすぐそばで言い、頰に息がかかった。「今夜会ってくれるなら、おれからマーカスに話してみる」

首をかたむけてトニーを見ると、希望に満ちて澄んだ目をしている。トニーは優しさや繊細さが破壊されたあとの残骸みたいな人で、ここにいるほかの人たちは、トニーほどはわたしの吐く息に耳を傾けてくれない。

「たぶん」そう言いながら、トニーの腕のなかから抜け出す。それにコールが目を留め、ヘッドフォンを外した。

「キー、どこ行く？　もうおれたちが嫌になったか？」コールはグリルを見せて笑った。

「そうじゃないって知ってるくせに」わたしは笑って言った。「赤ちゃん見たよ。めちゃくちゃかわいいね」

コールはソファにすわり直し、笑うかわりにやわらかい顔で目を見開いた。目を開けたまま夢を見ているみたいだ。

「ああ。きれいな子だろ」

二本目のビールを取りにブースを出てきたマーカスが、鼻で笑っておどけた顔を作った。「母親のほうは、ヒステリー起こしてグチばっかりだけどな」

一瞬、ショーナの顔が頭をよぎった。飢えたようなまなざしとうめき声も。コールが真顔にもどり、小さくうめいた。同意しているようには聞こえないけど、かといって抗議している感じでもない。マーカスの指紋のタトゥーがのたうつみたいに動いて、皮ふの上から飛び出そうとしているみたいだ。

マーカスはわたしを見ていた。立っているのはわたしたちだけだった。

「もう帰るのか?」こんなふうに兄さんが見つめてくるのはめずらしい。口を尖らせ、帰るなとだだをこねる子どもみたいだ。

「そうしようかなって」

マーカスは缶をぐっと傾け、喉の奥へビールを一気に流しこんだ。「ちょっと来い」ブースへもどりながらこっちを見る。わたしも兄さんを見返した。自分の両腕に鳥肌が立って毛が逆立っているのがわかる。ガラスのむこうがどれだけ心細いか、腕が覚えているみたいだ。むこうへ行けばトニーに温めてもらうこともできない。

「なにも帰ることないだろ」

「わたしのことなんかどうでもいいくせに」マーカスといると、十歳にもどって兄さんを見上げてるみたいな気分になることがある。生活がこんなにめちゃくちゃになる前の自分が顔を出す。十歳のころは、わたしの爪もまだ割れてなかったし、兄さんも妹の手を引くより韻を踏むべきだと思いこんだりしてなかった。

マーカスが顔をしかめ、なにかから解放されたみたいに口が大きく開いた。突然、耳の下のわたしの指紋が激しく動き、首の上でわめきはじめた。「どういう意味だよ。キー、どうでもいいわけないだろ。おれがラップをやってるのは、タイおじさんみたいにいい暮らしをするためだ。おまえはもっとおれを信じろ。アルバムができるまで一カ月待ってろ。一カ月ならなんとか持ちこたえられるだろ?」

マーカスはラップをするより普通に話すほうがうまい。ちょうどいまみたいに。わたしの指紋は、足でも生えたみたいに兄さんの呼吸より速く動いている。

「一カ月待ってくれ」

棒立ちになっているわたしをマーカスは抱きしめ、それはさよならのハグをされたというより、口をふさがれた感じに近かった。

ガラスのむこうではトニーとコールが話をしながら笑っていて、互いの体に軽くパンチをし合い、こっちの話なんか聞こえていない振りをしている。トニーがわたしの視線に気付き、ぱっと明るい顔になった。

「もう帰る」わたしは言った。

「またあとでもどってくるだろ?」マーカスは大きい体で子どもみたいなことを言った。ごほうびを待っている男の子みたいだ。マーカスに期待をさせちゃいけない。本当はちがうんだから、わたしがただ愛情を求めてそばにいるんだと思いこませちゃいけない。わたしはブースのドアにむかった。シヨーナと階段と街へむかって、歩きはじめた。

「たぶん」わたしはそう言い、最後にもう一度足を止め、ガラスの内側でうたうマーカスをながめた。

マーカスは重心を左右の足に移し替えながらラップをはじめていた。ブースを出る前に聞き取れた歌詞は一行だけだった。〝おれの女たちはなにも知らない。なにも知らない〟。わたしはその歌詞が間違っている理由を言葉にしようとする。兄さんの言葉に隠れているかもしれない記憶の一片を探り当てようとする。だけど、わたしはなにも見つけられない。わたしはなにも知らない。なにも。

ショーナはブースの外で一人なにかをつぶやき続け、床に転がった搾乳器を拾おうとかがんでいた。わたしは脱ぎ捨てられていた汚いボクサーパンツを黙って拾い、コールの汚れ物の山の上に落とした。床に散乱しているクッションをへたったソファにもどす。ショーナが顔を上げ、わたしたちは無言で目を合わせる。その顔に浮かんだなにかを見て、ショーナは孤独なのだと思う。だけど、なぜそう思ったのかはわからない。わたしがなにか盗むんじゃないかと疑ってるみたいな眉間のしわのせい？　それとも、わたしが手伝いはじめると口をつぐんだから？　いま、ショーナの体のなかから出ようとするのはすえたにおいの息だけ。

「べつに手伝わなくていいから」抑揚のない声に南部なまりがかすかに混ざる。ショーナのことは、わたしたちが女というより女の子だったころから知っている。ショーナは妹と一緒にメンフィスからこの街の叔母の家に越してきた。ショーナの口からもれるあの魅力的ななまりを、わたしはこの瞬間までほとんど忘れかけていた。

「ほかにやることないし」わたしはベビーベッドをちらっと見た。赤んぼうは布の小山に包まれている。「何カ月？」

「もうすぐ二カ月」

赤んぼうの小ささについてほかに言うべきこともなかったから、わたしは黙ってうなずいた。葬儀場で見た写真のことを考え、ショーナは、赤んぼうがあっけなく呼吸を止めてしまうことを知っているんだろうかと思った。存在していたものがどれほどあっけなく消えてしまうか。だれかを愛して、そしていなくなることがどれだけあっけないか。

ショーナはベビーベッドに近づいて赤んぼうを抱きあげ、ソファにむかった。お腹が突き出て、スウェットパンツがお尻のあたりまでずり落ちている。ショーナはソファに深々と沈みこんで赤くやわらかい布地に包みこまれ、赤んぼうは母親の胸に包みこまれていた。ショーナがブラジャーをずらすと赤んぼうは乳首に吸いつき、飢えていたみたいな、生きる方法を学び直そうとしているみたいな勢いでおっぱいを飲んだ。目をそらそうとも思ったけれど、ショーナは気にしていないみたいだったし、規則的に動く赤んぼうの唇にわたしは惹きつけられていた。ショーナは娘を見下ろし、赤んぼうは夢中で吸い続け、わたしは息が苦しくならないんだろうかと思った。もう一方の乳首は乾燥してかさぶたができているけれど、ショーナは痛がっているふうにも、傷口が開くことをこわがっているようにも見えない。

「キアラ」キーではなくキアラと呼ばれるのは久しぶりだった。ショーナを見ると、両目の下が重たげに腫れているのに目が留まった。「あいつらのでたらめに付き合っちゃいけないよ」

ショーナは赤んぼうから目を離さない。目を離したすきに窒息するんじゃないかと思っているみたいに。だから、ショーナがなんの話をしているのか気付いたのは、ビートの音量が大きくなり、足の裏でその振動を感じたときだった。

「じゃあ、子どもなんか産まなきゃよかったのに」

ショーナがぱっと顔を上げた。「わたしのことなんか知りもしないくせに。わたしはあんたのためを思ってあいつらの犠牲になるなって言ってるだけ」赤んぼうがおっぱいから口を離して泣きはじめた。ショーナは立ち上がり、またうめきはじめた。声をかけてもらうのを、自分を見て、心配してくれるだれかが一人でも現れるのを待ちはじめた。

血よりも濃いものはない、とママは事あるごとに言った。だけど、ここにいるわたしたちはそんな感傷を捨て去って、すりむいた膝に他人が絆創膏を貼ってくれるのを待っている。わたしはショーナになにも言わなかったし、ショーナも立ち去るわたしを振り返らなかった。わたしは暗い青色に染まりはじめた空へむかって階段を上っていった。わたしに頼みごとをした兄さんをうしろに置いて。それは引き受けてはいけない頼みごとだった。ショーナはそのことをわたしに警告したのだ。こっちが空っぽになったって気にも留めないだれかのために自分をすり減らすな、と。

カフェの女の店員は、耳にペンをはさんでいた。耳まわりの髪は刈り上げられ、青と鮮やかなピンクと金色のしま模様に染められている。店員の笑顔は、小学校時代の意地悪な女子たちがテーブルからわたしを追い払う前に見せた顔とよく似ていた。殴られはしないかと身構えているような、ご褒美を期待しているような顔。

「履歴書がなきゃどうしようもないから」

二十歳くらいの若者の集団がおそろいのコンバースをはいてカフェに入ってきて、店員は若者たちを身振りでテーブルに案内し、レジのそばに置いてあるメニューをつかんだ。メニューを持つ手つきまでもが、耳にはさんだペンをはたき落としたくなるくらい感じが悪かった。汚い物でも触るみたいに指先でつまんでいる。

「履歴書に書くことなんかない。ただの白い紙を持ってこいって?」わたしはガラスのカウンターに両手を置いていた。並んだスイートポテトパイがあざ笑うみたいにこっちを見上げてくる。

店員の女は隅のブース席にすわった二十代のグループにメニューをわたし、水のピッチャーを取りにまたレジにもどってきた。顔からは笑みが消え、わたしには見慣れたしかめっ面をしている。意地悪な女子たちも、あっちへ行けとわたしに告げる前と後には、これとそっくりな顔をした。こんな年まで小学校時代がつきまとってくるなんて笑えてくる。

「履歴書がないなら店長にどう話せばいいわけ？　正直言って経験がない人を雇う可能性なんかほぼゼロだから」店員は口をすぼめて一拍置き、続けた。「ウォルグリーン（アメリカの大手薬局チェーン）あたりにあたってみれば？」

カウンターから離れながら、わたしはこぶしでガラス板を叩いた。割れるほど強く叩いたわけじゃないけれど、二十代の連中が不安そうな顔でこっちを見た。わたしは肩をそびやかしてゆっくり歩き、通りに出た。

ウォルグリーンには先週聞いてみたし、その前の週にはCVS（おなじくアメリカの大手薬局チェーン）にも問い合わせた。メトロPCS（アメリカの携帯電話会社）の店舗にまで行ってみた。あの店は所有しているビルの一角をいかがわしいタバコ屋に貸している。ドラッグとか、街を出るまでしか持たないオンボロの携帯電話とか、そういうものがほしい人たちはそのタバコ屋に行く。

結果はいつだっておなじだった。店長か、バックヤードから息切れ気味に出てきた赤ら顔の男と話そうとすると、そいつらはこっちが話すより先にわたしを追い返そうとする。店長はいないと言われることもある。だからわたしは、相手が店員だろうととにかく交渉しようと試みる。だけど、履歴書はないと言った瞬間に相手は首を横に振り、店を出ようとドアを開けると、ドアベルがタイマーみたいに鳴り響いて、早くしないとおまえの世界は崩壊するぞと警告する。そんなことを続けているうちになにかが胸の奥深くに沈んでいき、自分がなにをしているのかもわからなくなって、ある時ふと、自分がただざまよっていることに気付く。目的地なんかなかったことに。

オークランドのダウンタウンを歩くのは、はるか下の海底を足で探ろうとするようなもの。イースト・オークランドとはちがって、ここではすべてが大きい。わたしの町の建物はどれも低いし、ちゃんと歩道に足をつけて歩くことができる。だけど、ダウンタウンではあらゆるものが浮かんでいるか地下にあるかのどっちかだ。コンパスで測ってみたら、この街を歩く人たちはどの方角からも外れているんじゃないだろうか。むかしはわたしもマーカスもパパと一緒によくダウンタウンに来た。まだここがこんなにビルばかりじゃなくて、金《きん》をまき散らしたみたいな街でもなかったころ。わたしたちがその他大勢の一部じゃなかったころ。あのころはダウンタウンも廃墟ばかりで、会う人みんながパパの背中を親しげにたたき、タクシーの運転手たちもわたしたちをただで後部座席に乗せてくれた。あのころはまだUberもなかった。パパの家族というだけで王族みたいにあつかわれ、パパと一緒にむかしからの友人のアパートを訪ねてまわった。どこも薄汚くてあちこちでヤクが売買されていて、好きで住んでいる人はいなかった。

いまではどの通りにも多すぎるくらいのカフェが立ち並び、だれもかれもがうつむいて歩いている。自分がどこを歩いているのかも気にせずに、ぶつかってもつまずいてもおかまいなしだ。手には携帯電話を持ち、血が止まるんじゃないかと思うくらい靴紐を固く結んで歩いている。

ダウンタウンがオークランドのどのエリアともちがうのは、たくさんのバーやクラブや穴ぐらみたいな店があるところで、大勢の人たちがそこで酔っ払ってダンスをする。午前二時くらいになると、つぶれたクラブの前でだれかがバーベキューをはじめ、マリファナのにおいと煙のにおいが混じり合って漂い出す。

角の建物の二階にはヨガスタジオがあって、その下にはストリップクラブがある。クラブの金属のドアはきらめく黒。音楽がかすかに聞こえ、五時になったばかりだというのにドアは開け放たれている。わたしはキャンドル形の電球が灯る薄暗い空間に足を踏み入れた。丸テーブルやカウンターに一た。

人客がちらほら見える。店のなかでも特に暗い場所に隠れて息をひそめているみたいだ。中央にはポールが何本もそびえるように立っている。女性の一人は軽やかに踊り、もう一人は退屈そうにしていた。

わたしは店の奥のバーまで歩いていった。男がカウンターをふいている。これまで見てきたバーテンダーと似たような姿をしていたし、そのことにわたしはなんとなく安心した。ダウンタウンはありふれた街で、街並みがいくら変わろうと、ありふれた街がありふれた形で変わっていくだけ。立ち並ぶ建物だって、このバーテンの腕に並んだタトゥーみたいにどれを取ってもよく似ている。

バーテンが顔を上げた瞬間、わたしは店の薄明かりのなかで体が縮んだような気になった。「いらっしゃい」

わたしは深呼吸をひとつした。この店で働きたいのかも雇ってもらえるのかもわからないけど、いまのわたしは崖っぷちにいる。「仕事を探してて」店長に会いたいとさえ言わなかった。言ったってなにも変わらない。

バーテンはうなずき、左耳のでかいボディピアスがぎらっと光った。「お望みなら応募用紙をボスに渡しとくよ。美人がほしいっていつも言ってるからな」

「応募用紙は持ってなくて」そう言いながら、哀れみまじりの笑顔をむけられるだろうと身構える。「履歴書もない」

「なるほど」バーテンダーはそう言って、ポニーテールに結んだ髪のほつれをなでつけた。「じゃ、名前と電話番号を伝えておくよ」カウンターのうしろからペンとポストイットを取り、メモを取ろうとかがみこんだ。ふと顔をあげ、かすかに眉をよせる。「ダーリン、年を聞いてもいいかな」

ダーリンという呼びかけにたじろぎながら、わたしは答えた。「十七」

そのとたん、カウンターにもたれていたバーテンは上体を起こした。顔にはおなじみのしぶい表情がかすかに浮かんでいる。「十八歳未満は雇えないんだ。ダーリン、悪いな」

わたしはうなずいてカウンターに背を向け、開いたドアからもれてくる光のほうへと歩きはじめた。十八歳になったって投票権がもらえるくらいだと思っていたけど、実際は投票以上のことができるようになるらしい。誕生日があと少し早かったらよかった。出口にたどり着くより先にわたしの名前を呼ぶ声がした。はっとして振り返ると、バーのうしろに女の人がいるのが見えた。知らない人だと思いながら目をこらすと、ぼやけた顔がふいに見覚えのある顔に変わった。

「キアラ?」

「レイシー?」

レイシーが笑うと、記憶にあるとおり眉根が寄る。レイシーは手招きし、バーのうしろから出てきてわたしのためにスツールを引いた。スツールに腰掛けると、レイシーはわたしの太ももをぽんとたたいた。

「こんな店になにしに来たの? まだそんな歳じゃないよね」レイシーは笑顔で言った。いつまでも消えないようなあの笑顔で。

レイシーとは特別に親しいわけじゃない。親しいのはマーカスのほうだ。二人はスカイライン高校時代の親友で、四年間ほぼ毎日のようにつるんでいた。卒業式まであと数カ月となったところで二人は高校を中退した。卒業証書はもらっておけと尻をたたいてくれる人も、帽子とガウンを無理矢理着せて卒業式に放りこんでくれる人もいなかった。道路とおなじで学校にも無数の落とし穴があって、思いもかけないところでわたしたちをつまずかせる。

「まあ、生活のため」わたしは答えた。マーカスだったら適当にごまかしただろうけど、嘘はつきたくないし、かといってここは個人的な話をするような店じゃない気がした。なにもかもがすり切れ、ほつれているから。

「あいつは?」レイシーはそう言って眉間にしわを寄せ、口をすぼめた。

「まあ、あいかわらず」

マーカスは、コールと知り合ったとたん、レイシーに見切りをつけた。コールと出会って、最低じゃない現実もあると気付いたのだ。タイおじさんの成功を知ると、自分たちにだって奇跡は起こるんだと信じるようになった。たぶん兄さんはコールこそ成功の入り口だと思いこみ、レイシーとつるんでいても、期待が期待のままで終わる人生が続いていくだけだと考えたんだろう。レイシーは仕事について週に四十時間働いている。そんな生き方はまっぴらだとマーカスは思った。兄さんが手に入れたのはサウンドクラウドにあげた五曲くらいのラップだけ。収入はゼロ。そしてわたしとレイシーはここで向かい合っている。レイシーは髪を高い位置でふたつのおだんごにまとめ、顔中にピアスをつけ、店の主《あるじ》みたいに堂々としている。明かりなんかなくても、この店のことならなんでもわかるみたいだ。一方で、マーカスはいまも待ち続けていて、待っていればなにかが変わると思っている。

ふいにレイシーが立ち上がった。「なんか飲む?」バーテンらしい黒ずくめの格好なのに輝いて見える。「内緒にしとくから」片目をつぶり、さっきまでバーテンの男の人がいた場所にもどっていった。男の人はわたしたちが話しているあいだに黙ってバックヤードにもどっていた。なんとなく、あの人がもどってきてもレイシーがいれば大丈夫だろうという気がした。レイシーの動き方がそう思わせたのかもしれない。セコイアみたいに天にむかって伸び続けているような脊椎が。

わたしはうなずいた。「じゃ、もらう」

「なにがいい?」

「決めてくれる？」飲み物の注文の仕方なんて知らないし、ほしいものを聞かれることにも慣れていない。いつもは瓶やプラスチックのコップをただ渡されるだけだし、わたしもろくに考えないで渡されたものに口をつける。レイシーはカウンターのうしろから瓶を一本取り、またもう一本取り、容器に注いでシェイクし、グラスに注いでストローでかき混ぜた。見たこともないくらい細いストローで、このなかを通る液体なんてあるのか不思議になるくらいだった。レイシーは飲み物にチェリーを添えた。こういうチェリーは木になっていたことが信じられないくらい甘い。それからグラスをわたしのほうへ押しやった。飲み物はやわらかな赤色で、真っ赤なチェリーがなければたぶんピンク色に近い。

「これ、なに？」わたしはレイシーに聞いた。

レイシーはカウンターの上に身を乗り出して言った。「飲んでからのお楽しみ。心配しないで。絶対好きだから」

わたしは顔をうつむけ、ストローが唇に触れると吸った。飲み物が舌に当たった瞬間、口いっぱいにうっとりするような感覚が広がった。世界中のありとあらゆる味が、きらめく熱と混ざりあっている感じがする。「最高」液体を飲みこむと、わたしはレイシーを見あげて言った。

レイシーが声をあげて笑う。「あんた、甘いものが大好きだもんね」

「ここでどれくらい働いてるの？」

「マーカスと連絡がつかなくなったくらいのとき、ここでストリッパーとして働きはじめたんだよね。でもバーのほうが収入がちょっとだけ安定するから、三カ月くらい前からはバーテンしてる」そのとき、ネクタイをした男たちが何人か店に入ってきた。レイシーが体を起こす。「そろそろ混んでくるかな。でも気にしないでいいよ。おかわりがほしかったら言って。わたしのおごり」

レイシーはにこっと笑い、ステージの真ん前のテーブルにむかう男たちの後を追った。一人は水玉模様のネクタイをしていて、それをゆるめながらまっすぐにわたしを見つめ、唇の片端を上げた。なぜかはわからないけれど、わたしはその男の顔を見ていたかった。触ってみたいともなんとなく思った。ひげの剃り跡がざらつくだろうか。肌がやわらかくて、わたしが触っただけでピンク色になるだろうか。それから飲み物に意識をもどし、帰ったほうがいいんだろうかと考えた。若い女が一人で、お金もないのにストリップクラブにいるというこの状況は、最悪な夜をもっと最悪にするかもしれない。だけど無料のお酒は無料のお酒なわけで、仕事を探して歩き回ってオークランド中の店からノーを突きつけられることにも疲れていた。だからわたしはお酒を飲んだ。ひと口。もうひと口。甘くて赤い飲み物がなくなるまで飲み続け、それからレイシーにおかわりを頼んだ。

マーカスはママのことがあって以来、赤いものには近寄らない。あの場にいたのはマーカス一人じゃなかったけれど、ママの手首から流れ続ける血を止めようとしたのも、床に転がっていたかみそりを拾ったのもマーカスだった。妹を連れて行かないでくれと頼んだのも。マーカスは十八歳になったばかりでひょろっと背が高くて、だけどいくら身長があったって、赤く染まった水のことを考えずにあの夜を乗り越えるのは無理だった。あれから、マーカスはうちの浴室に足を踏み入れない。シャワーを浴びるときは友だちの家に行き、トイレはむかいの酒屋で借りる。

あの夜はサイレンが鳴り響き、わたしたちは鑑識の番号札が置かれていない唯一の場所にすわっていた。それはソファのうしろのラグの真ん中で、わたしもマーカスもママのDNAが残っていたことを示す蛍光色のテープを見つめていた。わたしたちの痕跡や血液は部屋のどこにも残っていないみたいだった。ソーシャルワーカーはママや救急車を呼んだときのことを一時間くらい質問して、警察と一緒に帰っていった。マーカスはわたしの肩に腕をまわし、わたしが震え出すたびに腕をなでて、ずっとそばにいると無言で伝えた。十五歳になる二カ月前のことだった。マーカスはそれまで見てきた中で一番若い大人で、あの日から一週間もしないうちに高校を中退した。わたしのために急いで大人になろうとした。

あのとき、わたしたちは茶色く変色したベージュのラグにすわりこんでいて、マーカスはわたしの耳元で言った。「おまえはおれが守る」そうささやいた口から光があふれてきたような気がしたのは、兄さんの言葉と一緒に太陽がわたしのなかに流れこんできたから。パパはとっくのむかしに痩せた土の一部になり、ママがいなくなったいま、わたしにはなによりも兄さんが必要だったから。マーカスは夕飯はなにがいいかとたずね、おなかが空いてないと言うと、ママが緊急用に枕カバーに隠していたお金を見つけてきて、ちがう種類のピザを三枚頼んだ。マーカスは全部のピザを二切れずつ食べ、残ったピザのソーセージだけつまんで食べ、汚れた皿はそのままにしていったのでわたしが洗った。これからもずっとこうなのだと、そのとき気付いておくべきだったんだと思う。わたしが兄さんの皿を洗い、兄さんが散らかしたものを片付ける。それでも、肩に回される腕や耳元でささやかれる言葉がわたしには必要だった。その他のことが気にならないくらいに。あの日兄さんは、おまえはおれが守ると言った。わたしは兄さんのもの。

あの日以来、わたしには兄さんが必要なのだと思ってきた。ママの裁判を傍聴しているときも、タイおじさんが街を出たときも、混み合ったダブリン刑務所にママの面会へ行くときも、兄さんはずっとわたしの手を握ってくれていた。だけど、あれから二年経ったいま、兄さんはその手を離したのだ。わたしを置いてコールのもとへ行き、わたしの目を見なくなり、あんなに熱心に読んでいた新聞も玄関わきに積んで放っておくようになった。わたしばかりがマーカスを追いかけている。もう一度わたしの目を見てくれるように。

四杯目のグラスが氷だけになるころには、クラブのなかは人でいっぱいになり、スツールもテーブルも満席になって、ズン、ズンと音楽が鳴り響いていた。わたしの知っている曲はひとつもなかった。ストリッパーたちが三本のポールすべてを使って踊り、客のひざにすわって踊る女たちのTバックにドル紙幣が次々とはさまれていった。店の騒音には生きているという実感を呼び覚ますなにかがあった。自分はその日暮らしをしている子どもではなく、自由な女なのだと思うことができた。たぶん、温かみがあって、それでいてちょうどいい感じによそよそしい照明のせい。話し声と音楽が混ざり合って生まれる、メロディのある雑音みたいな、くぐもって歪《いびつ》なコーラスのせい。新しい客が入ってくるたびに入り口から流れこんでくる街のせい。ドラムを叩く音、歩道の割れ目に気をつけろとどなる声、サイレンの音。

レイシーが半分残っているワイングラスをいくつもトレイに載せてもどってきた。飲みもしないものにどうしてお金を払うんだろう。レイシーの視線をとらえてグラスを指差してみたけれど、おかわりを頼むにはどう言えばいいのか思い出せない。

レイシーは笑い、声を張って言った。「キー、もうそれくらいにしときな」

わたしはふくれっ面を作り、スツールを回転させてうしろを向いた。水玉模様のネクタイの男が、またこっちを見た。スーツを着た仲間と話しながらわたしから目を離さない。スツールを回してカウンターに向き直ると、レイシーが飲み物を作っている。クラブが急に混んできたような感じがした。スツールを一回転させるあいだに、呼吸できる空間がのこらず消えてしまったみたいだった。わたしは騒音に負けじと声を張り上げた。「もう帰るね」

レイシーは眉を上げた。顔が縦に長くなり、背がさらに高くなったように見える。「ほんとに一人で帰れる?」

わたしは無言で手を振った。レイシーにというよりもレイシーの輪郭に。輪郭が天井にむかって伸びていく。スツールから腰を上げて足で床を探り、ドアへむかって歩きはじめる。むこうに宝物が隠れてるとでも思ってるみたいに。勢いよくドアを開けて通りへ出る。外に出るのとほぼ同時に、十時を過ぎていることがわかった。オークランドという街そのものが停止して、明かりという明かりが消えている。この時間に外にいるのは路上で暮らしている人たちだけ。わたしたちも——マーカスとわたしも——きっともうすぐそうなる。そうして路上から逃げ出すことができなくなる。

冷たい風が吹きつけ、Tシャツのなかにまで入りこんでおへそに当たった。時々、おへそがつながっている先を考える。お腹でちゃぷちゃぷ揺れているチェリー色の液体に？　それとも子宮に？　うしろでクラブのドアが開き、水玉模様のネクタイの男が現れた。ジェルで固めた髪が乱れ、だらしないほうが似合うみたいに自然に見える。

「なあ」自分に声をかけていると気付いたのは、水玉模様がこう続けたあとだった。「あんただよ、グレーのTシャツ」わたしは着ている服を見下ろし、それが自分のことだと気付いた。男に笑いかけようとしたけどわたしは口まで酔っていて、顔の上で唇がおかしな形にゆがんだみたいだった。男はそれを見て小さく笑った。小さいまま消えていく笑いだった。

「なに？」口から発することができた言葉はそれだけだった。意味を持つ唯一の音。

白人男性が声をかけてきたのは思い出せないくらい久しぶりだったし、わざわざ外まで追いかけてくるなんてまずありえない。だけど、そのことをおかしいと思う余裕は、頭のなかにもお腹のなかにも残っていなかった。赤いお酒がいまにもわたしのなかからあふれそうだったから。

男はまた笑顔になった。熱気のこもった店のなかで見たのとおなじ笑顔だった。「なあ、もう遅いし、変な小芝居はやめにしよう。どうせおれたちの目的はおなじだろ」

男がなにか言っていることはわかったけれど、理解できたのは、男の髪が風にあおられて何度もうしろに流れていることだけ。遠回しになにを言おうとしているのかわからなかったし、わかろうとする気力も残っていなかった。

「場所を知ってる」男は言った。

「場所？」体のなかで赤い液体が暴れ、そのたびに両ひざから力が抜けていく。

男についていったのは寒かったからなのか、だから風が吹きつけてこない場所へ連れていってほしかったからなのか、それとも最近起こったことやさっき飲んだお酒のせいでこの男がほしくなっていたからなのか、なにが理由だったのかはわからない。その場を立ち去ってバスや人通りの多い場所を探そうとするくらいの分別は、まだわたしのなかに残っていた。だけど、ぬくもりがほしいという気持ちは分別よりもずっと激しかった。ともかくわたしの両足は動きはじめた。動き方が遅すぎたのか、水玉模様はわたしの手をつかみ、建物のひとつへむかって引っ張っていった。

建物は大きくててっぺんが見えなかった。男は迷わずエレベーターに向かい、わたしを連れて乗りこんだ。十四歳のころからマーカス以外の男性と二人きりになったことは一度しかないし、唯一の例外のそいつは、学校のトイレの個室でわたしに手でするやり方を教えようとしたけれど、となりの個室に入ってきた化学の教師の靴が見えると、それっきり萎えてしまった。エレベーターが上に向かいはじめるとお腹の底で赤い液体が妙な動きをはじめ、噴き上がってきそうな気配がした。海を飲みこんだみたいだった。

エレベーターがチャイムの音とともに止まり、ドアのむこうはオフィスとかこの男の部屋とか、金にまみれた場所に続くのだと思った。ところがわたしたちはエレベーターからまた外へ出た。さっきより空が近くて庭園が広がっていた。庭のまわりにはセメントの塀がめぐらせてあった。

「どこ？」ひとつの単語しか話せなかった。水玉模様は無言でわたしを塀のほうへ引っ張っていった。

ほかに人はいなくて木々は枝を伸ばし、真ん中には静かな池があった。ここは天にむかって永遠に伸びる建物の屋上なんだろうか。

塀のそばまで来ると男はぐっとわたしを引き寄せた。キスをし、顔を離して息継ぎをするあいだも、水玉模様の輪郭だけが空を背にして見えていた。キスをされるのは数年ぶりで、唇がぬるぬるして濡れていて、水玉模様が口をふいてくれたらいいのにと思った。

水玉模様はまたキスをし、それから場所を交換してわたしをセメントの塀に押しつけたので、わたしは空にもたれてそのまま飲みこまれそうな姿勢になった。男がわたしのズボンのホックを外すと、風が体を包みこみ、男の手と一緒になって肌を引っかいた。男がわたしの体の向きを変えて塀にもたれさせ、頬がセメントに押しつけられた。目の端に、下に広がるオークランドの街並みが映った。パトカーの赤いランプがぽつんとひとつ漂っている。遠すぎてサイレンの音は聞こえないけど、まぶしいあの光を見逃すことはない。意識したときにはもう男はわたしのなかに入っていて、唯一わかったのはチェリー色の液体が体をいっぱいに満たしてる感覚だけ。赤い液体はいまもわたしを沈めようとしている。わたしは自分ではなにひとつしないで、それが起こっているあいだ、心を慰めてくれる夜空にただ身をゆだねた。どうしてこんなことがありえるんだろう。ペニスを体のなかに感じるのははじめてなのに、自分がここにいるのかもわからないくらい麻痺しているなんて。

それはすぐに終わり、ズボンが引き上げられた。男はベルトを締め直し、わたしのほうを見もしないで自分のポケットを軽く叩いた。ここに財布があると言っているのだ。

「二百ドルしかなくてね」二百？　ドルで？　この男はわたしに金を払おうとしている。たたんだ紙幣が手のひらに押しつけられ、頭の隅では間違ってると思いながらも、わたしは金を受け取って握りしめた。全身が震えていて歯がカチカチ鳴って、男はなにも言わなかったけれど、両手を上げて自分の首に巻いたマフラーを外し、わたしの首に巻いた。さよならさえ言わなかったし、少なくともわたしに聞こえる声ではなにも言わず、エレベーターにもどっていなくなった。

わたしはおしっこがしたかった。体のなかの海は限界まで膨れあがっていた。

ふらつく足で池に近づき、靴とズボンを脱いで水のなかに入った。力を抜いておしっこをすると、もらった二百ドルに体の栓を抜かれたみたいに液体が流れ出してきた。赤い液体が黄色く変わって池の水にまぎれていく。人の体がどうやってあるものからべつのものを生み出せるのかわからないけど、今夜は贈り物みたいに奇妙なことがいくつも起こる。ズボンをはいて両足を靴に滑りこませ、塀のそばにもどって街をながめた。霧のあいだから、はるか遠くの橋がのぞいている。隠されていた物が少しずつあらわになっていく。空気を吸いこんでも、尿のにおいも煙草のにおいもマリファナのにおいもしない。息に残った赤い飲み物のにおいだけがかすかにする。

水玉模様に会ったのとおなじ夜に、わたしはカミラに会った。どうすればイースト・オークランドに帰れるんだろうとさまよっていたときだった。バスはもう走っていなかった。マーカスもアレも電話に出なかった。凍えそうなほど寒くて、唇は乾燥してひび割れていた。自分がなにをしているのかもわからないまま、わたしはふらつく足で高速道路を走る車の音がするほうへ歩いていった。

突然、一台の車がわたしの前で停まった。黒光りする車の後部座席から女の人が降りてきてコートを脱ぎ、わたしからは見えない車内のだれかにわたした。女の人はドアを閉め、車は走り去った。エクステは明るいピンクで、それがマットな質感のぴったりしたドレスとよく合っていた。その人は向かい風のなかにいるみたいな歩き方をした。一歩も引かないと決意した顔で、左右に揺れながら。

わたしは灰色のTシャツ姿でその場に立ちつくしていて、首にはまだあの男のマフラーが巻かれていた。見ていない振りをしようとしたけれど、カミラはそのまつ毛のあいだからすべてを見透かし、その目からにじみ出る好奇心ですべてのものを捉えて取りこむ。カミラは胸を突き出すような歩き方で近づいてきて言った。「なに見てんの？」ほかのだれかにこう言われたら殴るか逃げるかしてたと思うけど、カミラの言い方はケンカを売っているような感じがしなかった。むしろ、おもしろがっているような感じがあった。わたしは押し黙ったまま人混みのなかで立ちつくしていて、わたしに舌があることにカミラだけが気付いている。そんな感じがした。

「なにも」

「あんた、ウリをはじめたばっかりでしょ?」そう言って唇をゆがめると、透明の矯正装置が一瞬のぞいたような気がした。カミラはまた近づいてきた。「こんなところうろついててもたいして稼げないよ。ほんとに稼げるところに連れてってあげようか。あたしには用心棒の男がついてるから、そいつに言えばあんたの世話もしてくれる。とにかく、こんなとこでうろうろしてたって相手にされないから。正直、ケガしてたって素通りされる。ほら、聞いてるの?」

カミラはまばゆいほどきれいで、そんなんじゃない、ウリなんてしてないよと言うことさえできなかった。もし、わたしもこの人とおなじだとしたら? 水玉模様に渡された紙幣はいまもポケットのなかにあって、屋上であったことも男のことも、この体はまだ消化していない。

カミラがわたしの手を取った。アクリル製のアクセサリーが当たらないように気をつけているのがわかった。それから車を呼び、客の家に行くついでに送ってってあげると言った。車に乗ると、自分のようになるためにするべきことや、行くべき場所とそのタイミング、着るべきものについて話しはじめた。わたしは話を聞きながら、たぶん、疲れた女の子たちは最後にこんな場所に行き着くのだと思った。そこでならわたしにも自分の鼻歌が聞こえ、この体を大きく鳴らすことができるだろう。ママみたいに。

＊＊＊

次の日、わたしは水玉模様とカミラのことが頭から離れなかった。カミラが気楽に働いているように見えたこと。水玉模様がたった数分間でくれた大金のこと。デリバリーヘルスやテレフォンヤックスの会社に三軒電話をかけてみた。だけど、どこも十七歳ではむずかしいと言い、成人したらまた電話をくれと言った。オンラインで働くなら大丈夫かもしれないと言われたけれど、料金が払えなくて去年からWi-Fiは止まっているし、そもそもスマートフォンもパソコンも持っていない。カミラは、路上で客を探すときは、最悪の事態を避けるために、身の安全を確保してくれる人をつけなさいと言っていた。あと何回かだけやってみようか。マーカスを説得して仕事を見つけてもらうまででいい。一度セックスしたんだから、またやればいい。体だけのことなんだから、とわたしは自分に言い聞かせた。肌だけのこと。それ以上のことはない。家賃を払ったらやめればいい。

トニーを説得するのはそんなにむずかしくなかった。昨日の夜、家へ行くとトニーは顔をかがやかせた。クリスマスに母親から宝くじかなにかをもらったみたいに。ソファに並んですわると、トニーはさりげなく腕を回してこようとした。そんなしゃれた動作をするには体が大きすぎる。わたしは腕をよけてあさくすわりなおし、カミラの言っていたことを思い出しながらトニーに向き直った。

トニーはわたしの様子に気付き、顔をしかめて鼻にしわを寄せた。

「頼みたいことがあるの」水玉模様にもらったマフラーからほつれた糸を指に巻きつけ、指の先が膨らむまできつく絞める。

「マーカスのことならもう話してみたぞ」トニーはわたしの指から糸をほどきながら言った。

「わたしがほんとに来るかわからなかったのに?」

トニーは肩をすくめた。「気が変わったんだ。まあ、意味なかったけどな。あいつ、おれの話には耳も貸さない」

わたしはマフラーから伸びた糸を強く引っ張った。親指を覆い隠すようにぐるぐる巻きつけていく。

「ちょっと計画があって」わたしはトニーから目をそらした。トニーを見つめるのは銃身を見つめるのに似ているから。近すぎる。

「計画？」

「たぶん反対すると思う。でも、もう決めたこと。手は貸せないって言われてもやるつもり」

トニーは笑った。「おまえはいつもそうだしな」

計画の内容を話すと、トニーはしばらく押し黙っていた。腕をソファの背に置いたまま動かず、糸で覆われたわたしの親指を見つめていた。

「ウソだろ」

口数の少ない人はだいたいそうだけど、トニーも口を開くとムダがなくて簡潔だ。それもトニーを好きな理由のひとつだった。となりにいるとすごく小さくなったように感じるところも好きだ。抱きしめられると両腕のなかにすっぽり収まって、永遠にそのままでいいような気がしてくるところも。

「一緒に来てくれない？　わたしが殺されて溝に捨てられないように。いやなら一人で行くから大丈夫。トニーが選んで」男の人に頼みごとをするときはこう言うのが一番いい。選ぶ権利も主導権も決定権もそっちにあると伝えるのだ。

「マーカスにしばかれる」

「家賃をわたしが払ってるあいだは大丈夫」トニーは糸をつまんでわたしの親指からほどき、根本すれすれのところで切った。あとにはマフラーとほころびが残った。ほころびは、よく見ればただの糸だとわかる。

＊＊＊

今日の午後は、学校が終わったトレバーをバス停までむかえに行った。トレバーはいつものようにわたしと手をつなぎ、首をせわしなく振りながら、コルテス先生は絶対にぼくのことが嫌いなんだ、今日なんてバスケのトレカを取り上げられたんだから、と話した。ウォリアーズの選手がのったカードのことだ。コルテス先生は学校が終わるまでカードを返してくれなかった、とトレバーは言った。なにもかもいつもとおなじだった。トレバーがわたしを見る目もいつもと変わらない。ハイ通りを歩く時、トレバーは記憶に刻みこもうとするみたいにじっとわたしを見る。子どもっぽい夢のなかでもわたしに会おうと備えているみたいに。トレバーはすべてが変わってしまったことに気付くだろうと思っていたけれど、そんなふうには見えなかった。気にしていないだけかもしれない。玄関まで送り届けると、トレバーはわたしの首に両腕をからめてハグし、髪を引っ張って笑いながらぱっと飛びすさった。おれの勝ち、と言いたげな顔だ。わたしも笑い、リュックに手を添えてトレバーをドアのむこうへ押しやった。その瞬間は本当にありふれていて、こっちが現実なんだと思わず信じそうになる。赤い飲み物も、おしっこも、男も、全部夢だったような気がした。このままありふれた現実が続くような気さえした。

いまは夜でわたしは路上にいて、あと五分もたてば体が冷え切って感覚がなくなりそうだ。スカートは、役に立たないどころか冷たい風を内側に呼びこんでいる。肌をなでていく冷気は冬に飲むセブンイレブンのスラッシー（甘いフローズンドリンクのこと）みたいだった。今日の服は〈フルートヴェール・ヴィレッジ〉の店に並んでいそうなマネキンを思い出しながら選んだ。メッシュのトップスに短すぎるスカート。だから、風が当たらない場所は一センチも残っていない。このあたりはなにもない場所におなじみの静けさが漂っていて、それでいて人通りが多いから、わたしはまわりを観察して目に入るすべての人を記憶しようとした。

トニーは反対側の歩道からこっちを見ている。わたしはトニーを見てしまわないように気をつけながら怯えや緊張を押し隠し、わたしの骨は普通より固くて折れにくいんだという振りをした。国際大通りを早足で歩いてはまたもどり、美容学校や、派手なドレスが並ぶ似たようなブティックをいくつも通り過ぎる。わたしが動くとむこうの歩道でトニーも動く。大きい体でこそこそ歩くトニーがおかしくて、わたしはにやけそうになるのをがまんした。場所が場所ならトニーは警察に通報されるだろう。だけど、国際大通りに警察を呼ぶ人はいない。警察の見立てじゃ、ここにいる連中は多かれ少なかれ犯罪者だから。

あたりはまだ明るかったけれど、通りにはすでに大勢の男たちがいて、舐め回すような目つきでわたしを見ていた。水玉模様より何倍も露骨なのは、ここにいる男たちはわたしが自分の体を差し出そうとしている女だと知っているから。本当にそうしたいのか、わたしにだってまだわかっていないのに。カミラが正しかったんだろうか。わたしの足の指をなめたいだけの客をネットで探すとか、カミラと彼女の用心棒についていくとか、そうしたほうがよかったんだろうか。だけど、そっちを選んだら本当に深みにはまってしまいそうな気がしたのだ。

男たちが口笛を吹いてはやし立てた。

「美人さん、こっちに来なよ」

「お嬢ちゃん《マミー》！　おれんとこに来なって《ベナキ》！」

「こんなとこでなにしてる？　おれがあったかいとこへ連れてってやろうか」

男たちはしつこくて薄汚れていた。野次や口笛が聞こえるたび、トニーは銃か斧で殺してやりたいと言いたげな顔になった。トニーがわたしを遠ざけようとしている場所へ、わたしは自分から入っていこうとしている。

「キア！」うしろから、あの声がくねりながら近づいてきた。危険なほどヒールの高い銀色にかがやく靴で、カミラが両腕を広げながら色っぽい歩き方で近づいてくる。口を開けているから、歌おうとしているみたいにもキスしようとしているみたいにも見えるけれど、かわりにカミラはわたしの両手をつかんで踊り出し、シミー（一九二〇年代に流行した肩を小刻みに揺らすダンス）まではじめて体を左右に振った。「お嬢《イー》さん《ハ》、なんでこんなとこに？」

わたしはカミラの体にもたれた。トニーの視線には気付いていたけど無視した。

「わかるでしょ」

「あたし、路上は危ないって話したよね。用心棒《ダディ》はいる？」カミラが踊りながらわたしをくるっと回す。シンデレラみたいな靴をはいているから、わたしより何センチも背が高い。

わたしは一回転してカミラに向き直った。「まあね」

カミラはチッチッと舌を鳴らした。長くて重そうなまつげ。「あたしはこれからお客のところ」

カミラの息には大声がいっぱいに詰まっていた。吐く息が白い。長い時間外にいるせいで体は冷え切って感覚がなくなり、いっそ酔っ払ったみたいな心地なんだろう。体は無から熱を生み出す。長いあいだこのゲームを続けているカミラは、きっと勝つためのコツを知っていて、だからどんなゲームでも勝つことができる。カミラにヤジを飛ばす男はいない。カミラが自分たちのヤジや舌や歯なんかにひるまないと知っている。ちょっかいを出してくるまぬけがいたら、カミラは返り討ちにして血まみれのまま捨てていくだろう。

今日のカミラは付け毛《ウィーヴヘア》に青いエクステを編みこんでいて、メイクはそれ自体が衣装の一部みたいだ。

ランウェイを歩けそうないでたちに、ざらついて魅惑的な声。カミラは爪の長い手をひらひら振ってまたねと言い、それきりわたしはまた一人になった。一緒にいるのは視線だけ。トニーの視線に男たちの視線に、カジノの看板《ビルボード》の視線。わたしはカジノなんか存在しないと思ってるけど。カミラにもどってきてほしい。そして今夜もいつもとおなじ普通の夜で、これからだってトレバーをバス停まで送ったり、アレとブランコに乗ってしけたポテチを食べたりできると思わせてほしい。

ストリップクラブへ行った一昨日から、わたしはアレのメールも電話も無視している。わたしを見ればアレはきっと気付く。このことに気付く。そうなったらもう、一緒に一本のマリファナを吸うことも、街をながめておなじ景色を見ることもできなくなる。それでも、アレがここにいて笑わせてくれたらいいのにと思った。この寒さを少しでもやわらげてくれたらいいのに。

その男が、わたしにしか見えていないみたいに現れると、やっぱり無理、帰りたい、という思いが頭をよぎった。だけど、バーノンに渡された請求書のことを考えた。すぐそこにトニーがいるんだから大丈夫。どうせ体だけのこと。

目の前にいる男は小柄で、ヒールをはいたわたしとほとんど身長が変わらない。あごひげからガソリンのにおいが漂っているのは、一日中自動車の整備をして働いていたんだろう。油まみれの汚れた場所で。カミラに用心棒かせめて見張り役が必要だと言われたとき、客になるのは大柄な男なんだと思った。この大通りには、これまでこの街にいることさえ知らなかった、筋骨たくましくて金を持った男たちがいるのだと思った。だけど、この男の底の浅い目を見つめていると、わたしのこの体こそが、男たちを大きくなったように錯覚させるんじゃないかという気がした。わたしを見ると男たちの体はエゴで大きくなり、家賃や子どもの母親に渡すおむつ代にするべき金をばらまいてしまう。

気持ちを鎮めようと、わたしは自分に言い聞かせた。わたしがこの通りにいるのも、この男がわたた。

しに金を払うのも、あらかじめ決められていた運命。キアという偽の名前を名乗ると、男は年を聞いた。

個人的な情報は教えないのが鉄則だとカミラは言っていた。

「あんたの好きな年齢《とし》だよ」

男もそれ以上たずねなかったから、本当は知りたくなかったんだろう。カミラによれば、中には年齢を知りたがる客もいて、未成年の女の子に対する欲望を満たそうとするらしい。そういう客が相手なら、年齢を教えてもっと金を稼ぐことができる。裂けそうなほど柔らかい肉体を手に入れ、うれしさのあまりむせび泣くような男たちが相手なら。

「あんたのことはなんて呼べばいい？」わたしはたずねた。最初にやるべきことだ。カミラは、なにをすればいいかわかるから一番重要な質問なのだと言っていた。

小柄な男は肩から力を抜き、喉元に力を入れた。呼び名を考えながらしばらく口ごもる。少ししてデヴォンと呼んでくれと言ったので、わたしは意外に思った。酸とセックスのにおいがしそうな名前を選ぶとばかり思っていた。よそではとても口にできないような言葉を。

「こういうの、はじめて？」わたしはたずねながら、慣れた振りで男の手を取った。むこうにいるトニーのほうを見ると、筋肉のこわばりを目でなぞれそうだった。緊張が体を縁取っているみたいだ。

デヴォンは肩をすくめ、一ブロック先の三十七番通りに車をとめていると言った。わたしは男を先に行かせ、またトニーのほうをちらっと見た。トニーは起こっていることを見逃さないように、通りのむこうからわたしたちのほうへゆっくり近づいている。

車には詳しくないけれど、デヴォンの車がいまにも崩れそうなくらいおんぼろで、エンジンがうめき声みたいな音を立てていることはわかった。デヴォンがうしろのドアを開け、わたしは頭を低くして中に入った。ガソリンのにおいがまた鼻をついたけれど、さっきとちがって甘いにおいが混ざっている。バニラの香りが忍びこんできて、この車とセックスしたみたいに。男が乗りこんできてわたしたちは後部座席に並んですわり、知らない者同士でなにかを待った。

沈黙がつづいて胸が苦しくなり、わたしは口を開いた。「なにがしたいか教えて」

男はためらい、ささやき声ひとつもらさなかった。ふいにわたしの手を握った。

わたしたちは手を絡めあったまますわっていた。わたしはこの男の孤独を飢えと勘違いしたのかもしれなかった。じわじわと恐怖が膨れ上がっていき、自分は間違ったんだろうかと思いはじめた。逃げるにしても、ぶじにこの車を出てトニーのところまで走れるだろうか。身動きするより先にデヴォンのもう一方の手が腰を這いあがってきて、わたしをぐっと抱き寄せた。肌に染みこんだバニラのにおいがする。わたしは体をかがめ、意味のあることみたいにキスをした。デヴォンの手の動きが速くなり、わたしを引き裂こうとするみたいに服を脱がせはじめた。肌と肌が触れあい、肌の内側にまで触れられているような感じがする。デヴォンはゆっくりと動き、その動きは車がきしむ音に溶けこんでいった。裸の背中にやぶれた革のシートが当たる感触がして、デヴォンの汗が滴り落ちてきた。

話はしなかったし、どっちも声をもらすことさえしなかった。車だけが話をしていた。甲高い声で叫び、低い声でうなり、わたしたちの体を見たことで命を吹きこまれたみたいだった。勝手に走り出せばいいのにとさえ思った。丘のてっぺんまでわたしを連れて行って、視界の果てを越えて広がるあの湾を見せてくれたらいいのに。車はおなじ場所でかすかに揺れ続けた。窓のむこうにトニーの影が見えた。トニーには、わたしがもつれ合う手足にしか見えないはずだった。

デヴォンはつないでいた手を離したあと、一度もわたしを見なかった。終わるとまたわたしを見た。だけどその目はただのなめらかなガラス。浮遊する体。デヴォンにはわたしが見えていなかった。

車を降りると、ヒールの高さを忘れていたせいでよろめいた。頭をかがめて後部座席をのぞくと、デヴォンが紙幣を何枚かわたしの手のひらに押しつけた。水玉模様とおなじ仕草だ。わたしは金を数えた。五十ドル。水玉模様の払った金額の半分もない。

「これだけ?」

「その程度の価値だったってことだ」目をそらしたまま、喉の奥で低い音を立てる。「まあ、悪くはなかった。いとこの電話番号を教えてやるよ。これでまた仕事ができるだろ」

デヴォンはわたしの携帯電話に番号を打ちこんだ。わたしは体を起こし、国際大通りを歩いてもどりはじめた。次はだまされないように料金を前払いでもらう。すべてが終わったいま、全身の感覚がにぶくなった感じがした。風の冷たさはかすかにやわらぎ、心臓はほとんど音を立てず、皮ふは眠っているみたいに麻痺している。体だけのこと。セックスだけのこと。

わたしは道路を渡ってトニーに近づき、立ち止まった。トニーがカエデの木影から現れる。パーカーのポケットに両手を入れていて、ふてくされた子どもみたいだ。わたしはブラジャーにはさんでいた金をトニーに渡した。殺されないように見張っていてくれるくらい、トニーはわたしのことを愛している。だから、金を持ち逃げされるかも、なんて思わない。それくらいのこと、タイおじさんなら平気でするだろうけど。

「キアラ、聞いてもいいか」わたしを囲む静けさの竜巻のなかで、トニーの声だけが震えている。トニーの着ているパーカーには知らない大学の名前がブロック体で印刷されていて、自分はトニーが大学に行ったことがあるのかも知らないのだと思う。

わたしはうなずいた。こんな質問にノーと答えるわけにはいかないから。

トニーは下唇を左右に動かした。

「もし、その、おれが仕事を見つけて――まともな仕事って意味だぞ――しばらく金を貯めたら、おまえの面倒を見てもいいか？　まじめに言ってる。男ってのは女の面倒を見るものだろ」

トニーは口ごもり、わたしは高いヒールでぐらつく足でバランスを取ろうとしていた。逃げ道を探そうとしていた。トニーがどうしていまそんなことを聞くのかわからなかった。デヴォンに突かれた体がまだ痛いし、裸みたいな格好で心細いのに。

「そういう問題じゃないって、わたしもあんたもわかってるよね。そんなに簡単じゃないんだよ。いまはマーカスのことで手一杯だし」妹が家賃や携帯の料金を払わなかったら人生が崩壊するのに、マーカスはそのことに気付いてもいない。

「簡単じゃないけど不可能でもない」

「トニー、わたしは血縁の話をしてるの」

「血縁がすべてじゃない」トニーはわたしの手に指をからませ、手を握った。

「全部なくしたら、わたしには兄さんしかいない。わたしとあんたの関係とは全然ちがう。そうでしょ？」

トニーはうなずくことさえしなかった。声さえ発さなかった。かわりにパーカーのポケットに手を入れて金を取り出し、わたしの手のなかに押しこんだ。トニーは影のなかに消えていき、見えるのは暗闇だけになった。トニーがもういないことはわかっているのに、なぜか視線を感じた。むこうでわたしを待っているような気がした。トニーがいなくなったら、わたしを待つ人はもうだれもいない。

わたしはうしろを向き、一人で国際大通りにもどった。神様、全部をなくしたとしても、マーカスがわたしの影になりますように。わたしのすべてになりますように。

水がはねる音がして、わたしは正午ごろに目を覚ました。部屋で水の音を聞くのは変な感じだ。なじみがあるのになじみのない音。最高の気分で寝ていると、こんなふうにかならず邪魔が入るのだ。夢がダンスをはじめたまさにその瞬間に。ゆうべは朝の四時になってようやく眠りにつき、見たこともない色の花が咲きみだれる草原の夢を見た。ヴァン・モリソンっぽいブルースが流れていたけど、どこから聞こえてくるのかはわからなかった。花のなかで寝転ぶと、音楽が天空から聞こえていることがわかって、わたしは声をあげて笑った。空がわたしに歌いかけてくるなんて。雲のあいだから神さまが音楽の姿をして現れるなんて。わたしは裸だった。これまでもずっと裸だった。そのとき、突然水がはねる音がして、ブラインドのすき間から真昼間の明るい陽の光が射しこんできた。家具もないアパートのなかに。

ふらつきながらマットレスから起きて立ち上がり、玄関のドアを開けて手すりから身を乗り出す。お腹の部分で体がふたつに分かれる。脚とおっぱい。プールに目を凝らしているうちにぼやけていた視界がクリアになって、景色が浮かびあがってくる。テレビの砂嵐みたいな画面から、徐々に番組が映りはじめるときみたいだ。水面にトレバーの頭が浮かび、すぐにまた沈んだ。浮かんでは沈む。はしの浅いところなら足がつくくらい大きくなったのに、何度も顔を水につけては水中でくるくる回っている。魚になった男の子が何度も円を描く。

「なにしてんの？　そこ、犬の糞が落ちてるよ」わたしはトレバーに声をかけた。茶色くにごっていた水は、ろ過されたのか透明にもどっているけれど、空中にはたしかに糞のにおいが漂っていた。というより、ディーの元カレが嫌がらせをする前から、このプールは犬の糞並みに汚かった。

トレバーが水から顔を出し、のけぞるようにしてわたしを見上げた。頭のてっぺんには生まれつきあざがある。ゆがんだ円形の黒いあざが、母親のお腹のなかから出てきたあの日みたいにくっきりと見える。あの日は、アパート全体がディーと一緒に産気付いているみたいだった。ディーがうめくたびに、その声は通風孔から建物全体に響きわたり、窓から外へと漂っていった。住民たちはみんなしてディーとおなじくらい汗をかき、ディーがいきみはじめると、そわそわ歩き回っていまかいまかと気をもんだ。ママはうちの部屋の時計を見て二時間くらい待ったあと、わたしを振り返って言った。

「そろそろだね。行くよ」わたしは言われるがままにママと玄関を出て、ディーの部屋のドアをノックした。誕生の瞬間に立ち会おうと女たちが続々と集まってきて、八歳だったわたしは肩の震えをどうしても止められなかった。リーガル＝ハイの女たちは、一人残らずディーの部屋に詰めかけていた。ディーは床の上で手足をひろげてあおむけになり、雨雲からのぞく青空みたいに口を開けてあえいでいた。爆発し、雨を解き放つ直前の空みたいに。

ディーはおなじ言葉を繰り返した。「頼むからちょうだい。ロンダ、あれがないと耐えられないんだよ」

陣痛が治まるたびに、ディーはマントラみたいにそう繰り返した。あれというのはキッチンカウンターに置かれたコカインとパイプのことだ。妊娠がわかってヤクはやめたと話していたけれど、ディーの言う〝やめた〟というのは〝時々使う〟という意味だ。つわりと腰痛がひどい時だけなんだから、とディーは言った。幼なじみのロンダは何度頼まれてもコカインを渡さなかったし、女たちもカウンターとディーのあいだに陣取って赤んぼうを母親から守ろうとしていた。

ママは両腕を広げ、集まった人たちのあいだを強引に通り抜けた。わたしはママについて、部屋の真ん中で暴れているディーに近づいていった。

「赤んぼうはもうすぐ出てくるよ。ディー、いいかい？　あと一時間もすれば終わるんだからね。あと一時間。あと一時間」ママはディーのそばに両ひざをつきながらそう繰り返した。鼻歌みたいな声でなだめ続け、部屋にひしめく人たちもママの肺になったみたいにディーに声をかけはじめた。それは天国みたいにうっとりする時間で、わたしは無性にママのお腹のなかにもどりたくなった。ママの声の響きを自分の呼吸みたいに感じたかった。

ディーが悲鳴みたいな声でうめきながら全身に力を入れて震え、だけどママの声がディーの声をかき消して、それから少しして赤んぼうの髪の毛が見えたのだった。小さな丸い頭が、母親の体を裏返しにするみたいにして脚のあいだから現れた。甲高い産声が上がり、ママたちの声が高まっていくなか、わたしたちは赤んぼうがディーの体から泳ぐように出てくるのを見守り、出てきた頭は髪よりも血におおわれていて、ママが赤んぼうを抱き上げてディーの胸の上に置いたその一瞬はこのアパートで起こったなかでも最高に幸福で完ぺきな瞬間で、ディーはどしゃ降りみたいに叫んで叫んで叫び続け、またしてもコカインを取ってくれと頼みこみ、あざのある赤んぼうは母親の胸の上で身をよじって、とうとうロンダは根負けしてパイプを渡し、ディーはわが子の泣き声も聞こえないみたいな顔で空に飲みこまれていった。トレバーは泣き続け、ディーはほほ笑み、部屋はまたわたしたちの鼻歌でいっぱいになった。

トレバーはプールで水しぶきをはね上げながらわたしを見上げた。

「ボール落としちゃったんだ」声を張り上げて答える。

「なんの話？　学校はどうしたの？」

「ママがいなかったから寝坊しちゃって、学校に行こうとしてたらプールにキーホルダー落としちゃったんだよ。このキーホルダーがないと男子チームはゲームに負けちゃうし、おれも金がもらえない」

「金ってなんの？」とたずねたけれど、トレバーはそれには答えずまた水にもぐった。トレバーだとわかる唯一の印が水のなかで揺れている。プールサイドに脱ぎ捨てられた服は水しぶきで濡れていた。プールから上がったトレバーは、金属のバスケットボールがついたキーホルダーを片手に握っていた。ボクサーパンツがずり落ちて脱げそうになっている。肋骨はトレバーという存在から彫り出したみたいに浮きだしていて、それを見た瞬間にわたしの一日は夢みたいに消えていく。

プールへ続く階段を下りていくと、トレバーも服を小脇に抱えて階段を上りはじめた。わたしたちは階段の途中で合流した。九歳のトレバーはわたしより頭ひとつ背が低く、手足だけは制御不能に見えるほど長いけど、顔つきはまだ子どもっぽい。

「乾いた服に着替えてきな」わたしはトレバーを連れて階段を上りながら言った。

「どっか行くの？」トレバーが輝く歯をのぞかせて言った。この子はいつだってここから抜け出す機会をうかがっている。

わたしはトレバーの手からキーホルダーを取ってながめた。ぴかぴかに光っているところを見ると、毎晩丁寧に磨いて、寝るときも一緒なんだろう。「そんなにバスケがやりたいなら、やりに行こう」それを聞くなり、トレバーは弾かれたように階段を駆けあがり、自分の部屋に飛びこんでいった。もっと小さいころみたいに。トレバーの脚は成長して長くなり、いまでは自分がどんな人生を送っているかもわかっている。リーガル＝ハイを駆けずり回って手当たり次第にドアを叩いてた三歳のころとはちがう。だけどやっぱり、トレバーはいまも朗らかな子どもだ。

トレバーが生まれて最初の数年くらいは、ディーも母親の役目を果たそうとしていたし、少なくとも一日の半分くらいは家にいた。粉ミルクも買ってきて、クスリをやるためにべつの共同住宅へ出かけるときはだれかにトレバーを預けていった。預けていくのは決まって女の人で、わたしのママや、わが子が巣立ったあとリーガル＝ハイの子どもたちみんなの面倒を見ている〝おばちゃん〟たちだったりした。だけど、パパの死とママの逮捕のあいだくらいのときに、そのおばちゃんたちも全員いなくなった。この共同住宅がなにかに襲われて、住民全員がてんでバラバラに逃げていったみたいな感じだった。女たちは消えて無になった。自分から引っ越すことを選んだ人もいたし、強制退去させられた人もいたし、死んだ人も再婚した人もいた。なんにしても、マーカスとわたしの成長を見守ってくれていたおばちゃんたちは、トレバーが七歳になるころには一人も残っていなかった。あとには母親のいないわたしたちが残された。

そのころからトレバーはしょっちゅううちに遊びに来るようになって、わたしはあの子をバス停まで送り、放課後のおやつに渡そうとドリトスを取っておくようになった。トレバーを道ばたに放り出そうとするやつがいたらわたしが許さない。だから、家賃の値上げを知らせるビラが配られ、水玉模様がわたしの体にいくらの価値があるか示したとき、これがわたしたち全員を救い出す方法なんだと思った。きっと、これが自由になる方法だ。

自分の部屋にもどると、マーカスも起きていて、ソファにすわって目をこすっていた。

「おはよう」マーカスが言った。

わたしは兄さんのとなりにすわって、ゆうべのことを考えた。二人目の男の車のなかでどんな気持ちでいたか。トニーのうしろ姿のことも。一人でいる時とは感じ方がちがった。高まっていく恐怖や底なしの悔しさをもてあまして、ゆうべ帰ってきたあとはこれまでで一番長くシャワーを浴びた。水道料金のことなんかどうでもよかった。またあれをできるかはわからない。だけど、あれをせずに三人で生き延びる方法もわからない。

「マーカス、お願いがあるの」

マーカスはわたしを見ながら片手で頬杖をつき、続きを待った。

「昨日はたしかに一カ月はアルバムに集中していいって言ったよ。でも、やっぱり仕事をしてほしい」

マーカスはゆっくりとうなずきながらカーペットに目を落とし、またわたしを見た。

「わかったよ、キー。探してみる」

そんな返事は期待していなかったから、わかったよと言われた瞬間、部屋の酸素の量が増えたような気がした。兄さんがうなずいたことは、すべてがちゃらになる気がするくらいほっとすることだった。

「仕事ならあるかも。こないだレイシーに偶然会ったんだ。ダウンタウンのストリップクラブで働いてる。頼めば兄さんもそこで働けると思うけど」

「知ってるだろ。レイシーとはもうそんな仲じゃないんだよ」

「兄さんこそ知ってると思うけど、ほかに働き口なんてないんだよ」わたしはひざにできかけたかさぶたをいじった。「お願いだから」

マーカスはまたうなずき、わたしは兄さんにもたれて抱きしめた。水玉模様のことがあって以来、ずっと兄さんにハグしたかった。マーカスはわたしの頭のてっぺんにキスして、小便がしたいみたいなことをつぶやき、わたしはこの数カ月ではじめて、わたしたちは大丈夫かもしれないと思った。

マーカスは酒屋のトイレを借りに行き、わたしは上着をはおって共用部へもどった。リーガル＝ハイの部屋は、この円形の共用部を中心にして並んでいる。糞のにおい漂うプールは共用部の真ん中にある。トレバーはまだ来ていなかったから、わたしは勝手に部屋に入ることにしてドアを開けた。すると、そこにはブルースを踊る九歳がいた。ボクサーパンツ姿のトレバーが踊っている。素速いステップ。縦に揺れる頭。

音楽はマットレスに置かれた古いステレオから流れていた。雑音まじりのディスコミュージックなんか、トレバーの歳なら聴いたこともないはずだ。なのにトレバーは、わたしの最高な夢みたいに踊っていた。わたしはトレバーに突進し、タックルしながら抱きしめた。トレバーは子どもっぽい楽しげな悲鳴をあげてわたしを押しのけた。

「もう行くから服を着て」わたしは息を弾ませながら言った。二人して倒れこんだ薄汚いラグに自分の背骨がぴたりと沿っているのがわかる。トレバーははしゃいで弾むように動き、あっというまに服を着た。わたしは先に立って玄関のドアを開け、昼の光のなかへ出た。やわらかく輝く太陽の下にはわたしとトレバーだけがいた。

＊＊＊

午後早い時間だから、本当ならここにいる全員がどこかの教室にいなきゃいけない。だけど、バスケのコートは汗と地面をこする足でいっぱいだ。スニーカーをはいた足が煙でも立ちそうなくらい素速く動いている。わたしは空と同化しそうないくつもの体に視線を走らせた。となりに立ったトレバーは、やせた胸の前でやけに大きく見えるボールを抱えて、黙ってみんなを見ていた。スケボーをするアレを見るとき、わたしもいまのトレバーとおなじ顔になる。魅入られて動くこともできない。

　コートのはしに立っていると、女の子が一人近づいてきた。バスケ用のショートパンツが、ゲームでかいた汗で太ももに張りついている。腰まである細い三つ編み《ブレイズ》をポニーテールに結び、汗だくで、湾《ベイ》とおなじにおいがする。年はせいぜい十二歳くらいなのに、永遠に生きているようにも見える。

「はじめて見る顔だね」女の子は敵意のにじんだ声で言った。

「見えてなかっただけじゃない？」わたしはトレバーの肩に右手を置いた。自分たちをつなぎ合わせて安全ネットを作りたかった。

　トレバーが女の子に一歩詰め寄った。「何カ月か前から午前中のゲームに賭けてた。おまえら女子チームのおかげでけっこう稼いだよ」

　こんなトレバーを見るのははじめてだ。相手の喉元に言葉のナイフを突きつけている。

　女の子はボールを人差し指の先でくるくる回し、トレバーもおなじことをした。痩せたトレバーが持つとボールは妙に大きく見える。

「賭けてたって、あたしに？」女の子は言った。

「正確にはあんたが負けるほうに。勝てないやつに賭けたら金がもったいない」

　女の子の体温が上がり、汗のにおいがむっと強くなった。「ボールの持ち方もわかってないんだから、そんな口利くのはやめときな」

わたしたちは売り言葉がどんなふうに響くのか知っている。こぶしを使わないケンカなら進んで買うし、そうやって生きのびる。湾《ベイ》みたいなにおいの女子《ガール》は両足を広げて立ち、急に大きく見えた。空間を少しでも多く占めればなにかに勝てると思っているのだ。トレバーは実戦を重ねてきたみたいな口ぶりでルールの説明をはじめた。ツーオンツーで先に十一点取ったほうが勝ち。ファウルをしたらそこで退場。ベイガールと組む女の子が、一部始終を聞いてたみたいな顔で近づいてきた。小柄だけど腕はたくましい。胴から伸びた両腕をかすかに揺らしている。その子の汗はジャスミンみたいな甘いにおいがした。ここへ来る前に母親の香水を勝手に使ったんだろう。

「こっちも暇じゃないからはじめよう」わたしは二人にそう言うと、トレバーに両手を差し出してパスの合図をした。ボールが回転しながら宙を飛んできて、手のあいだに収まる。

ジャスミンガールは顔をしかめてだるそうに振り返り、コートのむこうにいる男の子に声をかけた。十四歳くらいの男の子で、バスケをするには痩せすぎだ。ふとしたはずみに骨にひびが入り、肋骨がばらばらになりそうだ。

「ショーン、審判やって」

痩せた男の子はゆっくりと近づいてきた。わたしは、怯えの気配を探してトレバーの顔を見た。だけど、その顔に怯えは浮かんでいない。それどころか、どう猛な決意で顔がゆがんでいる。幼い子どもはこんなふうに激しい怒りを解き放つことができる。唇をなめて自分の汗の味を感じた瞬間、わたしもベイガールを丸飲みにしてやる準備が整った。手も足も全部。

ショーンを真ん中にして、わたしたちはコートの左右に分かれて立った。わたしはショーンにボールを投げた。

「卑怯な真似はすんなよ。まだケンカの時間じゃないからな」そう言ったトレバーの声ははっとするほど低くて、喉の奥から這い出て舌の上で砕けたみたいに聞こえた。

「なにかするとしたらそっちでしょ」ベイガールが吐き捨てるように言った。

わたしもトレバーとおなじしかめっ面でうなずいた。「いや、そっちだね」

トレバーの両手が体の両わきでぴくっと動く。いつでもゲームに飛びこんでいこうと、両足を広げて立っている。最後にバスケをしたのがいつかも忘れたけど、トレバーが勝ちたがっているなら、わたしは後半戦のステフィン・カリーにだってなってやる。トレバーが望むものすべてになる。

ショーンは突然ゲームをはじめ、ベイガールにボールを放った。ベイガールがボールをキャッチし、腰を落として右へ動き、左へ動き、だっと前へ飛び出す。速すぎて、トレバーもわたしも相手を止めようと考える暇さえなかった。ベイガールがシュートを放ち、ボールは本当の居場所へもどっていくみたいに、ゴールの輪っかをシュッとくぐった。わたしとトレバーは呆気にとられて立ちつくしていた。予想外の速さだったのだ。湾みたいな子《ベイガール》には塩《ソルト》みたいにタフな足。

わたしはトレバーに近づき、耳元で言った。「大事なのは動き方。考えずに動こう」

ゲームが再開すると、トレバーはまたしてもボールをつかみそこね、ベイガールの相棒がドリブルをはじめた。トレバーが首を横に振ったから一瞬泣き出すんじゃないかと思ったけれど、こっちを見たトレバーの目は闘志に燃えていた。

ようやくボールを奪い返すと、さっきより重くなった気がした。わたしのパスを受け取ったトレバーがコートを全速力で走りだす。ベイガールが追いつくのと同時に、トレバーがスリーポイントのラインからシュートした。重量が消えたみたいな、高い高いジャンプ。ボールはわたしたちの頭上で放物線を描き、そのまままっすぐゴールの輪っかに飛びこんでいった。

トレバーが荒い息をつきながら地面に着地し、駆けよってくる。わたしたちはハイタッチし、背中を叩きあい、落ち着こうとしながらどうしようもなくはしゃいでいた。トレバーはつま先立ちで何度も飛び跳ねた。小さいころ、このコートで一緒に遊んでいたアレとおなじ仕草だった。わたしとアレは肘で押しあい、あとで痣になっていることに気付くと、また声をあげて笑いあった。もうアレとバスケをすることはないけれど、大人になったからやめたとかそういうことじゃない。わたしに痣ができることにも、自分の骨がわたしの肌を本来とはちがう色に変えてしまうことにも、アレが耐えられなくなったから。アレはなにかというと痣のできたわたしのお腹に触れようとした。死にかけたリスに触ろうとするみたいな手つきだったし、何度やめてと言っても、アレ自身にもどうしようもできないみたいだった。アレは、いまも時々、死にかけたリスを見るみたいな目つきでわたしを見る。

だけどわたしはこうしてまたコートにもどり、ぴょんぴょん飛び跳ねるトレバーをながめている。トレバーはいま、勝つことでだけ得られる興奮と自信にあふれて、ボールを天の恵みみたいに抱きしめている。ベイガールはますますわたしたちのことが嫌いになったみたいで、ゲームはどしゃ降りみたいに激しくなり、トレバーとわたしは相手チームのオフェンスを防いで何度もシュートした。ボールが輪っかをくぐりぬけると深呼吸をしたみたいな気分になって、まもなくわたしとトレバーの肺は深々と満たされた。ゲームが終わるころには二人とも汗だくで、笑いそうになるのをこらえながらベイガールたちにうなずき、コートから通りへ出た。いまのトレバーくらい晴れやかな顔をした男の子は見たことがない。左の腕でボールをかかえ、家へむかって歩いていく。

だけど、リーガル＝ハイが近づくにつれて、トレバーのよろこびがしぼんでいくのが手に取るようにわかった。笑みが消えていき、あとにはやせたぶっちょう面が残った。ほんの十分前にはダンスするみたいに飛びまわっていたのに、いまそのことを思い出させるのは頬を流れる汗だけ。わたしは門の掛け金を外しながらトレバーの肩をつかんだ。わたしたちは汚れたプールのそばに立ち、ハイ通りは聞こえてくる音のなかだけに存在している。トレバーは暗い顔のまま。わたしは腰をかがめてトレバーを正面から見つめた。顔をそむけようとしたので、汗でずぶぬれの後頭部をつかんでこっちを向かせた。

「どうしたの?」きつい言い方をするつもりはなかったのに、トレバーの表情を見るとそんな口調になっていたらしい。

「べつに、痛くない」小さくて高い声だった。

「大丈夫? どっか痛い?」

「じゃあどうしたの?」

見ればわかった。トレバーの内側でなにかが風船みたいにふくれ上がっていく。トレバーを内側から押し広げながら、メリット湖の水面に浮いたあぶくみたいにふくらんでいく。あぶくは互いに押し合って弾け飛び、やがて水面はそれまでとおなじように輝きはじめる。トレバーはいまにも爆発しそうだった。皮ふの内側から寂しさがあふれ出して空中を漂っていた。

「おれ、出て行きたくない」そのひと言でトレバーをつなぎ合わせている縫い目がやぶれたみたいだった。破れたところから涙があふれ、汗に混じっていく。

わたしはトレバーを抱きしめた。ボールが落ちて敷石の上を転がる。「どういう意味?」耳元でたずねる。

トレバーはすすり泣きながら答えた。「ママがずっと帰ってこなくて、バーノンさんがしょっちゅうドアを叩いて、家賃を払わないなら出て行けってずっと言ってくる。おれ、見つからないようにずっと隠れてるんだよ」トレバーは続けた。家賃を稼ぐためにバスケの試合に賭けていること。賭けに勝っても学校でランチを買うと全部なくなってしまうこと。ランチをこっそり半分残しておいて、それを夕食にしていること。そのうち大きくしゃくりあげて話せなくなり、わたしはトレバーをきつく抱きしめた。トレバーの震えが止まり、体がくたりともたれかかってきたので、抱きしめすぎて息が止まってしまったんだろうかと不安になった。トレバーは暗い顔のままわたしについて自分の部屋へもどった。わたしはトレバーをマットレスに寝かせて部屋を出た。トレバーは眠りに落ちそうにも、また泣き出しそうにも見えた。

宙を舞った記憶は胸のなかで結晶になり、写真みたいにいつまでも残る。汗だくで、地面を蹴り、空に近づいたわたしとトレバーの姿。アレとマリファナ。浮かんでは消える笑顔。サンデー・シューズ。葬式の日。そんな瞬間を思い出すとき、わたしは自分の体が通貨だということを忘れられたし、ゆうべ自分の身に起きたことは意味をなくした。トレバーが深々と息を吸っては吐く姿を思い描くとき、わたしは子どもがどれだけ神聖な存在なのか思い出す。そして無性にママの子守唄を聞きたくなる。あの子守唄は夢のなかでしか思い出せない。

マーカスがストリップクラブで働き出して一週間がたった。この日マーカスは、今夜店に寄ったら料理番に頼んで夕食を食わせてやるよ、と言った。ストリップクラブに入っていくと前に来たときとはちがって油っぽくて明るくて、電気がやっと正常に点いたみたいに見えた。マーカスはわたしに気付くとバーのうしろから出てきてハグをして、小さいころよくしてたみたいに、わたしの頭を胸に押しつけた。

「ちょっとすわっとけ」マーカスはバーの裏にもどり、わたしは前とおなじスツールにすわって店内を見回し、水玉模様がいないか確かめた。水玉模様はいなかったけれど、あいつがすわってた席にはあの夜の記憶が漂っていて胃が痛くなる。店は仕事終わりの客で混みあっていて、どの客もそれぞれの席にすわり、店内には低音の激しい音楽《ファンク》が流れていた。

マーカスが働いているところを見るのは新鮮だった。黒いTシャツが筋肉の盛り上がった体に張りついていて、普段のマーカスよりずっとおとなしい。こんな話し方やきびきびした歩き方ができるなんて知らなかった。マーカスは、もうすぐフライができるからなと言ってわたしのコップにクラブソーダを注ぎ、客の注文を取りに行った。

十分くらいして、レイシーがバックヤードから現れた。フライを盛ったかごを持っている。「これ、あんたのだって」レイシーがフライのかごをわたしの前に置いた。

「ありがと」わたしは笑顔で言った。「フライのことだけじゃない。わたしたちを助けてくれてありがとうって意味」

レイシーはうなずいた。「マーカスとは疎遠になっちゃってたけど関係ない。あんたたちはわたしの家族だから」

レイシーはポケットからメモ帳を取り出し、バーの別の席にいる若い女性の注文を取りに行った。

マーカスがバーのむこうに現れ、わたしのフライをいくつかつまんだ。

「なんか楽しそうだね」わたしは言った。

「ここはきらいじゃない」マーカスは肩をすくめた。「そりゃスタジオに行ければ最高だけど、ここも悪くないな」

マーカスとレイシーは厨房とバーやテーブルを何度も往復して、そのたびに十くらいの皿やコップを巧みに運んだ。マーカスがハラペーニョ・ポッパー（ハラペーニョにチーズやベーコンを詰めて揚げた料理）みたいな料理を持ってきてくれて、わたしはその味に夢中になっていたので、ステージそばのテーブルへ行ったマーカスがかすかに震えていることにすぐには気付かなかった。テーブル席にはスーツ姿の男が二人いて、マーカスをにらみながらチキンウィングのバスケットを押し返そうとしていた。マーカスは首を横に振ってバスケットを受け取り、こっちへもどってきた。バーではレイシーがカップルにお酒を注いでいる。

カウンターに近づくころには、マーカスは露骨に早足になっていた。

マーカスはバスケットを叩きつけるようにバーに置き、低い声で言った。「あのクソども、おれの話は支離滅裂だとよ」マーカスはカウンターの前で歩き回りながらののしり続け、その声は次第に大きくなっていった。クラブのなかは静まりかえり、マーカスのどなり声だけが響いた。

レイシーがマーカスの腕をつかもうとした。「ちょっと、どうしたの？」

マーカスはレイシーを押しやった。

「マーカス、やめて」わたしが言うと、マーカスはこっちを見た。怒りで口元がゆがんでいる。床につばを吐く。

「客の注文なんか取ってられるか」マーカスはチキンウィングをわしづかみにすると、バーを回りこんでステージそばのテーブルへもどり、スーツの男たちの足元に投げつけた。チキンとランチドレッシングがそこらじゅうに散らばる。マーカスは両腕を広げ、その場でゆっくりと回転しながら声を張りあげた。「てめえらもすぐにおれの名前を聞くようになる。おれはマーカス――マザファッキン――ジョンソンだ。てめえらの給仕なんかやってられるか」マーカスは不自然なほど長く首を横に振り、胸を張ってまっすぐに店の出口へむかった。おまえも来るかとわたしに聞くことさえしなかった。

＊＊＊

家まで歩きながら、わたしは水のなかを歩いているような気分になった。すべての音がくぐもって、なにもかもが冷たくて動いていて、なのにさっきのブロックといまのブロックのちがいがわからない。海のなかにいると自分が輝いているような気がするけれど、そのうち、自分の肌が光を反射しているだけで、指なんてしわしわになっていることに気付く。この日の夜、無人の通りを歩いているとそんな感じがした。

マーカスが遅かれ早かれああなることくらい、わかっていたはずだった。たぶん、まだ食料品を買

う お金さえ稼いでいない。兄さんが大人になれないことにも腹が立ったけれど、それより、あの兄さんががんばってくれるかもしれないと期待した自分に腹が立った。兄さんが大人になろうとしていたのは本当だと思うし、それは基本的にわたしのためだったとも思う。だけど、結局マーカスは怒りを抑えて仕事をこなすことができなかった。それでも責める気持ちにはなれなかった。兄さんは何年もいろんな感情を押し殺してわたしたちのためにがんばってきたから。だけど、タイおじさんが大成功したことを知ったあの日、マーカスのなかでなにかが弾けた。失敗という贅沢が許される状況ではないことが、兄さんにはわかっていない。いまのわたしたちに失敗は許されない。

わたしはレイシーにマーカスのことを謝って、バスで家に帰った。マーカスは帰っていなかった。わたしは急いで服を着替え、短い顧客リストのアドレスにメールして、今夜会えないか聞いた。明日からまた仕事を探そう、と胸のなかでつぶやく。こんなのはいまだけのこと。生きのびるにはこうするしかないんだから。怖くなかったと言ったら嘘になる。わたしは怖かった。それでも、これ以上失わないためにはわたしがみんなを支えなくちゃいけない。わたしがいなければ、飢えていないかとトレバーのことを気にかける人はいなくなるし、マーカスはソファで眠ることができなくなるし、わたしはこれまで以上に自分自身の葬式の日に近づいてしまうだろう。

デヴォンの友だちの一人が八時ごろ迎えに来て、わき道に車をとめた。助手席を倒して横になると、男はわたしを自分の上にまたがらせた。わたしたちの体の熱で窓はくもっていて、パトカーがサイレンをとどろかせながらそばを走っていくと、赤色灯の光がくもったガラスから射しこんできて、それがなぜかやけにまぶしかった。わたしは動くのをやめた。じっとしていれば見つからない、警官たちがパトカーを降りてきて窓をノックすることもないと思っているみたいに。青い制服姿の警官たちが、こんなことをしているこんな女を見つけたらどうするか、わたしはよく知っている。下にいる男がなんで止まるんだと言ったけれど、わたしは答えなかった。警官が現れ、懐中電灯のまぶしい光に目がくらむ瞬間を待ちかまえていた。

サイレンの音はだんだんと夜のむこうに消えていき、窓をノックする警官も現れなかった。なのにわたしは、警官に手首を結束バンドで縛られ、パトカーの後部座席に押しこまれる想像をやめられなかった。男の体から下りると、男はかんかんになってわたしをクソ女と呼んだ。殴られそうな気がして、わたしは車を飛び出して走りはじめた。

いま、わたしは歩いている。街灯はスポットライトみたいな光を落としていて、だれかにつけられてるみたいな感覚が消えない。だけど海のなかにいるといろんな思い込みをするものだし、今夜のわたしは海に沈んでいるから。

ぼんやりと、アレがこんな時間まで外にいて、ばったり鉢合わせしたらいいのに、と思う。通りを歩いているわたしを見つけて、家に連れて行ってくれたらいいのに。こんなありさまの自分を見られたいわけじゃないし、きっとアレはわたしと目を合わせようともしないだろう。それでも、アレなら安全な場所に連れて行ってくれる。アレの腕は温かいだろう。結局わたしたちが鉢合わせすることはなかったし、そもそも連絡をずっと無視してるから、いまのアレはわたしの顔なんて見たくもないだろう。

アレは大きな夢を見続けながら、小さな人生を生きてきた。

アレに出会ったのはマーカスにくっついて行ったスケートパークだ。スケートボーダーたちのなかでアレだけが輝いて見えた。マーカスはアレともしょっちゅうつるんでいたのに、高校へ入ったとたん、アレなんてガキだと決めつけるようになった。アレは、中学生のころから、映画の矛盾点に気付いて教師を質問攻めにするような子だった。この町の枠組みからはみ出すような考え方を持っているのに、わたしたちよりずっと本気でこの町で生きていた。アレが高校を卒業したあの日は、わたしの人生のなかでも一番衝撃的で感動的な日だったと思う。マーカスとわたしにはできなかった——できると強がることさえできなかった——ことをやりとげたのだ。去年一年間は、アレがどの大学に決めたか告げられる日を待ちかまえ、いつか来る別れにそなえて心の準備をしていた。だけど、高校を卒業する年におばさんが軽い脳卒中を起こし、そのことでアレの計画は変わってしまったらしい。アレはここに留まるべき人じゃなかったのに、留まるしかなくなった。

　だからってアレが不幸だというわけじゃないけれど、アレにはいまも夢がある。アレはいつもほかの人たちのことを気遣っていて、この世にはひどい目にあっている人がどれくらいいるんだろうと考えている。家に食べるものがない家族に内緒で食料をわけたりもしている。タケリアの裏口から困っている家族をこっそり呼び入れて、自分で作った料理を詰めた袋を持たせて帰すのだ。だけど、本当はそれ以上のことをしたがってる。スケートボードで路上へ乗り出し、世界の苦しみを癒やしたいと願ってる。それはわたしや姉さんと一緒じゃできないことだ。

　アレの姉さんはアレが十二歳のときに失踪した。クララはアレより二歳上で、キャッスルモント高校に入ったばかりだった。アレによれば、高校に入ってからの数カ月、クララは様子がおかしかったらしい。そして、十一月のある日の放課後、クララは手伝うことになっていた〈ラ・カーサ〉に帰ってこなかった。家族は通報したけれど、警察は基本的な情報だけ聴いてクララをなにかのデータベースに登録しただけで、それ以上のことはなにもしなかった。テレビで報道されることもなかったし、アンバー・アラート（児童が失踪したときに出される緊急警報）が出されることもなかった。女性の警官が、できることをしますと言っただけだった。

　クララが失踪してから二日間、アレたちの母親がポスターを作り、わたしとアレはそれを写真に撮ってフェイスブックとマイスペースにあげ、街中をまわって電信柱や標識に貼った。クララが失踪してからの数週間、街中の酸素がなくなったような感じがした。息をするだけの空間がなくなって、次に呼吸ができる時をずっと待っているような気分だった。それから数ヵ月がたってもオークランド《O》市《P》警察《D》からはなんの報告もなくて、わたしたちは少しずつクララがいなくなったことを理解した。いなくなったということは死んだということより意味がある。この街では、失踪は誘拐を意味するかもしれないから。いまのわたしみたいに、どこかの通りを歩いているかもしれないから。

もう家にむかっているなんて、わたしはなにをしているんだろう。お金を稼がなくちゃいけないし、時間だってまだ早い。だけど、こういう切羽詰まった感覚というのは筋が通っていないものなのだ。わたしは肌の上で波立つ風を感じながら小道に入り、ハイ通りへもどってリーガル＝ハイへ帰っていった。歩きながらクララを探してしまうことがある。通りの陰にクララが隠れていないか目をこらしてしまう。そうしながら自分に言い聞かせる。わたしはクララとはちがう。これは自分で決めたことだし、わたしはもう大人だし頭もいい。最近は自分が本当にそう思っているのかさえわからないけど。

門を押し開けると、プールが素知らぬ顔でわたしを出迎える。通りを歩いていたあいだも、ずっとわたしにつきまとっていたくせに。いつもの青に、いつもの輝き。ヒールをはいていると、階段はやけに大きくて永遠に続いているような気がする。一段上るたびに足首がぽきっと鳴って、階段にうんざりした関節が逃げ出そうとしてるみたいだ。踊り場についても、自分の部屋に急ぐこともトレバーの部屋に行くこともしなかった。かわりに、ゆっくりと歩いた。並んだドアの前を歩いていると、わたしに呼びかけているみたいなくぐもった音が聞こえた。子どもの金切り声。流れるような笑い声。だれかを叩く前の小言みたいな声。やかんのお湯が沸く音。

トレバーの部屋の前では耳を澄ましたりしない。音なんか聞こえないことはわかってる。トレバーが言ってたようにディーはもう何週間も帰ってないし、わたしの知ってるかぎり、トレバーは眠ってるかチェリオスを食べてるかのどっちかだ。

トレバーの部屋のドアには、また新しいビラがテープで貼られていた。七日以内に家賃を払わなければ強制退去させると書いてある。バーノンはその通告を簡潔明瞭に書き、サインさえしていなかった。自分の部屋に歩いていくと、ドアにはやっぱりおなじビラが貼られていた。風に飛ばされて空高く舞い上がってしまえと念じながら、わたしはドアを開けて叩きつけるように閉めた。ヒールを部屋のむこうまで蹴っ飛ばすみたいにして脱ぎ、眠っているマーカスのとなりでソファに沈みこむ。

マーカスが身動きし、目をしばたたかせてあくびをしながら、顔だけ動かしてこっちを見た。耳の下で、薄くなったタトゥーが動く。「大丈夫か?」

わたしは動きも息も止めて自分の太ももをみつめ、どこにいたのか聞いてくれたらいいのにとぼんやり思う。「大丈夫じゃない」

マーカスは寝そべったまま動かない。「心配するなって」

「無理」

マーカスは体勢を変えた。「だから、悪かったよ。キー、おれだって迷いながらやってんだよ。それでもおれには信念があるんだ。いいからもう寝ろ」そう言うとマーカスは寝返りを打ち、顔が背もたれに押しつけられて見えなくなった。

わたしはソファから立ち上がり、バスルームへ行った。

十六歳の誕生日のとき、マーカスはとっておきのプレゼントがあるぞと言った。あのときも、わたしたちはソファのうしろのカーペットにすわっていた。ママがいなくなったあと、わたしとマーカスはいつも二人でそこにいたから。わたしたちはプラスチックのフォークで箱から直接ケーキを食べていた。そのころのマーカスは町をぶらついてるか仕事をしてるかのどっちかだったけれど、誕生日の日はおまえのために一日空けてるからなと約束して、ちゃんとそのとおりにした。わたしが高校を辞める前で、そのころは酒屋の〈ボトル・キャップ〉で週に二回だけ数時間働き、マーカスはパンダエクスプレスで働いていた。あのころはまだ一緒に生活を回していたけれど、しばらくするとマーカスはコールに出会い、タイおじさんのアルバムが出て、それっきりがんばることをやめてしまった。「なに?」プレゼントがあると言われたときも、それはマーカスと一緒に過ごすという意味だろうと思っていた。というか、それで十分だった。

マーカスが満面の笑みを浮かべて、それまでで一番銀歯がよく見えた。銀歯ができた日も、マーカスは口を大きく開けてわたしに見せびらかしてきたけれど。マーカスはカーペットから立ち上がって部屋を出ていき、バスルームへむかった。兄さんがバスルームに入るのは一年以上ぶりのことだったから、ついて行ったほうがいいかもしれないと思った。床にしたたる水を見てパニックにならないように、手をつないでおいたほうがいいかもしれない。だけど、わたしが動けないでいるうちにマーカスはもどってきた。手には針を一本持っていた。

「ズボンかなんかの穴をつくろえって?」

「ちがうよ。おれがおまえにピアスを開けてやるんだ」

「は?」

「ピアスを開けたいってずっと言ってたろ。そういう店に連れてってやる金はないけど、やり方の動画ならけっこう観たし、レイシーにこいつももらった」ソファの背にかけてあった上着をつかみ、ポケットから小さな袋を取り出して手のひらの上で振った。すると、なかから、葉っぱをかたどったピアスがふたつ転がり出てきた。

「本気？」

マーカスはまたにっと笑った。「大本気だよ。準備はいいか？」

カーペットの上にすわると、マーカスがとなりで両膝をついた。手には氷を入れた深皿とりんごのスライスを一切れ持っていた。

「その針、ほんとにきれい？」ピアスを開けるのははじめてだった。何年ママに頼んでも、絶対に許してもらえなかった。「痛いの？」

マーカスはうるさそうに手を振った。「きれいだって。いいから黙っとけ」

マーカスは立ち上がってキッチンへ行き、コンロをつけて針を火であぶった。もどってくると、わたしの顔に手を添えて自分のほうを向かせた。「キー、言ったろ？　おれがついてる」そう言ってじっと見つめられ、わたしは九歳にもどったような気分になった。一緒に湖のそばの森へ行き、兄さんが仲間と一緒にマリファナパイプに火をつけるのを見ていたことを思い出す。マーカスは生まれつきやり方を知っていたみたいにパイプを吸った。兄さんを見ていると仲間に入れてもらいたくなる。兄さんが行くところならどこへでもついていきたくなる。

「やって」わたしはぎゅっと目をつぶり、マーカスの肩を爪が食いこむくらい強くつかんだ。耳たぶの裏にりんごのスライスが当てられるのがわかった。

「了解。三つ数えたらやるからな」

三で肩をつかむ手に力をこめ、二でもっと固く目をつぶり、一で悲鳴をあげた。だけど、マーカスはウソをついて、二と数えたときにはわたしの耳たぶに針を刺していた。軽くつままれたくらいにしか感じなかった。マーカスは針を抜いて耳たぶの裏に氷を当て、不器用な手つきでしばらく格闘したあげくに、ようやくピアスを穴に通して金具を留めた。それから、コンロの下からフライパンを取ってきてわたしの前にかかげ、耳が見えるようにした。耳たぶは腫れていて、真ん中に小さな葉っぱのピアスがついていた。わたしはマーカスを見上げて笑った。最高の気分だった。

「次もいけるか?」

　わたしはうなずき、もう片方の耳をマーカスに向けてすわり直した。そのとき、マーカスが部屋のむこうの小さなテーブルを見ているのに気付いた。テーブルはキッチンとドアのあいだにあって、そこには唯一の家族写真がのっている。真ん中にはママがいて、両腕を家族みんなの肩に回している。パパは真っ白な歯を見せて立っていて、サックスを取って演奏をはじめようとしてるみたいだ。兄さんがこんなにむき出しでちっぽけに見えるのは数カ月ぶりのことで、なんとなくわたしはほっとした。

　二回目のとき、兄さんはカウントダウンをしなかった。つまれたどころか耳を裂かれたような感じがして、燃えるような痛みが襲ってきた。生温かい血が首筋を伝いはじめる感覚がして、マーカスが小声でクソとつぶやいた。わたしは叫ばなかった。血まみれの針を持つ兄さんをただ見つめた。二年ちかくたったいまでもカーペットには血の染みが点々とついているし、わたしの耳たぶには薄い傷跡が残っている。それが自分のせいだと知っているのはマーカスだけ。あれから二、三日後、アレが失敗したほうの耳にピアスを開けてくれた。ゆっくり、慎重に。

　あの誕生日から五日間、マーカスはノートからやぶった紙に新しい歌詞を書き、毎晩わたしに持って帰った。わたしのことをうたった歌詞ではなかったけれど、伝えようとしていることははっきりとわかった。そのころには、おまえの面倒はおれが見ると宣言してから一年以上がたっていたけれど、兄さんはまだそのための努力を続けていた。少なくともわたしのために言葉をつむいでくれた。いまでも時々、わたしの悲しみを癒やすためならすべてをなげうとうとする兄さんの姿が垣間見える。わたしのために仕事をはじめたときみたいに。それでも、兄さんはやっぱりどんどん他人みたいに遠くなっていく。

わたしはバスタブを見つめた。全然使ってないから四隅にカビが生えている。考えるより先に、わたしは電話をかけていた。話をする準備なんてできてないのに。やがて夜勤の看護師が電話に出た。ちょうど「自由時間」だったみたいで、どうかママに代わってほしいと頼みこむ必要さえなかった。少しして、ママが電話口に出た。全身からいろんなものと一緒に血の気が引いていく感じがした。体の中身が蒸発していく。

すべての記憶がばらばらにほどけていったとしても、自分の母親の声を忘れることはない。わたしのママの声はざらついていて、カサンドラ・ウィルソンみたいに低く、わたしの腰のあたりを包みこんでぎゅっと抱きしめてくる。

わたしは声を出した。「ママ?」

ママはためらうことなく返事をした。「ベイビー、元気?」ママの喉から神様が漂い出してきた感じがした。全部の恐怖が消え去ったような感じがした。

「ママが必要なの」そう言ったわたしの声は小さくて、ママに聞こえたのかもわからなかった。

ママが咳をした。「ベイビー、どうしたんだい?」ざらついた声には自信があふれていて、ママがわたしからの電話を待ちわびていたことがわかった。

「もう頭のなかがぐちゃぐちゃで」

「そうじゃない人なんかいないんだよ」そう言ったきりママはだまりこんだ。たぶん、わたしがなにか言うべきなんだろう。それともこのまま電話を切って、電話をかけたこと自体忘れるべきなんだろうか。やがてママの声がまた漂ってきて、わたしはその響きに身をゆだねた。「ずっとおまえのことを考えてたんだよ。先週もここの仲間に話してたんだ。おまえがよくあたしのために描いてくれてた絵のこと。覚えてるかい？　おまえがいっつもおなじ色でばかり描くから、学校には赤以外のペンもあるだろうって言ったんだよ。だけど、おまえは赤が好きなんだってゆずらなくてね」

「覚えてるよ」どんな絵だったかはほとんど覚えていないけれど、わたしが似たような絵ばかり描かないように、先生が赤いペンを隠そうとしてたことは覚えている。だからわたしはほかの子に頼んで赤いペンを貸してもらい、なんだったかは忘れたけれど、なにかべつの貴重な物を渡さなくちゃいけなかった。

「マーカスはちゃんとあんたの面倒を見てるの？」ママが言った。

「今日、仕事をやめたよ」

「じゃ、あんたが仕事をすればいい。役立たずの子に育てた覚えはないよ」こんな時だというのにママの声が高くなる。お説教がはじまるときの声色だ。

「そんなに簡単じゃないから。わたしだって働いてるけど給料は安いし、家賃まで上がるんだよ」

ママが声をあげて笑った。

「なに？」

答えたママの声は不自然に明るかった。「はじめて電話をかけてきたわけがはっきりしたよ。ベイビーはお金がほしいんだね」

「わたしもバカじゃないから。ママにお金がないのは知ってるよ」わたしはムッとして返した。

「だからって、お金を持ってる人を知らないってことにはならないだろう」

わたしは鼻で笑った。「刑務所のお友だちのお金なんかいらない」

「あんたのおじさんが金持ちだってことは知ってるだろう？」

「ママが刑務所に入ったら秒でこの町を出ちゃったけどね」

「タイの番号ならまだ持ってるよ」ママが言った。見なくても、その顔に大きな笑みが浮かんでるのがわかる。「家族ってのはお互いを守るもんだ。そうだろう？」

家族のあり方についてママが説教するなんて皮肉な感じがした。ママこそ家族をばらばらにした張本人だ。うちの一家はママがはじめ、ママが終わらせた。お互いを守らなくちゃいけないと説く、まさにその声で。ママはわたしたち家族を守れなかったのに。時々、ママが愛したのはパパだけなんじゃないかという気がする。

パパとママの愛の物語には偶然の要素がこれっぽっちも入っていない。

ママは運命だとか神の思し召しだとかをものすごく重んじるくせに、他人のやっていることになにかと首を突っこんで、物事を自分の思い通りに動かしてしまう。パパは一九七七年にブラックパンサー党に入った。当時パパはまだ十九歳で、組織は弱体化しつつあったけれど、それでもパパは革命に夢中になって「同志」という言葉を連発していたらしい。気温三十二度の暑さでも黒しか着なかった。活動といっても党の新聞を売るとか書類整理とかばかりだったけど、なにかに参加できる機会は逃さなかった。

その騒動が起きたのは、ウェスト・オークランドの七番通りだった。パパは仲間と一緒に党の仕事へむかおうとしていた。ライフルをかついでベレー帽をかぶり、革の上着にズボンというお決まりの格好だった。パパはいつもその時のことを〝攻撃された〟と表現した。警官が何人か近づいてきて、いきなりパパたちをどなりつけたのだという。あっというまにパパは手錠をかけられてパトカーの後部座席に押しこまれ、逮捕に抵抗したという罪を着せられた。

パパによれば、行動を起こしたのは友だちのウィリーだったらしい。パパと事件のことを手紙に書いて、全国のブラックパンサー党の支部に送った。やがて、国中で抗議の声が上がり、看板が立ち、こぶしが突きあげられた。はっきりとそう言ったことはないけれど、パパは逮捕されたことが誇らしかったんだと思う。エレイン・ブラウン（ブラック・パンサー党初の女性党首）の右腕だとかいう男性がいろんなところでパパの名前を出して、刑務所にまで面会に来たりしたから。

その年の夏、ママはボストンで従姉妹のロレッタと一緒に暮らしていた。ロレッタはカリフォルニアでなにか仕事の用事があって、当時十三歳だったママも従姉妹についてこの町に来た。オークランドに着くと、ママはパパの写真を貼った看板やポスターをいたるところで目にした。そして、この人ってルイジアナの湿地《バイユー》みたい、と言った。豊かで育ちすぎてて、あの肌なんて蒸し暑い川そのものって感じ。まだ思春期もはじまっていない痩せっぽちの女の子だったママは宣言した。この人をあたしのものにする。オークランドじゃ、川はどこを流れてるか教えてもらうの。

〈ニューヨーク・タイムズ〉紙が事件を取り上げるとオークランド警察は起訴をあきらめ、パパは逮捕から二週間後に釈放された。党の人たちが路上で釈放パーティを開いてくれて、そのあとはみんなでウェスト・オークランドの公園でバーベキューをすることになった。ママは翌日ボストンに帰ることになっていたから、従姉妹に頼みこんで公園へ連れていってもらったらしい。

ママはまっすぐパパのもとへ行き、こう言った。「こんにちは。あたしシャイアンっていいます。お会いできてうれしいです」

パパはまるで興味を示さなかったけれど、ママは一日中パパのことを見ていた。笑うときに両手を広げるところも、口をきれいな楕円形に広げてうたうところも、ジャズに合わせて倍くらい年上の美人と踊っているところも。

ママは待つことくらい平気だった。ルイジアナにもどって大人になり、病院の電話番の仕事を十年近く続け、オークランドに引っ越すためのお金を貯めた。それからママはパパの捜索に乗り出した。

公園ではじめてパパと会ってから十二年がたっていた。一九八九年のある日、とうとうママは、マッカーサー大通りの近くの小さなパブでバーテンをしていたパパを見つけた。ダウンタウンはコカイン中毒であふれ、建物といえば廃墟ばかりで、警官たちはなにかというとパパにいちゃもんをつけた。パパが最終的に刑務所に入れられたのだって、結局はそういう難癖の延長線上で起こったことだ。

ママは、自分が絵から抜け出してきたような美人だと知っていた。ホイットニー・ヒューストンのMVに出てくる人みたいなモヒカン風のヘアスタイルで、すらりと背が高く、ゆったりと大きな歩幅で歩いた。その日はパパを落とすために赤いワイドパンツをはいていて、そのあともおなじパンツを裾がほつれるまではき続けたらしい。ママが澄まして歩いて行くと、パパはうっとりしてウイスキーの瓶を落としそうになった。ママの見た目にというより、存在そのものに見とれたのだ。そのときのママはまさに種から育った女の人という感じだった。しなやかな腕、果物みたいな体におっぱい。抵抗なんてできなかった。パパは木の幹みたいなママの体を抱きしめたくなり、ママもいずれそうなることを知っていた。

画策されて実った愛は、自然に実った愛より貴重なのかもしれない。長い時間をかけて得たものは手放すのが惜しいから。

ママはパパと結婚し、二人はマーカスが産まれる前にリーガル＝ハイで暮らしはじめた。パパを見るとき、ママにはポスターになった輝ける青年の顔しか見えていなかった。パパが冬になると鬱々とすることも、家族との思い出をひとつ作るより一ドル札を一枚貯めたがることも、ママには見えていなかった。わたしにはパパとパパの音楽だけが見えていた。キッチンで踊るパパだけが。パパはわたしが六歳から九歳のときまでサン・クエンティン刑務所に入っていたから、記憶にあるパパはだいたい刑務所の中にいる。マーカスはマーカスで感じ方がちがうらしい。出所したパパが触れようとすると、マーカスはきまってかんしゃくを起こした。ママはしょっちゅう兄さんにこう言った。「ひげが一本でも生える前に父親が出所して、あんたはラッキーなんだからね」

ママは正しかった。みんなが名前を知っているような人がパパで、わたしたちはラッキーだった。だけど、ある日突然わたしたちはそんなにラッキーじゃなくなって、木の幹みたいなママの体は少しずつ裂けていった。

「ほんとにタイおじさんの番号教えてくれるの？」わたしはたずねた。

ママは電話のむこうで咳をした。「もちろん。だけど、まずはあたしのベイビーたちに会いに来てほしいね」そう言ったママの言葉がちくっと胃に刺さったような感じがした。ママはいつだってすべてを取引にする。

「ママをそこから出してあげるのはもう無理だから。したくても無理なんだよ。ママはいま更生施設にいるんだし、それを幸運に思わなきゃ。それにマーカスがママに会いたがってないのは知ってるよね」わたしは歯ぎしりした。どうして毎回おなじことを言わせるんだろう。わたしの一部はママに抱きしめてもらって歌をうたってもらいたがってるのに、ママにこういうことを言われると、せっかくのその部分が粉々に砕けてしまう。

「キアラ、あんたがマーカスに話をしなきゃ。まじめに話すんだよ。どうせ、ちゃんと話そうって努力もしてないんだろう。それに、そういうんじゃないんだ。ただ会いに来てほしいんだよ。一時間ここにいてくれたらタイの番号を教えるから。土曜日の朝が面会時間になってる。そのときに会えるね。来てちょうだいね」

ママはおなじことを繰り返し、面会時間に一緒にしたいことをあれこれ話しはじめた。わたしはなにも言わなかった。ママの声はそこにあって、わたしのなかへと流れこんでくるから。タイルの床にすわりこみ、目をつぶって壁にもたれる。携帯電話から声が流れ出てくるのにまかせ、電話の熱がわたしを溶かすのにまかせる。いつのまにかママは電話を切っていて、バスルームの電球もいつのまにか切れていて、わたしはいつのまにか眠りに落ちている。夜とママの声の境界がぼやけていく。

ママのもとへむかうバスのなかはうるさかった。窓は開かなくて、バスのなかは騒音と埃と目的をなくした体がひしめきあって暑かった。ストックトン（カリフォルニア州の街。オークランドからバスで二時間半ほどかかる）行きのバスがあることさえ知らなかったけれど、行き方を調べて一番早い時間のバスに乗った。オークランドを飛び出してダブリンを抜け、ママに会いに行く。シートにすわったとたん、降りる瞬間を待ちわびることになりそうだと悟った。わたしが窓際の席にすわったあと、服を詰めこんだゴミ袋を三つ抱えた女性がとなりにすわり、その袋からはウェスト・オークランドの下水処理場みたいなにおいが漂ってきたのだ。

　昨日マーカスを探しにスタジオに行くと、兄さんはそこでいつものように意味不明なラップをうたっていた。一緒にママに会いに行ってほしいと頼みこんだのに、マーカスはかたくなに断り続けた。わたしが涙をこぼしてもだめだった。マーカスは、おれはおまえのためにストリップクラブで働こうとしたんだ、だから少しくらいアルバムのレコーディングをしたっていいだろ、と言った。

　スタジオを出て少しするとアレから電話があって、コインランドリーの洗濯機を割り勘で一緒に使わないかと誘われた。アレに会うのは久しぶりだったけれど、兄さんとケンカしたあと一人孤独にアパートで夜を待つなんて考えただけで嫌だったから、いいよと答えた。だけど、アパートにもどって枕カバーに洗濯物を集めようとしたら、洗う必要があるのは結局マーカスのものばかりだった。マーカスの洗濯物を抱えてアレと落ち合い、それをむこうの洗濯かごに移していると、アレは、汚れ物のなかに血まみれのナイフでも見つけたみたいな顔でわたしを見た。

「なに？」

「それ、あんたの服じゃないじゃん」

アレは笑うこともせず、どなることもせず、むこうの椅子の女の子たちのところへ行って〝ねえ見て、あいつ服を洗わないんだよ〟と悪口を言うこともせず、ただわたしを抱きしめた。汗でしめったTシャツがわたしを包みこんだ。

わたしたちは椅子にかけ、洗濯機のなかの服が落ちてくる水で黒っぽくなり、それからぐるんと回りはじめるのをながめていた。アレはなにかあったのかとしきりに聞いた。どうして最近見かけなかったのか、家賃の問題はどうなったのか。だけどわたしはなにも答えず、洗濯機のガラスにたまっていく石けんの泡をにらんでいた。アレは質問をやめ、無言でわたしを見つめた。しばらくすると洗濯物を乾燥機に移す時間になった。

ストックトンでバスを降りた。ここは北カリフォルニアに忍びこんできた砂漠という感じがして、わたしはマリン郡でパパと再会した日のことを思い出した。風で舞う砂ぼこりが目に入る。兄さんが来ていないことを気にしないくらい、ママの心が元気でありますように。

パパがサン・クエンティン刑務所を出た日、ママはタイおじさんのおんぼろのホンダを借りて、マーカスとわたしを連れてマリン郡までパパを迎えに行った。ママは行き渋る兄さんをあの手この手で脅して、最終的には、タイおじさんと会うのを禁止するからねという切り札を使って、兄さんにじゃあ行くと言わせた。わたしたちは後部座席にすわっていて、ママは駐車場に停めた車の前をそわそわと行ったり来たりしていた。刑務所の建物はどれもおなじような形で、クリーム色で、無機的だった。わたしは、兄さんが十二歳の指を真ん中のシートの破れ目に突っこんで、クラッカーのくずや大麻のカスや折れた鉛筆なんかをほじくり出すのをながめていた。

パパは、いくつもあるドアのひとつから両腕を広げて現れた。手のひらを空に向け、歯はまぶしいほどに白かった。刑務所でホワイトニングのテープを使ってたのかと思ったくらいだ。パパは、おまえたちに会う時に恥ずかしくないように、神さまが歯をきれいにしてくれたんだよ、と言った。パパは他人にしか見えなくて、わたし一人だったら自分の父親だと気付かなかっただろう。だけど、マーカスはとなりでため息をついたし、ママはパパにむかって駐車場を走りはじめた。全速力でパパの腕に飛びこんでいき、パパはちょっとよろめいたけれどママの腰をしっかりと抱き止めた。ママはパパの白髪が混じった短いアフロヘアに指をからませ、遠目からでもわかるくらい肩を震わせていた。

少しすると、二人は手をつないで車のほうへ歩いてきた。ママが降りてきなさいと手招きしたけれど、マーカスはここにいろと言って、わたしの手をにぎった。二人が車に乗りこんできた。ママは限界まで目を見開いてわたしたちを見つめ、こう言った。「ほら、パパにおかえりは？」

わたしは甲高い声で「おかえり」と言ったけれど、マーカスはとなりで押し黙っていて、わたしが逃げるとでも思ってるみたいに、握った手に力をこめた。

「さて、帰りましょうか」ママは安心しきったような声で言った。歯が全部見えるくらい大きな笑みを浮かべていた。

パパは首を横に振った。「いいや、ハニー。まっすぐ帰るわけにはいかんな。湖に行かないか？二人はどうだ？」わたしたちのほうを振り返ってそう続けた。こっちを見ている男の人が父親だとは思えなかったけれど、その顔がほころんで口元からぱっと明るくなったのを見ると、この人のそばにいたいと思った。

「ママ、湖行きたい！」わたしはうなずいて言った。

マーカスは首を横に振ったけれど、一緒に冒険してくれないかとパパに言われると、こう答えた。

「キーの行くとこにおれも行くから」いまだに、兄さんに言われたことのなかでもこのひと言ほど特別な気分になったことはない。

ママはオークランドまで車を走らせ、グランド街のそばのわき道で車を停めた。湖にむかって歩き出すと、音楽が聞こえてきた。パパはママの腕を取ってあずまやのほうへ歩いていった。わたしとマーカスは手をつないで二人についていった。わたしたちの到着を歓迎するみたいに、いくつもの太鼓の音が鳴り響いていた。

パパがドラムサークル（複数人で輪になって打楽器を叩く演奏形態のこと）の音に引き寄せられてしまうことを、そのときのわたしたちは忘れていた。パパは演奏者の一人に近づいて背中を叩くハグを交わし、愛想よく話をはじめた。やがて男の人はパパに太鼓をゆずり、パパはその人たちの音楽を生まれたときから知ってたみたいに、やすやすとリズムに乗って太鼓を叩いた。

パパはどんな音楽でも乗ることができた。両手で拍子を取って、あごをいろんな角度に傾けて。自由の身になったばかりのパパは、世界をはじめて見た人みたいに踊った。ママは背すじを伸ばして立ち、かすかに体を揺らしていた。なにかが起こるのを待ち受けているみたいに見えたのは、パパが倒れるんじゃないかと不安だったんだと思う。だけどパパは倒れなかった。太鼓を叩き続け、わたしたちを見て笑っていた。しばらくするとパパは太鼓を持ち主へ返し、ママに近づいて耳元でささやいた。すると、とうとうママも口を大きく開け、内に秘めてた音楽を解き放つみたいにうたいはじめた。パパはママから体を離し、まわりの人たちを見回しながら手拍子を取りはじめた。こう言っているみたいだった。〝おれの女、すごいだろ。見ろよ、あのうたいっぷり〟

パパは、手をつないでママを見ていたわたしとマーカスに近づいてきた。

「うちのお嬢さんは踊り方を知ってるんだろう？　ええ？」そう言ってかがみこみ、わたしに手を差し伸べた。その手を取ると、マーカスがもう片方の腕をつかんでぐっと引きもどした。振り返るとマーカスが無言で首を振ったので、わたしはパパの手を離した。

パパはマーカスに向きなおった。「おまえにはべつの才能があるらしいじゃないか。ちょっとラップをやってみてくれよ」

ムッとした表情になったマーカスを尻目に、パパはドラムサークルのほうを振り返って大声で言った。「ラップに合わせて叩けるかい？」もちろんだと言いたげに、演奏している人たちが大きな太鼓の音で返事をした。通りを歩いていた人たちもあずまやに集まってきて、音楽に合わせて体をくねらせながら踊りはじめた。

こんなにも自分の歌が望まれている状況なんて、はじめてだったんだと思う。マーカスの口元がかすかにゆるんだのがわかった。わたしが手を離すとマーカスは一歩前に進み出て、百万回目くらいに聞くリリックをうたいはじめた。わたしたちが眠っていると思いこんで、いつもバスルームで練習していたやつだ。パパがビートボックスでビートを刻み、ドラムサークルの人たちは、しょっちゅうリズムが変わるマーカスのラップになんとか伴奏をつけた。ラップが終わるとパパは拍手をしてマーカスの背中を叩いた。マーカスはうなずいて、パパがわたしを自分の足の甲に立たせて踊るように動いても、嫌そうな顔をしなかった。兄さんはパパを最後まで許していなかったけれど、それでも、パパを受け入れようとあの時決めたんだと思う。わたしたちは湖のまわりを散歩して、パパが学校はどうだと聞いたときもマーカスは普通に返事をした。

わたしがパパを嫌いになるようなことを、パパはなにひとつしなかった。パパが死んだとき、これはわたしがパパを嫌いにならなかったせいなんだと思った。マーカスみたいに因果応報の法則に従っていれば、世界が善悪のバランスを取るためにパパを殺すこともなかった。当時のわたしは、生きていれば理由もなくいろんなことが起こるんだということをわかっていなかった。父親たちは時々いなくなり、小さな女の子たちは次の誕生日を迎えることなく死に、母親たちは母親でいるのを忘れるものなのだ。

＊＊＊

オークランドを離れると、わたしはきまって木々が恋しくなる。ストックトンでは灰色の空がまぶしく光っていた。まぶしくて目がちくちくして、小さいころ火傷したときのことを思い出す。アレがフリホーレス・レフリートトス（いんげん豆を煮込んでペースト状にしたメキシコ料理）を作ってくれようとして、ボウルいっぱいの茹でた豆をわたしのTシャツにぶちまけたときのこと。おなかにはいまだに線みたいな火傷の痕が何本も残っていて、アレはわたしが許すとそこを指でなぞる。時々、それがアレなりのお詫びみたいに思えることがある。わたしの火傷を、変色した皮ふを治そうとしているように。

バス停から四、五分歩くと、もう〈ブルーミング・ホープ更生施設〉に着いた。芽吹く希望という意味の施設名がその外観を皮肉っているみたいだ。入り口付近に植わった花はしおれているし、建物だって三百年間一度も改装してないみたいに古びている。屋根はたわみかけてるように見えるし、ポーチはどこから来たのかわからない謎の土で覆われていて、ポーチというより墓地みたいだ。それでも、入り口に近づいていくと、入居者たちが外に集まってにこやかに笑っているのが見えた。どんな場所でも刑務所よりはマシなんだろう。

ブルーミング・ホープ更生施設を検索すると、「機能障害患者のリハビリを支援する」みたいな説明が出てくるけれど、要は強制的に送りこまれる更生施設だ。警備員はジーンズをはいてるし、収容されてる人たちは服もアンクレットも自前のものを身に着けている。ママのやったことを考えれば、ここに入れて運がよかったと思う。それでも、この場所のわびしい感じがわたしはどうしても気になった。鉄格子のない牢屋みたいだと思った。

施設に用があることがわかるくらい近づくと、集まっていた三人がおしゃべりをやめてわたしのほうを見た。

喉が全部隠れるくらい長いヒゲをたくわえた男性が、口からタバコを離してわたしに呼びかけた。

「面会に来たのかい？」

わたしはうなずき、育ちすぎたつる植物のアーチをくぐった。昔は花咲くエントランスの役目を果たしていたんだろうけど、いまでは葉っぱも枝も伸び放題に伸びて朽ちかけている。階段を上り、こっちを見ている三人に近づいていく。一人は小柄な女性で、髪は赤くて下唇にはピアスがいくつもついていた。赤毛の女性はかすかにわたしにほほ笑んだ。もう一人の女性はものすごく大きな手をしていた。トレバーのバスケットボールでもショーナの赤んぼうでも、すっぽり握りこんでしまえそうだ。体のほかの部分と釣り合わないくらい大きい。小柄なわけではないけれど、かといってそんなに大きな手が似合うほど大柄なわけでもない。女性は髪をバントゥーノット（髪をいくつかに分け、複数のお団子にするスタイル）にしていて、ノットのひとつひとつに花をさしていた。

赤毛の女性が口を開いた。「面会室は入って左だよ」

わたしはまたうなずいた。喉が機能を止めてしまったみたいだった。施設の空気、ママの声の残響、マーカスがいない心細さ。その全部で喉がふさがってしまったみたいだ。

ドアを開けると予想どおりの音できしんだ。どんな家も入り口がすべての秘密を打ち明ける。ディーの部屋のドアは傷だらけだし、うちの部屋のドアは鍵が壊れてる。

中に入った瞬間、騒音に包みこまれた。バスのなかの騒音ともちがう。こっちの騒音は金切り声と叫び声と笑い声がごちゃ混ぜになっていて、無数の声から意味のある言葉を聞きわけることさえできない。だけど、その部屋はよろこびそのものという感じがした。ママのことを思うとき、わたしの頭によろこびという文字は絶対に浮かばないけれど。

部屋のなかには荒々しい混沌があった。体、体、体。ソファに並んでる体もあれば、椅子にすわってる体もあり、抱きしめ合う体もあればコーヒーを飲む体もあった。すすり泣き、しがみつき、ほほ笑む体。ママの姿は見えなかったけれど、声が聞こえた。「ほらほら、ミランダ」そう言う声は部屋中に響きわたるくらい大きいのに、笑い声はよそよそしくて、ロボットみたいに感情がこもっていない。

わたしはママの声がするほうを目指して、騒がしい声のなかを進み続けた。人々の手足ははっきりと視界に映るのに、顔はよく見えない。唇は鼻と一緒にぼやけ、彼らはただの体になる。体、体、体。そのむこうにママがいた。

ママは奥のすみの緑色のソファにすわって、素足をコーヒーテーブルにのせていた。頭をのけぞらせて笑っているのに、わたしのいるところからは声が出ているようには見えなかった。ただ口をぱかっと開き、かすかに体を震わせている。わたしはママを見つめ続けた。わたしはこの女の人の体から出てきた。

ママは太っていて、むかしは鎖骨が出っ張っていたところにも、いまは柔らかそうな肉がついている。となりにいるミランダとかいう女の人はママを縮めたみたいな姿で、白髪をジャンボ・ボックス・ブレイズ（髪を大きくブロッキングして編む太いブレイズのこと）に編んで、きゅっと結んだ口をゆがめていた。ミランダはソファの上でひざを抱えていて、背もたれのはしに頭をもたせかけたときにわたしに気付いた。ママは大笑いの最中で、開けた口から顔が爆発し、舌のまわりで震えているみたいに見えた。ふと、ママの眉がぴくっと動いた。次の瞬間、ママはかすれ声で叫び、ぱっと立った。

「キアラ」とどろくような声で叫ぶ。ママの声は部屋の喧騒に飲みこまれて消えていった。わたしはママに近づいていった。触れ合えるまで近づくと、ママはわたしを両腕できつく抱きしめた。ママの声はこんなにもよく知っているのに、ママの腕には――わたしを包みこむ肉のクッションには――家というものをまるで感じなかった。だとしても、ママの存在をこんなに心強く感じるのはいつぶりだろう。騒音から守られているように感じるのは。

ママは体を離してわたしを緑のソファへ引っ張っていき、自分とミランダのあいだにすわらせた。ミランダはクッションのあいだに深く沈みこんでいる。ママはわたしの両手を握って離さず、指先でわたしの爪の根元をなぞっていた。わたしはママの顔から目が離せなかった。何年も思い出そうとしてきたその顔を、無言で見つめ続けた。ママの顔はどことなくおかしな感じがした。皮ふの下がうっすらと紫色に染まっているみたいな、全体が発光しているみたいな、そういう感じだ。

ママはわたしをゆっくり見ることさえしないでしゃべり続けた。ママにはいつだって言いたいことがある。言いたいことがいくつもある。「あたしのベイビーに会えてほんとにうれしいよ。こんなに大きくなって。いくつになった？　十九？　二十？　すっかり大きくなって。そのくらいの年のころのあたしとそっくりだ。美人だし、ほかのところもよく似てる。おばあちゃんがよく言ってたけど、時間ってのはあっという間に過ぎる。マーカスはどこ？　あたしからの伝言はちゃんと伝えたんだろ？」

ママはどうしてこんなに話し続けることができるんだろう。どうして息が切れないんだろう。

わたしは何度かまばたきをして、ママの言ったことをひとつひとつ思い出そうとした。「わたしは十七歳だよ。あと二カ月で十八歳。マーカスには伝えたけど、わたしの言うことなんて聞かない。だから今日は来ないと思う。あのさ、わたしはタイおじさんの電話番号を聞くために来たの。マーカスに会いたがってるのは知ってるけど、今日はわたしだけだから。わかった？」わたしはまだママを見つめていた。ママの頬を、皮ふの下に透けている紫色を。

ママは笑顔を曇らせることさえしないで、わたしが言ったことがまるっきり聞こえなかったみたいに続けた。「もうじきここを出られるんだ。家に帰れるんだよ。もう二、三カ月もしたらね――長くても一年だ。そうなったら自由の身」

ママが帰ってくる。そんな考えは頭をよぎったことさえなかった。ママがあのアパートにもどってくるなんて。

ふいにミランダが口を開いた。「そうそう、シャイはほんとにツイてるよ。保護観察官があんたのママのケツを気に入ってるもんでね」

「よかったじゃん、ママ。でも、ほんとにタイおじさんの番号が必要だから――」

「タイがずっとあたしに気があったのは知ってるだろ？　パパは気付かない振りしてたけど、タイがあたしに惚れてたのは間違いないね」

わたしは首を横に振った。人いきれのせいか騒音のせいか、ママの声が全身に染みこんでくる感覚のせいか、頭がぼうっとする。「ママ、話を聞いて。わたしは――」

「いいや、話を聞いてだなんて言われたくないね。あたしはおまえの話を聞いてばかりだったんだから。ベイビー、おまえはあることないこと信じてるだけ。はじめてあそこに行ったとき、散々話しあっただろ——ママは過ちを犯したって。だけど、あたしはおまえたちを養おうと努力してただけだった。食べさせてやりたかっただけ。だからってあんたの母親をやめたわけじゃない」ママは親指でわたしの下唇を軽くたたいた。

わたしは口を開けて話そうとしたけれど、ママはわたしの手を引いて立ちあがり、迷宮みたいな人混みのなかを歩きはじめた。ママについて面会室の出口へむかいながら、靴のなかで足がじんじんしているのに気付いた。もしかすると、わたしはママのことが少しこわいのかもしれなかった。小さいころはママがこわいなんて思ったこともなかった。ママは神聖な存在だったし、おしりをぶたれている最中でさえ、終われば赤くなった肌をなでてくれるとわかっていた。

廊下に出て階段を上り、部屋のひとつに入った。ここがママの部屋らしいとわかったのは、壁にプリンスのポスターが何枚も貼ってあったからだ。ママのなかに絶対に変わらない部分があるとすれば、それはプリンスへの愛だと思う。日曜日に教会へ歩いていくときも、ママはよくプリンスの歌をうたった。リズムや音程を変えてオリジナルとはかけ離れた歌になっていたけれど、それでもわたしはママにうたってほしかった。自分の声にほれぼれとなってほしかった。

「ベッドにすわってごらん」ママが手を離し、わたしはしびれたような感じがする足でベッドに近づいた。部屋にはほかにもベッドが三つあって、四隅にひとつずつ置かれていた。どのベッドのまわりにも、指紋を残すみたいに似顔絵や写真やポスターが貼ってあった。子ども部屋みたいだと思ったけれど、ママがこの部屋を誇らしく思っていることもわかっていた。ママはドレッサーの引き出しをしばらく探して、ブラシとスプレーボトルを取り出した。ボトルには水ではないなにかが入っていた。

「ママの秘密の薬、覚えてる？」

薬のことは覚えていなかったけれど、ママがそう言った瞬間、記憶がよみがえった。床にすわっていたこと。傷だらけの頭皮。ママがとびきりの美人になれるおまじないを頭にかけてあげると言ったこと。それとも、これは本当の記憶なんかじゃないんだろうか。なぜなら、目の前にいるママは、まさにそんな思い出のことを話しているから。記憶なんて、わたしたちがこれは記憶だと信じているに過ぎないものだから。たぶんわたしは、これがママと自分の記憶でありますようにと願っているだけ。

髪をとかしてくれるのかと思っていたら、ママはわたしの足元の床に座りこみ、ブラシとボトルをこっちへ突き出した。

「あちこちもつれちゃってね。近況報告でもしながら手を貸してくれないかって思ってたんだよ」ママがうつむくと首すじがあらわになった。ママの首は、いろんな色合いの茶色と黒と紫が混ざり合っていて、こっぴどく殴られたようにも、ママの体そのものが銀河であるようにも見えた。

ママの髪にボトルの中身をスプレーすると、ラベンダーとシアバターが混ざりあった匂いが立ちのぼった。小さいころ、ママはよくわたしとマーカスと一緒にシャワーを浴びて、手作りだという石けんで体を洗ってくれた。といっても、ママが石けんを作っているところは一度も見たことがない。あの石けんは新品の靴と森が混じり合ったような匂いがした。

シャワーを出ると、ママは全身にシアバターを塗りこんだ。おなじ通りにある西アフリカのものを売ってるお店で買ったものだった。それからママはわたしとマーカスを一人ずつひざにすわらせた。ママは痩せていたけれど、裸のすべすべした太ももにすわると気持ちがよくて、安心したのを覚えている。ママはわたしたちにもシアバターを塗りこみ、やがてわたしとマーカスの体はやわらかくつやつやになった。そのままプリンスの曲に合わせて踊ることもあったし、パパの古いＣＤを流すこともあった。音楽が流れると、わたしたちはただの体になった。パパが帰ってきてからはそういう習慣はなくなったし、それ以来マーカスはママを寄せ付けなくなったような気がする。マーカスは全部ママが悪いと思っていた。パパが帰ってきたことも、パパが死んだことも、タイおじさんみたいな人がいなくなったことも、それからママ自身がしたことも。わたしもそのうちの一部はママが悪いと思ったけれど、ママを必要としてもいた。パパがわたしたちの人生から消えていくのをどんな気持ちで見守っていたか、それを分かち合えるのはママだけだったから。それに、わたしには、タイおじさんがこの街から連れ出してくれるんじゃないかという期待もなかったから。わたしにあるのはママの鼻歌だけだった。

「さてと、なにがあったのか話してちょうだい」ママの声は心地よくて、むかしよくうたってくれた子守唄のなかへ誘われていくような感じがした。

わたしは鼻を鳴らした。「家賃がものすごく値上げされて、わたしもどうすればいいかわからなくて、路上に立ったりもしてるけど、でもママ、もうわからなくて。とにかく不安なんだよ」

ママがうしろに手を回し、わたしのひざをなでた。「それでママの助けが必要なんだね」

希望に満ちあふれた声だった。必要とされていることが、ママにはめまいがするほどうれしいのだ。「タイおじさんの電話番号を知ってるって言ってたし、助けてくれるんじゃないかなって」わたしの声はいまにも消え入りそうなくらい小さかった。ママの息の音にかき消されてしまいそうだった。ママの髪は以前となにひとつ変わっていないように見えた。ヘアスプレーで濡れたカールをながめていると、あんなことをしたママが以前とおなじ髪と声をしていることが不思議に思えた。「なんであんなことしたの？」

「あんなことって？」

「家族をぶち壊したこと」

ママはためらうことなく答えた。「意味がないんだよ。今更どうにもできないことで、夜も眠れないくらい悩むなんて。言ったろう、生きてりゃそういうこともあるんだ」

わたしはブラシをぐっと引いた。痛かったと思うけど、ママは声ひとつもらさなかった。

「わたしたちだって、あのことがあったあとも必死で生きのびようとしてる。でも刑務所に入ったりしなかった」

「じゃ、状況が変わったら電話してちょうだい。この街で生きてりゃいろんなことが起こる。あんたはまだ子どもだからそれがわかってないんだ。事実なんだから、あたしが謝る筋合いもないね。何年も毎日欠かさず謝ってきたんだ。許してくださいって天国にお祈りしてね。謝る気力はもうなくなっちまったよ」

ママが両手を宙にかかげ、わたしはそれをママの頭ごしにながめた。ママの髪はわたしやマーカスほど縮れてない。手のひらのしわは青白くて、なんとなくラベンダーの色に似ている。普通の手のひらの色とはちがう。

ママの手を見ていると、アレが十四歳でわたしが十三歳だったころのことを思い出した。アレは手相の見方を勉強しようと思いついて、わたしの手を練習台にした。わたしはパパが死にかけてるということで頭がいっぱいで、アレは気を紛らわせようとしたのだ。アレは手首からまっすぐ伸びる線を指さしてこう言った。「線がここでふたつに分かれてるでしょ？　これって生き方《カミーノス・デ・ラ・ビーダ》がふたつあるってこと。どっちもありっていうか」アレはひざに置いた図書館の手相の本に目を落とした。

「でも、いつかはどっちを選ぶか決めなきゃいけないんだよ」

ママの手のひらはわたしのとはちがう。手首から伸びた線は親指へむかって左へ曲がっている。途中で横道にそれたみたいに。

「あたしはもうすぐ家に帰るんだよ。聞いてるかい？」ママが片手をうしろに回してわたしの腕を軽く叩いた。自分の言葉をちゃんと理解させるみたいに。「そうしたら、また普通の生活にもどれる」

わたしは乱暴にブラシを動かした。ごわごわした髪のもつれがほどけてはからまりあう。

「ママ、わたしはタイおじさんの番号がほしいだけ。お願いだから」

ママはふっとため息をついた。「ほしいほしいってあんたはそればっかりだ。ほしがるだけじゃどうにもならないってのに」

ふと、バスケットボールを追いかけるトレバーの姿が頭に浮かんだ。コートの上で弾む足。トレバーはやがてボールをつかむ。ボールはかならず地面にもどってくる。

「だろうね」わたしは言った。以前は根元から立ち上がっていたママの髪が、いまではハリをなくしてもつれている。「タイおじさんの番号をくれるの？　くれないの？　ここでずっと待っとく気はないんだけど。ほしがるだけじゃどうにもならないんでしょ？」

ママにはわたしの声が聞こえてさえいなかった。「パパがわたしの好きな花を持って帰ってくれた話はしたっけ？」ママの声がわっとわたしを取り囲む。口から毒が漏れ出してくるみたいに。人の目を見ることもまともな会話をすることも、ママにはもうできないみたいだった。

パパの話はするくせに、本当に大事なことは話さない。パパが死んだとき、お腹のなかのソラヤは産まれるまであと半分というところまで育っていた。四十代も半ばだったママに訪れたサプライズ。パパが遺してママがぶち壊したもの。

「ママ」わたしは言った。ママはしゃべり続けた。

「とにかく、ほんとにきれいな花だった。ここを出たら、花をちょっと買って帰ってアパートに飾ろうかと思って。出ると言えば、ベイビー、ちょっとお願いがあってね。保護観察官が、釈放には推薦状がいるって言うんだ。あたしと一緒に暮らしてたときのことを書いてくれないかと思ってね。あんたたちの世話をしてたあたしのことを」

わたしは目を閉じた。こうなることはわかっていた。とうとうママは本音をのぞかせた。助けを求めているわたしのひざのあいだにすわり、自分を助けてくれと頼むママ。健やかそのものの体ですわり、残った気力を絞りつくせとわたしに頼むママ。

限界だった。

わたしはさっきより大きな声で繰り返した。「ママ」ママはしゃべり続けている。わたしはさらに大きな声でどなった。「ママ」ママはなにか言いかけた口をぴたりと閉じた。「やっぱり来るんじゃなかった。ソラヤの名前も言えないくせにここから出してくれって？　ほんと、変わらないね」

ママがごくっと唾を飲み、口を一度引き結んでからパッと音を立てて開いた。「もうむかしのことじゃないか」

ヘアスプレーのにおいでめまいがした。それでもわたしは声を発した。言葉が混ざり合ってぐるぐる回る。「先週で三年だよ」

「ちがう」

「ママ、ソラヤはわたしの妹だった。あの子がいつ死んだかも覚えてる。二〇一二年の二月十六日。先週の月曜日で三年だった」

ママが首を横に振った。「ちがう」

「ちがわない」

ママは髪の毛を振り乱しながら激しく首を振った。

わたしはうなずいた。「マーカスと一緒に学校から帰ってきたらアパートのドアが開いてた。パパが花を持って帰ってきた、あのアパートだよ」ママは顔だけこっちへ向け、わたしはその目をまっすぐに見返した。開いた瞳孔には瞳以外のどんな色も混じっていなかった。「中に入ったらソラヤのベビーベッドは空っぽで、ママと一緒に出かけてるんだなって思った。買い物に行ったのかなって。でも、バスルームに行ったらママがいた。バスタブのなかで天井を見上げてて血まみれだった。ママ、わたし、ものすごくこわかった」

わたしは震えていた。体のなかで地震が起きていた。

「ソラヤはどこって何回聞いてもママは答えなくて、だからわたしはバスルームを出てあの子を探した。ドアが開けっぱなしだったのを思いだして、外に出て階段を下りていった。最初はあの子に気付かなかったけど、廊下にいたマーカスが叫ぶのが聞こえて、下を見たらあの子がいた。プールに浮かんでた。

プールに飛びこんで抱きあげたけど、あの子は動かなかった。ママ、ソラヤの体は冷え切ってて、ものすごく小さかった。本当に小さかった。

何回もソラヤって呼んで、そのうちマーカスも下りてきて、首がだらっとしてるあの子を見たらそこら中に吐いて、わたしは警察に電話した。警察が来たときもわたしはまだソラヤを抱いてて、一人であの子の目を見てた。ビー玉みたいな生気のない目。ブーツをはいたあの警官たち、ソラヤを病院に運ぼうともしなかった。あの子の体をシートで覆って、そのあいだもわたしは警官に名前を教えなきゃって思ってソラヤの名前を呼び続けてたけど、あの人たちは名前なんかどうでもいいみたいだった。ママはどこにいるのか聞かれたから、マーカスがお風呂だって答えて、そしたら警官たちは部屋に上がっていってママを見つけて、手首から血が出てたから病院へ連れて行くことになって、ママはドアには鍵をかけたつもりだったんですって言ってたけど、玄関の鍵が壊れてたのは知ってたよね。ママはソラヤを覆ってるシートを見て叫んでたけど、全部ママがやったことだったんだよ。ママはわたしたちのほうを見もしないで、声をかけることもしないで、わたしとマーカスはあそこに取り残された。二人きりで。マーカスはちょうど十八になったところだったから、二人で暮らしていけるだろうってことになった。でもどうすればいいかわからなかったし、ママはいなかった」

ママの体はゆっくりと、それでいて突然床にすべり落ち、気付いたときにはカーペットの上で手足をひろげて横になっていた。髪はスプレーで湿っていた。

あの事件のあと、タイおじさんがママの保釈金を払った。わたしはこれでまた一緒に暮らすのだと思ったけれど、ママはいっこうに帰ってこなかった。ママはパーティでバカ騒ぎを続けて、そのせいでまた捕まって、わたしとマーカスはママの裁判に出ることになった。わたしたちが証言したことでママの罪は過失致死ということになって、その二年後には刑務所からこの更生施設に移された。牢屋暮らしを死ぬまで続けずにすんだのだ。

わたしは震えすぎて歯がカチカチ鳴っていた。話す速度を意識的に抑えなくちゃいけなかった。ママにちゃんと聞こえるように。一言一句聞こえるように。

わたしは両足を床につけて前にかがみ、ママの耳元で続けた。「わたしたちは二人で生きのびてきたんだよ。ママを頼らずに。今日はたったひとつだけ頼みごとをしに来たの。ママ、たったひとつだけ。なのに、ママはソラヤを殺した日を覚えてもいないわけ？　わたしが死んだって気にもしないんじゃない？　マーカスが死んだら？　兄さんが来なかったから助けてくれないってこと？」

わたしは口をゆがめて続けた。自分の言葉ひとつひとつに胸をえぐられる。「ママ、いい？　そこにすわってあの子の名前を言って。こう言って。『わたしは先週の月曜日から三年前にソラヤを殺した』。それが言えたら推薦状は書いてあげるし、わたしはもう帰る。ママが助けてくれないのはもうわかったから。ていうか、タイおじさんの番号なんかほんとに知ってるの？」

ママは床に倒れたまま一度だけ首を横に振った。髪と、髪や皮ふの色を揺らしながら、重たげに。首だけ起こしてわたしを見る。ママの目から涙があふれ出す。誓ってもいいけど、その涙はスミレ色をしていた。

「あの子は三年前に死んだ」そう言ったママの声は、さっきとはちがう、押しつぶされたみたいなしゃがれ声だった。

わたしはママのとなりでしゃがんだ。「ちがう。『わたしは先週の月曜日から三年前にソラヤを殺した』」

ママの涙でぬれた顔が砕けて粉々になった。見開いた目には涙がいっぱいにたまっていた。「わたしは三年前にあの子を――」

「ママ、名前を言って。あの子の名前を言って。名前はなにより大事なんだから」わたしもママとおなじくらい泣いていた。わたしの声は、雷みたいなどなり声からナイフみたいな鋭い声に変わっていた。

ママはすばやく一度うなずき、口を開いた。「わたしは先週の月曜日から三年前にソラヤを殺した」

言い終わった瞬間、ママは腹の底から響いてくるような声で泣きはじめ、わたしは身動きひとつしなかった。わたしは立ち上がった。ママを助け起こすことさえしなかった。廊下に出てドアを閉めたとき、ママが『ピンク・カシミア』をうたう声が聞こえた。それからまた、絞り出すような泣き声が聞こえた。

颯爽と。早足で。全力で。路上を歩くやり方はたくさんあるけど、どう歩いても弾丸は防げない。

ママの施設からもどったあと、わたしは気付けば路上と溝《どぶ》の中間みたいな場所でもがいていた。日曜日の朝早くトレバーがうちに来て、バーノンがまたやってきて三日以内に家賃を払えないなら出て行けって言われた、と言った。じきにバーノンはうちのドアもノックしに来るだろう。デヴォンやあいつの仲間が払った金は全部バーノンに渡した。それでもディーとわたしが滞納してる分には全然足りなかったし、アパートの売却で跳ね上がった家賃にはとうてい届かなかった。だけど、今朝うちへ来たトレバーの表情が、わたしを溝の中から引っ張り出した。ママに突き落とされた深い穴から。

わたしには体があって、助けなきゃいけない家族がいる。わたしたちが崩壊しないためにするべきことを、腹をくくってやるしかない。だからわたしはこの陰気な路上にもどってきた。転びそうになりながら背中を丸めて歩く。国際大通りを端から端まで歩いてまた引き返す。音楽は聞こえないしトニーもいない。テキーラをお腹いっぱい飲んだわたしがいるだけ。

すり足で歩き、スキップをして、冷気を垂れ流す空の下で手を温めようとする。いきなり、救世軍の店でくすねた靴のヒールが折れ、わたしは倒れて頬を地面に打ちつけた。鋭い痛みが走って、ガラスが頬に刺さったのがわかる。血が流れる。血がべたつく。声がする。

「手を貸そうか」通りかかった男が屈みこんでわたしを助け起こした。

男の瞳は灰色で縁取られていて、虹彩だけが年を取っているみたいに見えた。不自然なほどなめらかな手がわたしの頬からガラスを取り除き、地面に捨てた。大丈夫かなんて無意味な質問はしなかったし、わたしもそんな質問は期待しなかった。わたしはなにも期待しない。壊れてない方の靴を貸してみろと言われたので渡すと、男はヒールを折り取って放った。道路を転がるヒールはちょうど来た車にひかれ、わたしの一部が粉々になる。わたしは普通の女より十センチくらい背が低い。男はものすごく背が高い。

わたしは男から靴を受け取ってはいた。男は見上げるように大きくて、口元にはグリルがのぞいている。トロフィーみたいな色だけど金色ともちがう。

「どうも」ガラスの刺さった頬がむずがゆい。傷が治る方法を思い出そうとしているせい。

男はうなずいた。「手を貸したことだし、ちょっと付き合ってくれるか？」質問する感じで言いながら、わたしの手をつかんだまま離そうとしない。男の手に目を落とすと、わたしの血がついている。

「いいけど」口がひとりでに動いた。息が勝手に返事をした。

男はなぜか名前を言わなかったし、わたしも聞かなかった。知らない場所に迷い込んだ子どもみたいに、ただ男についていった。やがて男は三十四番街で足を止めた。国際大通りよりフットヒル大通りに近いあたりだ。男はわたしをそばの建物の壁に押しつけた。外は寒かったから、わたしは男の車へ行くのかと思っていた。だけど、体は本能を隠す場所をうしなうことがあって、だからわたしたちは、男は、そうして外にいた。男がレンガの壁にわたしを押しつけた。キスはしなかった。金属のグリルをつけた口を味わわずにすんで、なんとなくほっとした。頬の傷を気遣ってくれたのかも、と信じたい気持ちもあった。

わたしはのしかかってくる男を押しのけようとしながら、こっちのルールを守ってよ、料金は前払いだし、家か車じゃなきゃ無理だから、と言った。だけど、男はわたしを壁に押しもどしながらベルトを外し、スカートのなかをまさぐって無理やり入ってきた。わたしの両腕を壁に押しつけて動きはじめ、その瞬間、尖ったレンガに後頭部がえぐられる痛みを感じた。レンガのひび割れをはっきりと感じた。頭が砕けていく。わたしは身をよじり、頭が痛いと言った。男は腰を動かし続けた。うめき続けた。わたしの体はわたしの口が言えないことを叫んでいた。男はものすごく背が高かった。足の裏に水ぶくれができていくのがわかった。頬がひりひりして、頭は耐えがたいほど痛かった。男は動いた。男は動き続けた。わたしにはもう金属のグリルしか見えていなかった。

サイレンが聞こえた。

パトカーに驚いたというより、サイレンがうるさいと思った。がらんどうの部屋で大きな音がこだまする時のうるささで、〝がらんどうの路上〟という言い方があるのか知らないけれど、とにかくそういううるささだった。左手には聖カタリナ教会があって、聖カタリナ像がこの光景の全部を目撃していた。パトカーも、男も、男がつけてるグリルも。

助手席のドアが勢いよく開いて、腰のベルトをひけらかすみたいに警官が降りてきた。ありとあらゆるホラー映画が現実になったみたいだった。わたしたち。通り。世界が崩れていくみたいで恐怖も感じない。かすかに叫ぶこともできずにあえぐだけ。パパがなにより恐れてたことがわたしの身にも起こるんだろうか。

「一歩下がれ」警官が銃に手をかけながら言った。男が銃にひるむタイプで運がよかった。男が一歩下がり、わたしはナイフみたいに尖ったレンガから頭を離すことができた。目に映るもの全部が回転している。

警官は自分自身が凶器かなにかみたいにつかつかと男に近づき、すばやい動きで男の両腕をうしろにひねりあげ、吐き捨てるように耳元で言った。

「二度とこのへんをうろつくな。わかったか？」

警官の髪は黒くて多かった。どこにでもいそうな見た目。制服を着たマネキン。

男はグリルのあいだから唾を吐き、一度だけうなずいた。警官に突き飛ばされてよろめき、そのまま信号へむかって走りはじめた。わたしはその様子を見ながら、男がヒールを折り取ったときのことや、自分をすごく小さく感じたことを思い出していた。

あとにはわたしと警官とパトカーだけが残った。助けられたのにどうしてこんなに怖いんだろう。

警官が銃に手をかけたまま近づいてくる。

「こんなところでなにしてる？　もう遅いぞ」

返事をしようと思うのに、考えつくのは後頭部にべったりついた血のこと。明日には髪に血がこびりついて固まっているにちがいないこと。だいたい、質問の形をした質問じゃないことには答えようがない。

「売春が軽犯罪だってことは知ってるな」警官が唇をなめながらにやっと笑う。「連行する。これもおまえのためだ」

マネキンはしゃべり続け、聖カタリナがそれに答えているみたいだった。なぜならわたしは返事をしなかったから。わたしは沈黙していたから。〝葬式の日〟みたいな暮らしは、もうずっと昔のことみたいに思えるから。

警官が近づいてきてわたしの腕をつかむ。グリルの男が体中に残した指の跡に、警官の指がぴたりと重なる。聖カタリナが爪のない手を振ってわたしを見送り、警官はわたしを後部座席に押しこんで自分もあとから乗りこむ。運転席にはべつの警官がすわっていて、わたしのとなりの警官が治安のことをなにか言い、声をあげて笑う。運転席の警官は、わたしには見えないなにかを叩きながら静かな声でカントリーミュージックをうたい、となりにいる警官がわたしにのしかかってきて、体を乱暴につかむ。みんなの噂が現実になっただけのこと。よく聞く話。たいして悲しくもない。これだっていつもとおなじ夜。

路上の歩き方はたくさんあって、いまもわたしは体のあるありふれた女。

ホテルの部屋はチョークみたいな味がする。何十年もかけてこびりついた汗や精液のにおいが立ちこめていて、窓辺でタバコに火を点けている男のところから煙がただよってくる。わたしたちはひとつのテーブルを囲んですわっている。わたしは二人の男にはさまれてすわり、太ももには彼らの手がそれぞれ置かれている。トランプが出されると、男たちは自分のバッジをテーブルの上に置く。ネームプレートを置くみたいに、縄張りを主張する。ちょうどテキサスホールデムポーカーが終わったところで、勝者には賞品としてわたしの両側の席が与えられた。続いてブラックジャックがはじまり、となりにすわった220番のバッジを持つ警官がわたしの下着のすぐそばまで指をはわせる。81番はひざのあたりに手を置いていて、わたしと目を合わせようとしない。

こんなに自分の判断を後悔したことはなかった。路地裏で会った警官に番号を聞かれても断るべきだった。仲間に番号を教えてもいいかと聞かれても断るべきだった。警官仲間が車でむかえに来たときも断るべきだった。車に乗ったりするべきじゃなかった。先週、警官たちに、パーティの余興みたいなことをしてほしいと言われた。きみが必要なんだ、オークランド市警察の十人が慰労会をやるから、来てくれたら金を払う。いま、わたしはこの部屋から逃げることもできず、あのときうなずいた自分をただ呪っている。

だけど、選択肢なんてあったんだろうか。警官たちは、痛い目にあわせたりしないし、金もちゃんと払うと言った。いまのところその約束は守られている。この部屋では銃やスタンガンのほうが警官たちの体よりも存在感がある。要求を断ろうとすると、男たちはただ笑う。警官たちはわたしの若さや世慣れていないところを気に入っている。わたしは胸のなかで何度も繰り返す。ほんの少しがまんすればいいんだから、やめてほしいと言えばやめてくれるはずだから。それに、警官たちが本当に関心があるのはわたしじゃなくてバッジのほう。わたしは単なるゲームの賞品。

ここは高速道路の近くにある通称〝娼館〟というひなびたモーテルで、警官たちは広い部屋を取っていた。むこうの部屋にはキングサイズのベッドがある。もう深夜近いはずで、だれもが疲れた顔をしていたし、あけっぴろげに目配せしたりわたしを無遠慮に眺めまわしたりするようになっていた。

そろそろだ、とわたしは思った。

警官が路上の男たちとちがうのは、セックスをゲームのひとつにしたがるところ。わたしをじろじろ見て欲望を募らせるより、犯す時が来るのをただじっと待つ。どうすればわたしを怖がらせることができるか探ろうとする。女が恐怖に飲まれれば、肉体を押し倒す喜びはもっと高まる。そうして両手を頭の上で押さえつけ、恐怖をなめとるのだ。警官のほとんどはそんな連中だったけど、なかには81番みたいに、ひげをきちんと剃って恥ずかしそうに笑う人もいた。むかいにすわった赤いくせ毛の612番も、テーブルに目を落としてわたしを見ようとしない。と言っても、この二人だってきっかけさえあればわたしの上にのしかかり、口に指の一本や二本突っ込んでくるんだろう。それでも警官たちは金払いがよかったし、ボトル・キャップで一年かけて稼ぐお金をたった一週間で手にすることができた。滞納した家賃の半分は稼いだから、バーノンに追い出されることもないだろう。

２２０番がスペードのジャックを引いた。テーブルの上には裏返しになったカードが一枚残っている。２２０番がわたしの太ももをぎゅっとつかみ、テーブルを平手で叩く。

「もう一枚《ヒット》」

ディーラー役の警官が、手元にある二枚のカードのうち裏返しに置かれたほうをめくった。ハートの六。三点高ければわたしを勝ち取り、六点低ければ賭け金すべてをうしなう点数だ。ゲームはもう数ラウンド目で、三千ドルはありそうな紙幣が小山になっていた。参加していた警官のうち三人はとっくにゲームから降りて、２２０番が硬い表情で最後のカードをめくろうとしているのをながめていた。

２２０番がわたしの耳元で言った。「ダーリン、あんたはおれの幸運のお守りだ」最後の一枚はダイヤの三だった。２２０番が両腕を振り上げてどなる。「ざまあみろ、全部おれの金だ」紙幣をかき集めて自分のほうへ引き寄せる。

ほかの男たちは口汚くののしりながらポケットに手を突っ込み、２２０番はわたしの手を引いて立ち上がった。

「悪いな。賞品はもらってくぜ」２２０番が仲間にうなずきかけると、乱れた脂っぽい髪が揺れた。男たちは自分が負けたことも忘れて歓声をあげ、２２０番がわたしを連れてベッドへ行き、服を脱がせるのをじっと見ていた。２２０番の指のたこが肌に触れるのを感じた。

２２０番はわたしをベッドに押し倒してベルトを外し、ホルスターに手を伸ばして銃を抜き取った。黒い金属は滑らかそのもので、一面に指紋の跡がついていた。２２０番はズボンを脱がずにチャックだけ下ろし、ベッドに両手と両足をついてわたしを見下ろした。笑って仲間を振り返り、またこっちを見て、わたしのこめかみに銃口を突きつけた。

「こういうのが好きなんだろ?」脅すような低い声だった。

涙が流れ出すのがわかった。220番を押しのけたかった。わたしのなかにはまだ神さまを信じる部分が残っていたらしい。とっさに、早く終わらせてくださいと神さまに祈りはじめた。男の体がのしかかってきてペニスが入ってくる。荒れた手のひらに体をまさぐられる。目のあたりには冷たく禍々《まがまが》しい銃口が当たっていて、感じるのはその感触だけだった。聞こえるのは、220番のうめき声と、見物している男たちの忍び笑いだけだった。わたしは神さまに祈り続けた。早く終わりますように。一文なしになったってかまわないから、こんなことはもう全部やめます。マーカスを説得して仕事を見つけてもらいます。なんでもするから銃をホルスターにもどしてください。

220番は仲間に見られていることを楽しんでるみたいだった。81番や612番ははじめのうちこそ目をそらしていたけど、そのうち凝視するようになって、220番が次にすることを待ち構えているみたいだった。見られることより最悪だったのは、男たちが退屈しはじめたことだった。警官たちは、もうすぐ始まる王座決定戦や皿洗いをしない妻のことを話しはじめた。220番は銃口をわたしの頭に押し当てたまま腰を動かし続け、ほかの男たちは数メートル先でわたしの体が枯れ果てていく音を聞きながら、そんなことは気にも留めていなかった。

男たちはかわるがわるわたしとセックスし、それは立て続けに腹を殴られるのと同じことだった。警官たちは自分たちは無敵だと信じていた。わたしを犯すのは、わたしを好きにできると自分自身に証明したいから。わたしの頭に銃を突きつけようがわたしを支配しようが、警官たちはなんの罰も受けない。そのことを証明したいのだ。強くなった気分を味わうために、おまえは弱いとわたしに思いこませようとした。実際わたしはそのとおりに思いこんだ。

全員の相手をさせられたあとは、息を整える余裕さえ与えられなかった。一人がわたしに服を投げつけ、べつの一人がポケットから金を出して料金を支払った。金を数える間もなくモーテルの外に押し出され、わたしは仕方なく家にむかって歩きはじめた。ベッドに押し倒されたときよりも裸で無防備な気分だった。ようやく金を数え終えてみると、220番の賞金の数分の一しかなかった。そうわかったって、どうすることもできなかった。抗議したって、あの男たちは取り合わない。弾のこめられた銃をにやついた顔で突きつけてくるような連中だから。路地裏で見つけた女を自分たちの物だと決めつけるような連中だから。

＊＊＊

警官たちはしょっちゅう電話をかけてきてどこそこへ行けと指示し、電話がかかってくるたびにわたしは胃の上のあたりが痙攣《けいれん》するのを感じた。痙攣と一緒に、口のなかに吐いたときみたいな苦い味が広がった。わたしは親指で円を描くように胃のあたりをなで、苦い味を消すために水をがぶ飲みし、警官たちの求めに無理やりイエスと答えた。それはちょうど、税金を払おうかどうか考えるときの感じに似ていた。毎年、わたしはうちに送られてくる税金の払込票を持ってすわりこみ、そこに示された金額をにらむ。逃げ出したいという激しい欲求を抑えこみながら、どうすればいいか考える。税金を払えば、家賃や新しい靴やバス賃が払えなくなってしまう。いずれ国税庁《IRS》から警告を受けるとわかっていても、だれが送ってきたかもわからない払込票に怯え続けるほうが、税金を払って野垂れ死ぬよりはましだった。だから、基本的にわたしは税金を滞納し、基本的に警官たちの要求に応え、嫌悪や屈辱や逃げ出したいという切羽詰まった気持ちを押し殺した。

警官たちの集まりはいつも夜だった。回転ドアみたいにバッジも男も入れ替わり、わたしは彼らと順番にセックスをして口止め料の入った封筒を受け取った。たいていはほかにも女の子や女の人がいたけれど、全員がちがう部屋を割り当てられたので話すことはなかった。料金が支払われないこともあった。そんな時警官たちは、かわりに次の摘発のときは見逃してやると言った。摘発。それは警官たちが制服姿で好き放題暴れること。見逃してもらえばわたしが朝食にありつけるとでも思ってるんだろうか。トレバーとうちの家賃を払えるとでも？　日常が爪のあいだに詰まった土にしか思えない気分が和らぐとでも？　こっちはどうやっても抜け出せないなにかにはまりこんでいるのに。

バーノンにはディーを強制退去させないだけの金を払った。今度あいつが来たらこの金を渡すんだよと言って、トレバーに封筒を渡したのだ。それでもそろそろ四月になるし、見逃してやるんだからと言って料金を踏み倒されることはますます増えていた。警官たちはわたしには金なんか必要ないと決めつける。だけど、いまのわたしに必要なのは金だけだ。

それでも、いまのところは仕事があって、住む家があって、トレバーに着せる服がある。毎晩のように仕事に出かけ、顔なじみになった警官たちに会い、料金が払えなくてお湯が止まったらどうしようと心配することも減った。かわりにわたしは、体についたあざや、銃や、マーカスはどう思っているんだろうということを心配するようになった。そして、こんなのはただのセックスなんだから、体だけのことなんだからと自分をごまかすことはしなくなった。なぜなら、これはそれ以上のことだったから。セックスと恐怖と不安。警官たちの大理石みたいな白目。

三月分の家賃を払ったあと、わたしはトレバーに新しいバスケットボールを買った。黒色のしゃれたやつだ。トレバーは靴が脱げるくらい飛び跳ね、プールに飛びこんでしまうんじゃないかと思うほどはしゃいで、それを見たわたしは久しぶりに少しだけ希望を感じた。トレバーの笑顔を見ると、サイレンにも、体が締め付けられるような感じにも、耐えられる気がした。あばらを縄で締め上げられるようなあの感覚は、骨が折れてしまいそうなほど強かったけれど。このころは、ショットをあおって酔いに沈まないと男たちとの夜をやり過ごせなかった。酔ってしまえば、男たちがなにをしているのか見ずにすむ。なにをされているのかも曖昧になって、怯えずにすむ。それが正しいことなのかはわからなかったけれど、翌朝目を覚ますとわたしはまだ生きていて、トレバーはバス停まで送ってもらおうと待っていた。いまはそれで十分だった。

トニーは、よけいな真似をして悪いと言いながら、何度もわたしのしていることをやめさせようとした。ほかに選択肢があるみたいに。葬式の日が来ても葬儀場には行かなかった。パトカーの後部座席についた血の染みを思い出すから。警官たちは時々乱暴になることがある。それに、自分の葬式が少しずつ近づいているのがわかっているから、アレと一緒に葬儀場へ行くなんて耐えられなかった。きっと、アレでもわたしに思い出させることは無理だろう。聖人の像が動いて見えるようになる前はどんな感じだったのか。男の服ばかりか男の肌までまとうようになる前、わたしはどんな女の子だったのか。

警官からの連絡が来ない日があると、解放してくれたのかもしれないと思った。ごはんを食べた直後に吐きそうになることもなかったし、警官もセックスもない暮らしを手に入れる方法を考えたりもした。ボトル・キャップへ行って少しでいいから働かせてほしいとルースに頼んでみようとも考えた。

この日もそういう一日だった。警官が電話をかけてこなくなって七日目で、そろそろ金が底をつきそうだった。また、胃のなかの液体が暴れまわるようなあの感じがはじまっていた。警官からの連絡があってもなくても、とにかく金を稼ぐ方法を見つけなきゃいけなかった。わたしはボトル・キャップへ行くことにして、途中でラ・カーサ・タケリアに寄った。ランチタイムには早い時間で、お客もまだちらほらとしかいなかった。アレはテーブルで注文を取っているところで、店に入ってきたわたしに気付くと、離れていてもわかるほど目を見開いた。わたしはパパが遺した古いコーデュロイの上着のポケットに両手を突っこんだ。パパのほかの服はタイおじさんが全部持っていったから、残っているのはこれだけだ。わたしはアレに近づいていった。

アレは注文を取り終わると両腕でわたしを抱きしめた。抱きしめたまま耳元で「久しぶり」と言う。たったそれだけで胸が温かくなる。

「久しぶり」警官に見つかったあの日から、わたしはアレを避けていた。こんなふうにアレの日の前に立ったら、薄い恥の膜を全身で感じるだろうと思った。体中に残る警官たちの手の跡に気付かれてしまいそうな気がした。

「どうしたの？　しばらく見なかったけど」

わたしはうなずいた。

「ボトル・キャップに行こうと思って。店まで付き合ってくれない？」

アレは笑って床に目を落とし、またわたしを見た。「もちろん」うなずきながら店を見回し、おばの一人に合図して、出かけてくると身振りで伝えた。「スケボー持ってくる」アレはわたしの腕をきゅっとつかんで言った。

数分後、アレは階段を駆け下りてきた。額が汗で光っている。「行こう」そう言って、わたしを店の外へ促した。

アレはわたしの肩に腕を回してぎゅっと引き寄せ、スケボーでまわりを指しながらため息をついた。「きれいじゃない？」空に叫ぶみたいにして言い、わたしも景色を見まわした。道のむかい側ではまだ建設工事が続いていて、木材が騒々しい音とともにべつの木材にはめこまれていく。街はわたしたちのまわりでらせんを描いている。遠くの景色は窓と車道を写し取った輝く写真みたいで、無意味なほどにどこまでも広がっている。アレの腕を感じているとスキップしたい気分になった。ひざを空に突き上げて、二人で一緒に揺れていたかった。

オークランドの街は碁盤の目状になっていない。わたしたちは曲がりくねりながら進む。通りはしばらくのあいだ湾へむかって延び、塩と通りが混じり合う地点へと近づいていく。自転車はまばらになっていき、かわりに増えたトラックが青信号を合図に勢いよく走り出す。やがて通りは建物が密集した地域へ続いていき、歩道のいたるところで怒声が飛びかうようになる。アレと一緒なら、なにを怒鳴っているのかも、だれに怒鳴っているのかも気にならない。騒音はアスファルトの破片みたいに地面に散らばるだけ。やがてお気に入りのグラフィティのそばを通りすぎる。背景が描き足されていて、まわりにはいくつものサインが躍っている。

「会えなくてさびしかったよ」アレが言った。

「わたしも。忙しくて」

こっちを見たアレの顔に心配そうな表情が浮かぶ。だけど無理に聞き出そうとはしない。アレはいつだってそうだ。

「あんたがバイトしてるあいだ、ちょっと滑っとこうかな」アレは片腕でスケボーを抱え、わたしの肩にずっと腕を回している。わたしたちはマッカーサー大通りと八十八番街の角にむかって歩いていた。キャッスルモント高校があるあたりだ。ボトル・キャップの建物ははでなオレンジ色をしている。ライフジャケットとか、夢で見る太陽みたいな色。

アレはわたしの肩から腕を離してじゃあねと手を振り、通りを渡って、キャッスルモント高校の子たちが集まるスケートパークにむかった。アレはキャッスルモントに通っていた。わたしやマーカスはスカイライン高校に行っていたけど、アレに会うためにしょっちゅうこんな東の端まで足を延ばした。マーカスは中学生のときにわたしを連れて何度かこのスケートパークに遊びに来ていて、わたしはそのときアレに出会った。窪地《ボウル》を猛スピードで上っては下り、マーカスとハグをしながら握手をし、空いた片手で背中を叩き合う。そんなアレを見た瞬間、わたしはこの子のことを知りたいと思った。本当の意味で。

高校生のころは、放課後になるとよくみんなでボトル・キャップへ行って、炭酸の六缶パックだとかポテトチップスだとかを買って店の前でたむろした。スピーカーを持って行って音楽を流したりしてたのに、ルースは嫌な顔ひとつしなかった。わたしたちが悪さなんかしないとわかってたから。わたしたちはただ生きていただけだから。ルースは時々おまけしてくれたし、レイシーの妹がコンクリートの道で転んであごがぱっくり切れたときは、店を閉めて病院まで送っていった。レイシーたちのママが救急車にかかるお金を払わずにすむように。

ボトル・キャップのドアを開けると、どんな酒屋でも入り口で聞こえるチャイムが鳴った。まっすぐカウンターにむかうと、店番の男が壁にかかった小型のテレビを観ていた。テレビには『サウスパーク』が映ってて、男はドレッドが揺れるくらい大声で笑っていた。

「ちょっといい？」わたしは男に声をかけた。

男は邪魔が入ったことにイラついたみたいだった。「なんか探してんのか？」

「ルースに会いに来たんだけど」ルースの名を口にした瞬間、なにかがおかしいと思った。男が口を開けたまま黙っていたから。

「ああ」一拍置いて男は言った。「ルースならもういない」

「いないって？」

「ルースは先週死んだ」

男が一瞬黙ってうつむいたときにはもう、そうじゃないかと予想してた気がする。だけど、予想するのと事実を聞かされるのとは少しちがう。体のなかに、ルースを埋葬するための小さな穴を掘られた感じがした。「死んだって、なんで?」わたしはたずねた。

「あんたに関係あるか?」

男はテレビの音量を上げたけれど、わたしは動かなかった。

「なにか買うのか? 買わないのか?」露骨に邪魔者あつかいされながら、それでもわたしは〝家賃を払うにはどうすればいい?〟としか考えていなかった。自分でも最低だと思う。路頭に迷いかけてたわたしを雇ってくれていた人が死んだのに。なのに、わたしは生活のことしか考えられない。

「わたし、ここでバイトしてたんだ」そう言うと、男が両眉を吊り上げた。信じていないかどうでもいいかのどっちかだろう。「ルースは頼めば仕事をくれてたから」

「まあ、この店はもうルースのものじゃない。人を新しく雇う余裕もない。悪いが」男がまた音量をあげ、テレビの音がものすごくうるさくなった。わたしの声は、聞こうとしたって聞こえないだろう。わたしは手のひらでカウンターを叩き、店を出て昼の光のなかにもどった。

記憶が押し寄せてくる感じがした。全身の細胞が活性化して猛烈に動きはじめたみたいな感じだった。わたしのあげた黒いボールをつくトレバー。アパートのプール。カウンターでシリアルをかきこむ朝。呼吸。記憶は浮かんでは消え、どこにもない未来へゆっくり近づいていくみたいな感じがした。その未来で、わたしはこの体さえなくしている。ボトル・キャップにも頼れず警官にもマーカスにも頼れないなら、これからどうすればいいのだろう。わたしはぼんやりした頭でスケートパークにむかった。体が意思についてこない。スケボーがコンクリートの上を転がる音がするほうへ、ふらつく足でジグザグに歩いて行った。

スケートパークにつくとアレは宙を舞っていて、窪地《ボウル》の曲面を上ってもう一度おなじことをしようとしていた。ボードの前をつかみ、斜面を滑りおりる直前で上半身をひねる。わたしはボウルのふちにすわった。アレはわたしに気付くとはっとしてバランスを崩し、背中から倒れこんで傾斜を滑り落ちた。うめいて立ち上がり、痛そうに両腕を振ってからわたしのほうへ上ってくる。

わたしがまだ八年生（日本の中学二年生）だったころ、アレは高校に入って、髪を暴力的なブロンドに染めた女の子と付き合いはじめた。肌とも顔立ちとも合っていないブロンドはただ目立つだけで、どうしてそんな不自然なことをするのかわたしには理解できなかった。その子とはよくボウルのふちに並んですわってアレをながめたけれど、そんなときわたしはありったけの念をこめてアレを見つめた。彼女よりもわたしのほうが真剣に見てることを、アレに知ってほしかった。二カ月くらいするとブロンドの子は来なくなって、なんで別れたのと聞いてもアレは肩をすくめるだけだった。

アレはコンクリートの地面にスケボーを置くと、わたしと並んでふちにすわり、足をぶらぶらさせた。

「ビビった」アレは言った。「なんかあった？　バイトは？」

「ルースが死んだって」余計なことを言って話を複雑にするのはちがう気がした。ルースが死んだということに、それ以上の意味を持たせたくない。厚紙に印刷されたルースの写真が葬儀場のロビーに置かれているところを想像する。全身に粉をはたかれた冷たい体。だれも食べないチーズのにおい。

アレはボウルを滑ってる子たちをながめ、それからわたしを見た。「最悪だね」

「うん」

「大丈夫？」

「無理そう」

「あんたが愛してたことはルースに伝わってたよ」

アレがわたしの肩に腕を回して抱きよせた。わたしは首を振り、体を起こしてアレの腕からすり抜けた。この場でぶちまけてしまいたかった。ほんとに最悪なんだよ。あんたは抱きしめようとしてくれるけど、わたしはルースが死んでもお金のことしか考えられないんだから。

わたしたちは互いに触れることもせず、しばらくそのまますわっていた。二、三人のスケートボーダーたちがフリップをしては転んで肩をさすり、また滑ってはおなじことを繰り返していた。

パークのむこうには通りが見えていた。足早に行き交う人の影は見えるけれど、遠くて顔まではよくわからない。だから、彼女が見えたときも、そんなはずはないとはじめは打ち消した。彼女みたいに青く輝くあの人影は知らないだれかのものだと思いたかった。炎の一番熱い部分みたいな髪の色もそっくりだけど、あれはきっとちがう人。だけど、近づいてくるにつれてはっきりと顔が見え、とうとうわたしは確信した。カミラがこっちへむかって歩いてくる。わたしに気付いて手を振り、カミラが知っている唯一の名前を大声で叫んでいる。キア。わたしたちはボウルの谷間にへだてられていたから、カミラはごついヒールをはいた足で谷間をぐるっと回りこみ、とうとうわたしとアレのうしろに立った。

「ほら、ハグしてよ」カミラはそう言って、助け起こそうとするみたいに両手を差し伸べた。その手を取ってもカミラはただ立っているだけだったから、わたしは自力で立ち上がった。カミラは両腕をそっと巻きつけるみたいなハグをした。アイシャドウがわたしの頬について取れるのが嫌なんだろう。それから体を離した。かぎ爪みたいな両手でわたしの顔を包みこみ、じっくりながめ回す。ケガをしていないか確かめているみたいだった。「調子はどう？」

両手で顔をはさまれているせいで話しにくい。苦労して口を動かすと、くぐもった声が出た。すわったままこっちを見ているアレの視線を痛いほど感じる。アレはわたしの背中をじっと見つめていた。

「まあ、悪くないよ」

「あら、ごまかそうとしたってだめよ」カミラはチッチッと舌を鳴らした。「かわいい頭でなにを悩んでるか教えてちょうだい」

一瞬、カミラは警官たちのことを知っているんだろうかと思った。カミラもあの集まりに参加しているんだろうか。だけど、やっぱりあのことはだれにも話しちゃいけないような気がして、わたしはぎりぎり嘘ではない答えでごまかすことにした。それに、なんの話をしているかアレに知られたくなかった。「べつに、あんまり仕事がないってだけ」

「ほらねハニー、だからパパが必要だって言ったでしょ。わたしのお客にあんたの話をしたら興味津々でね。ディモンドって人なんだけど、週末にパーティするからあんたも来ればいいって言ってたわよ。ディモンドと一緒なら稼げるんだから、こんなとこでくよくよ悩まなくていいの。どう?」

「どうかな——」

「キアってば、まったくもう。いいからパーティに来なさいって。土曜日の夜、三十八番街の百二十番地だからね」

「でも——」

カミラはわたしの顔から両手を離し、ひらひら振った。「はい、もう聞こえない。じゃ、また土曜日に」そう言うなりカミラはくるっときびすを返し、スケートパークの主みたいにボウルを回りこんで通りにもどっていき、やがて青い影にしか見えなくなった。カミラかもしれないし青い炎かもしれないし、そのどっちでもあり得るなにかに。

わたしはその場に立ちつくし、カミラがいた空間を見つめていた。振り返らなくてもアレが歯を食いしばっているのがわかった。その頭に次々と疑問が湧いてくる音が聞こえそうだった。わたしの背中を凝視しているんだろう。このままじっとしていればこの体は空に溶けてなくなり、アレはわたしが存在していたことも、今日自分の店に来たことも忘れてくれるだろうか。わたしの姿に驚いてスケボーから落ちたことも、ボウルの傾斜をあおむけに滑り落ちたことも、明日の朝起きたときに体が痛む理由も。

目を閉じても、わたしは消えなかった。そのまま数分が過ぎて、とうとうアレが口を開いた。

「あんたがヤバいことになってるって、なんで気付かなかったんだろ」喉の奥から直接聞こえてくるみたいな声だった。言いたいことのほとんどを飲みこんでしまったみたいな。

わたしは振り返り、アレを見下ろした。

「わたしに話そうって思ってた？」アレは口を半分閉じ、あごを左右に動かすようにして話した。漏れ出してきた傷ついた気持ちが、口からあふれるのを心配しているみたいに。

「わからない」本当にわからなかった。アレに話すということは、これがわたしの人生だと宣言し、路上で働く覚悟を決めることのような気がした。路上で生きることは自分の葬式の準備をはじめること。わたしは明るい通りを歩きたいし、お金は昼間に稼ぎたい。薄暗い路地裏なんかにいたくない。サイレンも聞きたくない。なのに、わたしとアレはここでこうして黙っている。路上はいつだって明るい時間にわたしたちを捕まえる。思ってもいないタイミングで捕まえる。夜は、昼間のうちに忍びよってくる。

「キー、ほんとにわからないんだけど。クララがどうなったか知ってるのに、なんでそんなバカなことができるわけ？」アレは首を振り、むこうのレールで技の練習をしている二人の男の子に目をやった。「なんでそんなことしてんの？」

「ほかにどうしようもないから」わたしは言った。

「そんなわけない」アレは首を振り続け、最後にもう一度激しく振ると、スケボーを持って立ち上がった。震えていた。アレはわたしの前に立ち、震えながらもう一度言った。「そんなわけない」スケボーを地面に置いて片足を乗せ、何度もコンクリートをけってわたしから遠ざかっていった。わたしはどこへ行くこともできず、ボウルのふちに立っていた。

わたしはスケートパークから家にむかって歩きはじめた。同い年くらいの男子たちがスケボーを持ってパークに入ってきて、じゃまだとわたしにどなったから。昼間に一人で街を歩くのは、夜に歩くのと感じがちがった。体中を目にしてまわりを見張り、おしりじゃなくて脚を動かして歩くように意識する。二ブロックくらい歩いたけれど、結局バスに乗った。そろそろリーガル＝ハイのそばのバス停に着くころだ。このくらいの時間のアパートは妙な色に見える。かぎりなく白に近くて、もとの青色が勘違いだったと思えるくらい。

部屋に入るのとほぼ同時に携帯が鳴った。アレからだと思って急いでポケットから携帯を出すと、画面には〝ショーナ〟と表示されていた。体中の細胞が抵抗しているのを感じながら電話に出る。

「キアラ?」ショーナの声は疲れていた。新米ママの疲れなのか、それともべつの理由があるのか、声だけじゃわからない。

「そうだけど」

「どうなってるのかわからないんだけど、先週スタジオに新しい機材が入ったの。コールのやつ、新しい仕事をするとかもうすぐ大成功するとか、そんな話ばっかり。よくわからないんだけど、マズいことになってそうで」

「なんの話？」

「だから、わからないんだってば。とにかく、コールたち、ヤバいことやってて後もどりできなそうな感じがする。助けてくれない？」ショーナの声はだんだん高くなった。

わたしはため息をついた。路上にはまりこめばどうなるかは知っている。だけど、どう抜け出せばいいのか、はまりこんだ人をどう助ければいいのか、それはわたしにもわからない。はまりこんだのがマーカスならなおさらだ。「そんなのわたしだってわかるわけないよ」わたしは、だれか来たからもう切ると言った。本当はだれも来ていない。ショーナがしゃべり続けるのを無視して電話を切ると、部屋のなかが急に静かになった。

わたしたち女は、どうにもできない男たちをどうにかしようとしてばかりいる。もううんざりだった。男たちのことを考えるのも、自分が生きのびるにはどうすればいいのか、男たちを生きのびさせるにはどうすればいいのか考えるのも。考えられるだけの酸素がここにはないから。たぶんカミラが正しい。男に身をゆだねたっていいのかもしれない。世話をしてもらったっていいのかもしれない。なのに、ショーナの話が頭を離れない。マーカスは大丈夫なんだろうか。それとも、こんな暮らしから脱け出せるくらいのお金を稼げたんだろうか。ママとの面会に来なかったことを完全に許したわけじゃないけど、アレが口を利いてくれないのなら、わたしにはマーカスが必要だ。

時刻は午後二時で、春になったばかりだというのに、早くも暑さがわたしたちを捕まえたみたいだった。このところの寒さがウソみたいに暖かい。それから少ししたころ、アパートのドアが勢いよく開いてマーカスが入ってきた。満面の笑みでわたしを見る。笑顔の下で、わたしの指紋がくしゃっと縮む。マーカスはつかつかと歩いてくると、わたしの腰に両手を添えて立たせ、そのままくるっと体を一回転させた。ふらついてソファに倒れこみながら、こんなことをされたのはいつ振りだろうと思う。わたしは兄さんの妹で、わたしたちはまだ子どもなんだって気持ちになるのはいつ振りだろう。

「いまのなに？」わたしは笑いながらマーカスの胸をたたいた。いつもより背が高く見える気がした。

わたしを見つめる兄さんの目も笑っていた。明るい目だった。

「なにって、妹のことが恋しかったんだよ」そう言いながら、いまにもわたしを抱き上げそうだ。

「おまえに見せたいものがある」

そう言うなりマーカスはわたしの手を取って立ち、クローゼットからリュックとスケボーをつかんで玄関へむかった。手首を強めに引っ張られながら、幻覚でも見てる気分になる。マーカスは、数カ月前からのわだかまりをきれいさっぱり忘れてしまったんだろうか。ろくに帰ってこないから、妹が毎月の家賃を必死でかき集めてることも知らないんだろう。あたりには塩素と犬の糞のにおいが立ちこめて、それがアパートのにおいの一部になってしまったことも知らないんだろう。本当になにも気付いていないんだろうか。わたしがどこにいたのか、なにをしていたのか。

プール脇の駐輪場から自分たちの改造自転車《スクレイパーバイク》を出す。マーカスと二人でダクトテープやら廃品やらで飾り立てた自転車だ。わたしたちはこの最高の自転車をイースト・オークランド中で乗り回す。蛍光色の車輪は空より明るい。わたしは自分の自転車にまたがり、マーカスについて通りを走りはじめた。マーカスは曲がりくねる通りをどこまでも走っていった。どの場所もはじめて通るような気がしたけど、そんなことはあり得ないから笑えてくる。この街は隅から隅まで歩き尽くした。それともわたしは、歩きながらただの一度も顔をあげなかったんだろうか。なにかを探すことに必死だった？

わたしは大声でマーカスに話しかけた。「どこに連れてく気？」

「心配するな。もうすぐ着く」

ひょっとしてマーカスは臨時収入があったと伝えるつもりだろうか。ショーナの不安が的中してなにかヤバいことに手を染めたのかもしれないけれど、路上のお金だってお金であることには変わりない。イースト・オークランドを走っているうちから高速道路を走る車の音が聞こえはじめた。見えないけれど八八〇号線が近いのだ。音も聞こえて気配もするのに、決して見えないものがある。頭のなかで聞こえるママの声みたいに、見えないのに存在するもの。

陸橋の下に来ると、マーカスがいきなり止まった。いきなりだったから、ペダルを踏み外してぶつかりそうになる。倒れそうになってブレーキをかけ、サドルから飛び降りた。陸橋の下は薄暗くて、ふたつのテントだけが極小サイズの町を作っている。マーカスがこの先も協力してくれなかったら、きっとわたしたちも簡単にこんな場所に行き着く。テントで眠り、ズボンのファスナーは役立たずになって、わたしの体は常に危険にさらされる。マーカスのでかいエゴも、テントで眠る夜の寒さからわたしを守ってはくれない。山火事の季節に煙が流れてきたって、どこに隠れることもできないだろう。

「ここでなにするの？」わたしは自転車を壁に立てかけながらマーカスにたずねた。

マーカスは答えなかった。リュックを下ろしてしゃがみ、ファスナーを開ける。中にはペンキのスプレー缶が何本も入っていた。高いほうのスプレーだ。〈ホーム・デポ〉へ行っても、そういう高級品はよっぽど思い切った気分の時しか選ばない。マーカスは地面に何本か線を引き、虹をひとつ描いた。

「それ、どうしたの？」

「心配するなって。おまえにささやかなプレゼントだよ。で、おれはおまえの助手だ。この壁は全部おまえのもの。好きにやっちまえ。指示してくれればそのとおりに描く。キー、今日という日はおまえのものだ」マーカスはしゃがんだ姿勢のまま笑ってわたしを見上げた。

拒絶しなきゃと思ったし、問いただささなきゃとも思った。だけど、そうするかわりにわたしは笑い返し、緑のスプレー缶を選んでつかみ、兄さんは黄色を使ってと言った。それから、マーカスに指示を出しながら輪郭を描きはじめた。普段のマーカスはわたしの言うことになんか耳も貸さないのに、今日は言われたとおりに線を引き、わたしに従おうとしていた。今日のマーカスはわたしの兄さんだった。

絵を描くとき、わたしはいつも目を閉じる。するとマーカスもアレも笑う。見えなきゃ描けないと思っているから。だけど、描きたいものを本気でアートにするには、視覚はただのじゃまもの。わたしは描きたいものが指先から流れ出るのにまかせたい。吸っては吐く息から漂い出すのにまかせたい。体全体を視覚にすれば、目で見なくたってアートは描ける。

落書き《タギング》をはじめたのは十三歳のころだ。当時はまだ落書きのことをタギングなんて呼んでいなかった。油性マーカーを何本か持っているだけの子どもだったし、とにかく町中の壁に自分の名前を書きたいとしか思っていなかった。アレはそんなわたしを見て、十四歳の誕生日に青いスプレー缶をプレゼントしてくれた。わたしはそのスプレー缶を一ヵ月のあいだ使いまくり、ある日も使おうとしたら中身が空っぽになっていた。それ以来、この誕生日プレゼントは毎年の恒例になった。誕生日が来るたび、アレは新しい色のスプレー缶を贈ってくれる。

マーカスは自転車でわたしを町中連れ回し、プロの描いた壁画やタギングを指さしながら、ああいうのも結局はおなじなんだぞと言った。アートってのは、自分が消えちまわないように、存在を世界に刻みこむためのものなんだから。そして、おれのリリックもそのためのものなんだと言った。

十五歳のとき、兄さんとの二人暮らしがはじまった。最初の数ヵ月、わたしたちは自転車に乗って格安の食材を買い回り、リュックに詰めこんでアパートに持って帰った。調理する価値のある食材が手に入れば、キッチンに立つのはきまってわたしだった。マーカスはスキットルズ（果物のフレーバーのカラフルなソフトキャンディ）を持ってソファに陣取った。

わたしの保護者になって一カ月くらいたったころ、マーカスはこんなことを言い出した。〈グロサリー・アウトレット〉みたいな安売り店じゃなくて〈ファーマー・ジョーズ〉みたいな高級店で食料品を買えるようになるには、もっと工夫が必要なんだ。そこでマーカスは、アートを売って稼ごうと考えた。まだコールと知り合う前で、自作のラップをレコーディングする手段がなかったのだ。アートを売るにはわたしがどうにかするしかなかったから、段ボールに絵を描いた。絵の具は〈イーストベイ・デポ・フォー・クリエイティブ・リユース〉で、一本一ドルで売られているやつを使った。そんな用事でもなかったら、わざわざ自転車でテメスカル地区まで行ったりしない。ピスタチオアイスが有名なエリアだけど、あのあたりじゃ、アイスを売ってる人たちでさえ、自分たちはここに遊びに来ただけなんだ、これだって商売なんかじゃないんだと気取ってる。

あのころは、学校から帰ると、かならずマーカスがカーペットの定位置で待っていた。そばには段ボールと中古の絵の具がきちんと並べられていて、いつでも絵筆を渡せるように準備してあった。絵の具を用意すること。それだけが、マーカスがわたしのためにできることだった。時々、自分だって〝マーカスの妹〟以外のなにかになれるかもしれないと思ったりもした。作品が額に入れて飾られるようなアーティストに。

週末になると、わたしたちは作品を持って外に立ち、一枚二十ドルで売った。マーカスはそれぐらいが相場だと言っていたけど、絵は一枚も売れなかった。週末が来るたび、わたしたちは日陰もない路上に立ち、少しずつ絵の値段を下げていった。しまいには二人組のおばあさんが、わたしたちを哀れんで、絵の何枚かを一枚五ドルで買ってくれた。わたしが謝るとマーカスは大丈夫だと繰り返した。だけど、大丈夫じゃないことはわたしにもわかっていた。それから二晩、マーカスはレイシーの家に泊まり、作り笑いを浮かべて帰ってきた。あれ以来、わたしはまともに絵を描いたことがない。誕生日にもらうスプレー缶でバス停に渦巻き模様みたいなタギングを描くとか、アレの似顔絵を描くとか、それくらいだ。

わたしは緑の缶を持って壁にむかった。塗料が空中を飛んでいくのが一瞬見え、セメントにぶつかる。人工の海を作り出せるなら、波を人の手で操作できるなら、その時はこんな音がするんじゃないかと思う。春先の陽射しを浴びた金属の缶が手の中でじわっと熱くなり、はじめて自分の居場所を見つけたような感じがする。

わたしが描いていたのは、繰り返し見る夢の景色だった。あの夢のなかでわたしは原っぱにいて、そこではすべてのものが熟れていて、葉っぱの細胞すべてが生き生きとしていた。マーカスには花の絵を描いてと言った。黄色い花びらを描いて。一枚一枚の見分けがつかなくなるくらい何枚も。

草地の上には——正確には草のあいだに——女の子の絵を描いた。スプレー缶を振って一度かまえ、ふと考えこんだ。缶を持ち替えて壁に近づき、女の子の輪郭を修正する。この子はわたしで、同時にわたしではないだれか。絵のなかの女の子のほうが幼くて、口を大きく開けている。思い切り大きく。

マーカスに、女の子のワンピースを黄色に塗ってほしいと言った。花のなかに溶けていくみたいにしたかった。わたしのクローゼットにこんなに鮮やかな色の服はないけれど、あの夢を見ると、死んだらこんな色のなかに埋葬されるんだってことがわかる。口を大きく開けたまま。わたしの両手は緑や茶色や黄色まみれで、次のスプレー缶をかまえて壁から離していくうちに、そこに青色が混じっていく。背が足りないから思ったところまで塗料が届かない。マーカスが両脚を抱えて持ち上げてくれると、とたんにわたしは兄さんよりも背が高くなり、陸橋の壁に空を描くことができる。

ふいに、背後でテントのファスナーが開く音がした。マーカスが音に気付いてわたしを下ろし、二人して振り返ると、テントのなかから若い女性が二人這い出してきた。わたしは塗料が血みたいについた両手を上げた。

「ここでなにしてんの?」片方の女性がたずねた。体の前にかけた布は、よく見るとスカーフじゃなくておくるみだ。赤んぼうが弱々しい声でむずかるのが聞こえた。

「悪いことはなにも。絵を描いてるんだ」マーカスはそう言いながら、胸の前で塗料まみれの両手を上げた。わたしたちはしょっちゅうこんなふうに他人に両手を見せる。人間だってことを証明するみたいに。

もう一人の女性が顔をしかめた。わたしたちにむけてそうしたんだろうか。それともただ太陽がまぶしいんだろうか。「それが終わったらもう来ないで。子どもを起こさないでよ」

わたしたちは小声で謝り、壁に向き直った。楽しい気分はしぼんでいた。わたしたちは人のすみかに侵入した邪魔者だった。

「ほら、仕上げちまおう」

マーカスは小声でそう言うと、もう一度わたしを抱き上げた。わたしはその体勢のまま、壁の残りの部分を空にしようと青く塗りつぶしていった。地面に下ろされたとき、テントのなかにいる母親と目が合った。母親はほほ笑んでいた。かすかにではあってもたしかにほほ笑みながら、母親はテントのファスナーを閉め、見えなくなった。

「キー、ちょっと絵を足してもいいか?」マーカスの声がしてわたしは壁を振り返った。マーカスは壁を見つめて立っていた。

わたしがうなずくとマーカスは黒のスプレー缶を取り、噴き出し口を空へ向けた。そして、音符をひとつ書いた。腕を少し下げてもうひとつ音符を書く。それからもうひとつ。そうして女の子の口元まで短いメロディを書いていき、最後にト音記号を下唇から垂れ下がるような感じで書き加えた。ト音記号はいまにも女の子の喉を滑り落ちていきそうで、壁だけがそれを食い止めてるみたいに見えた。

「どうだ?」マーカスが振り返り、両眉を上げてじっとわたしを見た。ふと、パパに似てると思った。

わたしはうなずいた。「きれい」ママがいなくなって以来、こんなに正直な気持ちをマーカスに伝えるのははじめてだった。

わたしたちは壁から少し離れ、一緒に壁画をながめた。

たぶん、わたしはこんな日をずっと待っていたんだと思う。マーカスが背すじを伸ばし、生活を少しでも立て直すにはどうすればいいか考えはじめる日を。わたしの膝に頭をあずけ、身を任せてくれるような日を。いまのマーカスならわたしの手を握ってくれるだろうか。首元を指でなぞって、どうしてこんなところにアザがあるんだと聞いてくれるだろうか。時々わたしは、自分を母親と子どものあいだにいるような存在に感じる。どこにもいないような気がする時もあるけれど。

マーカスには言いたいことがあったし、言うべきことを言うんだと自分に約束もした。ママに教わったこととの大半は忘れてしまったけれど、約束をやぶってはいけないと繰り返し言われたことだけは覚えている。そう繰り返したのはママだけじゃない。この町の人間なら、約束を破ることだけはしちゃいけないと知っている。皿に残った最後のチキンを取るときのルールと同じ。そういうときは、母親くらいの歳の人たちみんなに確認しなきゃいけない。こういうルールは南部からオークランドまで伝わってきたんだろうか。オークランドの常識なのかもしれないし、それともこの町の人たちが過去の失敗から学んだ教訓なのかもしれない。

マーカスがそばにいてくれるなら、口先だけじゃなくて本当に味方でいてくれるなら、たぶんこの最悪の状況から抜け出すことだってできる。わたしたちみんなを助け出す方法が見つかるかもしれない。正しい愛し方がわかるくらい無傷のまま。わたしは口を開いた。そのとたん、暑さが喉の奥に滑りこみ、声が出なくなった。わたしは唾を飲みこんだ。

「マーズ」

「おまえがそう呼ぶのは久しぶりだな」

わたしの声はささやき声と言っていいくらい小さかった。「呼ぶもなにもろくに帰ってこなかったから」

マーカスはため息をつき、顔だけこっちにむけてわたしを見た。「おまえだってそうだろ」

わたしは兄さんを見つめた。いつもならすぐにそらされてしまう目が、わたしをじっと見返していた。わたしは壁にむき直った。マーカスはしばらくなにも言わなかったし、わたしも黙っていた。

「キー、最近どこに出かけてるんだ?」

兄さんにこう聞かれるのをわたしはずっと待ちわびていた。できることはあるかと聞いてもらうのを。いつでも力になると言ってもらえるのを。

「路上だよ」わたしは答えた。壁画の空には音符と青色だけがあって、その青には終わりがないみたいに見えた。青が音楽と一緒に空からこぼれ落ち、わたしに迫ってくるみたいだった。「ほかに行くところもないし」

目のはしでマーカスが首を振っているのが見えた。「そのへんの売女みたいに適当な男とヤリまくろうってか? トニーにちょっと聞いたよ。だけどおれは信じたくなかった。キアラ、ウソだろ」

「兄さんにわたしを責める権利がある? わたしが路上に出たのは兄さんのためだよ。兄さんがクソみたいな妄想にひたって生きてるから。アルバム作成に一カ月ほしいって言うからそのための時間をあげた。ていうか、兄さんはもう九カ月くらい働きもしないでぶらぶらしてる。ねえ、もう限界なんだよ。状況はなんにも変わってない」

マーカスの目つきが鋭くなった。「だからってウリをやって状況を変えようってか？」

「兄さんがぼんやりしてたあいだにわたしは打てる手を全部打った。したくもないことをやってきた。兄さんが遊び回るばっかりでなんにもしてくれないから」

「音楽に集中してもいいって、おまえが言ったんだろ」どういうわけか、マーカスの声はどこまでも高くなっていく。「おれががんばってなかったって？　ママがあんなことをやらかす前から、おれはおまえを守ろうと必死だった。おまえのことを本気で大事に思ってるのはおれだけだ。なのに、やりたいことをちょっとやっただけで責められるのかよ」

「べつに責めてない。でも、いまはタイおじさんのまねなんかしてる場合じゃないし、現実から目をそらしたってなんの役にも立たない。ホームレスになるのも時間の問題なんだよ。少なくともわたしはそうならないように努力してる」

「だから、おれだって今日はこうしておまえをここに連れてきたんだろ。埋め合わせをしようとして」マーカスの額の歪んだシワが、わたしをにらみつけていた。壁にちょっと絵を描くだけでなにもかも帳消しになるなんて、兄さんは本気で思っているらしい。視界がぼやけて、わたしは自分が泣いていることに気付いた。静かに少しずつ、涙はあふれ続けた。

「マーカス、こんな絵を描いたって家賃は払えない。わたしにどうしろって？　許すって言うべき？　兄さんを許すとか許さないとかじゃないから。食べものを買うお金がないんだよ」

「おれにどうしてほしいんだよ。仕事のことなら努力はしただろ。二回も」

わたしはため息をつき、涙でかすむ目をこすった。「わたし、ママに会いに行ったんだよ。結局ママもタイおじさんの電話番号は知らなかった。でも、兄さんはおじさんのお気に入りだったよね」わたしが言おうとしていることに気付いて、マーカスが身を硬くする。「マーズ、助けて。兄さんのやりたいことなんかどうでもいい。なんでもいいから努力して。タイおじさんを探すとかべつの仕事を見つけるとか、なんでもいいから。お願い」

「バカ言うな」マーカスは靴ひものほどけたスニーカーで地面を蹴った。「おじさんが助けてくれるかよ」

「でも、それしかない」

パパが出所して帰ってきて、十三歳になったころから、マーカスは学校をサボってタイおじさんとばかり過ごすようになった。タイおじさんが街を出るのも、大手レコード会社と契約したりマセラティを買ったりするのも、そのころはまだ先のことで、おじさんはパパの弟というだけだった。パパの一族の末っ子。だけどそのころでさえ、わたしたちにとってのタイおじさんは、どこか広い世界との唯一のつながりだった。

タイおじさんは、相手にぜひ親しくなりたいと思わせるタイプの人で、周囲をいやおうなく惹きつけるところがあった。話をする前からそう感じさせる。おじさんの頭のなかを飛びかう考えも、信念の強さも、なにかを見て決して目をそらさないところも、まわりの人たちにはすぐに伝わる。幼いころはわたしもマーカスも魔法にかけられたみたいにタイおじさんに夢中で、ママはわたしたちをおじさんに会わせすぎるのは問題だと思ったらしい。わたしが九歳のころのクリスマス、タイおじさんははじめてうちに来なかった。マーカスはクリスマスが終わるまで泣き続けて、お腹を押さえながらアパートの床を転げ回った。おじさんと会えないせいで本当にお腹が痛むみたいに。本当にそうだったのかもしれない。

マーカスが学校をサボってタイおじさんと会っていることがわかったのは、無断欠席を知らせる手紙が届いたときだった。学期がはじまって終わるまで、マーカスとおじさんは毎日のように会っていた。ママが逮捕され、タイおじさんがわたしたちを見捨てて町を出ると、マーカスはアパート中を歩きまわり、おじさんを思い出す物をひとつひとつ壊した。

去年、マーカスはクラブで流れていたタイおじさんの曲を聞いて、おじさんが有名人になっていたことを知った。マーカスは酔っ払って泣きながら帰ってきて、わたしの頭をなでながら、おじさんとどんなことをして過ごしていたのか話した。タイおじさんはマーカスをスケートパークに連れて行くだけじゃなくて、ごついチェーンを首にかけた大柄な男たちとたむろして、ハイになったりバカ話をしたり自分のラップを聞かせたりしていたらしい。そのあいだマーカスは部屋のすみにすわり、漂ってくるマリファナの煙を吸いながら、タイおじさんがまたスケートパークに連れて行ってくれるのを待っていた。時々は豪華な家に連れて行かれ、そこで金持ちの男たちに葉巻をすすめられると、タイおじさんは吸ってみろとマーカスをけしかけた。まだ葉巻を吸える歳じゃなかったのに、マーカスは言われるがままに吸い、しまいにはトイレで吐くことになった。タイおじさんにキツい目にあわされた時でさえ、マーカスはだれよりもおじさんのことを愛していた。というより、崇拝していた。

マーカスは首を横に振った。「自力でなんとかしろ」

「本気？　たったひとつの頼みも聞いてくれないの？」

マーカスは、こわばった顔でわたしを見た。出所の日、パパがドラムサークルの前でわたしの手を取ろうとしたときも、マーカスはこれとおなじ顔をしていた。マーカスはまた首を振った。「悪い」

わたしは自分の自転車に手を伸ばした。べつの場所に行きたいと、ただそれだけを考えていた。こんなふうに空の青に埋めつくされていない場所に。

首を振り続けるマーカスを見ていると、言葉にするより先に心が決まった。「いまの兄さんを見たら、パパは本気でがっかりするだろうね。音楽、好きなだけがんばれば？　でも、大失敗してなにもかも失くして帰ってきたって、うちにはもう兄さんの居場所はない。自力でなんとかしたいんだよね。じゃあ、うちを出てって。一緒に暮らしたいなら、なにができるか考えて行動してよ」

わたしは自転車に乗った。サドルの温かさを感じながらペダルをこぎはじめる。強く、もっと強く。やがてわたしの脚は筋肉と女と汗が溶けあうなにかになった。わたしたちを結びつけていたものを自分が断ち切ってしまったことはわかっていた。一緒に暮らすことで保っていた関係をわたしは断ち切った。あんなに神聖な時間を一緒に過ごしたあとで。たぶん、あの壁画が今日のことを覚えていてくれる。わたしたちを今日よりも前へ、またお互いの元へ、いつかは連れていってくれる。

オークランドの陽差しはまた鼻歌みたいな穏やかさにもどっていた。スケートパークでの一件から、アレはわたしの電話を無視している。連絡がついたとしても、いまもわたしを愛してるかなんて怖くて聞けない。アレに会わない期間が長くなると、お互いのことが少しずつわからなくなっていく気がした。きっと新しいタトゥーがいくつか増えてる。たぶんにおいだって変わってる。

マーカスはいなくなった。壁画を描いた日に家を出て、今日でちょうど一週間。昨日はわたしが洗っておいた服を取りに来た。たぶん友達の家にでも泊まってるんだろう。自分が家族の唯一の生き残りになったみたいな気がする。この部屋に残った唯一の生存者みたいな。

カミラに誘われた集まりのことは四六時中考えていた。パーティという言葉が頭を離れなかった。本当はパーティなんかないのかもしれないけれど、華やかな照明を想像するだけで行ってみたくなった。パーティのきらめきにめまいを覚えるのか、これこそ自分の人生だと思えるのか、どっちなのか確かめたい。ひょっとすると毎晩のようにカミラと手と手を取り合って、大金を稼げるようになる？トレバーがなんの心配もしないですむくらいの大金を。安らぎと引き換えに、耐えがたくも安定した暮らしを選ぶのだ。

このごろは学校から帰ってくるトレバーを毎日バス停まで迎えに行き、一緒にバスケのコートに行っている。二人でゲームというゲームを物にして賭け金を手に入れた。ベイガールは、わたしたちに負けたあと、あのガキとベビーシッターの女に恥をかかせてほしいと中学校の仲間に触れ回ったらしい。その話を聞いたときはムカついたけど、中学生なんか結局は子どもなんだとわかった。こっちの勝ちが決まってるゲームでも、あり金全部を賭けてしまう。おかげで、警官たちとの仕事で稼いだ分と合わせて、わたしとトレバーの三月分の家賃を払うことができた。

夜遅くにバスケの練習をすることもあった。ディーが帰ってきて、けたたましい声で笑いながらバカ騒ぎをはじめるような時に。トレバーがわたしの部屋に来てドアをノックすると、わたしたちはボールを持って階段を下り、プールサイドでドリブルをした。時々、わたしがいない時に部屋をノックするトレバーの姿を想像した。ドアの前で聞こえない返事を待ち続けるトレバーを。

外は暗くなりはじめていたし、パーティは夕陽が消えた瞬間にはじまる。わたしは支度をはじめ、一着しかないドレスを着た。ドレスというより下着に近い。警官の一人にもらったもので、このドレスを見るたび、自分はたった数カ月で一世紀分くらいの人生を生きたんだと思う。時間の動き方は数え切れないほどいくつもある。

バスルームに行って鏡のなかの自分を見つめた。肌は何種類もの茶色。髪の先が赤っぽいのはとび色に染めたときの名残。水で溶かした古いマスカラとアイライナーで化粧をする。どっちも使い方はいまいちわかっていない。化粧がすむと、鏡のなかには大人バージョンのわたしがいる。化粧をする前より痩せて見える。わたしの顔は前より鋭さが増したし、こうして肩を出してるとドレスの無防備な感じが強調される。骨が輝いてドレスから透けて見えてるような感じ。そんなに痩せてるほうじゃないのに、わたしの肩だけは痩せてると勝手に思いこんでいる。体の残りの部分はクッションみたいに柔らかくて、内臓を包みこんで守っている。

時刻は十時で、わたしは新しい靴をはいた。今度の靴は銀色で、細く尖ったヒールは、あのグリル男が車道に捨てたあれより五センチくらい低い。上着ははおらずに外に出る。パーティがあるのが家だろうと掘っ立て小屋だろうと倉庫だろうと蒸し暑いのは確かだし、熱のこもった室内で汗をかくなら寒いほうがまだマシだ。

カミラはパーティ会場の住所を伝えただけで、わたしが頼る人もいなければ車もなく、バス用のICカードさえないなんてことは考えもしなかったらしい。アレと盗んだICカードはとっくに残金を使い切っていた。家を出る前に目的地までの地図は作っておいたけれど、こうしてハイ通りに立ってみると、徒歩で三キロ行くなんて、この靴でマラソンを走るくらいあり得ないことに思えた。

ほかに選択肢がないなら、唯一の手段は歩くことだけ。すぐに足の裏が痛くなりはじめ、明日の朝には水ぶくれができているんだろうと思う。水ぶくれができて、全体がアザみたいな紫色になる。ママの首すじとおなじ、人間の皮ふとは思えないような色に。

一歩ずつ踏みしめるように歩き、頭のなかで繰り返す。〝かかと、つまさき、かかと、つまさき〟少しでも楽になるように。クソな男どもが鳴らすクラクションが、歩くリズムに重なった。そいつらのほうは見向きもしなかった。そのとき、一台の車が縁石に寄せて停まった。窓が開く。警戒しながら中をのぞくと、運転しているのは女の人だった。ケラーニの曲を大音量でかけていて、まつ毛には青いラメが輝いている。

「乗ってく?」女の人は言った。

わたしはうなずき、後部座席を見た。派手な格好の女たちがすわっていて、真ん中の席だけが空いている。女たちがうしろのドアを開けてくれて、手前にいた若い女の子はわたしがすわれるように奥が多い。


にずれた。この人たちもどこかのパーティに行くのだ。みんなのドレスはわたしのより少しだけ生地が多い。

　わたしはドアを閉めた。

「どこに行くの？」運転席の女の人が振り返って言った。

　住所を伝えると、となりにすわっていた女の子が運転席のほうへ身を乗り出した。「それってディモンドのとこじゃない？」声をひそめてはいたけれど、音楽が大音量でかかっているというのに、そう言った声は車内にいる全員に届いた。

　運転席の女の人は小さくうなずき、わたしのほうを見て言った。「わたしはサム。これからどういうとこに行くかわかってるの？」

「わかっとくべきことはわかってる」わたしは答えた。「わたしはキア」

　そこからはだれもしゃべらず、車内には音楽だけが流れた。目的地の家の前に着くと、サムが振り返ってわたしのひざに触れた。

「ディモンドがバカなことに誘ってきても断りな」サムはそう言って青いまつ毛をぱたぱた上下させ、またハンドルに向き直った。後部座席のドアが開いた。となりの女の子に軽く押され、わたしは転がり落ちるように歩道に降りた。ピンヒールの足元は竹馬にでも乗ってるみたいにぐらつくけれど、転ぶ寸前でどうにか耐える。到着した家はアニメにでも出てきそうなパーティ会場だった。家そのものが上下に弾んでいるみたいで、窓からはカメラのフラッシュが漏れ、玄関前の階段には人だかりができている。通りは行き止まりまで真っ暗だ。パーティの騒音が聞こえてこなかったら、柵に囲まれたこの家は子どもが住んでいてもおかしくないように見えたと思う。

　女たちを乗せた車が離れていった。

「あんたもディモンドの女か？」正面の階段にいた男が、バックウッズの甘ったるい煙をくゆらせながら声をかけてきた。

「ちがう。カミラに会いに来ただけ」わたしは階段にむかいながら答えた。

怖がったって意味はない。首が赤くなって、こいつは絶好のカモだと見くびられるだけ。

男はうなずき、べつの男がマリファナを吸いながら近づいてきた。「カミラに用だと」男はカミラの名前をわざとらしく引き延ばして発音し、短く笑った。「あいつもこのゲームをはじめて長いからな。なにか特別なからくりでも知ってるらしい」だれにむかって話しているのかわからなかった。夜空から返事が返ってくるとでも思ってるみたいに、上を見ながら話していた。

隣のシャツを着ていない男が、わたしの目をのぞきこみながら返事をした。「ああ。それにカミラは吹っかけてきやがる」

〝夜空〟は仲間の顔を見た。「あいつと寝たことなんかないだろ？」

「カミラと寝たやつは、それを自慢する前に死ぬからな。そんな大金を手にするのは命がけってことだ」男はまたわたしを見た。「あんた、カミラのとこの新しい女だろ。あいつは新しい子を見つけてくるのがうまいからな」

男の視線が体中を這いまわり、裸にでもなった気分になる。シャワーから出たばかりで、シアバターの膜さえまとっていない時みたいな。

「悪いけど行かないと」わたしはそう言い、二人のあいだをすり抜けながら階段を上り、玄関のドアを開けた。とたんに、トラップミュージック（クラブ向けのアップテンポなヒップホップ）が大音量で流れ出してくる。うしろから、〝シャツなし〟が大声で言った。「またあとで会おうぜ」自分がまさにそのために呼ばれたことはわかっていたのに、嫌な予感がした。背骨を無数の針で刺されてるみたいだった。

家のなかは天井から床まで熱気がこもっていた。人の体がひしめき合っているのに、ママと会った面会室とは雰囲気がちがう。体と体が触れ合い、よろこびのかわりに欲望があふれている。ママが眉をひそめそうな欲望。だけど、わたしたちはだれだってなにかをほしがっているし、たいていの人はほしいものと引き換えに自分の皮膚や体を犠牲にし、それでしばらくはうまくいく。そうしてある朝起きて鏡を見ると、喉のあたりに時間がしわとなって刻まれているのだ。

ひとつ目の部屋を通りすぎ、ふたつ目の部屋も通りすぎた。キッチンのカウンターの上ではだれかが踊っていたし、部屋のすみには半分裸みたいなかっこうの人たちが集まっていた。こぼれたウォッカのにおいを吸いこみながら、わたしはテーブルに近づいた。なるべくきれいな瓶を探しているとテキーラを見つけ、それをプラスチックのカップに注ぐ。カップを傾け、中身が唇に触れた瞬間、度数の高い酒にはあり得ないくらい強い甘みが口のなかに広がった。だけど、そのことを疑ってみるだけの気力もなかった。やめておいたほうがいいと思いながら飲み続け、ダンスで汗をかいてアルコールの半分が抜けても酔っぱらってられますようにと祈る。さっさと酔っぱらって、おかしな被害妄想が消えますように。

アルコールで胸のなかが温まると、騒がしい部屋のなかを振り返った。無数の目がこっちを見ていて、わたしは男たちと視線を合わせてはそらし、ウィンクされても二度見されても冷ややかに見返した。わたしはカミラを探していた。きっと今日もきらめくヒールに全体重をのせていて、この部屋にいるたいていの男より背が高いはずだ。

カミラは中庭にいた。両手を頭上にあげ、流れているのとはちがう音楽に合わせて体をくねらせている。カミラに聞こえているその音楽は、たぶんこの世界には存在していない。燦然《さんぜん》と輝くカミラには、この家に流れてる音楽なんか似合わない。わたしはカミラを目指してまっすぐ歩いていき、中庭の入り口で見張り番をしてるらしい小柄な男のそばをすり抜けた。わたしに気付くと、カミラは左右に揺らしていた首の動きをぴたりと止め、両腕を大きく振り上げて叫んだ。「わたしのかわいい子《ミハ》！」

本当にそうなのかもしれない、と思った。

カミラは両腕でわたしを抱きしめた。今日のカミラは頭からつま先までオレンジずくめだ。いつもは、オレンジ色の服を見ると、アレが十五歳《キンセアニェーラ》の誕生日に着ていた安物のドレスを思い出す。だけどカミラの着こなしは完璧だ。ショートパンツもチューブトップも、つややかで濃いブラッドオレンジ色。色のジュースが足を伝って滴り落ちているみたいに、両足は蛍光オレンジのブーツに包まれている。ブーツの色は、濡れているみたいに太ももへ向かって濃くなっていた。

「元気？　飲んでる？」

わたしがうなずくと、カミラはまわりで半円を描いて集まってる人たちに紹介をはじめた。「この子がわたしのかわいい娼婦のキア。ちょっかい出すならそれに見合う料金を払うこと。うちの子たちは高いからね」

男たちは軽く会釈したり小声で挨拶したりしたけど、カミラから目を離そうとはしなかった。見ているのはお尻でもおっぱいでもない。カミラはどんな場所でもその顔だけで男たちを夢中にさせる。カミラの顔は複雑で美しい曲線で構成されていて、えくぼのあるあごが彫りの深さを強調している。底なしに深い茶色の瞳に、アクセサリーみたいなまつ毛。

「ディモンドにはもう会った？」カミラがたずねた。

わたしは黙って首を横に振った。するとカミラは、あんたはもうちょっとおしゃべりできるようにならなきゃと言い、わたしは声を出して笑った。

カミラは男たちにすぐもどると断って、わたしを連れて家のなかにもどった。キッチンの先にある閉じたドアへ近づくと、自分の家にいるみたいにいきなり開けた。

部屋に入った瞬間、大量の煙に包まれた。なかにいる人たちはホットボクシング（効果を高めるために密室でマリファナを吸うこと）をしているみたいで、呼吸ができるだけの空気なんかこれっぽっちも残っていなかった。真っ先に目を引かれたのはキングサイズくらいありそうなベッドで、そこに十人くらいの女たちがすわったり寝そべったりしていた。その真ん中に、この部屋で唯一の男がいた。男はサングラスをかけていて、頭には見たこともないほど繊細な模様が剃りこまれていた。痩せてはいるけど、これまで会った男たちのなかでは飛び抜けて背が高い。足の先がベッドの端にまで届いている。サングラスをかけた目はどこを見てるかわからないけれど、見られているのはわかった。

カミラはわたしを連れて部屋のすみへむかった。煙が濃く立ちこめていて、近づくまでそこにソファがあることさえ気付かなかった。わたしたちは若い女の子たちのあいだにすわった。

「ディモンド、この子がキア。話してた子だよ」

ディモンドが鼻の上でサングラスをずらし、煙のもやごしにはじめて目が見えた。その眼球は、油に浸されたみたいにぬらぬらと滑らかに見えた。黒い瞳の奥に、黒以外のなにかが隠れているみたいだった。ナイフの刃みたいな銀色の光が。ディモンドは鼻ピアスのリングを何度か回し、咳払いをした。

「上等だな」空気を貫くみたいなしゃがれ声が部屋中に響いた。

カミラはわたしの手の甲を指先でなぞりながら、脚を組んだままディモンドのほうへ上半身をかたむけた。「この子、まだパパがいないの」

わたしはソファの上で身じろぎした。太ももの裏に革が張りついて気持ちが悪い。カミラはどういうつもりなんだろう。こんなふうにわたしを男に売り飛ばすなんて。

「わたしは一人で大丈夫だから」そう言った瞬間、部屋中の女がいっせいにわたしを見た。どの女も燃えるように鋭い目をしていた。

ディモンドが女の一人を押しのけながら起き上がり、両足を床につけてベッドのはしにすわった。両手を握りあわせてわたしを見つめる。せいぜい一メートルしか離れていないはずだけど、濃い煙のせいで距離感がわからない。

「お嬢さん、おれならあんたにまるっきりちがう世界を見せてやれる」ペパーミントとマリファナのにおいの息が、声の殻に包まれて漂ってくる。

カミラがわたしの耳元でささやいた。「いいから話を聞いて。今夜決めろってわけじゃないんだから。十分でいいからディモンドの話を聞いてちょうだい。終わったらまた探しにきて」

カミラは握っていた手を離しながら、上半身をしなやかに波打たせて立ちあがった。オレンジ色のカミラ。光り輝くカミラ。わたしを置き去りにするカミラ。わたしはカミラが煙のなかにまぎれ、部屋を出ていくのを見つめていた。あとには、わたしとディモンドと魔女の集会でも開いてるみたいな女たちが残された。

ディモンドはカミラが離したほうの手を取り、自分のほうへ軽く引いた。指を一本ずつ開き、手のひらを見つめる。手相を読んでるみたいに。

「まだ若いな?」それは質問じゃなかった。「若いのはかまわんが、おまえは問題を起こしそうだ。ちがうか?」握られている手でディモンドの指の骨を感じた。

「指図されるのが嫌いなだけ」わたしは低い声で言った。みぞおちに湧いてくる恐怖を隠したかった。

ディモンドが笑うと、すぐさま女たちもいっせいに笑った。ディモンドが黙ると、女たちも静かになった。

わたしは握られた手を引っこめ、ソファの背にもたれた。「あんたの女にはならない。面白くもないことで作り笑いするなんていやだから」この部屋をぶじに出るには、ディモンドに負けないくらいでかい口をたたかなきゃいけない。わたしは意識して低い声を出した。ここへ来る前は、ここにいる女たちみたいになりたいような気がしていた。だけど、こうしてディモンドを前にするとよくわかる。たとえ大金を稼げたとしても、この男はわたしを守ってはくれないし、どんな苦痛もやわらげてはくれない。この男に頼るということは、すべての自由を捨てるということ。夜の世界以外で生きる自由を。

「まさにカミラが選んだ女って感じだな」ディモンドはベッドに手をついて体重をかけながら言った。「路上に出て何日目だ？　五日か？　六日か？」わたしは答えなかった。だけど、ディモンドはこっちの弱さや疲労を見透かしているみたいにしゃべり続けた。「おれの女たちが路上に立つのは一週間にたった二日か三日だ。それでも一晩で二千ドル以上稼ぐ。レキシー、そうだな？」

ディモンドはわたしのとなりの女の子に声をかけた。もやに包まれたその子をまともに見たのはそれがはじめてだった。女の子に目をむけた瞬間、わたしは逃げ出したくなった。

レキシーと呼ばれたその子は百五十センチもないくらい小柄で、十五歳より上にはとうてい見えなかった。小さいころわたしがママに編んでもらっていたのとおなじヘアスタイルをしていて、きつく編んだ三つ編みが丸い顔を縁取っている。化粧をしようとした跡があるから、大人の女らしく見せようとしたんだろう。それでもレキシーはすごく幼く見えた。両手でハンドバッグをきつくつかみ、持ち手をそわそわといじっている。

「こんばんは」レキシーが言った。普通に話そうとしたんだろうけど、ささやいてるみたいにか細い声だった。続けてなにか言おうとしたとき、ドアが開いて男が入ってきた。

「ディモンド、あんたと話したいってやつらが来てる」中庭の入り口にいた、小柄でがっしりした体格の男だった。

立ち上がったディモンドは思ってた以上に背が高くて、天井に頭がつきそうに見えた。「くそったれが」そうつぶやくと、長い脚で二歩歩いて部屋を出ていき、乱暴にドアを閉めた。

あとにはわたしと女たちだけが残った。女たちはあたりをきょろきょろ見回して、自分たちがどこにいるのか確かめようとしてるみたいに見えた。ディモンドがいるうちは息をすることもまわりを見ることも叶わなかったみたいに。わたしが部屋に入ってから、女たちは自分のいる場所から絶対に動かなかった。いまになってようやく何人かが立ちあがり、部屋を歩きはじめた。棚の写真を手に取ったり小声でおしゃべりをしたりするようになった。

「あんたもディモンドの仲間に引き取られたの？　今日がはじめて？」レキシーの声はさっきより少しだけ大きくなっていたけれど、それでも水のなかにいるみたいに小さかった。

薄れていく煙のなかで、わたしはもう一度レキシーを見た。しばらく質問の意味がわからなかった。ハンドバッグの持ち手をいじる手つきや落ち着きなく部屋を見回す目つきを見て、わたしはようやくなにを聞かれているのか理解した。

「わたしはディモンドの女じゃないよ。だれのものでもない」

そう答えた瞬間、レキシーの顔に浮かんでいた感情が薄れていった。そこにあったことさえ気付いていなかった希望も、一緒に消えていった。

わたしはアレとクララのことを考えながら急いで続けた。「携帯ある？　助けられるかも。しばらく泊めてあげるから、電話してだれかに迎えに来てもらえば……」わたしが携帯を取ろうとかばんに手を伸ばすと、レキシーのぽっちゃりした手がそれを押しとどめた。

「迎えに来てくれる人なんかいないから」そう言って、寒気がするくらいうつろな笑顔を作った。それは彼女のものではない笑顔だった。レキシーはいつまでもバッグの持ち手をいじり続け、それからはもう二度とわたしのほうを見なかった。

部屋のカビ臭さは息をするのもつらいくらいで、わたしは一刻も早くここを出てカミラのところにもどりたかった。立ち上がると、またしても女たちがいっせいにわたしを見た。部屋の外に出ると、わたしはドアを少し開けたままにして歩きはじめた。女たちが呼吸できるように。

カミラと話していると、玄関で会ったシャツなしがわたしを探しに来て、家の裏にある離れに連れて行った。料金を聞かれたからこれまでで一番高い値段を吹っかけてみたら、シャツなしは表情ひとつ変えずにポケットから紙幣を出し、ズボンのファスナーを下ろした。呼び方をたずねると、名前は呼ばなくていい、話すのは好きじゃない、と言った。

シャツなしがいなくなると、仲間が――〝夜空〟が――入ってきて、おれもいいかと言った。今度は呼び方を聞いたりしなかった。わたしにとって、夜空はただの夜空だったから。それに、幻想というのは名前をつけた瞬間に消えてしまうから。

一人になると、わたしはドレスを着てヒールをはいた。足は疲労でむくんでいて、押しこむようにしないとヒールに入らなかった。離れを出たとたん、カミラとオレンジ色の服が見えた。現実に流れている音楽に合わせて体を揺らしている。それでもこんなに優雅なダンスは見たこともなかった。

中庭に続く階段を上っていくとカミラが気付き、わたしの手を取ってダンスに誘った。ショットを何杯かあおったあとだったから、胸の上を這いまわるみたいな振動を感じながら、カミラのゆるくしなやかな動きに身をまかせた。音楽がわたしたち二人を取り囲んでいた。胸で感じるビート。左右に揺れるおなか。円を描く腰。わたしの体に重なるカミラの体。

はじめのうち、その振動は胸の奥から湧いてくるのだと思いこんでいた。テキーラの酔いがまわったせいだと思っていた。だけど振動のリズムは妙に一定で、体の奥から生まれているにせよダンスで生まれているにせよ、機械的すぎるような気がした。わたしははっとしてバッグをあさり、カミラから離れると、中庭の手すりから身を乗り出すようにして電話に出た。なにか言うより先に電話のむこうから声がした。名前を聞かなくたってだれかはわかる。あいつらの声は忘れようがない。

「おまえがパーティにいるって連絡があってな。仲間の二人がそこで潜入捜査をしてる。あと一時間かそこらで会場を封鎖して摘発をはじめる。角に車を停めてるから五分で来い」

わたしの返事も聞かずに電話は切れた。この警官の名前は知らないけれど、バッジの番号は知っている。612番。会えばそう呼ぶし、612番にもそう呼べと言われた。

警告の電話が来たのははじめてだった。わたしは急いでまわりの男たちを見回し、潜入しているという警官を見つけようとした。携帯をバッグにもどし、カミラを振り返る。カミラは体をくねらせ、ビートに乗って揺れていた。目を閉じたまま踊り続け、まわりの男たちは魅入られたようにじっとカミラを見つめている。612番に警告されたことの意味が、そのときようやく腑に落ちた。カミラの肩をたたく。だけどカミラは目を開けることさえしない。肩をつかんで軽く揺さぶるとようやく目を開けた。わたしは耳元に口を寄せて言った。「出よう。おとり捜査だって」

「キア、なに言ってるの」カミラは声をあげて笑い、両腕を振り上げた。「楽になって」

逃げてと繰り返しても、カミラの頭は音楽に占領されているみたいだった。カミラはもう動くことさえやめてただ口を開け、音楽みたいに美しい笑い声をあげていた。

とうとうわたしは歩きはじめた。中庭で踊るカミラに背を向けて。最後にもう一度振り返ったとき、わたしはふと気付いた。まわりの男たちはカミラに見とれているわけじゃない。見張っているのだ。これまで彼女に抱いていたイメージがふいに崩れていく感じがした。カミラは自分のことを自立した女だと思いこんでいる。だけど、わたしと一緒に逃げる素振りを見せたら一体どうなるだろう。きっと、男たちがすぐに気付いて連れもどす。ディモンドの部屋にいた女の子たちみたいに、逃げられない。カミラたちはどこにも行けない。

わたしは人混みのなかを出口へむかった。そろそろ午前二時で、家のなかはますます混み合ってにぎやかになっていた。男たちの目には激しい飢えが浮かんでいた。夜が彼らを呑みこんで、欲望だけを吐き出したみたいだった。ドアを開けて階段を下りていくと、うしろからだれかがどなる声がした。だけど、わたしは耳を貸さなかった。音楽のビートと、ようやく息ができるよろこびだけを感じていた。

わたしはサイレンや赤色灯を探してあたりを見回した。すると、通りのむこうに濃い青色のプリウスが停まっていて、運転席の窓が下がりはじめた。窓のむこうに、覚えていたとおりの姿が見えた。赤毛と、荒れて赤らんだ頬。通りを渡って車に近づくと、助手席のドアが開いた。わたしは車に乗った。

「これ、あんたの車?」

612番は笑った。制服も着ていなければバッジもつけていない。ジーンズ姿だ。「おれたちにも外の暮らしってやつがあるんでね」

一緒に笑おうとしたけれど、声が出なかった。ママの笑い方を思い出す。口が開いてあごが動くのに、その動きと喉からもれる声がばらばらに見える笑い方。

車が動き出し、わたしはもう一度家を振り返った。レキシーとバッグの持ち手のことを考える。らせんを描くみたいにして踊っていたカミラのことも。

「どこに行くの？」わたしは窓の外を見ながらたずねた。顔をまともに見るのがむずかしい人たちというのがいて、612番もそういう人だ。なぜなら、わたしは心のどこかで、ここにいるのが612番じゃなければいいのにと思っているから。本当の612番はどこかにある自分の家で赤毛の子どもに絵本なんか読んでやっていて、こんなところでわたしと一緒にいなきゃいいのに、と。それに、612番のハンドルの握り方も見ていると不安になった。しっかりつかんでいるというより、いまにもばらばらに壊してしまいそうに見える。

612番は咳払いをした。「もう遅いからうちに行こう」

子どものころは、スーパーでママに置き去りにされる夢をよく見た。買い物に行くたび、ママはフードスタンプの電子カードにいくら残金があるか確かめようと、店のすみに行ってカスタマーサービスに電話をかけた。前回の買い物でもらったレシートは決まってなくしてしまっていた。そのあいだ、わたしは店のなかを歩いて回った。マーカスが一緒のときもあったし、わたし一人のときもあった。歩きながら食べたい物を片っぱしから取って回った。箱入りの高級なシリアルに冷凍ピザ。CMに登場する家族はピザをオーブンに放りこみ、オーク材のダイニングテーブルで食べるのだ。そうして集めた食料品は、少し先の通路へ行ってべつの棚に置いておいた。数週間後に来たときもまだここにありますようにと願いながら。食料品が置いた場所に残っていることは一度もなかった。

夢のなかでわたしは通路の真ん中にすわりこみ、まわりを見回しながら、壁が消えてママが現れるのを待っている。スーパーの夢を見ているあいだじゅう、経験したことのないほどの息苦しさを感じた。食べてはいけない食料品に囲まれ、家に帰るときを待ちわび、わたしのことを覚えている人がいるのか不安だった。

そしていま、助手席にすわり、612番の爪がじわじわとハンドルに食いこんでいくのを見ながら、わたしはあのときとおなじ息苦しさを感じていた。マーカスはどれくらいでわたしのことを忘れてしまうだろう。どうせ妹のことを考えるのは鏡に映る指紋を見るときくらいだろう。たくさんのものを失くしたとき、指紋はその人のすべてになる。

612番はわたしを殺したりしない。警官にしては親切なほうだし、まわりを不愉快にさせるくらいいつもそわそわして焦っている。怖い人というよりかわいそうな人だ。

これまでわたしを家に連れて行った男は一人もいなかった。路上で会う男たちは貧しくてわたしを連れて行けるような家がないから、車かモーテルの部屋に連れこむだけ。警官たちは家にべつの女がいるから、わたしを自宅から遠ざけ、内輪の集まりにだけ連れて行く。十四歳のころ付き合っていた彼氏はまだ子ども時代を生きていた――清潔なスニーカーにバスケの練習。アレでさえわたしを部屋に入れることはしない。わたしが過ごすのは自分のアパートとコールの地下のスタジオ、そして路上だけ。それ以外の世界がどうなっているのかなんて考えたこともない。外の人たちがどんなふうに家に帰り、シーツにくるまってどんな短い夢を見るのかも。

「心配するな。うちにはおれ一人だ。ちょっと汚いけどな」

わたしはうなずき、窓の外に目をもどして声を出さずに笑った。612番は家が汚いことを気にしている。わたしたちは午前二時に二人きりで車に乗っていて、そして612番は汚い家をわたしがどう思うか心配している。

家までしばらくかかるのかと思っていたら、それから十分もたたないうちに612番は車寄せに入っていった。想像していたのはせまいアパートみたいなところだった。うちより少し広いくらいの、612番と彼の孤独に似合う家。彼とバッジが入る広さがあればいい。ところが、車の外には堂々とした家がこっちを見下ろすように立っていた。灰色の壁は塗りたてで、ポーチにはベンチ型のブランコがある。ポーチのブランコに乗ってみたいなんて思ったことは一度もないのに、それはやたらと魅力的に見えた。気を抜くと、アレと公園に行ったときみたいにブランコに飛び乗ってしまいそうだった。

６１２番は暗がりのなかで鍵を探していた。暗がりと言っても通りは街灯に照らされている。これも金持ちの特権ってやつなんだろう。６１２番や２２０番や48番の財布を見たとき、警官が稼げる仕事だということを知った。だとしても、こんなに大きな灰色の家に住めたりするものなんだろうか。

６１２番がドアを開け、紳士みたいにわたしを先に通した。広い家なのに家具はほとんどない。６１２番について廊下を歩きながら部屋をのぞくと、椅子やコーヒーテーブルが置かれているのが見えた。どの家具も『おやすみなさい　おつきさま』に出てくる揺り椅子より小さい。むかし、あの絵本をマーカスが何度も読み聞かせしてくれる時期があった。マーカスはまだ六歳で、声に出さないと本が読めなかったから。わたしたちはそんなふうにしてママやパパが仕事から帰ってくるのを待った。

「水かなにか飲むか？」６１２番がキッチンらしき部屋の入り口に立って言った。ぎこちなく首を回してぽきっと鳴らす。

「もっと強いやつがいいんだけど。ウイスキーとかある？」酒を混ぜて飲んじゃいけないことは知ってるけど、わたしはいろんな種類の酒が体のなかで渦巻く感じが好きだ。それに、これから起こることを耐え抜くには感覚を麻痺させるものがいる。うまくいけば明日の朝には全部忘れてるだろう。

６１２番はうなずいてキッチンに入った。わたしはその場から動かなかった。あと一歩だって歩ける気がしなかった。いますぐヒールを脱いで寝てしまいたい。目をしばたたかせ、自分に言い聞かせる。まだ仕事中なんだから。キッチンにいる男は赤毛で飢えていて、わたしはこれからその飢えを満たしてやる。数時間後には飢えがもどってくるのだとしても。二、三分後、612番は水を飲みながらもどってきて、琥珀《こはく》色の液体が入ったグラスをわたしに差し出した。べつの廊下に入り、ベッドのある部屋へわたしを連れて行く。ベッドにはキルトがかかっていた。パパが病気で寝込むようになってから作っていたキルトに似ていた。あのキルトが完成することはなかったけれど。

「すわっていい？」わたしは612番に声をかけた。足の裏に張りつくビニールの中敷きが気持ち悪くて仕方がなかった。

612番の口から返事が転がり出た。「ああ、もちろん」わたしはベッドのはしにすわった。部屋の電気は消えたままで、わたしは612番が明かりをつけたりしませんようにと無言で祈った。荒れた赤い頬を見たくなかった。

ヒールを脱いでベッドに上がる。肌に張りつくドレスが不快で、612番に脱がされるのがうれしいくらいだった。ベッドにあおむけになってみると、キルトは思っていた以上に肌をちくちく刺し、なにより猛烈にくさかった。612番がおおいかぶさってきたけれど、わたしに体重をかけないようにしているのがわかった。両肩に手をかけて下に引っ張り、もっと体を押しつけるように促す。男の体重を感じたいとかそういうことじゃなくて、自分を抑えようとしている感じがうっとうしかったのだ。乱暴な男以上に最悪なのは、乱暴したいのを我慢している男だ。

612番ははじめてセックスするみたいにうめいていた。解き放たれたみたいに動いて首を左右に振り、顔をくしゃくしゃにする。吠えるライオンみたいな顔。わたしは枕カバーをつかんでマットレスがきしむ音に神経を集中させた。うちにはベッドなんかあったためしはないし、木枠とマットレスが揺れてこすれ合う音を聞くのもはじめてだった。

612番のセックスは、覚えていたとおりすぐに終わった。終わったとたん、サイドテーブルに手を伸ばしてランプを点ける。点けなければいいのに、と思う。612番の赤ら顔が明かりに照らされてますます赤くなり、わたしはそれが大事なことみたいなふりをして、両腕で胸を隠す。床に落ちていたドレスを拾おうとすると、わたしが上体を起こすより先に612番が奪い取った。

「そいつは汚れてる。こっちにしな」そう言って、さっきまで自分が着ていたシャツをわたしに放った。汗染みがいくつもついているのに、こっちのほうがマシだとでも思ってるんだろうか。シャツのすそは太ももにさえ届かないのに、胸のあたりは大きすぎてあまっている。

「料金は？」わたしはヒールに手を伸ばしながら612番に声をかけた。家まで歩くことを思ってすでに憂鬱だった。

612番が部屋のむこうで新しいシャツを着ながら笑った。洗いたての灰色のシャツ。この家みたいだ。

「もう払ったじゃないか。摘発のことを教えてやったろ？」タンスに向かい、首を振りながら引き出しをあさる。

わたしはぴたりと動きを止めた。「だれがそんなこと頼んだ？　いいから払ってよ」

すみの椅子に置かれた制服と銃がいやでも目に入った。セックスの前に請求しておくんだったと思い、だとしても結果はおなじだったのかも、と思い直す。

612番がわたしを振り返った。眉のあたりに目を見開いた気配が残っている。612番は無言でわたしを見つめた。わたしの口から幽霊でも漂い出しているみたいに。わたしはそんなに不思議な存在？　それとも、どんな理由をでっちあげればわたしを逮捕できるか、殺せるか、最近あの子を見なかったかという質問に答えられるか、計画を練っている？

ふいに612番が笑顔になり、赤い頬がさらに赤くなった。「じゃ、こうしよう。今日はここに泊まっていって、朝起きたら料金を支払おう。あと何時間か、かわいい頭をうちの枕で休めていけばいい。それでどうだ？」

このままキルトの縫い目のカビやほかの女の香水のにおいをかがされるなら、ヒールで八キロ歩くほうがマシだ。だけど、612番の赤ら顔に一時間も耐えたのに、お金をもらわずに帰るのも嫌だった。

「わかった」わたしは答えた。

今度は612番もとなりで横になり、二人の体の上にキルトをかけた。わたしがヘッドボードにもたれたままでいると、612番が一緒に寝ろと言いたげに腕を引っ張ってきた。わたしは従った。612番はわたしの体に腕を回して自分の体に押しつけた。数分もするとぐっすり眠りこみ、わたしの耳元でいびきをかきはじめた。612番の息は、息そのものにミントが茂ってるみたいなにおいがした。どうすればこんなふうに眠れるんだろう。悪夢なんか見たこともないみたいに、いともやすやすと。

目を開けたままあおむけになっていると、やがて朝日がのぼり、天井が夜明けの目にはまぶしすぎるほどのオレンジ色に染まっていった。オレンジ色の光で、大混乱になったにちがいないあの家に残してきたカミラのことを思い出した。わたしは眠らなかった。ただ、目の奥でなにかが起き上がって動き出し、赤んぼうみたいに生まれてくるのを感じていた。

トレバーはうちのキッチンカウンターによじ登り、上の戸棚を開けてはまた閉じた。空っぽの棚になにかが現れるとでも思ってるみたいに、何度も開けては閉じる。

「料理用の油がないってマジ?」トレバーは言った。

わたしはうちにある唯一のボウルを抱え、渾身の力をこめてチョコレートをかき混ぜていた。右手が痛くなってきたので、スプーンを左手に持ち替える。「ついてくると思ったんだもん。なんでそんなものまで用意しなきゃいけないわけ? それが嫌でケーキキットを買ったのに」

今日はわたしの誕生日だ。

いつもならマーカスと一緒にバスでサン・レアンドロへ行き、パパの幼なじみがやってるベーカリーで、食べられる花のついたバカでかい豪華なケーキを買う。だけどマーカスとはこのところ顔も合わせていないし、枕カバーに隠したお金は花なしのケーキを買うにも足りない。612番の暑苦しい腕の下で汗をかきながら夜を明かしたあの日、あいつはようやく目を覚ましたかと思うと、出ていけとわたしをどなりつけた。料金を払ってよともう一度頼むと、もう払った、うちに泊めてやっただろ、と言った。

この二週間は毎晩のように路上に出たけれど、カミラには一度も会わなかった。路上に出て男たちの露骨な視線にさらされていると、無性に早く帰りたくなった。最近は、〝夜空〟と〝シャツなし〟が払ったお金と、バスルームの鏡のうしろに隠しておいた蓄えだけでどうにか生きている。

先週、トレバーが泊めてほしいと頼んできて、それ以来自分の部屋にもどろうとしない。二人でトレバーの服をこっちの部屋に運んでしまうと、むこうの部屋の家賃を心配する必要はなくなった。ただし、バーノンがディーを強制退去させたら、トレバーがここに住んでいることがバレないようにしなくちゃいけない。トレバーがおなじ部屋にいるのもわたしのマットレスで眠るのもうれしかった。マーカスがいなくなったあとだから、なおさらそうだった。

今年は誕生日ケーキもプレゼントもなしなんだと言うと、トレバーは、じゃあ一緒にケーキを焼こうと言った。だれだって誕生日にはケーキをもらえるんだよ、と。ディーが息子のバースデーケーキを焼く姿なんか想像もできないけど、トレバーの誕生日の真夜中に三段重ねのチョコレートケーキを持って帰ってきて、どこで手に入れたかは覚えていないなんてことは普通にありそうだ。ディーはそれくらい現実離れしている。どこからともなく現れ、大きな口を開けて街のすべてを笑い、なにもかもを楽しみに変える。

わたしがもうちょっと探してみてと言うと、トレバーはカウンターから下りてべつの戸棚を開けた。棚のなかが汚いことでなにか冗談を言い、それから奥のほうに手を突っこんでシロップの瓶を取り出した。

「パンケーキのケーキにすれば？」そう言いながらシロップを差し出した。誓ってもいいけど、この一カ月でトレバーは二、三センチ背が伸びた。目線の高さはわたしとほとんど変わらないし、つま先立ちをしなくてもボウルをのぞきこむことができる。

「どれくらい入れる?」わたしはたずねた。

トレバーはシロップのふたを開けながら言った。「全部だよ。キー、ケーキってのはめちゃくちゃ甘くなきゃ」

瓶にはまだシロップが半分残ってるから、このケーキは、ラベルに描かれたジェマイマおばさんが爆発するくらい衝撃的に甘くなるだろう。それでもわたしはトレバーが瓶の中身を空けるのを止めなかった。

トレバーがシロップを混ぜこむと、わたしはボウルの中身をディーの食器棚から取ってきたケーキ型に流しこんだ。ハートのケーキ型で、きっとディーはこれをバレンタインデーのときに買い、それっきり忘れてしまったんだろう。さびていて、どう見ても一度も使われていない。トレバーがオーブンのドアを開け、わたしは中にケーキを滑りこませた。

「どれくらいかかる?」

「箱には二十分って書いてある。ボールを取ってきな。ドリブルの練習かなにかしとこう」

トレバーはマットレスに突進して毛布や服を放り投げながらボールを探し、キッチンにもどってくると、わたしにボールを投げてよこした。二人で部屋を出て、ドアが並ぶ通路でボールを奪い合う。しまいにボールは手すりを越え、プールサイドへ落ちていった。わたしはトレバーについて階段を駆け下りた。わたしのほうが脚は長いけど、こんなときトレバーは自分の体を稲妻に変えてしまう。

追いつけそうにないとわかって、わたしはペースを落とした。

「ケーキを先に食べるのはおれってことでいい?」トレバーがこっちにむかって声を張り上げた。

真顔を作ろうとしても勝手に口元がゆるむ。「ケーキが焦げる前にもどらなきゃね」

今日はわたしの十八回目の誕生日だ。この日をずっと待っていた。今日はトレバーとわたしとケーキ、それに『セサミストリート』の再放送だけの一日にする。トレバーはボールを抱えて猛ダッシュで階段を駆け上っていき、わたしが踊り場に着くより先に部屋のドアを勢いよく閉める音が聞こえた。たぶん、おとなになるというのは遅くなること。なんとなくそんなふうに思った。

部屋にもどってみると、トレバーはぼろきれを巻いた片手をオーブンのなかに伸ばし、ケーキ型を取り出していた。軽く落とすようにケーキ型をカウンターに置くと、むせ返るような人工甘味料のにおいが漂ってきた。

「うまそうなにおい」トレバーはカウンターの上で両腕を組んで頬をのせ、大きく息を吸いこんだ。待ちかねたようにケーキを見つめる。

わたしは笑った。「ていうか、シロップの瓶を割っちゃったみたいなにおい。ちょっと冷まさなきゃだから、ほかのことして待っとこう。なにがしたい？」

わたしはトレバーのおなかに腕を回して抱き上げ、また床に下ろした。

「泳がない？」トレバーが言った。

「言ったでしょ。汚いプールには入りたくないんだってば」

トレバーは玄関のドアを開けて振り返った。自分自身の瞳をあやしているみたいな顔だ。傷つきやすくて、いまにもこぼれ落ちそうな瞳を。

「ねえ、泳ごうよ」

トレバーはわたしの手を取って指をからませ、軽く引っ張った。

「わたし、水のなかで歩くこともできないんだよ」

トレバーの顔が輝き、頬の肉が盛り上がる。「おれが教える」

そう口にしたわけでもないのに、トレバーはわたしの心がぐらついたことに気付いて、つないだ手を引っ張りながら外に出て階段を下りはじめた。抵抗しようにも、バスケで鍛えたトレバーの細い腕はわたしに勝てるくらいたくましい。

プールサイドに着くと、水着なんか持ってないよ、とトレバーに言った。

「水着で泳ぐやつなんかいないって」トレバーはこっちの返事も待たずにさっさとTシャツと短パンを脱ぎ捨て、ボクサーパンツ姿になった。子どもらしい痩せっぽちの体には筋肉がつきはじめている。この筋肉はわたしがこの子のためにしてきたこと。

わたしもTシャツを脱ぎ、ジーンズも脱いでスポーツブラとパンツだけになった。

「なんにも考えないで飛びこむのが一番。そのほうが簡単にいくから」トレバーがわたしの手を握り、わたしたちは並んでプールのふちに立った。「三つ数えて」

わたしが黙っているとトレバーが数えはじめた。三で飛びこむと、海に沈んでいくみたいな感じがした。考えられたことはひとつだけ。〝このプール、犬の糞が落ちてたのに〟。それでも、二日シャワーを浴びていない体には冷たい水が心地よかった。飛びこんだのは浅いエリアで、すぐに足がついた。わたしは水のなかで立って目をこすった。トレバーも水面から顔を出している。満面の笑みを浮かべて、ほっぺたが顔から飛び出してダンスでもはじめそうだ。

「次は？」わたしは口に入った水を吐き出しながら言った。

「こんな感じで両腕を動かして。カエルみたいに」トレバーは深いほうへむかって泳ぎはじめた。両手をお碗みたいに丸め、両腕と両脚を大きく伸ばして水をかく。雪の上であおむけになって天使の跡をつけるのとは逆の動きだ。

トレバーは、しばらく泳ぐと向きを変えてもどってきた。

「わたしがそんなふうに浮かんでられると思う？」

トレバーはわたしの腕をつかみ、深いほうへ引っ張っていった。「いいから腕を動かしてみて。おれが支えとくから」

トレバーはもやい綱をつなぐみたいにしてわたしの片方の手を握り、わたしはもう一方の腕を見様見真似で動かした。規則的に、カエルみたいに。腕は思ったように動かなくて、水のなかで無意味に暴れまわるだけ。

「水はこわくない。なんにもしないんだから」トレバーはわたしの手をしっかり握ったまままそう言った。

水に顔をつけ、また上げて息を吸う。水中で息を吐く感じは悪くなかった。水のなかにいるときの息の音は心地いい。ゴボゴボという音が流れ出し、消えていく。ここが湾なら、海中にいるすべての生き物に、水の分子のなかを永遠に伝わっていくこの音が聞こえるだろう。水のなかには終わりがない。

少しすると、わたしの腕はトレバーの腕とよく似た動きをするようになった。といってもやたらと水しぶきを上げてしまうし、足はどうしたって一緒に動いてくれなかった。片腕は水をはね散らかし、両脚はめちゃくちゃな動きで半円を描く。だけど、トレバーがつないでいた手を離しても、体は水面に浮かんだまま沈まなかった。ほんの一瞬ではあっても。

わたしは急にこわくなり、おぼれまいと規則的に動かしていた腕をめちゃくちゃに振り回しはじめた。体が進みはじめ、やがてわたしはプールのはしに着いた。体を回転させ、足に触れた壁を蹴って、飛んでるみたいな気分で水中をすべる。両腕を動かして水の上に顔を出し、もぐる前に、まつ毛についた水滴を払おうとまばたきをした。一瞬、ぼやけた視界にだれかの靴が映った。また水中にもぐる。浮かび上がると、今度は濃い紺色のポケットが見えた。また水のなか。忙《せわ》しなく動くトレバーの目。

足がようやくプールの底につき、水から顔を出して立つと、すぐそこに制服姿のだれかが立っていた。嫌になるくらい見慣れたあの制服。トレバーは腰の深さの水のなかに立ち、自分のお腹を見ろしている。見えない傷から血が流れ出すのを待っているみたいに。

女の警察官をこんなに間近で見るのははじめてだった。だけど、いままさにプールのふちで片ひざをついているのも、なにか着なさいと言いたげな目つきでわたしを見ているのも、たしかに女の警官だ。水のなかに隠れてしまいたかったし、それとおなじくらいトレバーに服を着せて逃がしてやりたかった。母親はどこだと警官たちに問い詰められる前に。いまのわたしたちに児童保護サービスから逃げ切る余裕はない。

「トレバー、ほら。部屋にもどって、洗ってある服とタオルを何枚か持ってきて」トレバーはわたしを見て、こっちを見ている女の警官を見て、それからまたわたしを見た。その胸が小さく痙攣したのがわかった。わたしは大丈夫な振りをしようと、目を大きく開いてうなずきかけた。

トレバーはプールのふちに両手をかけて体を持ち上げた。びしょ濡れのボクサーパンツが脱げそうになる。パンツを両手で押さえながら階段へ走り、部屋へ駆け上がっていった。

「少しなら待ってあげる」女の警官はそう言って、うしろに立っている男の警官のほうへ歩いていった。女の髪がおだんごにきつく結われているのを見て、頭が痛くないんだろうかと不思議になった。

少ししてもどってきたトレバーは、タオルを何枚かとTシャツを一枚持っていた。すでにボクサーパンツから短パンに着替えている。わたしはプールのふちをつかんで水から上がり、トレバーからタオルを受け取った。ざっと体をふいてジーンズをはき、Tシャツを着る。トレバーも持っていたTシャツを頭からかぶった。山の絵がついたシャツで、それを着るとボーイスカウトの子どもみたいだ。警官たちは所在なさそうに立ち、わたしたちから目をそらしていた。

わたしはトレバーと手をつないだ。最近はなかなか手をつながせてくれないけれど、いまはそんなことを気にしていられなかった。皮ふと皮ふでつながっていれば、細胞を破壊しない限りわたしたちをバラバラにすることはできない。

「なにか用?」わたしは口を開いた。

うつむくと、顔から水が滴った。警官たちが近づいてきたけれど、わたしに見えるのは二人の口元だけだった。閉じた口元にも開いた口元にも、どことなく違和感があった。この警官たちは、言葉から全部の感情を抜き去り、口を少しだけ開けて悪い知らせを告げる方法を知っているみたいだった。男のほうの唇は赤色に近くて、血を流しているみたいにも、赤いリップを塗っているみたいにも見えた。

責任者は明らかに女の警官のほうだった。お腹を突き出して歩き、この場の中心は自分のおへそにあると宣言しているみたいだ。「キア・ホルトを探してるの。あなたがそう?」

連中の一人が警官に通報したんだろう。キアというのはカミラに教えた名前だ。路上で会った人たちにはかならずキアと名乗ってきた。とうとうバレたのだ。警官はわたしを捕まえ、指紋をコンピューターに登録するだろう。今日を最後にトレバーは一人ぼっちになる。「まあね。なにか用?」

女の警官が軽く合図し、今度は男の出番になった。女は男を見ることさえせず、かすかにうなずいて合図をよこした。きっと予行演習をしてきたんだろう。女がうなずいた瞬間、男が間髪《かんはつ》をいれずにこう言った。「内部調査を進めているところで、きみに話を聞きたい。わたしはハリソン刑事。こちらはジョーンズ刑事だ」

わたしは生え際から滴る水を片手でぬぐい取った。「トレバー、上に行って先にケーキを食べてて。わたしもすぐに行くから」わたしはトレバーを見下ろし、軽く手を握った。トレバーの顔には恐怖がありありと浮かんでいて、いまにもパニックを起こしそうだ。だけど、いまのわたしには励ましてやることもできない。刑事二人が目の前に立ち、悪臭たちこめるプールから上がったばかりのわたしを見つめている。わたしはトレバーの手を離し、その肩を階段のほうへ軽く押した。そして、トレバーが階段を上ってドアを閉めるまで見守った。

ジョーンズ刑事と紹介された女の警官は、口元にしわが寄るくらいきつく口をすぼめた。「実をいうと、署まで来てもらうのが一番だと思ってるの。事情聴取の内容を記録して、書類もいくつか作らなくちゃいけないから、できれば一度に終わらせたほうがいい。そのほうが楽でしょう？」無理に高い声を出してるみたいだった。言葉の最後が甲高くなるし、目尻にしわを寄せているし、優しげに振る舞おうと必死になってるみたいだ。このペアのときは、彼女が〝いい警官〟の役をすると決まっているらしい。本人はその役があまり好きじゃなさそうだ。

こんな結末が来ることくらい予想しておくべきだった。警察署。いまに手錠が出てくる。「どれくらいかかる？」わたしはTシャツから透けたブラを隠そうと腕組みした。シャツは濡れて体にはりついている。

ハリソン刑事は〝悪い警官〟の顔を作り、鼻にしわを寄せてあごをくっと上げた。「暗くなる前にはかならず帰す。面倒なまねをすれば、そのぶん長くかかるだろうが」

どういう意味かわからなかったけれど、むこうに説明する気がないことだけは確かだった。だから、わたしはうなずいてスニーカーをはいた。ジョーンズ刑事が、ハリソン刑事について外へ出るよう身振りで示した。わたしは二人の警官にはさまれて門の外に出た。最後に一瞬でもトレバーを見ようと踊り場を見上げた。だけど、そこにトレバーの姿はなかった。

生まれたときからここで暮らしているのに、オークランド市警察署本部に来るのはこれがはじめてだった。警察署はその辺のどの建物より大きくて、ジャック・ロンドン・スクエアとチャイナタウン、オールド・オークランド地区に囲まれたエリアにある。脅しのために設置される監視カメラみたいに、この警察署も街の中心地にそびえている。見ている間にも、パトカーが次々に街中へ走り出していく。警察署の建物に近づいたことは一度もない。あそこへ入っていくようなことがありませんようにと祈ってきた。中に入ると、そんなはずはないのに、なにもかもが金属でできている感じがした。窓まで金属でできているみたいだ。ガラスに見せかけた薄い金属。軽く叩いて金属かどうか確かめてみたかった。きっと、冷たくてすごく硬いんだろう。

ここへ来るパトカーのなかでは後部座席に乗せられた。パトカーの後部座席に乗ったことは残念ながら何度もある。だけど、今回は犠牲者でも女でもなくて、犯罪者になった気分がした。警察署に着くまで、ジョーンズ刑事は助手席で体を半分うしろにむけ、仕切りの金属の格子ごしにわたしを見つめていた。逃げ場はなかった。

スニーカーはロビーの床でキュッキュッと音を立て、制服姿の警官たちが何人もそばを通り過ぎていった。前を行くハリソン刑事はエレベーターにむかった。わたしはいつも絶対に階段を使う。ドアがまた開く保証もないのにエレベーターに乗る気にはなれないし、わたしの足はどんな機械より信頼できるから。なのにハリソン刑事はさっさとエレベーターに乗りこみ、片腕でドアを押さえてわたしとジョーンズ刑事が乗るのを待った。ドアが閉まると、ハリソン刑事はすぐにボタンを押した。その様子を、わたしは眼球が裂けそうなくらいじっと見つめていた。

「わたし、なにもしてない」

パトカーに乗ってから、口をきいたのはこれがはじめてだった。刑事たちはわたしがしゃべったことに驚いて、わたしの口元をじっと見つめた。

「そのことなら部屋で話そう」ハリソン刑事はわたしと目を合わせないようにしていた。たぶん、それも〝悪い警官〟らしくするためなんだろう。

ジョーンズ刑事はわたしの目を見ていたけれど、わたし自身を見ている感じがしなかった。たぶんこの人の視界はぼやけてて、わたしのことは影か曖昧な線で描かれた絵みたいにしか見えていない。口を開いた女の子の絵。

わたしは、手のひらに爪が食いこむのを感じたくて両手を握りしめた。自分にかぎ爪があることを確かめたかった。「わたしを逮捕するの？」

「逮捕するつもりなら先にそうしてるでしょう」ジョーンズ刑事は面倒くさそうに言った。

エレベーターを降りて、普通のオフィスビルみたいな廊下に入る。ちがいといったら、天井に並ぶ監視カメラと不自然なくらいの静寂だけ。電話が鳴る音はするのに話し声は聞こえない。先頭のハリソン刑事は部屋をいくつもいくつも通り過ぎながら歩き続け、やがて太字で〈取調室〉と書かれたドアの前で立ち止まった。

その部屋は、まさに『CSI』や『ロー&オーダー』に出てくる取調室とそっくりだった。パパは出所したあと、警官にこういう部屋に連れて行かれたときのことを時々話した。警官たちがパパを力で押さえこんで骨を殴ったときのこと。七〇年代、ブラックパンサーの存在によってたくさんの銃弾が路上に撃ちこまれたこと。

ジョーンズ刑事が丁寧な口調ですわるように言い、その声を聞いたとたん、尾てい骨のあたりから動揺が這い上がって皮ふの下に広がっていき、わたしは刑事を殴りたくなった。ケンカをしたのは中学生のときが最後だけど、刑事の乾いて皮のむけた唇が流血するのを見たかった。金属の机の片側に置かれた椅子にすわると、ハリソン刑事はむかいの椅子にすわった。

ジョーンズ刑事はわたしたちに背を向けてすみにあるべつの机に近づき、重ねて置かれていたカップをふたつ取って水差しの水を注いだ。水のカップを持ってもどってくると、わたしとハリソン刑事それぞれの前に置いた。わたしの前に水を置くジョーンズ刑事の手つきはぎこちなかった。それに気付くと、思わず口元がゆるんだ。わたしに水を出すということに居心地の悪さを感じていることがおかしかった。ハリソン刑事は唇をなめて水を飲んだ。質問をするのはハリソン刑事のほうらしかった。

ジョーンズ刑事が相棒にメモ帳をすべらせ、ハリソン刑事はポケットからペンを取り出した。「名前と年齢、職業を教えてくれるか？」

わたしは部屋のなかにすばやく視線を走らせ、四隅を確認した。てっきりレコーダーかなにかを使うのだと思っていた。だけど、警察署に入った瞬間からわたしは監視カメラに撮られているわけだし、この〈取調室〉のなかでもそれはおなじことだ。膝が震え出す。机をひっくり返して逃げ出したい衝動をどうにか抑えこんだ。

ハリソン刑事がさっきより大きな声で言った。「質問に答えなさい」

「名前はキア」残りの質問にどう答えようかと、わたしは一瞬口をつぐんだ。なにもかもがぐちゃぐちゃなこの状況で、なにを言えば真実になるんだろう。「十八歳になったばっかり。でも、これくらい、そっちももう知ってるよね」

ハリソンはペンを走らせて手を止め、はじめてまともにわたしと目を合わせた。物問いたげな、素朴な目つきだ。好奇心を浮かべてじっとわたしを見ている。

「職業は？」

「無職だけど」連邦基準に照らせば無職だ。

ハリソン刑事が机の上に身を乗り出し、胸がいまにもカップを倒しそうに見えた。「無職？」

「税の申告も出てないでしょ？」

ハリソン刑事は椅子の背にもたれてカップを手に取った。片方の脚が小刻みに揺れている。わたしの反抗的な態度をどことなく面白がっているようにも見えた。

ジョーンズ刑事のほうはそうでもないみたいだった。もう一方の机の椅子をつかんでこっちに引きずってくる。「いい？　あなたがなにをしているか、こっちはもうわかってるの。洗いざらい話すのが一番賢明だと思うけど」

今度はわたしが机の上に身を乗り出す番だった。できるかぎり二人に顔を近づける。タイおじさんと過ごした数年間のうちに、目だけで相手を攻撃する方法を学んだ。立場が上でも下でも相手から自信を奪うことはできる。交互に二人と目を合わせ、口角をきゅっと大きく上げる。濡れたままのブレイズや金属みたいな窓のせいで悪寒がする。だけど、震えていいのはこの手だけ。机の下に隠した両手はすでに爪の跡に覆われていた。

「話すってなにを？」

刑事たちがはじめて顔を見合わせた。ハリソン刑事は口を開け、ジョーンズ刑事はますます固く口を引き結んでいた。先にわたしに向き直ったのはハリソン刑事のほうだった。口を開けたまま、予想していたとおりの口調で話しはじめる。この人には〝悪い刑事〟の役がいまいち向いていないのだ。

「きみと警察組織の人間がトラブルに関与した疑いがあると、いくつか報告を受けていてね」わたしはハリソン刑事の舌の動きをじっと見つめていた。口の上側と舌が鬼ごっこをしている。

わたしは刑事の視界を覆い隠すように、さらに身を乗り出した。「トラブル？」

「性的搾取が行われた可能性がある」

ジョーンズ刑事の椅子がうしろに滑るキイという音が、ハリソン刑事とわたしのあいだに流れる張り詰めた空気を破った。

ふいに、わたしは理解した。取調べに女性の警官を加えたのは、あとで作られる報告書にそう書けば組織としての体面を保てるからだ。

ジョーンズ刑事は、窓のないこの部屋で窓を探しているみたいに歩き回っていた。突然勢いよく振り返り、唇をあらゆる方向にゆがめながらまくし立てはじめた。「どんなふうに体を売っているのか、こちらが知りたいのはそれだけよ。たぶん、男たちは街角であなたと偶然出会い、あなたは自分の年齢を実際よりいくつか高く偽ってセックスをする。全部が終わったあとに、男たちはあなたの職業と年齢を知らされるんでしょう。男たちはあなたにだまされただけ。あなたはいつもそうやって人をだます。そういうことでしょう?」

「なに言ってんのかわからないんだけど。そんなのでたらめだよ」わたしは爪を手首に食いこませた。血がにじんでくるのがわかる。

ジョーンズ刑事は話し続け、その声は元の響きを取りもどしていった。リズミカルに吐かれる言葉が、わたしの体のくぼみというくぼみに入りこんでくる感じがした。このまま永遠に話し続けるんじゃないかとさえ思った。ハリソン刑事の顔は石みたいに硬くなり、相棒の話を聞いているのかどうかもわからなかった。ジョーンズ刑事の言葉は部屋のなかを埋めつくしていった。

「話しなさい」ジョーンズ刑事は息継ぎのために少し口をつぐんだ。

最悪なのはどっちだろう。ひとつ目は、ジョーンズ刑事が聞きたがっていることを話すこと。自分のしたことは犯罪だとわかっているし、むこうがその気になれば刑務所に入れられる。ふたつ目は、

るだろう。否定し続けること。刑事たちはもっと怒るだろうし、どんな危険かもわからない危険を冒すことにな

上唇が痙攣するのを感じた。話し方を忘れてしまったみたいに。「話すことなんかない」

またおなじことがはじまった。ジョーンズ刑事の声が暴走し、刑事のこじつけや言葉が、ずっと前からそこにあったみたいに頭のなかで爆発し、やがてわたしの水のカップは空になり、ハリソン刑事は部屋を出ていき、ジョーンズ刑事の唇は、ひび割れて乾燥してもまだ身悶えをやめなくて、この金属の建物がわたしを飲みこんでからそろそろ数時間がたとうとしていた。

ジョーンズ刑事は机のはしに腰掛け、わたしは両手を出して机の冷たい金属の上に置いた。両手は血と三日月形の跡だらけ。息をしていることを思い出そうと、何度も爪を食いこませたせい。

「家でケーキが待ってるらしいじゃない。お腹も空いてるでしょうね」ジョーンズ刑事の舌が、見逃しそうなくらい素速くのぞき、また隠れた。「話せば帰れるのよ」

口の感覚がなかった。体のほかの部分と一緒に麻痺していた。たぶんわたしの体はからからに干上がってしまって、たぶんわたしはいまも泳いでいて、たぶんわたしは汚れたプールの底に沈んでる。ひとつだけ確かなことがあった。ジョーンズ刑事のにおいがこの部屋の空気を薄めていて、だからわたしはここを出て行かなきゃいけない。わたしは話した。自分の声も聞こえないままジョーンズ刑事の話したとおりのことを話し、一言一句繰り返し、言葉を激流みたいに口からあふれさせた。みんな、真実はそういうものだと言う。真実は水みたいなもの。そして、金属に囲まれているとき、真実はまるっきり真実じゃない感じがする。

ジョーンズ刑事がドアを開けてわたしを先に通すとハリソン刑事が廊下にいて、わたしはそのことに少し驚いた。ジョーンズ刑事はいなくなり、ハリソン刑事がわたしをエレベーターへ連れて行った。

ロビーでドアが開くと、むらさき色のスーツを着た女の人がいた。女の人は不自然なくらい長くわたしを見つめ、それからハリソン刑事を見た。ハリソン刑事は小声で挨拶し、女の人のそばを通り過ぎた。わたしも刑事について歩きはじめたけれど、スーツの女の人はわたしたちが外に出るまでずっとこっちを見ていた。

出口からパトカーまでの短い距離を歩くあいだ、拡声器から流れ出す声や太鼓の音やシュプレヒコールが聞こえてきた。通りの数ブロック先から、数千人とは言わないけど数百人もの人たちが警察署へむかって行進をしていた。低く響く大勢の声。シュプレヒコールのなかで強調されるフレディ・グレイという名前。パトカーに近づくにつれ、ハリソン刑事は少しずつ深くうつむいていった。わたしは後部座席に乗って窓の外を見た。あの人たちは女たちのことでもああやって行進するんだろうか。殺された女たちだけじゃなくて、銃を頭に突きつけられて暴行を受けた女たちのことでも？　産毛をセットする余裕なんかない女たち。髪はもつれ、腫れぼったい目をして、起こったことを動画に撮って証言してくれる人もいなくて、言葉と傷しか持たない女たちのことでも？

パトカーが動きだし、ハリソン刑事もおなじことを考えてるだろうかと思った。自白を強要する必要はなかったのかもしれない、と。わたしみたいな女のことを気にする人なんかいないんだから。それとも、ただデモ隊から離れることだけを考えてるんだろうか。警察を敵視するなんてとんだお門違いだ、自分たちだって街の人間を守るために犠牲を払ってるんだから、と。それとも、一人だろうと千人だろうと、人の命は必要なコストだと思ってるんだろうか。この刑事は、三カ月手を入れていないぼさぼさのブレイズの若い女くらい、パトカーや銃や権力を手に入れるためなら喜んで犠牲にするんだろうか。

それからアパートに着くまでのことはあまり覚えていない。ただ、ハリソン刑事は頑なにわたしから目をそらしていたし、たしか途中でサイレンを鳴らしたと思う。カーチェイスばりにスピードを出しながら。ハリソン・リーガル＝ハイの前でパトカーを降りると、アパートは今朝より大きくなったみたいに見えた。ハリソン刑事は、さよならとは言わなかった。刑事がこっちを見て唇を嚙んだから、これで終わりじゃないのだとなぜか思った。

部屋のドアを開けながら、トレバーはソファにすわっているか、歩きながらバスケットボールをついているかのどっちかだろうと思った。だけど、トレバーはマットレスに横たわり、エンジン音みたいに大きないびきをかいていた。ケーキはカウンターの上に置かれていた。ひと口も食べずに。

携帯電話の画面に表示されたのは190という警察バッジの番号だけだった。わたしはためらいながら電話に出た。二日前の誕生日以来、トレバーをのぞけばだれかと話すのははじめてだ。

「べつの女の子にドタキャンされて、今夜来てほしい。同僚への誕生日プレゼントなんだ」電話越しに聞こえる190番の声は硬い。

「わたしもムリだよ」わたしはジョーンズ刑事とハリソン刑事のことを考えながら言った。面倒なことからはもう抜けたかった。

「今夜に限っちゃ、断るという選択肢はないんだ。おれたちには女の子が必要で、あいつは若い女が好きだから。べつの女の子を探す時間もない」190番は一度言葉を切って続けた。「こんなこと言って悪いが、九時までに来なかったら逮捕されるかもしれないぞ。金は払う。前払いで五百ドル」

本当に悪いと思ってるんだろうか。わたしを脅して申し訳ないって？　それとも、これも警官おきまりの見せかけ？　制服や気取った笑い方や〝いい警官と悪い警官〟の小芝居と同じ、連中の見せかけだ。わたしはもう、〝いい警官〟なんていないことにも、制服がそれを着た人間を消し去ってしまうことにも気づきはじめている。

あきらめてしまいたいという気持ちも少しあった。いっそ逮捕されれば、警官が体のなかに入ってくる苦痛に耐えなくてよくなる。だけど、あきらめようかと思うとそのたびに、古いシロップで作ったケーキを口いっぱいに頬張るトレバーの姿が頭に浮かぶ。トレバーを一人にはできないし、わたしたちには五百ドルがいる。あとひと晩くらいなら大丈夫。

「わかった」わたしは答えた。

190番がため息をつき、聞こえてくる声がわたしの記憶にある声に近くなった。穏やかな声に。

「住所はメールする」

電話が切れ、わたしはこんな未来を回避できただろう過去の分かれ目をいくつも思い出し、バスルームに行って身支度を整えた。わたし自身は、この部屋にトレバーと一緒に置いていく。本当のわたしは自由の身。

指定された家は家というより豪邸で、到着すると警官たちに招き入れられた。前をはだけたシャツにスラックスみたいな格好の男ばかりで制服姿はひとりもいない。バッジだけはズボンのポケットにしっかり留めてある。どのバッジもちがっていた。リッチモンド市警察、バークレー市警察、サンフランシスコ市警察、オークランド市警察。いくつかのバッジは、この数カ月で呼ばれた小さめの集まりで見た覚えがあった。

190番が料金を払い、わたしの手を取って部屋のひとつに入っていった。そのとたん、視界に入る男全員がいっせいに拍手喝采し、ビールの酔いに勢いを借りて雄叫《おたけ》びをあげた。マーカスとコールも、傑作ができたと自己満足に浸るときはこんなふうになる。190番の手はわたしの手より冷たかったけれど肌の色はおなじで、皮ふと皮ふがつながっているみたいにさえ見えた。〝娼館〟で会ったとき、190番はよくしゃべった。わたしを駐車場に連れて行って後部座席に乗せ、少しだけ体を触ったけれど、基本的には喉の奥に閉じこめていたあらゆることを延々しゃべり続けた。警官になったことを父親が不満に思ってること。自分は子どもというより親みたいに父親を育てたこと。話しながら、190番は体の裂け目からだらだらと涙をあふれさせていた。男たちは金を払った相手にだけは気にせず涙を見せる。望めば二度と会わずにすむから。

190番の手が冷たいのは意外じゃなかった。豪邸は暖房が効いていて、壁には絵が何枚も飾られていた。男たちは作者の名前なんか知りもしないだろう。たぶん、アートそのものより値札のほうが重要なのだ。わたしなら暗闇のなかでだってもっとマシな絵が描けるけど、警官たちはわたしなんかの絵を家に飾ったりしない。

「ほら、こちらがミズ・キア・ホルトだ」190番はわたしの両手をつかみ、なにかで優勝したみたいに万歳をさせた。両腕が上がると短いワンピースがさらに短くなった。わたしの顔を見る男は一人もいなくて、全員がわたしの太ももを見ていた。

挨拶する声がいくつも重なった。警官たちは革のソファにすわって野球の試合を観ていて、ビールを飲んだりわたしをちらちら見たりしていた。左手の階段の上にも男たちがいたし――騒々しい話し声が聞こえてきた――、部屋にはひっきりなしに人の出入りがあった。料理を盛った皿や飲み物を持った警官たちが部屋に入ってくる。男たちは酒を一気飲みした。190番はソファの並ぶ部屋に入っていき、二人の警官がわたしたちのために場所を空けた。わたしはソファにすわって脚を組み、部屋のなかを見回した。

となりにすわっていたのは、三十四番街でわたしを捕まえた警官だった。パトカーを運転していたほうの男だ。警官は皮肉っぽく笑った。「トンプソン、その子を一晩中一人占めするつもりか？」

190番は咳払いをしてわたしの体に回していた腕を離し、立ち上がった。「ビールを取ってくる。

なにかいるか？」190番はわたしに聞いた。

わたしは首を横に振った。本当は飲みたくてたまらないけれど、薬を盛られそうでなんとなく不安だった。意識をうしなってリビングに倒れ、男たちに体を貪《むさぼ》られるような気がした。

「この子、しゃべらないのか？」リッチモンド市警察の男が190番に言った。

190番は顔をしかめた。「クソ野郎とはしゃべらないみたいだな」そう言うと部屋を出ていった。

190番は心臓があるところに月があるのかもしれない。本当の形を探して満ちては欠ける。そういう男たちのこと――トニーやマーカスもそうだ――は理解できないけれど、だからって、わたしには彼らを突き放すこともできないみたいだった。月を隠した胸に頭をもたせかけ、鼓動が聞こえるか確かめてみたい。今夜は階段の上にわたし専用の部屋が用意されていて、ベルトを外そうとうずうずしている男たちが一人ずつやってきた。190番は時々わたしの様子を見に来た。ノックの音が聞こえると、わたしは190番が入って来る前に急いでワンピースを着た。

「下に来てなにか飲んだらどうだ？　なにか食べるか？」

わたしは少し考え、今度も断った。薬を盛ってわたしを気絶させるのは簡単だ。わたしが暗闇に沈んでいるあいだなにをしようと、男たちはそのぶんの料金を払いもしない。190番はベッドにすわりたそうだったけど、握ったドアノブから手を離そうとはしなかった。わたしだってくたくただから、いま泣かれたって抱きしめてあげることはできない。

わたしは産毛を整えようと生え際をなでた。「でも、ちょっと外の空気を吸いたい」

190番はうなずき、部屋を出るよう手招きして、わたしが廊下に出るとドアを閉めた。わたしは少し迷って190番の手を握った。指図されずにだれかに触れるのはいい気分だった。190番はほほ笑み、軽く背すじを伸ばして歩きはじめた。

警官でひしめく部屋にもどったとたん、またしても感じの悪い歓声があがった。１９０番が男たちをにらんでも、気にするふうもなく酒を勢いよくあおり続けた。１９０番はわたしを連れて廊下をいくつか抜けていった。この家はアラメダ郡品評会のトウモロコシ畑なみに果てしなく広い。そして、最初に感じた以上に人が多かった。いくつもの部屋に集まり、入り口でたむろしている。わたしとおなじ目をした女たちも何人かいた。たぶん、割り当てられた部屋にもどる途中なんだろう。女たち一人一人が、男たちそれぞれの欲望を満たすためにここにいる。スーツや制服姿の女たちも何人かいた。わたしがここにいる理由を知っているんだろうか。制服姿の女たちは決してわたしとは目を合わせなかった。わたしが見えていないのかわざと目をそらしてるのか、どっちなのかはわからなかった。

１９０番がガラスの引き戸を開けると、見たこともないくらい広い中庭があった。熱を発するランプがいくつもあって、ソファもいくつも並んでいて、バーベキューのグリルもある。二十人くらいの人たちが木製の床の上に集まっていた。わたしは深呼吸をして空を見上げた。ここはバークレーだ。オークランドを離れると星が少し見えるみたいだった。少しすると北斗七星が見つかった。

１９０番は、星を見ているわたしに二、三分付き合い、やがて肩を叩いて言った。「一人でも大丈夫か？　準備ができたら中にもどってきてくれ」

わたしはうなずいた。

１９０番はいなくなり、わたしは一人になった気楽さを味わった。両腕が自由に動く感じがするし、中庭にいるとよそ者という感じがあまりしない。空は物心ついたころからずっとわたしの友だちだった。空は果てしなく広い。たぶん、はるか上にあるものは、それだけで心を慰めてくれる。こんなふうに暗いとき、あそこにはわたしが想像もできないものがあるんだと思えるから。

信仰心はないけれど、夜がすべてを染めてるあいだは、なにかを信じてみたくなる。といっても、死後の世界だとか天国だとか、そういうくだらないことじゃない。そういう信仰心は死への恐怖をやわらげるためだけのものだし、わたしはもともと死ぬことなんかこわくない。ただ、夜空を見てると、この星は実は全部つながってて、その先にはべつの世界があるんじゃないかと思えてくる。

だからって、ここよりマシな世界を期待してるわけでもないけれど。マシな世界なんてたぶん存在しないから。それでも、星のむこうにはここととはちがう世界があるんだと思う。たぶん、人の歩き方もすこしちがっている。たぶん、その人たちは鼻歌で会話をする。たぶん、全員がおなじ顔をしている。それとも、そもそも顔を持たない。時々こんなふうに空を見る時間ができると、わたしはべつの世界の端っこを垣間見れないだろうかと想像した。最後にはかならず地球の現実に引きもどされるのだとしても。

わたしはいきなり体を触られるのが嫌いだ。なのに、いつのまにか背後にいた女性はそれ以上のことをした。わたしの手をつかみ、無言で引っ張ったのだ。空は消え、かわりに女性の顔が視界に現れた。わたしは平手打ちをしてやろうともう片方の手を上げた。女性の顔を覚えていなかったら本当に引っぱたいていたと思う。

むらさき色のスーツの女性の顔は、わたしの脳内にこびりついていた。マーカスの首から永久に消えることのないわたしの指紋みたいに、わたしもこの女性の顔を忘れることはないだろう。目の前にいる〝むらさきスーツ〟はジーンズとブレザー姿で、警察署本部のエレベーター前にいた時より若く見えた。単に暗いせいかもしれないけれど、ママと同い年くらいに見える。たぶん、五十歳くらいだ。

むらさきスーツは、警察署にいた時とちがって化粧をしていなかった。意識して目を見ていないと、頬についた傷跡に視線がいきそうになる。いくつかの傷跡が流れ落ちるような線を描いていて、雨の写真みたいだ。肌より淡い茶色か濃い茶色で、ほとんど頬に溶けこんでいる。

「なにしてんの？」わたしはむらさきスーツの手を振り払い、後ずさった。

女性はわたしのほうへ手を差しのべながら、頼みこむような口調で言った。「光が届くところに行かないで。暗がりじゃないと話せないのよ。お願いだから」切羽詰まった感じがした。中庭のすみで、ランプが作る影のなかに隠れている。

「なにを話すって？　警察署に連れてかれてお仲間と話したのは知ってるでしょ。あれで終わりだと思ってたけど」わたしはむらさきスーツに近寄り、すみの暗がりに入った。近づくと頰の傷がよく見えた。

「どうして警察署に呼ばれたか知ってるの？」

わたしはうなずいた。「なんかの調査のための聞き取りでしょ」

「自殺に関する調査だったのよ」

わたしは女性から顔をそむけた。「自殺のことなんか知らないけど」

「問題はそこじゃない。遺書があったの。警官が一人自殺して遺書を残した。そこにあなたのことが書かれてた。あなたのことと、わたしも把握しきれないくらい大勢の警官のことが。だから内部調査がはじまったのよ。うちの部署が大掛かりな内部調査をしたのに、最終的に提出されたのはあなたに事情聴取したときの記録だけ。記録には、あなたは『自分のせいだ』というようなことを言って、一時間後には帰されたと書いてあった。問題は、監視カメラの記録によると、あなたが帰されたのは警察署に来てから六時間後だということ。そして、わたしの見立てでは、あなたは本当のことを話さなかった」

自殺。こうして薄暗い中庭にいると、女性の話を理解することさえむずかしかった。だけど、その言葉だけはいつまでも頭から消えなかった。自殺という言葉だけは。血みどろの光景が目に浮かぶのに、それは短くて単純で無垢な言葉のような気がした。ママの時のことを思い出したわけじゃない。頭に浮かんだのは、知らない男が目をきつく閉じ、世界が終わるのを待っている姿。彼をそうさせたのはわたし。どんな手段を選んだんだろう。ママより賢くてお金もあるんだから、血を流して死ぬのを待つんじゃなくて薬を使ったのかもしれない。良心を痛めた警官がいたなんて、にわかには信じられなかった。わたしの首根っこを容赦なく押さえつけたのに？　ベルトを閉めてパトカーのドアを開け、わたしを乱暴に追い出しながら、逮捕されなくてラッキーじゃないかと言ってのけたのに？　わたしが理由で血を流した警官がいるなんて、どうしても信じられない。

むらさきスーツは動かず、ただわたしを見ていた。わたしが取調べのことを話すのを待っているのだ。刑事たちがわたしをあの部屋から出さなかったこと。手首にいくつもついた三日月形の跡。

「話せと言われたことを話しただけ。警察がどう思ったってわたしには関係ない。ほんとのことを話したって、なにもしてくれないんだし」わたしは腕を組み、片足を少し広げて立った。はやくいなくなってほしい。血まみれの光景も自殺の話もこれっきりにしてほしい。

むらさきスーツはうなずいた。「問題はそこよ。警察署にはモラルが欠けている。でも、わたしはちがう。警察はあなたが理解している以上にあなたを利用しているの。あなたが十八歳になったとたんに事情聴取をしたのはなぜだと思う？　あなたはもう未成年じゃないし、警察の人間は、未成年と関係を持っていたことを隠すためならなんだってするでしょう。でも、そんなのは倫理にもとった不当なこと。わたしはあなたに敬意を払っている。だから、警察が報告書だけでこの件を葬ろうとしていることが許せない。人が一人死んで、その人は死の間際にあなたのことを書き遺したのよ」

顔も知らない警官がパニックになってペンを走らせているところを想像する。わたしの名前だと思いこんでいるキアという字を綴って。むらさきスーツにはもうだまってほしかった。死んだ警官のことしか考えられなくなる前に。この記憶を抱えて生きていかずにすむように。自分も血を流したくならないように。

「自殺のことは知らない。だいたい、そんなことわたしに関係ないし。これがわたしの仕事なわけ。警官はわたしに料金を払う。それか料金とおなじ価値がある情報をくれる」

「本心じゃないでしょう?」女性は間髪をいれずに言った。

わたしはまた一歩後ずさった。体が半分だけ光のなかに出る。「なんでわたしにこんな話を?」

むらさきスーツは地面に目を落とし、またわたしを見た。眼球が震えている。そして、ささやくような声で言った。「正義を取りもどすには、今回の件を公開するしかないから。キアラ、よね? 署の者はキアと呼んでいるけれど、本名はキアラでしょう?」わたしは答えなかった。「キアラ、わたしは今回の件をリークするつもりよ」

肺と胃のあいだの空間がぎゅっと縮み、船酔いみたいな気分になった。知らないうちに湾が胸のなかに入りこんできたみたいだった。むらさきスーツに一歩詰め寄り、低い声で言った。「そんなことされたら、わたしの人生はめちゃくちゃになる」

「リークしなければ、やっぱりあなたの人生はめちゃくちゃになる。あなたに飽きたら、警官たちはほかの女の子たちの人生も台無しにするでしょう。気付いてると思うけど、あの連中はあなたより若い女の子たちにも加害をしているはずよ。まだ表沙汰になっていないだけ。これは女の子たちを救うチャンスなの」むらさきスーツの目は水たまりみたいだった。浮かんでいるのは涙じゃない。たぶん、哀れみや罪の意識。ガラスに覆われ、あふれ出してくることはない。「いまこうして話しているのは、あなたの名前を出さないこともできるから。わたしは今回の件を世間に知らしめるのが一番だと思ってる。だから、あなたが自分の口で話してもいいの。でも、どうするかはあなた次第よ」

むらさきスーツはわたしの返事を待った。わたしの額はランプの熱で汗ばみ、強く食いしばっているせいで歯が欠けてしまいそうだった。むらさきスーツの目は見ない。この女性がわたしを人として扱っていることはわかる。だけど、この人だってほかの警官たちと変わらない。自分こそは正しいと思い上がっている。この人には絶対にわたしを救えない。そして、部屋のなかにいる男たちは、破滅させられる前にわたしを殺すだろう。

「で、こっちにはなんの得があるの?」わたしはたずねた。

むらさきスーツは肩をすくめた。「正義感とか? 現時点ではなにをしてあげられるかわからない。でも、わたしはあなたを助けたいと思ってる。番号を渡しておくわね」女性はそう言って名刺を差し出した。「キアラ、正直言うと、あなたが好むと好まざるとにかかわらず、この件はリークしなくちゃいけないの。そうすることが最善だから。わたしはただ、あなたに選択肢を示しているだけ。名前を公表したい? したくない?」

わたしは呆れて首を振った。人をここまで追い詰めておいて、よくも選択肢があるだなんて言える。

「名前を出したら許さないから」吐き捨てるように言うと、断りもせずにむらさきスーツに背を向けて歩き出した。

屋内に入って迷路みたいな廊下を抜け、この数時間だけは自分のものになった部屋にもどり、おなじことをはじめた。枕に顔を押し付け、涙で頬がぬれてもそのままにしておいた。わたしの顔を見る人はいない。

何日か前から、額がうずくみたいな感じが消えなかった。目隠しをされながらまわりの視線を感じているみたいな感覚だ。木曜日の夜、トレバーとコートに行って即席のチームでゲームをしてたときも、やっぱり連中の気配を感じた。どこに潜んでいるかはわからない。だけど、額のうずく感じで見られているのがわかる。

一ゲーム目で負けると、トレバーの顔が緊張でこわばった。わたしともほとんど口をきかなかった。二ゲーム目で勝つと、舌のかけ金が外れたみたいにまた話すようになった。

額がらせん状にうずき、草むらの緑が色褪せて見えた。わたしは角という角に視線を走らせた。通り、コート、草むら。絶対にあいつらは巧みに隠れてる。どれだけ探しても見つからなかった。わたしはトレバーの肩をつかみ、アパートにむかって歩きはじめた。

「もうちょっといようよ」トレバーが言った。たくさんの視線が背中に食いこんでいることに気付いていないのだ。「ラモーナがアイス持ってくるって言ってるし」

わたしはあたりを素速く見回し、ほかの子たちに聞こえないようにトレバーの耳元でささやいた。

「帰らなきゃ。だれかにつけられてる。隠れてないと危険なの」

わたしはトレバーの背中を押しながら走り出した。トレバーがこっちを振り返り、ささやきながら叫ぶみたいな声で言った。「どうかしてるって。ママみたいだよ」ディーの顔が頭をよぎったけれど、気にしてる余裕なんかなかった。ディーがわが子をこんなふうに守ったことは一度だってない。

わたしたちはまた走り出した。いつもどおりだけど、いつもみたいな遊びのかけっことはちがう。走っていると額のうずきを感じない瞬間が何度かあった。路上を全力で走っていると、わたしたちは時々そんなふうに自由になる。それからまた、あの嫌な感覚がもどってきた。わたしはつけられているのだ。トレバーは、楽しかったのに台無しだよ、とアパートに着くまで不平をこぼし続けた。わたしは黙っていた。リーガル＝ハイの門をくぐった瞬間、わたしはトレバーのトレーナーの紐をつかみ、息のにおいがわかるくらい引き寄せた。「あんたを守ろうとしてるんだから、わたしのことをディーみたいだなんて言わないで。部屋にもどって勉強しな。じゃないと、お望みどおりディーみたいにベルトでひっぱたくよ」

トレバーは猛ダッシュで階段を駆けあがった。短パン姿のやせたうしろ姿が遠ざかっていく。わたしも後から階段を上り、部屋に入ってドアを閉めた。全部のブラインドを下ろすと、部屋のなかは真っ暗になった。

「見えないのにどうやって勉強するんだよ」一メートルくらいむこうから、トレバーの情けない声が聞こえた。

「頭を使いな。電気をつければいいでしょ」

＊＊＊

むらさきスーツに会ったあの日から二十四時間もたたないうちに、すべての地元メディアが警官の遺書のことを報じはじめた。グーグルで検索すれば記事がいくつでも見つかった。約束どおり遺書に出てくるわたしの名前は黒く塗りつぶされていたけれど、記事が出て二日もするころには、外に出た瞬間から視線を感じるようになった。だれかがわたしをつけていた。警官たちは、リークしたのはわたしだと決めつけている。それくらい前もって予想できたはずだ。このまま解放してくれるわけがない。わたしを捕まえに来るのも時間の問題だった。パパはいつも言っていた。警官なんかクソ食らえ《ファック》だが、よほどの理由がないかぎり怒らせ《ファック・ウィズ》るな。わたしは警官とファックして、連中を怒らせ《ファック・ウィズ》、いまじゃおびえて外に出るのもままならない。

こわくて夜に出られないのに、トレバーのママ役をするのに必要なお金もなかった。レイシーに電話をかけて仕事を紹介してくれないか頼むと、マーカスのことがあったあとだからむずかしいと返された。いまもディーは、一週間おきくらいに部屋のカウンターに二十ドルを置いていく。わたしとトレバーはそのお金でシリアルとラーメンだけを買った。暗がりにすわっていると、胃袋が平べったいスポンジにでもなった感じがした。トレバーは教科書を開いていくらもしないうちに寝てしまい、わたしは部屋のなかで一人になった。少しずつ、目が暗闇に慣れていった。

あいつらに見られていると思うと窓辺に近づくのさえいやだった。だけど、お腹は空いていた。チキンがあったら骨までしゃぶりたいくらいだった。

携帯電話をじっと見つめ、迷ったあげくアレの番号にかけた。アレの声がした。「もしもし」

「もしもし」アレは普段から口数が多いほうじゃない。わかっていても落ち着かない。「電話、出てくれてよかった」さりげない感じで言ってはみたけれど、そわそわして仕方がなかったし声もうまくでなかった。

アレが咳払いをした。「まあね。キアラ、どうかしたの？」

わたしは一瞬黙りこんだ。ヤバい状況になってきたからって、アレに頼ったりしていいんだろうか。これまでだって散々助けてもらってきたのに。「お腹が空いて」わたしはささやくように言った。いっそ聞こえなければいいのに、と思いながら。

アレがいつもの鈴のような声で笑った。そして、笑いの気配が残る声で言った。「お腹が空いたんだ。まったくもう。わかったよ。こっちに来たらなにか作ってあげるから」

わたしはすうっと息を吸って言った。「わたし、出られないんだ」

「どういう意味？」

「あのさ、わたしつけられてて、それで外に出られなくて、だからうちまで来てほしくて、わたしお金もないし、でもトレバーにごはんを食べさせなきゃいけないし、わたしもお腹がぺこぺこだし、アレ、だからお願い」自分でも支離滅裂だと思った。アレに伝わったかどうかもわからなかった。

「二十分待ってて」そう言うなりアレは電話を切った。愛してるという言葉は勇気が出なくて言えなかった。

二十分はすぐに一時間になり、暗闇のなか、わたしの視界は明るいときよりも冴えわたっていた。玄関のドアの前で膝を抱えてすわり、部屋のむこうで丸くなって眠るトレバーをながめた。

突然ノックの音がして横隔膜が震え、反射的に上げた手が思い切り壁に当たった。わたしは悪態をつき、強い痛みがやわらぐまでぶつけた手を宙で振った。それから立ち上がった。

「だれ？」ドアに耳をつけてたずねる。

「わたしに決まってるでしょ」それから、低い声でつぶやいた。わたしに聞こえているとは思っていないみたいだった。「しっかりしてよ、まったく《ノ・セアス・カベサ・ゥェカアィ》」

アレが通れる分だけドアを細く開ける。アレはレストランの厨房のにおいがする紙袋を持っていて、わたしのいまの望みはそれを奪い取って料理を貪ることだけだった。ふと紙袋から目を離し、アレの顔を見た。アレは絵に描いたようにアレそのもので、暗い部屋のなかで彼女の白目だけが明るく輝いていた。アレはおびえていた。

「ねえ、わたしが来たんだから電気くらい点けてよ」アレは両手を広げ、綱渡りをしているみたいにゆっくり歩いた。暗闇に包まれていると思っているんだろうけど、わたしにはいつものようにはっきりとアレの姿が見えていた。不自然なくらいはっきりと。紙袋はアレの手にしっかりとつかまれ、しわが寄っていた。「少しは明かりをつけてくれなきゃ食べ物を渡せないでしょ」そう言いながら、アレはわたしのほうを向いてさえいない。体は部屋のすみで寝ているトレバーのほうを向いていて、いまにもキッチンのカウンターにぶつかりそうだ。わたしは手近なランプをつけた。弱いオレンジ色の光が部屋の半分を照らし出す。

アレは背すじを伸ばして立ち、わたしと向かい合った。部屋に入ってからはじめてまともにわたしを見たんだろう。顔のしわは下へむかって流れ、肌がやわらかくゆるんでかすかに波打っている。赤んぼうの肌みたいに。

「久しぶり」わたしは角のランプのそばに立ったまま言った。角は安全だ。壁が一枚じゃなくて二枚ある。

「ほんと」アレはため息をついた。「お腹すいてるんでしょ？」

わたしがうなずくと、アレはカウンターに紙袋を置いて開けた。湯気と匂いが渦を描きながら宙を漂った。魚とカルニタス（豚肉を豚の脂で煮込み、細かく裂いたもの）。〝普通〟が突然こんな毎日に変わってしまったあの日から、こんな食べ物の匂いを夢見てきた。アレはタッパーを三つ取り出した。「デリバリーに行くみたいな振りしてくすねてきた。ママも黙ってたし」アレは声をあげて笑った。あぶくみたいな笑い声が口からこぼれ落ちる。

「ラ・カーサってデリバリーやってないじゃん」わたしも笑った。

アレはもう一度紙袋に手を入れ、紫のスプレー缶を取り出した。「それから、誕生日おめでとう」

わたしは笑顔で言った。「ありがと」

「ほら、こっちに来なよ」アレはキッチンに立ったまま眉を上げてみせた。

「こっちに持ってきてくれない？」わたしはランプシェードのひび割れに目を落として言った。温かな明かりに、ひびからもれる光の破片が傷をつけている。

アレがため息をついた。「キー、怖くなってきたよ」タッパー三つとスプレー缶を両腕に抱え、わたしのほうへ歩いてくる。「せめてすわりなよ」いつもの声の明るさは――言葉の最後に漂いたずらっぽい感じは――消えていた。疲れた声だった。

わたしが床にすわるとアレもすわった。本当は食べ物をつかんでひたすら口に詰め込みたい。だけど、アレはタッパーをつかんで離さなかったし、話が終わるまで食事はおあずけだということはわたしもわかっていた。アレはほかのだれより無口なのに、話というものを大事にする。わたしはトレバーのほうをあごで指し、人さし指を唇に当てて、起こさないように静かにしようと合図した。アレはうなずいた。

「なにがあったか聞いたら、こないだみたいにわたしを置いてくでしょ」自分の両手にしか視線の行き場がなかった。むかしアレが手相を読んでくれた手のひらが、いまは傷だらけ。まだ血がにじんでいる傷。かさぶたができはじめた傷。深すぎて治る気配もない傷。爪を全部嚙み終えてしまったあとは短い爪を手のひらに食いこませるのが癖になっていた。

アレはタッパーをわきに置き、膝と膝が触れ合うくらい近づいてきて、あぐらをかいてわたしのほうへかがんだ。わたしの両手のすぐそばに顔を寄せ、下からわたしの顔をのぞきこむ。目と目がしっかり合うように。わたしも視線をそらさない。

「あんたを置いてったりしちゃいけなかった。あんたがそばにいてくれって言うなら、わたしはそばにいる。話さなきゃいけないことは全部話して。わたしはここにいるから。ずっと《シェンプレ》」まばたきさえしないでアレはそう言った。

わたしは咳払いをして口を開いた。「あのニュース、見た？　警官が自殺したってやつ」

とたんにアレの額に波打つようなしわが寄り、目の焦点がかすかにぼやけた。「マジ？」

アレが目をそらしそうになったのがわかった。まぶたが震えている。いますぐ目をそらしたいと思っている。だからってアレを責められない。結局わたしは、アレがするなと警告したことを全部してしまった。ママがわたしの骨を砕いたみたいに、まさにいま、わたしはアレの骨を粉々に砕いている。少しばかりの〝サンデー・シューズ〟と葬式で、失われたものを追悼できたらいいのに。わたしたちの傷を治せたらいいのに。

「わたしがなにかしたわけじゃない。警察に見つかって、刑務所に入るかあの仕事をするかどっちかだった。ママがどんな目にあってきたか知ってるでしょ。刑務所に入るわけにはいかなかったの」アレが目をつぶり、わたしは口を閉じた。「ごめん」小声で言う。

「なんで謝るの？」アレはまだ目を閉じている。

「わたしがこんなことになってがっかりしてるだろうから――」

「わたしをがっかりさせたと思ってるから謝ったってこと？」喉の奥に引っかき傷があるような声だった。それが怒っているせいなのか悲しんでいるせいなのか、それともこんなにおもしろい冗談を聞くのは久しぶりだと思っているせいなのか、わたしにはわからなかった。

わたしは迷いながら答えた。「たぶん」

アレはわたしを見てほほ笑んだ。茶色い瞳に目が吸い寄せられる。「キアラ、わたしはあんたに無事でいてほしいだけ」アレは肩をすくめて言った。クララのことを考えているんだろうか。「がっかりしてるとしたら、一緒にいたのにすれちがってたんだなって思って」アレは声ににじんだ生々しい感情をごまかすみたいに咳をした。とにかく静寂を破りたかっただけかもしれない。「でもまあ、食べてるときはそうでもないかも」

アレはそう言ってタッパーの蓋を開けた。それぞれにタコスが三つずつ入っている。タッパーをわたしのほうへ滑らせる。アレがうしろに下がったので、触れ合っていた膝も離れた。わたしはエビのタコスを取って三口で飲みこんだ。ふたつ目のタコスに手を伸ばす。アレの分もあるのに、食べるかわりにいたずらっぽく笑いながらわたしをながめている。首には新しいタトゥーがあった。ハチの群れみたいに見えるけど、べつのなにかも混ざっている。顔を近づけようと前かがみになると、口のはしからソースが垂れた。よく見ると、そのタトゥーは宙を舞う蝶の群れだった。羽ばたくかどうか触ってみたかった。いまにも動きそうだった。だけど、食べるものはまだ残っていたし、こんな暗がりでアレの肌に触れてしまうのは危険すぎた。

「ぼくの分もある?」突然トレバーの声がして、心臓が飛び出しそうになった。アレと同時に振り返ると、トレバーがマットレスの上で起きあがっていた。わたしたちの話し声で起こしてしまったんだろう。

アレが手招きすると、トレバーは文字通り駆け寄ってきた。いつのまに脱いだのか、上にはなにも着ていない。裸の上半身を見ると、すらりとしたその体を抱き上げて、赤んぼうみたいにあやしたくなる。奇跡みたいな男の子。秋に降る雨みたいな子。沈む直前に撮った夕陽の写真みたいなトレバー。トレバーがいるから、わたしは昼の時間を生きのびることができる。この子がいなかったら世界はたぶん夜のまま。

トレバーはわたしたちと一緒にすわり、タコスをひとつ取った。わたしは食べるのをやめ、トレバーがタコスにかぶりつき、いつもどおり口を開けたまま噛むのを見守った。トレバーがわたしを見つめ返す。食べるときは口を閉じなさいと言われるのを待っているのだ。だけど、今夜だけはわたしもだまっている。舌をのぞかせたまま食べたいなら、この子にはそうする権利がある。ここは暗いし、ほかに見ている人もいない。

トレバーはタコスにもう一度かぶりつこうとしてふと顔を上げ、暗い部屋を見回した。「ここって幽霊いると思う?」

アレが、幽霊なら天井にいると言わんばかりに上を見た。「いないよ。いるのはクモだけ」

眠っているアレは死体とヒトデを足して二で割ったみたいな感じだ。口に出して泊まっていくと言ったことは一度もないけど、わたしの膝に頭をのせて横になると、それが泊まっていく合図だ。硬い木の床でこんなに熟睡できる人はアレしか知らない。手足をひろげて一ミリも動かないのだ。歯がのぞく分だけ口を開け、舌を隠したまま。

わたしはひと晩中アレをながめながら、自分も浅い眠りに溶けていくのを待った。結局、一睡もできなかった。ゆうべ、タコスを食べ終えたトレバーはまたマットレスにもどって眠った。わたしはアレに警官たちとの一部始終を話し、むらさきスーツのことも話し、額のうずく感じのことも話した。アレはトニーやマーカスに頼るべきだと言った。額で感じてる嫌な予感が現実になって、ブラインドくらいじゃ身を守れなくなるかもしれないよ、と。わたしは反論し、マーカスともめていることを話した。だけど、アレは頑としてゆずらなかった。結局、わたしは朝になったらコールのところへ行き、アレはトレバーを店に連れて行って食事をさせるということで落ち着いた。

そしていま、わたしはアレの体が生きている印を見せるのを待っている。外はもう明るい。ブラインドのすき間から陽射しがもれて、床の上に模様を作っている。陽射しは寝そべったアレの上にも落ちていて、アレの体は光と闇の縞模様におおわれている。

　最初に動いたのは口だった。小さく開き、左右に震え、大きく開いてあくびになった。アレがまばたきをすると、その顔に触れたくなる。いっそアレの体に覆いかぶさって、頬のなめらかな斜面に触れてみたい。

「おはよう」アレの声は低くなってまた高くなり、最後にはうめき声になった。

　わたしは笑った。「おはよう」

「トレバーはまだ寝てる？」アレがたずねる。

　わたしは壁のほうを向いて丸くなっているトレバーをちらっと見た。

「そうだね」

　アレがいつもお団子に結っている髪は完全に崩れていた。わたしはアレの髪を両手でとかし、くるりと丸めてひとつにまとめた。ひとすじだけ黒髪を垂らしておく。垂れた髪は羽根飾りみたいだ。髪の羽根飾りがふとしたはずみにアレをくすぐり、声をあげて笑わせるかもしれない。そんなときはタトゥーの蝶の群れも一緒に歌をうたうだろう。

　アレは起き上がって一瞬わたしを見つめ、それから大きな体で子どもみたいに床をはってマットレスに近づき、トレバーの体をゆすった。

「おはよう《ブエノス・ディアス》」童謡を歌うアレの声は、抑揚がなくてうめき声に近い。静まり返った部屋で何時間も過ごしたあとだから、うめき声でも聞こえるのがうれしかった。一日中だってしゃべったりうたったりしてほしかった。

　トレバーは両腕で目を隠しながらあおむけになった。アレがトレバーの腕を引きはがし、顔の上にかがみこむようにして『ブエノス・ディアス』を大声でうたう。トレバーはニンジャみたいに跳ね起き、駆け寄ってきてわたしにタックルした。わたしは笑いながら床に倒れこんだ。起きたばかりのトレバーの目はぱっちり開いて輝いている。

やがてわたしはトレバーを押しのけて言った。「ほらほら、下りて」

トレバーはわたしの体から離れて立ち上がった。「お腹すいた」

「いっつも腹ぺこだね」わたしは笑って言った。

アレはもう靴をはこうとしている。「トレバー、準備しな。ラ・カーサに行くよ」

トレバーは部屋のすみの小山になった洗濯物に駆け寄り、見たこともない速さで服を着替えた。さっさとスニーカーをはいて玄関に走っていく。わたしはといえばランプのそばで立ちつくしている。

アレがそばへ来て床に片膝をつき、トレバーに聞かれないように小声で言った。

「大丈夫？」

わたしはうなずいた。「とにかくあの子をお願い」わたしはトレバーのほうへ軽く頭をかたむけた。

アレはにこっと笑い、わたしの膝に触れた。触れられたところがじわっと温かくなる。

廊下へ出て行く二人を見送りながら、わたしは心の底から祈った。陰に潜む目が、トレバーではなくわたしだけを見張っていますように。トレバーではなくわたしだけを狙っていますように。玄関のドアが閉まると、マーカスとマーカスのこぶし、そして最後に見た姿が頭に浮かんだ。この部屋を出て無惨に壊れてしまったなにかを修復しに行くなんて、心底したくない。だけど、するしかないのだ。

アレは正しい。一人でいるところを狙われたら、わたしはおしまいだ。

わたしは携帯を取って電話をかけた。ショーナは最初の呼び出し音で出た。

「キアラ、なんか用？」予想していたとおりの刺々しい声だった。

「まだあの車持ってる？」子どもが生まれたときに、コールの母親はショーナに古い車をゆずった。

迎えを頼めるとしたらショーナしかいない。

ショーナは一拍置いて言った。「まあね。なんで？」

「ヤバいことになってマーカスに会いたいんだ。でも、いま一人で外を歩くとマズくて。迎えに来てくれないかな」そう言うあいまにも何度か〝お願い《プリーズ》〟と繰り返し、かわりにわたしもいつか子守をするからと約束した。ショーナはしばらく返事をしなかった。

「十分で行く。でも、二度と頼みごとなんかしないでよ。こっちが助けてって言ったときはなんにもしてくれなかったくせに」そう言うなりショーナは電話を切った。正直ムカついたけど、ショーナの言い分は完全に正しい。

ショーナは十分もたたずに電話をかけてきて、アパートの前に着いたと言った。靴をはき、ブラインドは閉めたままにしておく。玄関のドアを開けると陽射しがまぶしかった。すきっ腹でウォッカを飲んだときみたいだ。痛いのか最高に気持ちいいのか、どっちなのかわからない。肌が陽の光を吸収していく感じがする。階段を下りて汚れたプールのそばを歩くあいだ、額のうずきは感じなかった。なのに、門をくぐって通りに出た瞬間、あの感覚がはじまった。頭のてっぺんからうずきが広がっていく。わたしはショーナの車まで走った。古いサターンのステーションワゴンだ。助手席に乗って力まかせにドアを閉める。

後部座席から泣き声が聞こえ、わたしは体をひねってうしろを見た。チャイルドシートに赤んぼうがすわっている。

「かんべんして。起こしちゃったじゃん」ショーナはうしろに手を伸ばし、子どものお腹をとんとん叩いた。やがて赤んぼうは泣きやみ、また眠りはじめた。

わたしは何度か咳払いをした。「正直、ここに停まってるのはヤバくて」できるだけ声を抑えてそう言った。小声で話したって、どのみちショーナは苛立って天井をあおぎ、体中のいたるところで怒りの炎を燃え上がらせる。人に指図されるのがきらいなのだ。それでもショーナは車の操作に意識をうつし、コールの家へむかって出発した。

それから二、三分は黙っていたけれど、気まずくて胃が痛かった。ショーナに対する罪悪感が体内に入りこんで胃を締めつけているみたいだった。額がうずく感じだって消えないのに、その上罪悪感までなんて耐えられない。わたしは窓ガラスごしにうしろを見張った。連中はどこに潜んでいるんだろう。つけられていることだけはわかる。それなら、少なくともトレバーとアレはぶじだということだ。

「あのさ、こないだのことは本当にごめん。ちゃんと話を聞くべきだった。でも、わかってほしいんだけど、わたしもけっこうヤバいことになってて、だれかを助ける余裕がないんだ。それでもあんたにはフェアじゃなかったよね。だから、ごめん。迎えに来てくれて本当にありがとう」

サターンのボンネットからはカチカチという音が絶え間なく聞こえていて、わたしはそれに合わせて人さし指で太ももを叩いた。

赤信号で停まると、ショーナがちらっとわたしを見た。「あんたに話があったから。じゃなきゃわたしも断ってた」

ショーナの目にはまた飢えが浮かんでいた。何カ月も前、うめきながらスタジオの掃除をし、乳首から血がにじんでいたあの日も、ショーナは飢えた目をしていた。肉食獣の飢えじゃない。病気の鳥が餌を待っているみたいな飢え。夜になるのを、手遅れになるのをおびえながら。

「話って?」

コールの家の近くまで来ていたけれど、ショーナはスピードを落として車を道のわきに寄せた。車を停めてわたしを見る。わたしはショーナから子どもに視線を移した。赤んぼうは起きていて、きらきらした瞳でわたしたちを見つめていた。マジックミラーみたいに輝く目だった。マジックミラーの前に立つとき、わたしたちはミラーのむこうには世界が広がっているんだと思いながら、そこに映った自分の顔だけを見る。

「コールたちがソフトドラッグよりヤバいものまで取引しはじめてて」ショーナの声に母音を強調するテネシーなまりが混じった。おびえた、高い声だった。「しかも、がらの悪いニガたちと組んでる。あんなやつら、コールたちのことも家族のことも簡単に見捨てる。キアラ、わたし、この子がいるのに。この子がいるのに」

ショーナはうめいた。泣いてるみたいなうめき声が自動車の内側を引き裂いていく。うめき声はショーナの口からわたしの喉にまで滑りこんで、メリット湖の塩水を残らず飲みこんでしまったみたいな感じがした。額に感じる鋭い視線と吐き気が、区別がつかないほどに混ざり合う。

ショーナはすすり泣き、赤んぼうは母親を見つめていた。ショーナが両手をわたしたちのほうへ差し出す。動かしもせず、かといって引っこめることもしないで、ただ待っている。わたしはショーナの小さな手のひらに片手を重ねた。ショーナは全身でむせび泣きながらわたしの手を見つめ、後部座席のほうを向いてもう片方の手で子どもの手を握った。わたしは空いた右手をショーナのうなじに置いてそっとなでた。小さいころ、悪夢を見て歯がカチカチ言うほど泣いてしまうと、ママもこんなふうに首をさすってくれた。わたしたちの体の奥から声が湧いて、ひとつの円を作っていた。ショーナは叫ぶようにしてうめいていた。赤んぼうのもらす泣き声はごくかすかで、母親のうめき声にほとんどかき消されていた。自分の口からはどんな声がもれているのかわからなかった。鼻歌みたいな、歌みたいな、オクターブ低い子守唄みたいな声のはずだった。

三人の声が静かになっていくと、赤んぼうは母親の手を離し、ショーナはわたしを見て首をかしげた。なにかを解決しようとしているのに手がかりがどこにあるのかわからない。そう言いたげな顔だった。

わたしは額が脈打つのを感じた。文字どおりわたしの額は脈打っていた。そこに心臓があるみたいに。

「ヤバい」バックミラーをのぞいても、通りにはだれもいない。アパートのそばで、バスケのゴールネットが風に揺れている。

ショーナは前を向いた。車を走らせようとはしない。「あんた、マジでどうかしたの？」

ショーナがそう言うのはいつものことだけど、本当に返事を期待していることは一度もなかった。だけど、今回ばかりはわたしの説明を待っているみたいだった。

「ちょっとトラブルになっちゃって、つけられてる気がするんだ」

ショーナの顔には、動揺とか恐怖とか、わたしが予想していたような表情は浮かばなかった。ただこう言った。「だれに？」

「たぶん、警察」

そう聞いた瞬間、ショーナはうつむき、ハンドルに突っ伏すみたいな姿勢になった。

「キー、わたしたち、なんでこんなことになったの？」ショーナのそんな声ははじめて聞いた。全部のバリアが崩れた無防備な声だった。わたしはふと、子どものころのことを思い出した。冷ややかで自信にあふれていたショーナのこと。

はじめてショーナに会った日、わたしはディープ・イースト地区の八十一番街でアレにスケボーを習っていた。ショーナはおばさんの家のポーチの階段にすわって、妹の髪をツイストに編んでやっていた。アレはスケボーに乗って二人の前を勢いよく走り過ぎ、わたしは追いつけるわけもないのに走ってアレのあとを追っていた。ショーナは十三歳で、すでに一人前の女みたいだった。そのショーナが突然わたしたちにむかって声を張り上げた。「ずっとそうやって風を起こしてるから、妹の髪がまとまらないんだけど」わたしたちは止まり、ショーナをまじまじと見た。そんな口の利き方をする女の子も、そんなに大人っぽい見た目の女の子も、本気で怒ってるみたいに腰に手を当てている女の子も、はじめて見たのだ。そう、ショーナは本気で怒っているみたいだった。

わたしだって言われっぱなしでいるつもりはなかったから、こう言い返した。「だから？」するとショーナは猟犬みたいに階段を駆け下り、顔をゆがめてわたしに詰め寄ってきた。当時のわたしはどこを取ってもやせっぽちで、そんな貧相な体じゃショーナを殴ることなんかできなかったと思う。むこうはお腹もそれを支える腰も肉付きがよくて、体が子どもを産む準備をはじめているみたいだった。アレはスケボーであたりを一周してからもどってきて、わたしのとなりに立った。アレのがっしりした肩もショーナの前では頼りなげに見えた。だからって、ショーナが大柄なわけでもなかった。ショーナはただ、わたしとアレが脱ぎ落とそうとしていた子どもの体から、とっくのむかしに抜け出していたのだ。次の段階の体を手に入れていた。おっぱいはタンクトップからはみ出して、歩くと——そり返って歩くと——揺れて弾んだ。ショーナはいつもぼろぼろのスニーカーをはいていて、それに気付いた人は決まって買い替えたほうがいいと言った。はだしのほうが好きだというのがショーナの口癖だったけれど、おばさんは靴もはかずに外を歩くなんて許さなかった。最後にはショーナも折れて、彼女に熱をあげていた男子の一人にもらった新品の靴をはくようになった。ものすごく嫌そうに。

はじめて会ったあの日、ショーナはわたしを殴るつもりだったんだと思う。わたしはといえば人の殴り方なんか知らなかったし、アレはケンカなんかバカらしいというタイプだから、だまってそばに立ち、愛をこめてわたしを見つめていた。ショーナが汚い言葉をわめきはじめたとき、男子たちが自転車でそばを通りかかった。わたしはそのまま行ってしまうだろうと思っていた。十人くらいの集団で、わたしたちより二歳くらい年上だったと思う。なのに、そのうちの一人がいきなりわたしのおしりをつかんだ。ショーナはそれを見るが早いかわたしを押しのけ、片脚を高々と上げて――太ももは震え、筋肉が盛り上がっていた――わたしに触った男子を蹴りつけた。男子は自転車から転げ落ちた。

ほかの男子は自転車で道路をぐるぐる回っていたけれど、ショーナの蹴りを見るとタイヤをきしませながら逃げていった。殴り合いがはじまりそうだった不穏な空気はいつのまにか消えていて、あとには息を弾ませているショーナと、完全に負けを認めたわたしだけがいた。わたしはお礼を言った。

「ありがと」

「べつに」ショーナはくるっときびすを返し、ポーチにもどっていった。妹は階段にすわったまま、何事もなかったような顔をしていた。ショーナはまた妹のうしろにすわり、ツイストを編みはじめた。アレとわたしもスケボーを再開し、ショーナたちのいるブロックも何度か通り過ぎた。ポーチの前を通るときは、二人を見ながら速度を落とした。三度目か四度目に通り過ぎようとしたとき、ショーナがこっちに声をかけてきた。「そんなに見たいならこっちにすわってコークでも飲めば?」

こうしてわたしとアレは、ショーナが妹の髪を丹念に編んでいるそばにすわり、ジュースを飲みながらその手つきをうっとりとながめた。十七歳で妊娠して高校を中退するころには、ショーナは十三歳のころの輝きをうしなったように見えた。ここから抜け出そうとしているその他大勢の一人になってしまったみたいに。ショーナのおばさんは結婚してウェスト・オークランドに引っ越していき、姪とその子どもを連れて行こうとはしなかった。ショーナはコールが母親と暮らしている家に移り、小さいころ思い描いていたたくさんのことはうめき声となって消えていった。わたしもショーナも、逃げようもないものから逃げようと、こうして車に乗っている。わたしたちはむかし、スケボーやはだしで歩くのが好きな小さな子どもで、いまとなってはそんな過去を忘れようとしている。

「わからない」わたしは言った。本当はわかっていたけれど。その問いは、答えがものすごくはっきりしていて、かならず同じ場所に行き着く長い道路みたいだったけど。「たぶん、わたしたちって、だれかのためにやらなきゃいけないことはやっちゃうんだよ」わたしは体をひねって後部座席を見た。子どもの鏡みたいな瞳を。「あんたも言ってたよね。わたしには子どもがいるのにって」

ショーナは最後にもう一度涙をぬぐい、車を発進させた。返事はなかったけれど、聞く必要もなかった。わたしたちにはわかっていたから。二分後にはコールの家に着いた。額が脈打つような感じはまだ続いていた。わたしが、外でぐずぐずしてるとマズいから早く中に入ろうと言うと、ショーナは後部座席から娘を抱きあげ、腰のあたりで抱えた。わたしたちは車を降り、早足で地下室へ下りていった。ショーナは地下室を掃除する努力をやめてしまったみたいだった。おもちゃやコールの汚れた服が床中に散乱している。拾って片付けたい気もしたけれど、ここは散らかっているのがお似合いなような気もした。ぴかぴかに掃除されてしまったら、ここにはなにも残らない。

スタジオのほうからビートが聞こえていた。「コールは出かけてるけどすぐもどってくる。あいつらを引っぱたきたくなったら止めないよ」ショーナが言った。ソファにすわり、膝にすわらせた子どもを上下に揺らしている。ショーナはほほ笑んでいた。口元ではなくて、肩の感じでそうとわかった。わたしはまっすぐスタジオにむかってドアを開けた。マーカスはいつもとちがって、ブースのなかに立ってはいなかった。音楽は大音量で鳴っていて、スタジオにいるのはマーカスだけ。床にすわりこみ、目を閉じて両手を組んでいる。

「マーカス?」

わたしはマーカスのうしろにあるサウンドボードに手を伸ばし、音楽を切った。スタジオが静まりかえる。わたしは兄さんのそばにしゃがんだ。マーカスは首を横に振り、血走って涙の浮かんだ目を開けた。

「どうしたの?」わたしはたずねた。

「どうでもいいくせに聞くなよ」マーカスは吐き捨てるように言った。やっぱり帰ろうかと思った。わたしを見捨てたあのときから、マーカスは変わらず身勝手なままなんだろうか。

マーカスはため息をつき、小声で言った。「悪い」

そして、顔を上げてわたしを見た。わたしは息を吸って口を開いた。「わたしが困ってることを話すから、兄さんも話して」

「キー、おれたちは中学生じゃない」そう言ってまた首を振る。「これはゲームじゃないんだよ」

わたしは無視して話を続けた。「ニュースを見たか知らないけど、わたし、何カ月か前からお金のために警官相手にウリをやってて、そのうちの一人が自殺して遺書にわたしの名前を書いたから、警察署で内部調査をやってる。わたし、警察につけられてるの」

マーカスの顔に広がった表情に、わたしははっとなった。はじめて見る表情だった。てっきり怒るか恥じるかのどっちかで、おまえの問題なんかどうでもいいと突き放されると思っていた。きっと、時々そうなるみたいに左の眉を痙攣させる。怒って首の血管が浮き上がる。首すじのわたしの指紋がダンスする。そう思っていたのに、マーカスの顔は砕け散るみたいにゆがんだ。顔を下に向けたまま、目だけ上げてわたしを見た。

「嘘だろ」しばらくわたしたちは黙っていた。マーカスは知らない場所にいるみたいにスタジオを見回した。自分の声にむせながら、ささやくみたいに言った。「おれには無理だったよ」

「どういう意味？」

マーカスが小さく見えた。

「おまえの言うとおりだった。全部妄想だった。おれと契約するレーベルなんかないし、仕事もない。まだ路上暮らしをせずにすんでるのは、コールと一緒にヤバい取引きで稼いでるから。おれは自分でやると決めたことさえやらなかった。おまえを守らなかった。ずっとおまえを守ってなきゃいけなかったのに」

マーカスは自分自身の顔のなかで溺れているみたいに見えた。言ってほしいと望んでいた言葉を言われたのに、マーカスがそんなことを言わずにすんだらよかったのにとも思った。言ってほしいことを言ってくれるだけでなにもかも解決したらいいのに、そうはならない。わたしはかがみこみ、マーカスの頭のてっぺんにキスした。マーカスがわたしを抱きしめた。震えているのがわかった。

「マーズ、わたしたちはいまも家族だよ」

マーカスはわたしの胸のなかで泣き、兄さんの肩ごしに入り口のほうを見るとトニーが立っていた。わたしの視線に気付いて、トニーは険しい顔を笑顔に変えた。

「兄さんに頼みがあるの」わたしはマーカスの耳元で言った。マーカスは少しだけ体を離し、わたしの目を見てうなずいた。「トニーも、お願い」トニーもうなずいた。盗み聞きしてたことを隠そうともしない。

トニーが近づいてきてソファにすわった。わたしとマーカスは金色のラグにすわっていた。スタジオのなかはがらっと変わり、全部が派手になっていた。新しいソファに、真ん中に大きなCの文字が躍る金色のラグ。なにもかも新品の機材。スピーカーもサウンドボードも買い替えられている。前からあるローテーブルには、弾ける人もいないのに大きなキーボードが置いてあった。どうしてこんなものがあるんだろう。だれかが急にそんな気を起こして演奏をはじめるとでも思ったんだろうか。

わたしは深呼吸をして言った。「助けてほしいの。二人の助けがいる。マーカスには話したけど、わたし、いまほんとにヤバいことになってて、警察につけられてるんだ。一人で外を歩けないし、助けてって言えるのは二人だけ」

「もちろん助ける」マーカスが言った。

わたしはトニーを見た。

「ヤバいことって？」トニーが言った。

なにがあったか、トニーには話したくなかった。二人の視線を浴びたら、自分が汚れていることをいま以上に意識してしまいそうだった。だけど、話すしかないのだ。「警察がわたしのことを調査してて。まだ逮捕されてはないし、むこうも逮捕はしないって言ってる。でも警察署に連れてかれて取調べを受けたし、ちょっと前から警官につけられてる」

「なんで取調べなんか？」トニーはたずねた。

わたしは目をそらして答えた。「警官たち相手に仕事してたから。モーテルとかで」

トニーは黙っていたけれど、こっちを見ているのはわかった。きっとわたしがしたことを想像して、許そうとしているのだ。

マーカスがわたしの膝を軽くつかんで揺らした。

「キー、おれたちはいまも家族だ」それはマーカスの本心だと思った。言葉を超えて、この瞬間を超えて、わたしたちをこんな目にあわせた両親の間違いを超えて、マーカスは本心からそう言っているのだと思った。

わたしはうなずき、そのときはじめて自分のしてきたことを考えた。マーカス以外の男からいままみたいに触られると頭が真っ白になること。何度も何度も頭に銃を突きつけられたこと。皮ふを這いまわる指のこと。髪をつかむ手のこと。いまこうして信頼できる男たちと一緒にいると、そういうことの全部が薄汚いしみじめだと思った。自分にはもう、愛される価値がないような気がした。

「コールにメールする。迎えに来てもらうから、おまえを家まで送る。それでいいか？」マーカスはすでに気を取り直していた。砕けたみたいに歪んでた顔はもとにもどり、ポケットから携帯を取り出す。

「コールがガレージにバットかなにか置いてたと思う。それを取ってから外に行くよ」トニーはそう言って立ち上がり、スタジオを出ていった。

マーカスも立ち上がってわたしを助け起こし、肩に腕を回した。スタジオを出て赤んぼうをあやしているショーナのそばを通り、階段を上ってポーチへ行く。自分が外にいることを自覚するまで何秒かかかった。うだるような蒸し暑さ。わたしをつけているだれか。

コールが派手なジャガーで家の前に乗りつけると、わたしたちはポーチの階段を下りて歩道へ出た。コールが窓を開け、大きな声で言った。「ようキア、よく来たな」エンジンをかけたまま車を降りてくる。軽く走ってジャガーを回りこみ、マーカスをハグしながら背中を叩く。それから、わたしをハグしようとこっちを振り返った。

車が近づいてきたのはそのときだった。黒い、なめらかな車。車内で光っている赤色灯。男たちが車から飛び出してきて腰ベルトに手を伸ばし、警察バッジと銃をつかむ。番号が見えた。２２０番と17番。〝娼館〟にいた二人だ。二人はわたしを見たままマーカスの両腕をつかんで背中に回し、コールの両腕もつかんで手錠をかけ、そのあいだもなにか権利に関する決まり文句を低い声で言い、車を調べるみたいなことを言った。２２０番は二人を後部座席に乗せろと17番に指示し、自分はコールのジャガーのトランクを開けて、中から白い粉の入った袋と自動小銃を何丁か取り出した。

わたしは黒いフィルムの貼られた窓ごしにマーカスを見た。マーカスは声をあげて泣いていた。パパが逮捕されたときも、マーカスはこんなふうに怯えて泣いていた。わたしは警官たちにむかって叫び、マーカスにむかって叫び、220番にお願いだから許してと叫んだ。220番は薄ら笑いを浮かべ、息のにおいがわかるくらい近づいてきてわたしの腕をつかみ、どすのきいた声で言った。「おれの名前を出すなよ。出せばおまえの名前も世間に広めてやるからな。見張ってるぞ」220番はわたしの腕を離して車にもどり、助手席に乗りこんだ。

マーカスの顔はもう見えなかった。突然ショーナが車に走り寄り、すすり泣きながら窓を叩いた。車はタイヤをきしらせながら走り去っていき、ショーナは振り返ってわたしを見た。怒りに燃える目だった。トニーはわたしのすぐうしろに立っていた。危険が去るまでどこかに隠れていたのだ。トニーがわたしを抱きしめた。こんなふうにトニーに両腕で抱きしめられるのははじめてだった。こんなに強く、捕まえておこうとするみたいに抱きしめられるのは。あばら骨が砕けるくらい強く抱きしめてほしいと思った。地面から浮いてるみたいなこの感覚を、そうして消し去ってほしかった。額のうずきが消えるくらい強く、トニーの腕だけを感じていられるくらい強く抱きしめてほしかった。

だけど、心の隅ではトニーがただ玄関に棒立ちになっていたことがやっぱり許せなかった。マーカスが連れて行かれたのに、出てくることさえしなかった。胸のあたりが耐えがたいほど重く沈んでいく。わたしはトニーのTシャツをきつくつかみ、両腕を振り払おうと暴れた。

「悪い」トニーが言った。わたしは荒い息をつきながらトニーを見つめた。最低なやり方で裏切られた気がして胸がむかつく。だけど、トニーがなにをした？　強すぎるハグよりずっとひどいことを、わたしはたくさんの男たちにされてきた。

「なんでなにもしなかったの?」わたしはトニーの胸を押しながら叫んだ。唾が涙と一緒に飛んだ。

わたしにそんな力があるみたいに、トニーがうしろによろめいた。一瞬言い返してくる気がして、しどろもどろででたらめな言い訳を待ちかまえた。だけど、トニーは首を横に振り、わたしから顔をそむけたまま言った。

「悪かった」トニーは何度も何度もそう言った。「おれも刑務所は嫌なんだよ」一歩近づいてきて、わたしの手を握ろうとする。謝られたってなにも変わらない。わたしは、いまはあんたの顔なんか見たくないと言って、きびすを返して歩きはじめた。額のうずきも警官も急にこわくなくなった。マーカスの次はわたしかもしれない。それもいまはこわくなかった。うしなうものがなくなったような感じがした。

バスに乗ると満員ですわれなかった。道路の穴にタイヤが落ちこむたびにとなりの人に体が触れ、内臓が引っくり返った気がするくらい身がすくんだ。視界がぼやけていた。それでも、バスのなかに隠れていられるあいだは額もうずかなかった。バス停で降りたあともなにも感じなかった。かわりに、パニックになったマーカスの顔が頭から消えなかった。消えることは二度とない気がした。

ラ・カーサ・タケリアはいつもどおりこぢんまりとして居心地がよかった。青い日よけに、建設現場から聞こえる音。アレはレジにいて、トレバーはそのそばでスツールにすわり、紙飛行機を折っていた。二人は奇跡みたいだった。どん底にいるわたしへの贈り物みたいだった。ふとアレが顔をあげ、その瞬間にわたしの異変に気付いたのがわかった。アレは、厨房の手伝いをしてきてとトレバーに声をかけた。

レジに近づくとアレはわたしの両手を握った。「どうしたの? 顔色が悪いよ」

「あいつら、マーカスを逮捕した」

アレはわたしを抱きしめ、小声で言った。「大変だったね。ランチの時間はもうすぐ終わるし、わたしがいなくても大丈夫なはず。上に行く？」

二階に誘われたのはたぶんこれがはじめてだった。散らかった部屋を見られるのが嫌なんだろうと思っていた。わたしがうなずくと、アレは家族とトレバーに上にいるからと言いに、厨房へ行った。もどってくるとわたしに手招きし、先に立って厨房とはべつのドアを開け、階段を上っていった。

アレがドアノブをつかんで押しても、部屋のドアはびくともしなかった。「時々引っかかっちゃうんだよね」そう言うと、体当たりをするみたいにしてドアを押し開けた。

部屋のなかは色があふれていた。幼稚園の教室みたいにいろんな色がある。赤に青に、濃いものから薄いものまで何種類もの茶色。ブランケットやカーテンや雑貨がこんなにたくさんある部屋ははじめてだった。壁にはテーブルクロスや刺繍の作品が飾ってある。四隅にはベッドがひとつずつあって、となりの部屋にはベッドがふたつと冷蔵庫があった。さらにその奥にはバスルームがあって、石鹸の香りがここまで漂っている。アレが大麻に染みこませているのとおなじ香りだから、きっと手作りの石鹸なんだろう。

部屋に置かれたベッドは、正確にはベッドじゃなくて、ソファを夢の国に造り替えたものだった。枕は使うためというよりながめるために置かれているみたいだった。一面にあしらわれた物語の模様。刺繍で写し取った家族の寓話。わたしもこんなものを作ってみたかった。アートを頭を休める道具に変える方法が知りたかった。

「きれいだね」わたしは言った。

アレは、すてきな部屋に住んでいることを恥じるみたいに、小さな声で〝ありがと〟とつぶやいた。というより、いまのアレは部屋よりわたしのことで頭がいっぱいなのだ。

「なにがあったの？」

「あいつらずっとわたしをつけてて、マーカスとコールと一緒のところを見つけたから、わたしに復讐するチャンスだと思ったんだと思う。マーカスたちも、ドラッグとか銃とかいろいろヤバいものを取引してたから」

アレはもうひとつの部屋に入り、ベッドのひとつに近づいた。シーツもカバーも青で、枕には子どもたちの絵が刺繡されている。アレに呼ばれて、わたしもベッドに行ってすわった。これがアレのベッドで、アレが頭をあずける枕なのだ。毎晩このシーツにくるまって汗をかき、枕のほつれた糸をいじるんだろう。そう、これこそアレの眠る場所。末っ子のベッド。青いベッド。

「大丈夫?」アレがこっちを見て、わたしをぎゅっと抱きしめた。

「ううん」アレにもたれる。わたしの一部を支えてもらう。「全部わたしのせい。なのにどうにもできない」ママもこんな気持ちだったんだろうか。

「どうにかしよう。マーカスのことも、どうにか考えよう」

「わかった」ほかに言えることはなかった。できる約束もなかったし、解決策もなかった。

「いまは手続き中なんだと思う。終わったら電話があるはず。かかってこなかったらこっちからかけよう」アレはわたしを抱きしめる腕に力をこめた。「とりあえず、あんたにはいい物見せてあげる」

アレはベッドの下に手を伸ばし、広口の小瓶をいくつか拾い上げた。大麻が入っている。わたしは思わず笑った。こんな時間があたりまえだったころが、ずっと昔のことみたいに思えたから。わたしたちのべつの時代。アレは小瓶をふたつ開けて中の大麻をすりつぶし、ジョイントを巻いた。

「ここで?」わたしは入り口を見て言った。おばさんがいつ入ってくるかわからない。

アレはおかしそうに笑った。「大丈夫。だれも来ないから。ていうか、ママも先週一緒に吸ったし」

わたしはアレの母親のことを考えた。おばさんがハイになって大さわぎしている姿を思い浮かべようとする。思い出せるのは、アレの髪をブレイズに編むきゃしゃな指と、クララがいなくなったあとに刻まれた額のしわだけ。

アレがベッドのそばの窓を開けた。ドリームキャッチャー（北米先住民のお守り。悪い夢を捕まえるとされている）についた鈴がチリンと鳴る。わたしは反射的に手を伸ばしかけた。手を伸ばして、あのドリームキャッチャーに触れてみたい。アレの夢をぜんぶこの手のなかに感じたい。

アレは巻き上がったジョイントをわたしに差し出した。

「これは〝女の子《チャバ》〟って名前のやつ」

人さし指と中指ではさみ、軽くくわえて吸いこむ。蜂蜜とミントみたいな味がした。水辺の散歩みたいな味だった。口から煙がなめらかに流れ出し、わたしは咳きこんだ。咳をするたびハイになっていく。アレはすでに二本目を巻き終えて火を点けていた。わたしたちはジョイントを交換した。アレのジョイントを吸った瞬間、懐かしくてはっとした。サンデー・シューズ。ラベンダーの香り。葬式の日。亡骸みたいに弔った、穴の開いた服。

大麻が効いてくると、この数カ月で作ってきた心の壁は崩れ落ちていった。首のしわのあいだに涙が流れこんでくるのがわかる。アレは何年かぶりに見るわたしの泣き顔から目をそらさなかった。

「キー、本当につらかったね」アレが小さな声で言った。

涙の波を抑えこもうとしても、波はどうしようもなく激しくなっていった。関節痛に苦しむ老婆にでもなったみたいな気がした。年老いて顔も体もしわだらけで、腰はいつも痛くて、なにかを感じる余裕がもう人生には残されていない。なのに、わたしはここにいる。押さえつけられて、ほつれかけたまま。アレはわたしの背中をなでていた。肩甲骨のあいだにアレの手を感じた。

「わたしは家族がほしかっただけ。仕事がしたかっただけ。自分のものだって言えるなにかがほしかっただけなんだよ」

「わかるよ、キアラ。わかってるよ」

わたしはベッドに横になったアレの胸にもたれ、そのままじっとしていた。そのうちわたしがしゃくりあげる声はまばらになり、ジョイントの火は消え、わたしたちは腕と脚をからめてただぼうっと横になっていた。人の皮ふは孤独なんだということも、いまは忘れていた。ベッドはすみずみまでなめらかで心地がよくて、こんな空間で見てみたい夢のにおいがした。アレのにおいがした。大麻のにおいと、警官の目を気にしないですむ自由のにおい。ベッドはあたたかくて、わたしの体は夢中でそのぬくもりを味わおうとしていた。目覚めたときに覚えているのは、たぶんわたしたちがやがて眠りに落ちたこと。アレの唇がわたしの唇に重なったこと。アレが部屋を出ていき、わたしが一人で目を覚ましたこと。なにが現実でなにが夢だったのかわからないまま。


電話が鳴ったときには大麻の効き目もほとんど消えていて、わたしはアレのベッドに横になったまま、どうしてここの天井はひびだらけなんだろうと考えていた。たぶん地震のせいだ、とわたしは結論づけた。サンフランシスコが砂漠になり、住民たちが悪夢のなかに逃げこんだ、一九八九年のあの大地震。アレの母親とおばたちは、天井がゆれて、迷路みたいなひびが四方八方に広がっていくのを見つめていたのかもしれない。

たぶん、わたしはまだ少しハイだったんだろう。電話から聞こえてきた音声ガイダンスの意味が理解できなかった。よくわからないまま、機械的な女性の声が押せと言ったボタンを押す。声が聞こえた瞬間、完全に目が覚めた。

「キアラ」マーカスの声はちがう次元にいるみたいに聞こえた。いびつで遠い。兄さんの声には、さっき会ったときと同じ苦痛が疲労にまぎれてにじんでいる。だけど、それ以上にマーカスはおびえているみたいだった。マーカスの顔が目に浮かぶ。すべてが恐怖に沈んだ顔。バスタブにいるママを見つけたときとおなじ、パパの葬式の日とおなじ、鉄格子ごしにママと面会したときとおなじ顔。

「マーズ、いまどこにいるの？」

「郡の刑務所に連れて来られた。サンタ・リタだ」すすり泣く声が急に大きくなった。わたしの指紋はマーカスの涙のなかで泳いでいるだろう。

わたしがどうにかするから、と言いたかった。どんな牢屋だろうと兄さんを閉じこめてる鉄格子を溶かして、車で逃亡させるから、と。だけどわたしは車なんか持っていない。

「ごめんなさい」

マーカスは咳払いをして言った。「サツがいたのはおまえをつけてたからだとしても、見つかったドラッグなんかはおれのだ。いいか、おれのことで気に病んだりするな。おまえは自分の身を守るんだぞ。それから、ひとつ頼みがある。キー、頼みを聞いてくれるか？」

「もちろん」

「タイおじさんを探してほしい。いいか？　おじさんならどうすればいいか知ってる。似たようなことをくぐり抜けてきたんだし、それにおじさんはおれに借りがある。タイおじさんをここに連れて来てくれ。どんな手段を使ってもいい。わかったか？」

「マーカス、わたし、前にも探そうと――」

「ここで死にたくないんだよ。頼む」

兄さんのせいでたくさんのつらい目にあった。なのに、わたしにはそのひと言で十分だった。奪うのではなく頼むのなら、わたしはマーカスのために地の果てにだって歩いて行く。

「わかった」タイおじさんを探すと約束してしまったのは、大麻のせいもあったのかもしれないのベッドか、サンデー・シューズか、罪悪感のせいだったのかもしれない。おじさんにもう一度会おうだなんて考えたこともなかった。それでもわたしはわかったと言い、マーカスは電話を切り、わたしはいまにも体中の蝶番《ちょうつがい》が外れてばらばらになりそうだ。

マーカスはおびえている。声が震えていた。声が震えていなかったとしても、タイおじさんの名前を口にしたならそういうことだ。それだけで、兄さんがどれだけ動揺しているかよくわかる。手錠の金属の熱に触れたら、パトカーのサイレンを聞いたら、だれだってそうなる。ママもタイおじさんの連絡先は知らなかったし、マーカスでもおじさんと連絡を取れないなら、わたしにはどうすればいいかわからない。頭のなかでこだまするマーカスの声が止むと、わたしはショーナに電話をかけた。ショーナはふざけるなと言い、コールがパクられたのはあんたのせいだと罵り、あんたとはこれっきりだと言った。ショーナの娘の顔が頭に浮かんだ。瞳が大きく膨らんでわたしを見つめている。その目に映るわたしの顔は灰色で、目も鼻もない。

タイおじさんが全部解決してくれるとマーカスが言うなら、わたしはそれを否定なんてできない。信仰心の厚い人は、証拠があって神様を信じているわけじゃない。神様がいない証拠がないことを知っているだけ。

アレは、タイおじさんのことが片付くまで二、三日トレバーを預かると言ってくれた。わたしは、身をよじって逃げようとするトレバーを抱きしめて額にキスした。

「よし。じゃあ何日かしたら迎えにくるね」わたしはそう言い、トレバーを安心させられるくらいの笑顔をなんとか作った。トレバーはうなずき、アレは手のひらでわたしの頬に触れ、親指で軽くなでてから手を離した。

タケリアを出ると、日陰を選びながらリーガル＝ハイまでの長い道のりを歩いた。最後にマーカスとタケリアに行ったときも、帰りはおなじ道を歩いた。あれくらいの時期から、わたしたち二人の距離は、ゴムの伸びた古いブレスレットのビーズみたいに離れていった。リーガル＝ハイの門をくぐる。プールのそばで足を止めたりしない。水はわたしを引きずりこもうとしてくる。おなじみのにおい。本物の水みたいなにおい。すると、塩素のにおいに混じってかすかに硫黄のにおいがして、こんなふうに空間を満たすものは信用できないということを思い出す。

むかしは、朝に観るアニメをどれにするかでマーカスとよくケンカした。リモコンを取り合ってわめいて泣いて、お願いと頼みこんで、とにかくリモコンを手に入れるためにありとあらゆることをした。最終的にはどっちかがカッとなって、リモコンで相手の頭をなぐった。血が出るかたんこぶができるかすると、ママはなぐったほうを叱り飛ばし、なぐられたほうにリモコンを渡した。叱られる側になったときは部屋のすみにうずくまってむせび泣いた。泣いたのは、リモコンがほしかったからでも、ケガをさせて悪いと思ったからでもない。時間を巻きもどせたらあんなプラスチックの塊でマーカスの頭を叩いたりしないのに、と思ったから。ただ過去にもどりたかった。

いまもそれと似たような気分だった。どうしようもないという無力感。しばらく歩き続けてふと振り返ると、それまで気付かなかった道が見える。だけど、いまさら引き返すこともできない。ここに来るまでの道はひとつじゃなかったのに、時間とともにそのことを忘れていた。手遅れになってはじめて、すすり泣きながらそうと気付く。霧が晴れて振り向くと、あることとさえ知らなかったもうひとつの道が見える。本当はべつの道があったことに気付く。

自分の部屋にもどると、トレバーがいないせいでがらんとして見えた。ソファに浅く掛けてむらさきスーツの番号に電話をかけ、爪の白い部分を血が出るまで噛む。二回目の呼び出し音であの人が電話に出た。

「あいつら、兄さんを逮捕した」

「もしもし。どなた?」

「キアラ・ジョンソン。警官が兄さんを逮捕した。兄さんはいまサンタ・リタ刑務所にいる。あんたしか頼れる人がいなくて」

むらさきスーツは黙りこみ、少しして硬い声でこう言った。「キアラ、本当に残念だったわね。実は、もしまだ聞いてなかったら、ひとつ伝えておかないといけないことがあるの」

「なに?」

「昨日、あなたの名前をだれかがマスコミにリークした。いまのところ伝わっているのは通称だけど、マスコミが本名と住所をつかむまでそうかからないと思う。あなたの名前はもう報道に出てる。だいたいはベイエリアのメディアだけど、今朝はロサンゼルス・タイムズ紙にも名前が出てしまったの。ごめんなさい」

220番の脅し文句を思い出した。自分の名前を出せばわたしの名前を広めると言っていた。わたしはだれにもなにも言っていない。だけど、あいつらがわたしの名前をリークすることくらい予想できたはずだった。最後まで名前を隠し通せるなんて、そんなはずがなかった。

むらさきスーツが咳払いをして続けた。「キアラ、あなたのお兄さんの件は力になってあげたいけど、逮捕に関することには権限がないの」

「頼みがあるっていうのは逮捕のことじゃない。おじさんに連絡したいんだけど番号がわからなくて。あんたならどうすればいいか知ってるかなって。調査する方法っていうか」

むらさきスーツが警察署でうなずくのが見えた気がした。「運転免許のデータベースにアクセスできるから、おじさんがカリフォルニア州で免許を取っていれば連絡先を調べられる。もちろん、調べさせてちょうだい。でも、わたしの頼みもひとつ聞いてほしいの」

「こっちはあんたのせいで十分苦しんでるんだけど。まだなにかしろって?」

「キアラ、わたしは力になろうとしてるのよ」

人に頼みごとをされるのはもううんざりだった。だけど、いま一番必要なものをむらさきスーツがくれるなら、あっちの頼みを聞くしかない。「わかった」

「友だちがいてね。マーシャ・フィールズという弁護士なんだけど、これから起こるいろんなことであなたの力になってくれる。彼女に電話をしてくれる?」屋根から飛び降りようとしてる人を説得してるみたいな口調だった。

「わかった」

むらさきスーツは弁護士の電話番号を読みあげ、わたしはそれを紙切れにメモした。

「おじさんの連絡先だけど、フルネームと生年月日はわかる?」

タイおじさんという呼び名以外を使うことはめったになかったから、一瞬、タイがなんの略だったかも思い出せなかった。

「タイレル・ジョンソン。一九七三年八月八日生まれ」

マーカスは毎年タイおじさんの誕生日になるとカードを書き、自宅の郵便受けまで歩いて届けに行っていた。むらさきスーツがコンピューターになにか打ち込む音が聞こえた。タイピングの音がかすかにする。

「カリフォルニアにはその情報に該当する人が三人いるわね」

むらさきスーツはそれぞれの電話番号を読みあげ、わたしは弁護士の連絡先の下に三つの番号を書き留めた。

「ありがとう」

「こちらこそ。フィールズさんにかならず連絡してちょうだいね」

わたしは電話を切って部屋を見回した。この家で、マーカスとわたしは生まれたときから暮らしてきた。両親は出会い、この家で家族という奇跡を作ろうと考えた。やがてわたしたちは渦みたいな不幸に巻きこまれていった。自由よりも死んでいて自由よりも窮屈な家族のなかにとらわれていった。

わたしはタイレル・ジョンソンの番号に順番にかけていった。最初の番号にかけると留守番電話のメッセージが流れ、録音された声からべつの人だとわかった。わたしは次の番号にかけた。資金集めの電話をかけるときもこんな感じなんだろう。電話のむこうにいる他人がお金なんか出したがらないことをわかっていて、それでも電話をかける。ふいにおじさんの声が聞こえて、わたしははっとした。むかしとおなじ声だ。パパの声がそのまま低くなったような声。タイおじさんはパパより若いし、ママよりも若い。それに、若く聞こえるように意識しているみたいに、言葉と言葉をなめらかにつなげる話し方をする。

「タイおじさん？」

一瞬、間が空いた。

「どこからこの番号を知った？」わたしだと気づいてよろこんではいない。だけど切ることもしなかった。

「心配しないで。お金がほしいとかもどってきて面倒を見ろとかそういう話じゃないから。マーカスもわたしもちょっとヤバいことになってて、ほかに電話できる人がいないんだ」おじさんがなにか言うのを期待して、そこで言葉を切った。もちろん力になるとか、二人を置いていって後悔しているとか、そういうことを。だけどおじさんは黙っていた。「マーカスは、おじさんに貸しがあるって言ってる」

「じゃあ、あいつが直接かけてくればいいだろう」タイおじさんの声がさっきよりやわらかくなった。マーカスの名前が出たせいだ。

「いまサンタ・リタ刑務所にいる」

「おまえらはそろいもそろって破滅願望でもあるのか？　裁判のあと、おまえのママにおれはもう関わらないと言ったはずだぞ」

タイおじさんがいなくなったときのことは覚えている。街を出ることをわたしたちに告げもせず、わたしたちからの電話は無視してそのうち番号を変え、今度子どもたちが面会に来たらそう伝えろとママに言った。だけどママはもうボロボロだったから、タイおじさんとそんな会話をしたことさえ覚えていなかった。マーカスは、おじさんは殺されたか誘拐されたかしたんだと思いこもうとしていたけれど、わたしはそんなはずないと思っていた。タイおじさんの歌がクラブで流れてたとマーカスに聞いたあと、わたしもラジオから流れるおじさんの歌を聞いた。ビートで半分はかき消えていたけれど、それは疑いようもなくおじさんの声だった。ネットで検索したわたしたちは、いつのまにかおじさんのウィキペディアができていたことと、レコード会社と契約していたことを知った。その少し前まで、おじさんの名前を検索したって情報はひとつも出てこなかったのに。

それから何カ月もマーカスはタイおじさんのことを検索して、新しい記事やレッドカーペットを歩くおじさんの写真をこまめにチェックしていた。こんなに激しい怒りが湧いてくるなんて、自分でも戸惑う。だけど、おじさんが電話のむこうでもっともらしいことを言うのを聞いていると、ムカついて仕方がない。もう家族でもなんでもないんだから偉そうにするなと言ってやりたかった。

「おじさんがいなくなった理由はどうでもいい。でも、マーカスがおじさんに会いたがってて、こっちに帰ってきてサンタ・リタに面会に来てほしいって言ってる。頼んでるのはわたしじゃない。おじさんになにか頼んだことなんか一度もないよね。これはマーカスの頼みだから」

タイおじさんは黙っていたけれど、大げさにため息をついた。口のなかを空気でゆすいで吐き出したみたいな音だった。「わかった。明日飛行機でそっちに行く。行ってもすぐ帰るからな。おれはこっちに生活があるんだ。いまもリーガル＝ハイにいるのか？」

「そうだよ」

タイおじさんは、車を借りて午前中にわたしをリーガル＝ハイに迎えに行き、それからマーカスに会いに行くと言った。一人で面会に行くのは気が進まない、と。電話を切りそうな気配がしたけれど、そうはさせなかった。

「わからないんだけど。なんでマーカスに会いたくないの？　おじさんのお気に入りでしょ？」

タイおじさんは咳払いをした。「言っただろう。おれはこっちで成功した」

「だから？　成功したからマーカスのことはどうでもいいって？」どうして電話を長引かせてまでおじさんの言い訳を聞こうとしているのか、自分でもわからない。それでも、どうしても理由を聞きたかった。

「どうでもいいはずがない。刑務所にいる甥っ子を見たくないってだけだ」

タイおじさんの声は冷ややかなままで、なぜかはわからないけど嘘をついてると思った。マーカスが刑務所にいるからとか傷ついているからとか、会いたくない理由はそうじゃない。理由はおじさん自身にある。タイおじさんは、過去を悔やむのも後悔を直視するのもいやなのだ。電話を切ると怒りは蒸発して消えていき、タイおじさんが助けてくれるかもしれないという期待がどうしても湧いた。おじさんに期待するのはやめたはずなのに。わたしたちをLAに連れて行ってくれるだろうか。それとも、毎週電話をくれるようになる？　マーカスがコールに頼らなくていいように、専用のマイクや夢見ていたサウンドボードを買ってくれる？　選んだ覚えもないこんな暮らしから、おじさんが助け出してくれる？　だけどわたしはバカじゃないし、変わったかもと本気で期待するほどタイおじさんを信用してもいなかった。

＊＊＊

わたしはリーガル＝ハイの門の内側で歩き回りながら、汚れたプールが午前中の陽射しにきらめくのをながめていた。タイおじさんはもうすぐ来る。三十分前に、空港に着いたからアパートの前まで迎えに行くとメッセージが来た。到着したおじさんは、車から降りることさえしないで黒いセダンのクラクションを鳴らした。わたしは門を開けて縁石を踏み越え、ドアを開けて、二度と見ることはないと思っていた人の顔を見た。

タイおじさんは髪を伸ばして短めのドレッドにしていて、それが頭の上で王冠みたいに見えた。白いTシャツはダメージ加工の穴が開いていて、靴よりも高そうだ。タイおじさんは歯を見せて笑った。笑顔の要はこの歯なんだと見せつけるみたいな笑い方だった。助手席をぽんと叩き、わたしが車に乗りこむと肩に触れた。覚えているかぎり、タイおじさんがわたしに触れるのはそれがはじめてだったと思う。車内の気まずさを和らげるためだけに、そんなことをしたのだ。期間限定でもどってきた世界で気まずい思いをしないように。

「大きくなったな」タイおじさんは車を発進させ、連結道路《ランプ》の坂を上って高速道路を走る車の流れに加わった。

「久しぶり」わたしは言った。

タイおじさんは、見た目だけは相変わらず若かったけれど、内側のなにかが老いたような感じがした。携帯電話をカーステレオにつないで、自分がゲスト出演した曲を大音量で流している。エゴの嵐が車のなかで吹き荒れてるみたいだ。だけど、おじさんの顔を見ればどんな気分なのかわかる。視線を道路の上でさまよわせ、唇を固く結んでいる。

タイおじさんは軽く咳をしてまた口を開いた。「話しておこうと思ってたんだが、警官の事件の記事を読んだ。いろいろつなぎ合わせて考えて、おまえのことだと気付いたよ」また咳払いして続ける。「だれかが言ってやらなきゃいけないことだし、それはおれの役割だと思うから言うが、兄貴が生きてたらさぞかし失望しただろうな」

わたしは弾かれたようにタイおじさんのほうを向いた。「パパの子どもたちを見捨てといて、よくそんなこと言えるね。わたしのこともわたしの生活のことも知らないし、パパの気持ちなんかひとつも知らないくせに」

パパが逮捕されたあの日、ママはわたしたちの髪を編んでいた。はじめて本物のボックスブレイズを編んでもらっていて、髪の束はわたしの肩にかかるくらいの長さがあった。マーカスは九歳で、ママは兄さんの髪も同時に整えていた。あのころの兄さんの髪型といえばまだツイストかコーンロウで、ぼうず頭にしていることもあった。二人分の髪を編むのは丸一日かかる。ママはわたしたちをソファの前の床にすわらせ、古いテレビでアニメを観せていた。

お昼ごろになると、パパのブラックパンサー党の友だちが二人、フットボールの試合を観に来た。アニメを消されてわたしはかんしゃくを起こし、とうとうパパは、今夜はパパが寝かしつけをするからと約束した。わたしはなにかというとパパに寝かしつけをせがんでいた。ママは額にキスをするだけだけど、パパはわたしが眠るまで一緒にいてくれて、わたしが生まれる前のいろんな話をしてくれたから。パパとタイおじさんしかいなかったころのことを。

あの日、パパの友だちはママと並んでソファにすわっていた。長くてまばらなヒゲの男の人がわたしのほうへかがみこんで、髪をすごくすてきにしてもらったね、と言った。いつもの〝髪の日〟とちがうことなんかひとつもなかったのに、突然ドアを激しく叩く音がして、パパがドアを開けに行った次の瞬間には銃が何丁もわたしたちに向けられていた。パパは友だち二人と一緒に手錠をかけられ、麻薬密売の共犯の疑いで逮捕すると告げられた。パパがなんの話かわからないと訴えても、警官は聞く耳を持たなかった。ママはお願いだから夫を放してと警官に頼みこみ、わたしとマーカスは途中の髪型のままソファのうしろに隠れていた。ようやく玄関のドアが閉まると、ママは警官がもどってくるかもしれないと心配してわたしたちを急いでバスルームに隠し、それからパパに会う方法を探るために知り合い全員に電話をかけはじめた。その夜、わたしはパパが帰ってきて約束を守ってくれるのを待った。寝かしつけて、毛布をたくしこんでくれるのを。だけど、パパは帰ってこなかった。

パパは、失望させるとか失望するとか、そういうことの意味をちゃんとわかっていた。おまえにはがっかりしたなんてこと、パパは絶対に言ったりしない。わたしがなにをしても、パパならおまえを愛しているとだけ言う。

「おれは言うべきことを言っただけだよ」タイおじさんは首を振って言った。

「説教はいいから。マーカスのことだけ考えて」わたしは道路をにらみ、タイおじさんの存在を音楽でかき消そうとした。おじさんの歌はマーカスが作っている歌とそっくりだった。

タイおじさんはなにかLAのことを話していたけれど、わたしは聞いていなかった。刑務所に近づいてきたのに、そんな話を聞く気にはなれなかった。刑務所の敷地内の長い道路にはパトカーが列を作り、むこうにはコンクリート造りの建物がそびえていた。パパが三年間過ごした刑務所より少し小さい。タイおじさんは車を駐車場に停め、わたしは携帯電話を助手席に置いて車を降りた。おじさんもおなじようにした。わたしは先に立ってコンクリートの坂道を上り、刑務所の入り口で手続きをすませると、マーカスとの面会がはじまるのを待った。

やがて名前を呼ばれると、タイおじさんは急いで立ち上がった。吐くんじゃないかと心配になるほど落ち着きがなかった。わたしたちは看守について廊下を歩いて行き、テーブルが並んだ広い部屋に入った。灰色の服を着た男たちが、面会に来た人たちと向かい合ってすわっている。マーカスもテーブルのひとつについて部屋を見回していた。タイおじさんに気付いてはっとした顔になる。それからわたしを見て、またおじさんに目をもどした。

おじさんと並んでマーカスの向かいにすわると、兄さんはわたしの手を握ってぎゅっと力をこめた。だれもなにも言わなかった。わたしの手を握るマーカスの手は震えていた。タイおじさんはうつむき、それからマーカスを見て口を開いた。

「おまえに会うためにわざわざ飛行機に乗ってここまで来た」

わたしは無言で首を振った。どうしてこの人はわからないんだろう。タイおじさんはただ時々ここへ来て、わたしたちのことを気にかけてくれるだけでよかったのだ。そうすれば、こんな形で再会することもなかった。

わたしはタイおじさんをにらみ、それからマーカスに向き直った。「おじさんに言いたいことがあるなら言いなよ。でも、先に伝えとく。弁護士がついたよ。ここを出られるようにするから」

マーカスはうなずいた。もっと怒ったっていいのに、諦めたような傷ついたような顔だ。視線をまわりに漂わせ、またタイおじさんを見る。

「おれがここにいるのはおじさんのせいだ」マーカスは静かな声で言った。朝なにを食べたか話してるみたいな口調だった。

タイおじさんは心外そうな顔をした。「助けてやってたじゃないか。出かけるときも頼まれれば連れて行ったし、ラップの仕方も教えてやった。パクられたのをおれのせいにするな。こうなったのはおまえの母親のせいだろうが」タイおじさんはこぶしでテーブルを叩いた。

「ママのことは最初からあてにしてない。全部おじさんだったんだ。タイおじさんがおれを育てて依存させた。おじさんがいなくなったら、あとは音楽しかなくて、だから、ヤバいことになってもおじさんとおなじ生き方をしたくてやめられなかった。でも、おれはタイおじさんじゃない」マーカスの目のまわりにしわが寄り、いまにも泣きそうに見えた。「おじさんのせいでおれはキーを一人にしちまって、こんなところに行き着いた。ちゃんと見てくれよ。タイおじさん、まわりをちゃんと見てくれ」

タイおじさんは目だけ動かして左右を見た。マーカスが黙っていると、体をひねって部屋を見回した。テーブルの下で揺れているスウェットパンツをはいた脚、金属探知機まで追いかけっこをしてまたもどってきた二人の小さい子ども、交互に水滴が垂れてくる二本の配管。最後にわたしを見た。刑務所の面会室で、たった一人残った家族を失うまいとしているわたしを。マーカスはなにも言わなかった。わたしたちはただタイおじさんを見つめていた。おじさんはもう、家族じゃない。

首が頭を支える力をうしなったみたいに、タイおじさんはうなだれた。恥ずかしさのなかに沈んでるみたいに見えた。タイおじさんが顔をあげた。マーカスとまともに見つめ合う。タイおじさんがテーブルの上で手を伸ばして、マーカスの空いた手を握ろうとした。だけどマーカスは手を引いて膝に置いた。わたしはここにいちゃいけない気がした。二人のあいだに埋められない溝が生まれる瞬間を見てしまいそうで。

「わかってくれ。おれはおまえたち家族のことをずっと気にかけてきたじゃないか。それで、おまえの妹が死んだとき、おれは自分のことを後回しにしてきたんじゃないかと思った。おまえはおれの息子じゃないし、おまえのママはおれの妻じゃない。この町におれの居場所はないんだと気付いた。だから、ダチにLAで一緒に暮らさないかと誘われたとき、チャンスだと思った。なにかでかいことをやるならいまだってな。おまえはもう十八歳になってたから、おまえも自分の人生を歩めばいいと思ったんだ。おまえたちの面倒を見ながら自分の夢も叶えるなんて、同時にそんなことができると思うか？」タイおじさんはテーブルに肘をついて両手で頭を抱えた。ふとわたしたちを見上げた目は大きくて、白目は赤く充血していた。「二人を見てるとおまえらのママのことを思い出しちまう。だから、前みたいにおまえたちの顔を見れないんだ。おまえらのママはあんなことをした。あんなふうになっちまった。だからおれは、これが最後だと決めて保釈金を払ったんだ。そして町を出て行かなきゃいけなかった。そうしなきゃいけなかった」

マーカスは首を横に振っていた。目からは涙があふれ、わたしの手を、指が黄色くなるくらい強く握りしめていた。「どんなつもりだったかとか、そういうのはもういいんだよ。これがおじさんのしたことだろ」マーカスが手のひらでテーブルを叩き、頭を抱えてうつむいていたおじさんは顔を上げた。

「悪かった」おじさんはそう言ってわたしに目をやり、またマーカスを見た。「どうすればいい?」

おじさんのことはまだ疑っていた。謝られても信用できない。それでも、必死になっているらしいことはわかった。許されたいと思っていることは伝わった。

「どうにもできないよ」マーカスはかすれた声で言った。

近くに立っていた看守が、残り時間が五分になったことを告げに来た。タイおじさんはテーブルに身を乗り出し、マーカスに顔を近づけて言った。「なんだってする」

マーカスはゆっくりうなずいて言った。「キーをLAに連れて帰ってくれ」

タイおじさんはこっちを向いてじっとわたしを見つめた。マーカスの頼みを聞くだけの価値があるか、品定めされてる感じがした。

「マーカス、それはできない。むこうにはおれの家族がいるんだ。おまえやキーを連れて行くことはできない」

マーカスは唇の両はしを上げて笑顔を作った。笑顔なのに泣き顔みたいに見える。バスケで負けたときのトレバーみたいだ。「じゃ、おれたちはこれっきりだ」

マーカスはわたしの手を離して立ち上がった。

「待て」タイおじさんは自分も立ち上がりながら言った。二人の背丈はおなじくらいだ。「せめて保釈金を払わせてくれ。十万ドルだろ? 自己負担分の十パーセントなら払ってやれる」

マーカスは首を振ってわたしを見下ろし、またタイおじさんに向き直った。「じゃあ、かわりにコール・マッケイの保釈金を払ってくれ。おれは長いことだれの役にも立ってこなかった。赤んぼうに父親を返してやるくらいのことはしたい」

頭のなかにこっちを見ているコールの娘の瞳が浮かんだ。その瞳のなかにコールの瞳が見える。大声で笑うコールの輝く瞳が見える。マーカスがそんな決断をしたのがわたしのためなのか、コールのためなのか、コールの娘のためなのかはわからない。それでも、兄さんをこんなに誇らしく思ったことはなかった。マーカスを見て、こう思った。〝それでこそわたしの兄さん〟。マーカスのしてきたことがこれで帳消しになったわけじゃないし、この一年でされたことを本当に許せるのかもわからない。それでも、これこそ兄さんだと思える姿が見えたこの一瞬、わたしは残っていることさえ知らなかった希望を感じた。

看守が近づいてきた。これからマーカスを監房へ、トンネルみたいに薄暗い場所へもどすのだ。マーカスはタイおじさんのことも面会室のだれのことも見ていなかった。ただわたしだけを見て、わたしたちがこんなにも孤独じゃなかったころの笑みを小さく浮かべた。それから看守に連れられて遠ざかっていき、わたしの指紋も廊下のむこうへ消えていった。

＊＊＊

タイおじさんはリーガル＝ハイの正面の駐車場に車を入れて停め、面会室でマーカスとすわっていたとき以来、はじめてわたしの顔を見た。帰りの車では自分の音楽を流すことも話すこともしなかった。だけどいま、タイおじさんはまた口を開いた。

「おれは何年も前にこの道を選んだんだ。車に乗って町を出て、おまえたちに新しい電話番号さえ教えなかった。ああ、そうだ」泣いてはいないけど目が赤い。泣いてることを期待したわけでもないけれど。「おまえたちだってそれぞれの道を選んできただろう。ひとつわかっておいてくれ。おれだって、自分の道を選んだ代償を背負って生きてる」

「車を何台も持っててクソでかい家に住んでるくせに。おじさんは代償の意味がわかってないんだよ」

「車は一台しかないし、家だって妻と子どもたちが暮らせるくらいの広さしかない。おれが金持ちだとかいう情報を一体どこで仕入れた？　それでも、おれは休暇に使うことだってできた金をおまえたちの友人の保釈金にしたんだぞ。金のことで文句を言われる筋合いはない。だいたい、おれの言ってるでかい代償ってやつは金じゃない」タイおじさんはわたしのうしろのリーガル＝ハイを見た。「最後に会ったとき、おまえのママはムショにいて別人みたいに変わってた。くぐり抜けてきたことと、おれたちにされたことが、おまえのママをあそこまで変えちまってた。おれになにができた？　いまもわからない。本当は、変わっちまったことを憎むんじゃなくて、あるがままの姿を理解しなきゃいけなかった。だけどおれはここを離れる決断をして、いまじゃおまえたちのことをなにひとつ理解できない。本当の意味ではわからない。それがおれの代償だよ」

「だから飛行機に乗っておさらばするって？　わたしたちには二度と会わないって？　パパが生きてたらわたしに失望したとか言ってたけど、パパをほんとに失望させるのはタイおじさんだと思うよ」

タイおじさんはハンドルに向き直った。「おれはおれの道を選んだんだ。おまえたちもおまえたちの道を選んだ」

タイおじさんはそれっきりわたしのほうを見ようとしなかった。さよならもなにも言わず、ただわたしが車から降りるのを待っていた。それから車は静かに走り出し、暖かい砂浜が広がっていて、マーカスのことも、犯してしまったたくさんの間違いのことも、車で走り去ってしまえない人生を生きるというのはどういうことなのかも、なにひとつ考えずにすむ場所へもどっていった。

玄関を開けるとトレバーがいた。ボクサーパンツだけの姿でマットレスの上に立ち、ラジオから流れるバックストリート・ボーイズの曲に合わせて踊っている。わたしをちらっと見て軽くうなずいた。大人の仕草をまねする小さな男の子。

「なんでここにいるの？　アレは？」

「一時間くらい前にぼくを送って帰ってったよ。キーに電話するって言ってた」

ポケットの携帯電話を確認すると、アレからの不在着信があった。マーカスとの面会中に電話をかけてきたんだろう。

「かけ直してみる」わたしはそう言ってキッチンへ行き、携帯を耳に当てた。アレは二回目の呼び出し音で出た。声を聞くだけでわかる。心臓がどれだけ硬く張り詰めているか。

「もしもし。大丈夫？」

「クララの遺体が見つかったかもしれないって」アレの声は震えていた。「身元確認に来いって電話があった。顔だけじゃクララかどうかわからないって。二十歳くらいの女性の遺体で殴り殺された形跡があるって」泣き出しそうな声とはまたちがう。眠りに落ちそうな声だった。壊れてしまわないようにあらゆる情報を閉め出そうとしている声。「ママは普通の状態じゃないからわたしがついててやらなきゃいけないし、お店も仕切ったりいろいろしないといけない。トレバーを預かってる場合じゃないから」トゲをふくんだ言い方だった。トレバーのことを気にかけていないわけじゃない。気にかけたくても、いまはアレにもどうしようもないのだ。

わたしはどう答えればいいのかわからなかった。「アレ、ほんとに心配だね。でも、それがクララの遺体じゃなかったら、クララはいまもどこかにいるってことだよ。まだ希望はある。人手がいるんじゃない？ わたし、店番するし、それとも——」

「いい。いまはあんたの顔を見れない。だって、あんたはあの仕事を自分で選んだんだよ。クララはちがう。なのに死んでるかもしれない。ちょっと時間がほしい。もうさ、いっぱいいっぱいなんだよ。あんたもママもトレバーもなんて。とにかくいまはムリ」じゃあねと言う間もなくアレは電話を切ってしまった。トレバーがマットレスに乗ってこっちを見てるから、涙で濡れているだろうアレの顔を思い浮かべる暇もない。いまのアレにはわたしの声を聞くことさえ耐えられないのだ。

わたしは気を取り直してトレバーに声をかけた。「さて、またあんたとわたしの二人だよ」スニーカーを脱ぎ、マットレスの上でバランスを取っているトレバーのほうへ歩いていく。ぽっこりしたおなかに細い手足。いまはアレの声を忘れたい。考えなきゃいけないほかのいろんなことの陰に隠してしまいたい。

トレバーがぱっと笑顔になって言った。「じゃ、パンケーキ作る？」

いつもどおり、わたしがトレバーに返す言葉は〝いいよ〟のひとつだけ。十分後には二人とも粉まみれになっていて、トレバーはエムアンドエムズの袋に片手を突っ込んでいた。チョコチップがわりのチョコレートをつかみ出し、パンケーキの生地が入ったボウルに加える。フライパンはコンロの上でじりじり熱されている。トレバーはもう、ボウルからフライパンにタネを注ぎこめるくらい背が高い。そして、フライパンが埋まるくらい生地を入れてしまう。白いタネが完璧な丸を作る。

「多いって」トレバーがなおも生地を足そうとしたので、わたしはボウルをつかんだ。フライパンの生地は、真ん中を残してジュウジュウ音を立てている。「こんなに大きかったらなかなか焼けないよ」

トレバーは肩をすくめ、わたしは首を振りつつ笑ってしまう。ラジオから流れる音楽はテクノ系のバップに変わっている。そんなにノれる音楽でもないのに、トレバーは体をくねらせ激しく動かしながら部屋中を飛び回り、マットレスにダイブする。ラジカセのボリュームを上げ、部屋中にテクノの嵐が吹き荒れる。大音量の音楽のせいで、わたしはノックの音に気付かなかった。突然開いたドアから陽の光が射しこんできて、わたしは玄関のほうを振り向いた。

玄関にはバーノンが立っていた。覚えているとおりの姿だ。ボックスアフロに、油か絵の具か水が飛び散ったカーゴパンツ。小柄なのに実際より背が高く見えるし、いつも重い足音を立てて歩く。わたしはバーノンの目に映った光景を思い浮かべた。パンケーキにラジカセ。手が粉だらけのわたし。ダンスの真っ最中のトレバー。

「ディーはいるか？」バーノンがわたしのほうを向いて言った。大音量のテクノが流れていても、ざらついたしゃがれ声ははっきり聞こえる。

トレバーに目で合図して音を小さくさせる。

「いないけど」わたしは両手を隠したくて胸の前で腕を組んだ。「部屋に行ってみれば？」

バーノンはもう一度部屋を見回しながらゆっくりうなずいた。「ああ、もう行った。いつもどるかも知らないんだな？」

「わたしはトレバーの子守を頼まれただけ。なんでわたしに聞くわけ？」頭から体当たりしてやりたいという衝動を抑えこむ。体当たりしてバーノンを外へ押し出し、鼻先でドアを閉めてやりたい。

「知ってると思ったんだよ。家賃を集めて回ってるんだ」バーノンが一瞬間を置いて続けた。「こんな場に居合わせたから言っとくが、未成年の育児放棄を通報するのもおれの仕事のうちだ。わかるな？」本心を言葉のあいだに潜ませているみたいな、ゆっくりとした話し方だった。

「通報ってなんのために？　ディーはすぐもどってくるから、あんたが家賃を集めてたってことは伝えとくよ」わたしはカウンターにもたれたままバーノンが帰るのを待った。バーノンは無言でわたしの目を見つめ、うなずいて部屋を出ていきドアを閉めた。ふと見ると、トレバーはマットレスの上に立ったままわたしを見つめていた。まばたきさえしていないように見えた。

焦げ臭いにおいにハッとなってコンロを見た。パンケーキは中心まで火が通り、まわりは真っ黒に焦げている。「最悪」わたしはあわててヘラを探しながらつぶやいた。火を止めてはみたものの、フライパンはかんかんに熱されているから意味がなかった。パンケーキの下にヘラを差し込んでみても、大きすぎて一部しか持ち上げることができない。

トレバーがフォークを持ってとなりに来た。「おれがこっちを持ち上げるから、キーはそっちを支えて」そう言いながら、フォークをパンケーキの下にすべりこませた。反対側の下にヘラを差し込み、三、二、とカウントダウンする。「一」でわたしたちは息を合わせ、パンケーキをひっくり返した。

パンケーキはふたつに割れ、上になったほうの面は真っ黒に焦げていた。トレバーは悲しみをいっぱいにたたえた顔で下唇を噛んでいる。

「ほらほら、大丈夫だって。シロップかけたら味はおなじだよ」トレバーはまだ泣いてないけど、いまにも涙が頬を伝いそうだ。「あんたはすわってて。わたしがどうにかするから」

「ママのことみたいに？」トレバーがとがった声で言った。「ママのこともどうにかするってずっと言ってるけど、おれたち、まだここで一緒に暮らしてる」

「なんの話？」

トレバーは首を振りながら静かにわたしのそばを離れ、マットレスの前の床にすわった。わたしはどう返事すべきか考えながら、戸棚を開けてシロップを探した。ジェマイマおばさん印のシロップは、カウンターの上の棚にあった。誕生日に使い切ったあと、新しいシロップを買っておいたのだ。割れたパンケーキの片方を皿に載せ、もう片方もとなりに載せる。焦げて割れてしまっても、こうして置けば完璧な円に見える。

シロップの瓶をかたむけると、ねばついた液体がゆっくりと流れ出た。たちどころにジェマイマおばさんの魔法がかかる。毎度変わらない薄っぺらいにおい。砂糖と、自然界にはない過剰ななにかの完璧な混合物。木の味もメープルの味もしない。トースターで焼いて思い切り甘くしたワッフルみたいな味がするだけ。

わたしはパンケーキの皿とフォークを二本持ち、床にすわっているトレバーの前に置いた。フォークを一本渡して向かいにすわる。トレバーは下を見ている。パンケーキを見ているのかもしれないし、自分のまぶたの内側を見ているのかもしれない。

わたしがなにか言うより先にトレバーが口を開いた。くぐもった声だ。こんな話し方をするトレバーははじめてだった。なにを言ったかわからない。声を出したということだけがわかる。

「なんて言ったの？」わたしは耳を寄せようと前かがみになった。

「ママはもどってくる？」

「わからない」

言葉足らずなのはわかっている。トレバーのなかにはもっとたくさんの問いがあることもわかっている。だけど、言えば心を砕くとわかりきっている答えを、どうすればこんな子どもに伝えられるだろう。あんたは一人なんだよと、どうしてこんな子どもに言えるだろう。こういう孤独は説明できない。こんな孤独はおなかの奥深くにもぐりこみ、自分にはなにか問題があるのかもしれないと思わせる。世界を敵に回すほどの問題が。パパが死んで、葬式が終わって、ママが遺体は燃やして灰にするんだと言ったとき、わたしはまさにそんなふうに思った。パンケーキみたいに焼かれたパパの遺体。それから一週間、わたしはママと目を合わせなかった。合わせられるわけがなかった。世界が崩壊していくなか、ママは、自分だけはいなくならない、自分だけは永遠にそばにいるとわたしに信じさせようとしていたけれど。

「マーカスはどこ?」トレバーはパンケーキに手をつけようとしなかった。わたしを見ようともしない。

「ここにはいないよ」そうとだけ言ったのは、それ以上の説明をするのがこわかったのだ。

「なんで?」わたしを見上げたトレバーの目には、見たこともないほど激しい怒りが浮かんでいた。

「刑務所にいるから」

「ママもそこにいる?」

「ディーはちがう」

そう答えるのは最悪な気分だった。トレバーの顔がゆがんでいく。母親がただ自分を置いていったことを少しずつ理解しているのだ。刑務所にいるわけでも墓に埋まっているわけでもなく。

「もどってくる?」トレバーはさっきとおなじことをたずねた。今度はわたしから目をそらさなかった。

「そうは思えない」わたしは言った。トレバーはマットレスの上にあおむけに倒れた。天井だけが見えるように。

一時間後、パンケーキをおなかいっぱい食べたトレバーはいびきをかいて眠っていた。わたしはむらさきスーツと約束したとおり、教えられた番号に電話をかけた。行き詰まった兄とトレバーにはわたしが必要だから、そうするほかに選択肢はなかった。この体だけでは二人が必要とするものを与えられないし、わたし自身が息をするのもままならない。マーシャ・フィールズは甲高い声で電話に出た。わたしは話しはじめた。声を出す以外に、わたしにできることはなにもなかった。

マーシャはブロンドだった。ブロンドなうえに瞳は見たこともないくらい青くて、ピンヒールにペンシルスカートをはいた姿は小柄なのにすらりとしていた。テレビドラマに出てくるとおりの弁護士という感じだった。そんな人がまさにわたしの目の前にいた。汚れたプールのとなりに立って、なにも気にしていない振りをしている。こんなに硫黄のにおいがしているのに。バーノンが毎月塩素を入れても絶対に消えない、水の分子にからみついた悪臭。

マーシャに電話をしたときは、朝一番で行くと言われることも、朝一番というのが午前九時だということも、マーシャがこんなにきれいでシミひとつない顔をしていることも予想していなかった。マーシャの髪は、片手でつかんで引っ張れば一本残らず抜けてしまいそうなほど薄かった。ブレザーの下に着たシャツは小さい猫の模様がついている。裾はペンシルスカートにきちんとたくしこんでいるけれど、日曜日用のカジュアルスタイルなんだろう。

マーシャは握手のためにわたしに一歩近づき、片手を差し出した。わたしは一瞬その手を、指の長さを見つめた。それから握手をした。マーシャは初対面の相手に言いそうな言葉を並べはじめた。なにからなにまで完璧で、顔にはパウダーファンデーションをはたいている。わたしがスーツや制服の男たちと部屋に押しこめられたり、ひっきりなしに電話で呼び出されたりしていたあいだも、この人は楽しい人生を送っていたんだろう。感謝したい気持ちはあった。神様みたいな人が来てくれたんだと思いたかった。だけど、それとおなじだけ腹が立った。ピンヒールにも腹が立ったし、この人は許可もなしにいろんな場所に出入りできるんだと思うとまた腹が立った。どうせ一年で何十万ドルも稼ぐんだろう。

マーシャはこれまで会っただれよりも早口でしゃべった。舌と言葉が競走でもしているみたいだ。わたしは話の断片をどうにかつかまえ、理解できる言葉だけをつなぎ合わせた。マーシャは法律の話を延々と続けた。マーシャ本人だって、こんな話はロースクールを出た人にしかわからないと思っているはずだった。

話しているあいだ、マーシャは言葉を身振りで表現するみたいに両手を動かした。〝彼ら〟というときには、決まって片手を肩の上に振り上げ、空をあおいだ。〝彼ら〟というのが警官たちのことなのか、取調べをした刑事たちのことなのか、警察組織全体のことなのか、それともモーテルで人の頭に銃口を突きつけて遊ぶ白人たちのことなのか、わたしにはわからなかった。たぶん、そのどれでもない。もしそうならマーシャも〝彼ら〟の一人のはずだけど、本人は自分を〝わたしたち〟の一人だと思っているみたいだった。それなら、わたしの部屋に来てみればいい。壁もむき出しでベッドフレームもない殺風景な空間で本当にくつろげるのなら。

話を終えるとマーシャはくるりと踵《きびす》を返して門にむかった。リーガル＝ハイにかぎ爪でつかまえられるとでも思ってるみたいに、急ぎ足で通りへ出る。車は道のはしに停めてあって、マーシャはそこまで早足で歩いていった。小柄な体にはそぐわないくらい大きな歩幅で歩き続ける。わたしはマーシャをまねようと、こぶしを開き両腕を大きく振って歩いた。マーシャがどうして不必要なほど大またで歩くのか、わたしには理解できなかった。

マーシャはそのまま歩みをゆるめなかった。たぶん、この人はいつもこうなのだ。息があがって、結局わたしはいつもの歩き方にもどった。背中を丸め、腰を揺らしながらゆっくり歩く。マーシャは彼女のものらしい黒い車の前で立ち止まり、キーを出した。キーのボタンを押すと、車のライトが点滅した。

マーシャは静かにすわっているということができないのか、車が走りはじめるとすぐにまたしゃべりはじめた。「いつもなら今日はお休みなんだけど、先週サンドラと話したときに、あなたから電話があると思うって聞いてたのよ。どういう状況なのかもそのときに聞いたの」はじめはだれの話かわからなかったけれど、そのうちサンドラというのがむらさきスーツの名前なのだと気付いた。「普段は無料《プロ》の弁護《ボノ》は引き受けないんだけど、あなたの場合は特別。ちゃんとした弁護士についてもらうのはなかなかむずかしいんじゃないかと思ってね。でも、見知らぬ刑事がやってきてあなたを部屋に閉じこめて尋問したら、次からはかならず弁護士を頼みなさい。わたしに電話をしたのは賢かったわよ」

「わかってないみたいだけど、弁護士が必要なのはわたしじゃない。兄のマーカス。マーカスに弁護士が必要なの」

マーシャは笑って言った。「お嬢さん、弁護士が必要なのはあなたよ。サンドラに聞いてない？もうすぐあなたは法廷に出ることになる。そして、裁判の勝ち負けっていうのはいい弁護士をつかまえるかどうかで半分決まるの」

「でも、刑務所にいるのはわたしの兄さんなんだよ。わたしも逮捕されるって言いたいの？」

うんざりしたのか、マーシャの顔から笑みが消えた。「逮捕されるとは思ってないけど、だから大丈夫だとも思っていない。あなたのお兄さんのことも話し合いましょう。その件でも力になれるとは思うけど、まずはあなたのことよ」

マーシャは話し続け、わたしはとりとめもない話を聞き流しながら窓の外をながめた。高速道路ならではのスピードが心地良かった。湾は果てしなく広がり、ダウンタウンに近づくにつれて、海にぽっかりと浮かぶような橋が見えてくる。こんなに水辺に近づくことはめったにない。わたしはあの取調室のことを考えた。冷たい金属。何時間も取調べを受けたあと、勝手に口から漏れてしまっただろう言葉。とにかくトレバーの待つアパートに帰りたかったこと。

マーシャのほうに視線をやるたびに、この人からできるだけ離れたいと反射的に思った。車の窓から這い出して湾に飛びこんでしまいたい。白人女性にこんなに近づくのも、言うことを鵜呑みにするように期待されるのもはじめてだ。信用できないと思ったわけじゃない。誠実そうな目をしているとも思った。視線は定まらないし仕草も落ち着きがないけれど、どちらかというと浮かれているときのトレバーみたいだ。バスケの試合で何回か連続して勝って賭け金が上がり、請求書を一枚か二枚払えるとわかると、トレバーもいまのマーシャみたいになる。マーシャは請求書に頭を悩ませたことなんか一度もないだろうけど。頭にあるのは勝利を味わってキャリアを積んで、二台目の車を買うことだけ。

マーシャがウインカーを出して高速道路を下りた。「オフィスに着いたらいくつか書類にサインをしてちょうだいね。弁護士と依頼人間の秘匿特権を結ぶためのものよ。契約上の合意ってこと。それが済んだらあなたの事件についてしっかり話し合いましょう。わたしは被告側の弁護をすることが多いんだけど、いまのところあなたが被告人になることはなさそうね。でも、むこうがあれだけ汚い手を使っていることを考えると、優秀な弁護士が必要なのは間違いない。泥仕合になることは覚悟しておいたほうがいいわよ。世間の注目も高い事件だし、これからますますそうなるでしょうね。だから、言動にはとにかく注意すること。今後はなにをするにしてもわたしに相談してちょうだい」

それを聞くと、わたしは思わず車のドアに体を押しつけた。「そんなのムリ」吐く息で窓ガラスが曇る。「わたしはマーカスを助けたいだけだし」

マーシャは運転するあいだも、話しながら両手をしきりに動かした。一秒か二秒ハンドルから手を離し、またつかむ。「嫌じゃない人なんかいないわよ。わたしの助けはいらないって言うなら、数カ月後か数週間後か数日後、あなたが被告人になってしまう可能性もないとは言い切れない。さっきも言ったけど、あなたのお兄さんの件でも力になれるように考えてみる。でも、あなたが話を聞いてくれないと状況はひとつも変わらないの」

ここでマーシャに反論しても得るものはなにもない。だからわたしは黙って窓の外をながめていた。やがて車は大きなオフィスビルの駐車場に入っていった。オフィスビルはジャック・ロンドン・スクエアにあった。水辺にある、街で一番冷たい場所。マーシャがドアを開け、わたしも助手席のドアを開けて降り、カツカツと音を鳴らすヒールを追って車の迷路を抜け、ビルの入り口にむかった。

マーシャは小さな鞄から鍵を取り出してドアを開け、わたしを先に通した。守衛室のなかでは男が一人机について、つまようじを噛んでいた。男が軽く手を振ると、マーシャは挨拶した。「あらこんにちは、ハンク」ハンクは赤くなり、椅子にすわったまま体を揺らした。

マーシャはまっすぐエレベーターにむかった。

「これ、乗らなきゃだめ？」また金属の箱に閉じこめられるのだと思うと、胸のなかで不安が膨れ上がった。

マーシャが振り返った。ブロンドの髪が小さく孤を描く。「六階まで階段を上りたいの？」

質問の形をした否定だということはわかっていた。だけど、脚の自由が守られるなら、少し汗をかくくらいかまわない。

「わたしはヒールなんか履いてないし」マーシャは混乱したような顔でわたしを見つめた。わたしの顔を解読しようとしているみたいだった。それからヒールを脱ぎ、ストッキングをはいた足で床に立った。ヒールを持ったままエレベーターの横のドアにむかう。ドアのむこうには、こんなオフィスビルにはそぐわないようなコンクリートの階段があった。

マーシャはわたしを先に行かせた。たぶん、二階に着くころには音《ね》を上げると踏んでいたんだろう。だけど、わたしは階段を上り続けた。六階に着くころにはマーシャの薄い髪は汗で湿り、ファンデーションははげていた。わたしも息があがってはいたけれど、トレバーとじゃれ合った後よりはマシだ。最後の踊り場に着くと、マーシャはちょっと待ってちょうだいと言って息を整えた。鞄からティッシュペーパーを一枚取り出し、顔を念入りに押さえて汗を吸い取る。

マーシャは小柄だけど引き締まった体をしていた。汗をかいてブレザーを脱ぐと、隠れていた筋肉質な肩が現れた。ひと目見ただけだと、トレーニングの賜物のように見える。スポーツを趣味にしている人みたいに。だけど、こういう体型は持って生まれたものだ。大学を出てからはきっと体育館すら見たこともない。

わたしは脚を休めようと床にすわりこみ、両腕を膝にあずけてマーシャを見上げた。「早く帰らなきゃいけないから、さっさと終わらせない？」

マーシャはかがみこんでヒールを履き、ヨガでもしてるみたいに両腕を大きく振り上げて上体を起こした。返事がないのは息が切れて口がきけないんだろう。それでも、マーシャは黙ったまま階段から廊下に出た。警察署本部の廊下によく似ているけれど、こっちにはカーペットが敷いてある。叶うことなら靴を脱いでカーペットに足を沈め、柔らかな感触を味わいたかった。

マーシャはオフィスのドアの鍵を開け、オレンジ色の椅子をわたしにすすめた。部屋のなかで色鮮やかなのはその椅子だけだ。心理カウンセラーの部屋もこんな感じなんじゃないだろうか。壁には額に入った名言のポスターが飾ってある。ピンタレストから壁にコピペしたみたいに、全部のポスターが淡い水色だ。壁には花の絵も何枚か飾ってあって、デスクは光沢のある材質。デスクのうしろにはガラスの引き戸があって、湾に面したテラスに続いていた。

マーシャは知らない部屋みたいにまわりを見回し、ため息をついて言った。「心が落ち着く部屋にしたかったの。一歩外に出るとつらいことばかり起こるから」

マーシャはきっと〝一番いい自分でいる方法〟を検索して、〈コスモポリタン〉系の雑誌で自己実現の記事でも見つけたんだろう。そして、マーシャの場合はそれでうまくいったのだ。

オレンジ色の椅子は雲みたいに柔らかかった。タンポポの綿毛にすわっているような感じがした。マーシャはまだ立っていた。「お茶はいかが？　コーヒーがいい？」

「ハンバーガーとかあったりする？」

マーシャは不必要なくらい大声で笑った。「まだ十時にもなってないわよ」

「本気で、死ぬほどお腹空いてて」本当だった。トレバーと作ったパンケーキが最後の食事だったし、あれだってトレバーがほとんど食べてしまった。

「あら、そうだったの」マーシャは慌てたようにまわりを見回した。デスクかどこかからハンバーガーを取り出そうとでもするみたいに。「なにか食べるものを注文しましょうか」

「おごってくれるの？」

「もちろん」マーシャはにこっと笑った。ようやくわたしが自分の意見に賛成したことがうれしいみたいだった。「この時間にやってるお店を知らないのよ。でも、通りのイタリアンならやってると思うから」

「イタリアン？」

わたしが聞き返すと、マーシャはそこ以外にデリバリーをしてるお店をよく知らないのだと言った。だからわたしは、いいからピザを頼んでと言い、なんのピザがいいかと聞かれたので、とにかく肉がたくさん載ってるやつがいいと答えた。するとマーシャは、話を理解できないことをごまかす時みたいに、困ったような顔で笑った。ラージサイズを頼んで一緒に食べようと言うと、炭水化物は控えているのよと返されたので、冗談だよねと言い返した。マーシャは絶対にまともな食事をするべきだ。

二十分後、ピザを届けに来たハンクがドアをノックした。

マーシャはようやくわたしのとなりの椅子に腰掛けた。わたしは自分の紙皿とマーシャの紙皿にピザを二枚ずつ取り分けた。マーシャは断ろうとしたけれど、食べないならこっちも話をしないよと言った。するとマーシャは紙皿を膝に載せ、ピザ生地を食べてしまわないようにチーズの部分だけはがしてより分けはじめた。

わたしはマーシャの慎重な手つきを見つめた。

ピザを待っているあいだ、マーシャは車のなかで話していた契約書を出してわたしにサインさせた。小さい文字が何ページも何ページも続いていたけれど、マーシャは全部読むようにと言い、なにかにサインするときは先に読まなくちゃだめよと釘を刺した。それがすむと写真の束を持ってきた。この短期間でどうやってあんなにたくさん手に入れたんだろう。そのすべてに警官たちの顔が鮮明に写っていた。制服もバッジも番号もはっきりとわかる。写っていないのはあいつらの声だけ。声を聞けば一秒もかからずにどの警官かわかるのに。写真だけでも全員のことを思い出せる。どんな肌をしていたか。どんなふうにわたしをつかんだか。どこにえくぼがあって、どこがはげているか。

やっぱり。それがあの警官の写真を見て思ったことだった――やっぱり。612番の赤い頬は写真ではもっと赤く見えた。生まれ持った赤ら顔を、はにかんでさらに赤らめているみたいだった。612番は写真のなかで歯を見せて笑っていた。鮮やかすぎると思った。なにもかもが鮮やかすぎる。ジェレミー・カーライルが、写真のなかからわたしを見つめている。あの朝彼のベッドで起き上がったときには見せなかった顔で。

わたしの名前を書いた遺書を残したのは612番だ。この警官がわたしの世界を激変させた。そんなふうに思ったことをマーシャには言わなかった。合図を出すまで黙っているように言われていたから。

ピザを食べる準備が整うと、マーシャはまたわたしのほうを向いた。「これからの会話は録音させてちょうだい。あとで文字に起こして資料のひとつにするから。内容がわたしたち以外に漏れることはない。だから、安心して話したいことを話して」マーシャはテーブルにレコーダーを置き、赤いボタンを押した。「さて。まずはあなたと関わりのあるオークランド市警察の人間について一人ずつ話してほしいの。特にカーライルとパーカーとリードの三人については詳しく話して」

こうして警官の名前を聞くのは妙な感じがした。名前と本人が結びつかない。わたしにとって、彼らは名前を持つ存在じゃなかったから。家系図に刻まれる名前も花嫁に与える名字も、警官たちとは無関係のものに思えた。あの人たちが持っているのは番号とバッジと口だけ。だから、どの警官がパーカーとリードなのかよくわかっていないのだと言った。わたしにわかっているのは、夜の三十四番街で二人の警官がわたしを見つけ、パトカーに乗せたことだけ。あの二人が絶対に料金を払わず、かわりに捜査の手から守ってやると言い続けたことだけ。それから刑事たちがプールサイドに現れたこと。わたしを閉じこめたあのせまい部屋。視線と額のうずきのこと。612番――カーライル――のこと。あの警官がどんなふうにわたしに触れたか。五人家族が住んでいそうな家で暮らしていたのに、家には612番と銃しかないように思えたこと。警官たちがマーカスとコールを逮捕したときのこと。

わたしが覚えているわけもないのに、マーシャはそれぞれの日付と時間と警官の名前を何度もたずねた。覚えているのは、刑事たちがアパートに来たのが十八歳の誕生日だったということだけだった。プールサイドの暑さがいつまでもまとわりついてきたことだけ。

そう答えると、マーシャは一瞬固まり、ちょっと待ってちょうだいと言った。「十八歳の誕生日が来る前に警官たちと会っていたということ？」

答えればマズいことになる予感がして、わたしは口ごもった。

「キアラ、あなたの話が外へ漏れることはないから」

わたしは時間稼ぎのためにピザをひと口食べた。飲み下しながら答える。「会ってたよ」

「警官たちはあなたの年齢を知ってたの？」

わたしは質問の答えを考えながらまたピザを食べた。「どうかな。年を聞かれることもあったけど、そういう時は大丈夫だからってだけ言った。でも、みんな本当のことは知りたくなさそうだった。そうすれば好きに妄想できるから。責任を負わずにロリコン趣味を満たせるってこと」

マーシャはさらに質問を続けた。予想もしていなかった質問が続くうちに、わたしも少しずつ理解した。これはただのトラブルじゃない。さっさと片付けて一週間後にはトレバーとまたバスケができるような、そういうささいなトラブルじゃない。マーシャに確かめるのがこわかった。だけど紙皿はもう空っぽになっていたし、聞きたくないことを告げられる瞬間は確実に近づいていた。

「これからなにが始まるの？」

マーシャは脚を組み、スカートからピザのくずを払って首をかしげた。「世間の注目がこれだけ高まっているから、犯罪捜査になるでしょうね」

わたしは思わず笑った。「オークランド警察の半分を逮捕するわけ？」

マーシャは眉を上げ、不必要なくらい長く首を横に振った。「いえいえ、まさか。今回のような件はそうはならない。相手は警察だから。わたしの予想通りにいけば、逮捕とはならないでしょうね。少なくともはじめのうちは。まずは大陪審が開かれることになるでしょう」

大陪審でなにが決まるのかはよく知らないけど、どんなときに大陪審が開かれるかくらいはニュースで見て知っている。警官が黒人の男を撃ち殺す事件があって、政府がそのことを遺憾に思ってるというパフォーマンスをするときだ。どうせ、フードをかぶった被害者の少年時代の写真がメディアに出回って、七年生のときに大麻を吸ってたとかいう記事を書かれるだけ。そしてわたしは大麻なんかよりはるかにヤバいことをした。

「裁判にかけられるってこと？」

マーシャは息を吸い、吐く息とともに話し出した。「まずは大陪審と裁判はちがうということを覚えておいて。裁判の前に開かれるのが大陪審。陪審員たちが警察を起訴すると決めれば、それはすなわち、裁判を開くに足る理由があると判断されたということ。だから、すぐに逮捕とはならないし、なったとしても逮捕されるのはあなたじゃない。あなたは重要証人。警察を起訴するための大事な証拠。基本的に大陪審は公開されないんだけど、さっきも言ったとおりこの事件は世間の注目度が高いから」

「だからどうなるの？」

マーシャはヒールを履いた脚で軽く宙を蹴った。「だから、メディアは今回の大陪審について事細かに書き立てるでしょうね。法廷でのやり取りはおもてには出ないけれど。それについては完全非公開だから」マーシャは一度言葉を切って続けた。「キアラ、人身売買は重大犯罪なのよ」

「わたしは人身売買なんかされてない」わたしはムッとして言い返した。

「呼び方は問題じゃないの。あなたは未成年だった。そのあなたを買ったのは、権力を持つ成人男性だった」

マーシャが話せば話すほど、部屋の青い壁紙を耐えがたいほどうるさく感じた。わたしは何秒か目を閉じ、目を開けたら部屋がピンクや黄色に変わっていますようにと祈った。変な青色の壁とか粛々と進み続けよと書かれたポスターとか、こっちを絶望させるものじゃなければなんだっていい。

目を開けると青い壁はまだわめき散らしていて、吐き気がこみあげ、飲みこんだピザが口から出てきそうな気がした。ひどい顔をしていたんだと思う。マーシャが大丈夫かとたずね、わたしはテラスに続くドアは開くのかと聞いた。開くと聞こえた気もしたけれど、どっちでもよかった。急いでドアに走り寄って開け、テラスの幅広の手すりから身を乗り出して湾を見下ろす。

船酔いの逆があるなら、まさにこういう感じだと思う。潮のにおいがした瞬間、気持ちがすっと落ち着いていく。海風がシャツからのぞいた素肌の腰を抱きしめ、髪をもつれさせた。解放感より安心感のほうが強かった。湾はどんな場所より安心できる。そう思うのはおかしい。湾だって部屋のなかとおなじ青い色をしているし、波にのまれた瞬間、わたしは溺れてしまうのに。

マーシャがわたしのあとからテラスに出てきて、大丈夫かと何度かたずねたけれど、返事をする気力はまだ湧かなかった。口を小さく開き、湾が染みこんだ空気に舌で触れる。湾を味わいたかった。湾だけはこんなリアルを超えたところにあると実感したかった。明日すべてが崩壊したってかまわない。この湾だけは変わらずここにあるだろうから。塩と土、多すぎる客を乗せて沈んだボートの木片の味がするだろうから。

船を探して湾を見渡すと、ベイブリッジをくぐろうとしている一隻の船が見えた。あの船にはクラみたいな女の子が乗っているのかもしれない。アレやディモンドのパーティにいたレキシーよりも黒い髪をして、小柄な体を震わせながら積み荷のあいだに押し込まれた女の子。その子は水の音を、波の音を、波が砕ける音を聞いている。一瞬も休みなく。

だけど、わたしはここにいる。上から湾を見下ろしている。アレに言われたことを考える。わたしは自分でこの道を選び、クララは選ばなかった。それなのに、わたしはここにいてクララはいなくなり、世界はそんなふうにただ不公平だ。路上では死はありふれたもの。この瞬間、はじめてわたしはその通りなのだと思った。アレは姉の葬式を計画していたのかもしれないと気付いたから。クララの身に起こったかもしれないことを、アレはわたしを見るたびに考えてしまうのだと気付いたから。

わたしにできるのは、まだ息ができることに感謝することだけ。水底《みなそこ》に沈まずにすむだけの運がわたしにあるなら、おなじくらいの運がきっとマーカスにもある。わたしは気まずそうにこっちを見ているマーシャを振り返った。

「兄さんはどうなるの？」わたしは言った。マーカスを取りもどせないなら、こんなこと、なんの意味もない。タイおじさんに頼れないならこのチャンスを使うしかない。わたしは兄さんを取りもどさなくちゃいけない。ちがう生き方ができるように。前よりもいい生き方ができるように。

マーシャは一瞬湾のほうに目をやり、それから手すりに近づいてきてわたしと並んだ。「むこうはあなたにそう思わせないようにするでしょうけど、今回の件は警察にとってかなりの打撃なの。うまく立ち回ればあなたのお兄さんを取引材料にすることができる」

「取引って？」取引をしたことなら何度もある。なにもかも奪われ、あとには無防備なわたしが苦しい胸を抱えて取り残されるだけの取引なら。

マーシャは笑顔になった。「そこが面白いところね。優位なのはこっちなのよ。警察は自分たちこそ優位なんだとあなたに思いこませようとするでしょう。でも、すべてをうしないそうになっているのはあなたのほうじゃない」

すべてをうしないそうになっているとしか思えなかった。

「もしわたしが証言をしないことにしたら？」

「仮にしたくなくても召喚状が届くの。だから、法廷に立たないという選択肢はない。あなたに決める権利があるのは証言の内容だけ」

「もし嘘をついたら？」

マーシャはため息をつき、下唇を軽く嚙んだ。「あなたは宣誓しなくちゃいけないし、その誓いを破ることは絶対におすすめしない。それでも嘘をつけば、あなたのお兄さんはかなりの期間刑務所に入ることになるでしょうし、大陪審は事件を起訴しないと決めるでしょう。つまり、関係した警官たちはこれからも好き勝手して、なんの責任も負わないということ」

「もしわたしが真実を話したら？」太陽は空のてっぺんまで昇っていた。トレバーは日曜日の朝寝から目を覚ますころだろう。

マーシャの体の緊張が解け、はじめて両肩から力が抜けた。「もしあなたが真実を話せば、事件はおそらく起訴されるし、おなじことが繰り返されるのを阻止できるかもしれない。わたしたちは警察を訴えて、あなたにはあんなことをしなくてすむだけの慰謝料が入る」マーシャはため息をついた。

「いまのところは準備あるのみよ。むこうは全力で攻撃してくるでしょうね。もうすぐ地方検事から召喚状が送られてくるから、すべての質問を想定して答えを準備しておかないといけないの。むこう仕事で路上に立つのは控えて。どんな状況でも警官と話してはだめ。わかった？」
い準備しておく必要があるの。さしあたっては、とにかく目立たないように気をつけてちょうだい。
事と陪審員と速記者だけ。大陪審は非公開だから。だから、法廷でわたしがいなくても大丈夫なくら
が聞いてきそうなことなら、どんな些細なことでも。あなたが証言するとき、法廷にいるのは地方検

わたしはうなずいた。マーシャを信頼するということは路上を手放すということ。いつしか自分の世界になっていたものの大部分を手放すということ。とりあえずいまは。たぶん喜ぶべきことなんだろうし、実際わたしは喜んでいたと思う。なのに、悲しいような気もする。なぜなら、この数カ月のことを、あの男たちのことを、わたしはいまも理解しようとしていたから。自分の足で立つかわりになにを犠牲にしたのか、理解しようとしていたから。壊れて消えてしまう前に自分が自分でいる感覚を一瞬でも味わい、そして覚えておくために、わたしはなにかを犠牲にした。それがなんなのか、いまでもわからなかったから。疲れて寒くて、ソファじゃないベッドで眠りたくて、電子レンジで温めた食事以外のなにかが食べたいと思い続けていたときのこと。マーシャはいま、あなたはもう自由だと言っているのだ。それでもわたしはいまも路上の残響とともにあったし、あの仕事の名残とともにあった。あれはただの仕事だったのに、いつのまにかそれ以上のものになってしまった。

マーシャは満足そうな顔になり、送っていくわと言った。ピザはまだ半分残っていて、マーシャは持って帰ってちょうだいと言った。トレバーは大喜びでピザを食べるだろう。あばら骨が見えなくなるまでおなかに詰めこむだろう。そう思うと、この一週間ではじめて、嘘じゃない本当の笑顔になれた。

車から降りようとすると、マーシャがわたしの手を握った。マーシャの手はすごく小さかった。こぶしふたつでやっとわたしのひとつ分になるくらい。「てめえのヤリロくらいわかってるんだって態

度でいれば、人は信じるものよ。それだけ。勝利の秘訣はそれだけだから」マーシャが汚い言葉を使うなんて犬がしゃべるようなものだ。わたしが聞き流さないように、わざとそんな言い方をしたんだろう。わたしはうなずいて車を降り、門へ歩いていった。

汚れたプールが今日もわたしを待っている。そして、報道陣の叫び声を聞くことなく、カメラのフラッシュを浴びることなく、マーシャが雇った警備員に守られることなくプールの前を通るのは、これが最後になった。プールの暗い水底をのぞきこんだのは、これが最後になった。部屋のすぐそばでかすかな音を立てる水の渦。翌朝、召喚状が届いた。わたしはもう、目を覚ますとディーの笑い声が聞こえ、ソファで眠るマーカスの姿が見えるのがどういう感じだったのか、ほとんど忘れかけていた。路上の明かりに溶けていく一日が始まるのはどういう感じだったのか。

トレバーはカメラに映りたがっていた。最近はアパートを出るたびに不機嫌になる。わたしが報道陣の知らない裏口を使うから。そして、キーが有名になるならぼくだって有名になりたい、と不満げに言う。カメラに映ればどうなるかわかっていないのだ。バスケットボールをしっかりとつかむその手を見ると、この子の手首もおなじだけしっかりと握っていようと思う。離れてしまわないように気をつけていよう。

今日はトレバーと二人で一日中部屋に閉じこもっていた。マーシャが電話をかけてきて、部屋を出てはいけない、だれが門に来ようと開けてはいけないと言ったのだ。上ずった早口のしゃべり方を聞きながら、いよいよなんだろうかと思った。連中が手錠を持ってやってきて、ほかの家族とおなじようにわたしのことも刑務所に入れるんだろうか。マーカスはこのところ毎日電話をかけてくるけど、いままで以上に声が沈んでいる。タイおじさんと絶交したことで、悪いほうにしか考えられないんだろう。出られるようにがんばってるからと伝えてはいるけど、マーシャはマーカスの件には触れもしない。いっそのこと、マーシャからの電話は取らないほうがいいんじゃないかとも思う。だけど、そうなればわたしはマーカスに真実を伝えるしかなくなる――たぶん兄さんはそこから出られない、と。

わたしだって真実を直視することになる。自分はトレバーとおなじだけ孤独なんだという真実を。

トレバーはマットレスの上にすわってトランプを広げている。学校に行かなくていいから機嫌がいい。なんのゲームをしてるつもりなのか知らないけど、アレに教えてもらう前のわたしとおなじカードの切り方をしている。アレはもう何日もわたしからの電話を無視している。わたしにもプライドがあるから、かけるたびに留守番電話のメッセージを聞かされるのにはうんざりしていた。

マーシャには十一時に裏口に来てちょうだいと言われていた。いまは十一時三分で、わたしはトレバーにすぐもどるからと言ってらせん階段を下り、裏口へ行った。プールのむこうのハイ通りのほうからは報道陣のざわめきが聞こえる。裏口の門を開けると、マーシャは腰に片手を当てて立っていた。首を片方にかたむけ、わたしにイラついてるときによくするみたいに両眉を上げた。

「遅刻よ」マーシャは言った。

わたしは返事もしなかった。返事をしたって時間が巻きもどるわけでもないし、わたしが時間通りに来るなんて思うほうがおかしいのだ。先に立って階段を上り、部屋にもどる。トレバーには朝のうちに、白人の女の人がうちに来てわたしと話すからね、と言っておいた。トレバーはマットレスにすわって片手で頬杖をつき、わたしたちを待っていた。もうトランプは見ていない。マーシャの姿を見たとたん、トレバーが目を輝かせた。新しいおもちゃが届いたとでも思ってそうな顔だけど、叱る気にはなれなかった。

わたしは部屋に入るマーシャをじっと見つめた。わたしたちは素足を床に思い切りつけて歩くのに、マーシャはヒールをはいたまま足を親指の付け根から床につけるような歩き方をする。マーシャの姿はこの部屋のなかで浮いていた。足元で床がひび割れるんじゃないかと怖がってるみたいにも見えた。

「すわる？」わたしは揺り椅子を指さして言った。

わたしはキッチンカウンターに両手をついて体を持ち上げた。カウンターにすわり、椅子に掛けようとしているマーシャと、その様子をマットレスから見ているトレバーをながめる。マーシャは体を揺り椅子にあずけ、椅子が揺れるとびくっと身をすくめた。椅子が前にうしろに揺れる。前にうしろに。揺れに慣れると、マーシャは脚を組んだ。

「この数週間でいくつか動きがあったのよ」話しはじめたマーシャは悲報を告げようとするニュースキャスターみたいだ。「先週、警察署の署長が二回も替わって、いまの署長のシェリー・タルボットが直接会って話さないかと言ってるの」

「それで?」マーシャがどうしてそんなに緊張しているのかわからなかった。力が入りすぎて両肩が大きく上がっている。マーシャはいまの状況を最初から順を追って話しはじめた。事実をひとつずつ並べていくいつもの話し方だ。トレバーのほうを見ると、まばたきもせずにマーシャを見つめている。

マーシャによれば、署長の一人はわたしが働いていたパーティに参加していて、その様子が写真に残っているらしい。むらさきスーツ――サンドラ――に話しかけられたパーティだ。問題の集まりに参加していたことから、その署長が隠蔽工作に関わっているんじゃないかという疑いが持ち上がった。それが世間の呼び方なのだ。隠蔽工作。なにを隠蔽しようとしているのか、わたしにはいまいちわからなかった。わたしをだろうか。警官たちをだろうか。問題が起こったという事実を隠蔽しようとしているのか、問題があると知っていたことを隠蔽しようとしているのか。マーシャは、本当に隠蔽工作があったかどうかはわからないのよと言った。ゴシップ紙が書き立てていることだから。

「重要なのはいまの署長が今日話をしたいと言ってること。会うべきだとわたしは思うわね」

「なんで?」わたしはカウンターにすわって脚をぶらぶらさせながら言った。「いけ好かないやつで会う義務もないいなら、なんで会わなきゃいけないの?」

「人脈があるから。タルボットの発言は捜査にもあなたの証言にも大きな影響がある」マーシャは、大陪審が事件を起訴するか確信が持てないのだと言った。通常なら起訴が決まることがほとんどだけど、陪審員たちは、大陪審を招集する側の人間が逮捕されることに抵抗を感じやすいらしい。マーシャが不安に思っているのはその点だった。一瞬口をつぐみ、そして言った。「マーカスを助けることにもなるかもしれない」

わたしはぱっと顔を上げ、カウンターから飛び下りた。「じゃあ行く。いつ?」

「約束は十二時よ。わたしの車は外に停めてあるから」

わたしは靴を履きながらうなずいた。

トレバーに近づいて声をかける。「二、三時間でもどるから。食べるものは冷蔵庫にあるからね。外に出ちゃだめだよ」そう言って頭のてっぺんにキスすると、トレバーは逃げようと身をよじった。

マーシャは揺り椅子から立ち上がろうと苦労している。少しかかってようやく立ち上がると、スカートをなでつけ、先に立って玄関のドアを開けた。光が部屋のなかに流れこんでくる。わたしはうしろから階段を下りた。マーシャがヒールが脱げないように一段ごとに足を止めるせいで、いつもの何倍も時間がかかった。

わたしたちは顔を上げないように注意しながら裏口から出た。だけど、車にたどり着くより先に報道陣がわたしたちに気付き、質問を投げかけてきた。ウォールデン署長辞任からたった数日でクレーメン署長が辞任したことをどう思うか。二人と話はしたのか。市長は隠蔽工作に関与しているのか。新しい署長には会ったのか。

マーシャはわたしを助手席に押しこむと、ペンシルスカートを履いた脚に可能な限りの早足で車を回りこみ、運転席に乗りこんで車を発進させた。

マーシャに出会えたことをあらゆる神様に感謝したり、かと思えばヒールを喉に突っ込んでやりたくなるくらいムカついたり、この二週間はその繰り返しだった。マーシャが非営利団体に連絡して緊急基金を手配してくれたので、請求書の支払いをすませたり食料品を買ったりすることができた。ディーの家賃を払うのはやめた。何日か前にディーの部屋のドアを叩く音がして、あとで見ると新しい立ち退き通知が貼られていた。バーノンは本気だ。今度こそディーとトレバーを追い出すつもりでいる。一週間もしないうちに荷物が部屋の外に出されるだろう。トレバーを連れて行こうとする大人はまだ来ていないけれど、マットレスの上で丸くなって眠るトレバーを見ていると、そのうちいなくなってしまうんじゃないかと不安になる。

マーシャが緊急基金の小切手を持って来たあの日、わたしは全身からあふれそうな罪悪感で無性に腹が立って、マーシャにわめきちらしたくなった。マーシャはわたしたちを生かすために必要なことをしただけなのに。長いあいだ自分の脚とお尻だけを頼りに生きてきたことの副作用なんだと思う。あの生き方を手放すことができない。湾の水みたいにただ身を任せることができない。

マーシャは罪状のリストを作っていて、大陪審が終わったら警察署とオークランド市を相手に訴訟を起こすのだと言った。わたしはまたしても、そんなことは望んでいないと言った。わたしはただ、サイレンに怯える前の暮らしにもどりたいだけ。するとマーシャは、訴訟はお金になるのよ、と言った。マーカスみたいなことを言う小柄な白人女性なんてはじめて見た。

このやり取りのあと、マーシャはサンドラを連れてきて、すべては正義のためなの、あんなことをすれば相応の責任を負うことになると男たちに突きつけるためなのよ、とわたしをかき口説いた。ジョーンズ刑事みたいに、女のなかにだって男とおなじくらい危険な人はいる。だけど、時々わたしたちは、頬に星座みたいな傷のある女の人に出会い、月よりもいいものを手に入れたことに気付く。なによりもいいものを。この世界には、自分の身に降りかかったことを――望んでも望まなくても――手放さずにいるのはどういう気持ちなのかわかっている人がいる。サンドラは路上のことをわたしほどはわかっていないと思う。それでも、サンドラには、わたしのことをわかっていると思わせるなにかがあった。

高速道路に入ると、いつものように、運転させてよと頼んだ。わたしたちのお約束だ。

「免許はあるの？」マーシャがたずねる。

「まだだけど、マジでわたし運転うまいから。お願いマーシャ。べつにいいじゃん」

マーシャが首を振る。「免許がないなら運転はさせません」

マーシャにだめだと言われると、わたしは決まって仕返しにグローブボックスのなかを漁りはじめる。マーシャは三秒くらい好きにさせているけれど、そのうち顔が引きつってきて「悪いけどやめてくれない？」と言う。もちろんわたしはやめたりしない。グローブボックスには付箋が散らばっていて、〝ジャガイモ〟とか〝彼に折り返し連絡のこと〟とか変なメモがしてある。

マーシャは不機嫌な顔で言った。「自分からこんな目にあってるなんて信じられない」車をまっすぐ走らせようとしながら、ブロンドをポニーテールに結ぶ。

「なんのため？」マーシャはわたしの事件に相当長い時間を割いているけれど、その理由は一度も聞いたことがなかった。大勢の被告人たちが、マーシャに頼めるなら喜んで有り金はたこうと行列を作って待っているのに。

「正義のため。でしょ？」マーシャは笑って受け流そうとしたけれど、本心じゃないことは声でわかった。マーシャは正義のことなんか頭にない。正義なんかどうでもいいと思っているというより、いまを生きるタイプなんだと思う。それに、女は自分で稼いだお金を愛するもの。自分の力で得た物を。

「嘘ばっかり」

マーシャはちらっとこっちを見て、グローブボックスのなかのなにかに目を留め、手を伸ばした。サングラスだ。ブランド物の。ハンドルを握っていないほうの手でサングラスをかけ、口を開く。

「最初に会ったとき言ったとおりよ。この事件は世間の注目を浴びている。ということは、わたしの名前も世間に広まって、もっと顧客が増えるってこと」これも本心じゃない気がした。

「で？」

「いまわたしに大金を払ってる顧客は、DV容疑を晴らすために女の弁護士を雇いたいってやつばっかりなのよ」

「なるほど。クソ野郎の弁護に疲れたってわけか」

マーシャは片手を上げてわたしを制した。「あなたがクソ野郎じゃないって言った覚えはないけど」

わたしはふざけてマーシャを小突いた。「ムカつく《ファックユー》」出会って以来、言葉遣いを注意されなかったのはこれがはじめてだった。マーシャは下品な言葉はやめなさいとしょっちゅう言う。だけどマーシャはだまって笑い、もう一度手を伸ばしてグローブボックスを漁り、二本目のサングラスを取り出した。わたしはサングラスを受け取ってかけた。世界が赤っぽい褐色に染まり、静まり返る。

やがて車はオークランド市警察署本部の前で停まった。今回は前ほど金属にひるむこともなかった。それどころか、歓迎されているような気にさえなった。世界が褐色に見えるからなんだろうか。見るものすべてがなじみ深い茶色に染まっているから。それとも、マーシャがいるから。わたしはもう、マーシャと並んで早足で歩くことができる。マーシャのヒールがカツカツと音を立て、わたしのスニーカーがキュッキュッと音を立てる。わたしたちみたいな女を歓迎しない、リノリウムの床。

受付に行くのかと思っていたのに、マーシャは足を止めることなく職員用のエレベーターに直行した。我が物顔にふるまうマーシャのことをだれも呼び止めたりしない。バッジがなくても、やぶれたジーンズを履いた黒人の女を連れていても関係ないのだ。白人の女は行く場所すべてを自分の物だと思っていて、マーシャも例外じゃない。

一瞬ためらってから、わたしはマーシャについてエレベーターに乗った。ほかに人は乗っていなかった。最上階で降りると、自分の記憶のなかに入りこんだみたいな感覚になった。はじめてこの建物に入ったときの記憶が蘇ってくる。署長の部屋の名札は外され、〝タルボット〟と油性ペンで書かれたテープが貼ってあった。ドアは小さく開いている。

マーシャがドアをノックすると、入ってすわってちょうだいと声がした。部屋は灰色で統一されていて、椅子のひとつに置かれた色褪せた黄色いクッションだけが目立っていた。

入っていくとタルボットが立ち上がり、わたしたちは握手を交わした。タルボットは背が低く、いまいち人種のはっきりしない見た目をしていた。この人は〝大きくなったらなにになるの〟と聞かれたら〝人間〟とだけ答えてたのかも、となんとなく思った。境界線をあいまいにしておけば、こんなふうに厳格で飾り気のない人間になれるのだ。タルボットの差し出した手を握りながら、わたしの肌色でいいとか悪いとかが決まりませんようにと祈る。マーシャは、印象がすべてなんだから、常にいい印象を与えなくちゃだめよと言う。

マーシャはすみにあった折りたたみ椅子をデスクまで運んできた。タルボットはデスクのむこうの椅子にかけた。わたしは黄色いクッションの椅子にすわり、窓の外を見た。五月になったばかりで、外はまさに春という感じだ。空はどこまでも青くて、橋をおおう霧さえきれいに晴れている。カモメの群れが水面をかすめながら湾をまっすぐに横切っていき、黒い影を落としている。

わたしは唾を飲み、マーシャみたいにすわった。背すじを伸ばし、脚を組む。ジーンズは膝のあたりがやぶけてて、わたしの指はほつれた糸を無意識にいじりはじめた。するべきじゃないことをすると、マーシャは決まって息を吸う。いまにも説教をはじめそうだけど実際はだまっている。わたしが気付くのを待っているのだ。わたしは太ももの下に両手を差しこみ、マーシャが大嫌いな呆れ顔を作った。

タルボットは前置きもなしに、今回の件は金で解決したいという話をはじめ、それが〝関係者全員にとって一番楽だから〟と言った。マーシャはタルボットの言葉を途中でさえぎり、示談にするつもりなら法的な手続きを踏んでくださいと言った。

するとタルボットはマーカスのことを話しはじめた。感情をまったくこめずに吐かれる暴言というものを、わたしはこのときはじめて聞いた。タルボットの口調は淡々としていた。夕食の予定を話すみたいな口調でわたしの家族をこき下ろし、売人に厳罰を与えるのが好きな裁判官を知っているのだという話をした。保護観察官にも知り合いがいるから、お母様が刑務所にもどることもあり得るでしょうね、とも言った。タルボットの話を聞いていると、わたしにイラつくときのマーシャみたいに顔が引きつるのを感じた。タルボットは言葉と言葉のあいだで歯を鳴らした。細いあごを突き出し、顔には絶対に消えない笑みを張りつけていた。

マーシャは背すじをまっすぐに伸ばしてすわっていた。一刻も早く帰ろうとしているのは見ればわかる。「お会いするのははじめてだと思いますが、わたしは署長より上の人間を何人か知っているんです。上層部に脅迫行為と捜査への不正な介入について報告しても構わないということでしたら、喜んでそうしますよ」タルボットとおなじようにほほ笑み、歯までのぞかせている。

タルボットは咳払いをして言った。「それには及びません」

「それはよかった」マーシャは床に置いた鞄を手に持った。「ほかにお話がないようでしたら失礼いたします」立ち上がり、行くわよとわたしに合図する。

タルボットも立ち、わたしをまっすぐに見て言った。「ミズ・ジョンソンにはひとつお伝えしておきたかったことがあります。未成年に対する育児放棄と、他人がその未成年をかくまっていることが判明した場合、こちらとしては所定の手続きをしなくてはなりません。児童保護サービスに連絡する義務があるんです」タルボットは口を閉じ、上の歯と下の歯を噛み合わせる音が聞こえた。「そのことは証言をする前に知っておいたほうがいいでしょうね」

そう言って嫌な笑い方をした。クッションの褪せた黄色によく似た笑い方だった。

マーシャはわたしの背中に手を当てて外に出るようにうながし、廊下に出ると叩きつけるようにドアを閉めた。エレベーターにむかう前にドアに手を伸ばし、タルボットの名前が書かれたテープを剥ぎ取った。

車にもどると自分が震えているのに気付いた。かすかな、だけど絶え間ない震え。最悪の事態が起ころうとしていた。この数ヵ月を耐え抜くことができたのはトレバーがいたからだ。そのトレバーが狙われている。わたしの選択の犠牲になろうとしている。すべてが始まったあの夜、デヴォンの車に乗ったときには、自分がなにかを選んだことさえ気付いていなかったのに。この問題を解決できるとしたらマーシャしかいない。なのにマーシャは車を発進させるなり大きなため息をつき、口汚く罵りはじめた。マーシャがこんなふうに罵ることはめったにない。先週、事務所のビルのロビーを歩いていてヒールが折れたとき以来だ。

マーシャは延々と罵り、つややかな車のハンドルを繰り返し殴った。やがて車はリーガル＝ハイの前で停まった。カメラを持った記者たちはいなくなっていた。マーシャは、報道陣に見つかりにくいように、わたしを送り届ける時間をわざとバラバラにしている。朝にいた記者たちのほとんどはすでに帰ったみたいだった。二人だけ残った記者たちが、縁石にすわって携帯を見ていた。

わたしがこれからのことを聞くより先に、マーシャはあとで連絡すると言った。車を降りてドアを閉めると、〝クソ女《ファック》〟と繰り返し叫ぶマーシャの声が聞こえた。

「ちょっと、なにがあったの？」ドアを開けた瞬間、マットレスまで点々と続く乾いた血の跡が見えた。トレバーはマットレスの上でうずくまり、血の混じったよだれがシーツの上に水たまりを作っている。遊んでいたトランプのカードは広げられたまま残っていた。口を開けているのに歯が見えない。血で真っ赤に染まっているせいだ。

わたしはトレバーのそばにひざまずき、片手で頭を支えた。トレバーが頭蓋骨の重みに耐えなくてすむように。トレバーはうめいて顔をかすかに横に向け、わたしの手の上に激しく吐いた。吐いたものが赤紫色なのは、トレバーが一番好きなシリアルの色だから。

「かわいそうに」わたしは片方の手で床から汚れたTシャツを拾い、手の上の吐瀉物《としゃぶつ》を拭いた。オレンジ色と赤色の固形物と水分が手のひらの上で渦になる。わたしは床に落ちかけたままぐったりと動かないトレバーの体をマットレスの上に引き上げ、頭を枕に寝かせた。「それでおしまい？　まだ吐きそう？」返事はなかったけれど、トレバーはかすかに首を振った。少しならあおむけに寝かせておいても危険はなさそうだった。わたしは急いで適当な布をつかんでシンクで濡らし、トレバーのもとへもどった。

トレバーの顔には大量の血がこびりついていて、顔つきが変わって見えるほど腫れ上がっていた。この子は世界一美しい目をしているのに。すらりと優雅な体をのびのびと使って、陸から水に飛びこむことができるのに。

筋肉がついて背が伸びたいまも、トレバーはやせていた。Tシャツをめくってみると、左のわき腹に青あざがゆっくりと広がっていくのが見えた。文字どおり、見る間に皮ふが変色していく。あざはますます濃くなり、腰へむかってじわじわと広がっていった。わたしが「かわいそうに」と繰り返すと、トレバーはまたうめいた。わたしは、顔に触るからね、痛いかもしれないよと声をかけた。濡らした布で顔を軽くたたいてみたけれど、その程度じゃ乾いた血はほとんど取れなかった。あきらめて顔をこすりはじめると、トレバーは口を限界まで開き、うがいみたいな音の混じった悲鳴をあげた。子どものライオンを見たことはないけれど、幼くておびえたライオンはきっとこんな声をあげるんだろう。

顔の血はせいぜい目元から口元に移動したくらいで、いっこうにきれいにならなかった。「トレバー、シャワーを浴びよう。冷たい水を浴びたら腫れもマシになる。このままじゃ目がふさがっちゃうよ」

トレバーは首を振った。はじめは小さな抵抗だったのが、わたしが抱き上げようとすると激しく首を振りはじめた。

「お願いだからがまんして。ごめんね」わたしは両腕でトレバーを横向きに抱き上げた。身長が伸びてもやせっぽちのトレバーは軽くて、赤んぼうみたいに胸の前で抱きかかえることができる。立ちあがるとトレバーの両脚が宙で揺れた。わたしはゆっくりとバスルームにむかった。

トレバーを床に座らせ、頭をバスルームの角にもたせかける。シャワーを出そうと手を離すなり、トレバーの体がぐったりと前に倒れた。水がピンク色に染まっていく。

わたしは、犯人がだれだろうとぶちのめしてやるからとトレバーに約束し、話せるようになったらなにがあったか教えてほしいと頼んだ。ほかになにを言うべきなのかわからなかった。トレバーはまたうめき、喉からうがいのような音をもらし、そして吐いた。

わたしは自分もシャワーに打たれながらトレバーに寄り添って、吐いたものや水を飲みこんでしまわないように体を支え、目に入った水をぬぐった。トレバーの苦しげな声はますます高まっていった。わたしにできることはうたうことだけだった。うたってほしいかと聞くとトレバーは黙っていたけれど、首を横に振ることもしなかったし、少しのあいだうめき声も聞こえなくなった。

知ってる曲が頭のなかをいくつも流れていくのに、トランペットや低音ばかりのインストだけ。歌詞があるもので唯一覚えていたのは、パパがよくうたってくれたやつだった。パパがうたってくれた唯一の歌。たしか五〇年代の歌で、自分の女をなぐってやりたいみたいな歌詞だった。なのに、パパはその歌をラブソングみたいにうたった。

嘘じゃない
戦う準備ならできている
昼も夜もわたしのトレバーを探してる

わたしはトレバーのために歌詞を変えた。自分の名前が出てくると、トレバーの顔がかすかに痙攣した。笑ったのか顔をしかめたのかはわからなかったけれど、もう叫ぶことはなかったし、顔の血もほとんど落ちていた。わたしはシャワーを止めてトレバーの服を脱がせ、裸の体を抱き上げた。一度トイレに座らせて立ち上がり、自分もびしょ濡れの服を脱いでスポーツブラとマーカスのお下がりのボクサーパンツだけになる。それから、バスルームの戸棚に手を伸ばしてシアバターを取った。トイレの前の床にすわり、トレバーを赤んぼうみたいにひざの上で抱きかかえる。

「一番痛いのはもう終わったからね」わたしは小声で言った。「これも痛みをマシにするはず」

わたしはシアバターをすくい取り、トレバーのお腹に塗った。肋骨を一本一本なぞるように塗りこむと、やがて茶色い肌が輝きはじめた。手のひらを鎖骨にすべらせる。左側の鎖骨のあたりは大きく腫れ上がっていた。トレバーは顔をしかめたけれど、声がもれただけで叫びはしなかった。手で円を描くようにして首と顔にもシアバターをすりこむ。トレバーはまたうめいた。だけどそれは、かゆいところにやっと手が届いたときみたいな声だった。額にシアバターを塗りながら、指先でトレバーの名前をつづる。そっと、だけど血流をよくするように手を動かす。

全身がつやつやでなめらかになると、わたしはトレバーを抱えて部屋に連れていき、まずは床に下ろした。引き出しから清潔な服を取ってきてトレバーに着せる。シーツを洗うために、マットレスのとなりに枕を並べてそこにトレバーを寝かせ、頬を手の甲でなでた。冷たいシャワーを浴びたあとだというのに、目は開かないほど腫れている。

「眠っていいんだよ。なにも考えないで眠りな」

数分後にはいつものいびきが聞こえはじめた。わたしはシーツを丸めて洗濯かごに押しこんだ。トレバーに背をむけるたび、わたしは規則的ないびきに聞き入ってしまい、振り返ればいつものトレバーがいるんじゃないかと無意識に期待した。完璧な形の唇。おだやかであどけない顔。だけど、振り返るたびにその期待は打ち砕かれた。顔は殴られて腫れ上がり、唇はトレバーの世界に存在するはずのない色に変わっていた。いまのトレバーは、少年の体を借りた大人の男みたいに見えた。

わたしはまたうたいはじめた。トレバーに聞こえていると思ったわけじゃない。めまいがして、いまはただパパに墓のなかから現れてほしかった。幽霊の姿をしてでも月の姿をしてでもいい。現れてわたしのためにうたってほしかった。

ノックの音で目が覚め、ふらつく足で立ち上がってランプの明かりをつけた。ドアののぞき穴から外を確かめる。おもては明るくて、まだ夜が来ていないのか、もう土曜日の朝になったのかわからなかった。ドアの外にはトニーがいた。太陽を隠すようにして立っているのか、顔は影になっているのに、体は明るい光に縁取られている。

音を立てないように廊下に出て、ドアを静かに閉めた。太陽が見えて、いまが朝なのだとわかった。太陽は東の空にある。汚れたプールに降る光。

「おはよう」わたしは片手をかざし、トニーのうしろから射す陽の光をさえぎった。

トニーは着古したデニムの上着のポケットに両手を入れている。わたしの〝おはよう〟というひと言が世界を明るく照らしたみたいに、にっこり笑う。

わたしがトニーに抱く違和感は、わたしの問題を解決できると思いこんでいるところだ。トニーはどんな人の問題だって解決できると思っている。自分のためにはなにもしないで、自分の愛があればわたしにべつの道を歩ませることができると信じて、なにかと世話を焼こうとする。トニーを見て、頬に触れ、ぬくもりが消えていないことを確かめたくなる日もある。自分自身を温めることはできているのか知りたくて。かと思えば、トニーにわたしの影まで奪われてしまいそうな気分になる日もある。トニーが常にわたしを見守り、いつでも助けに来るつもりでいるのなら、こっちもなにかを返さなくちゃいけないと思ってしまう。

マーカスが逮捕されたあと、トニーはしばらく遠慮がちになっていた。電話をかければ出るけれど、わたしが頼まないかぎり家に来ることはしなかった。召喚状が届いてから何日かしたころ、わたしは泣きじゃくりながらトニーに電話をかけた。その日、わたしは酒屋のそばで突然警官に体をつかまれた。警官は片手をわたしのパンツのなかに入れて内側に指を差しこみ、爪を立てて引っかいた。引きぬいて握りしめた手からは血が滴っていた。警官は血のついた指をわたしの口の奥に突っこみ、この味を覚えておけと言った。おれの名前を口にしたらまた血の味を教えてやるからな、と。わたしはその警官の名前なんか知らなかった。番号さえ覚えていなかった。口ひげになんとなく見覚えがあって、どこかのパーティで声を聞いた気がするくらいだ。だけど、これであの警官の記憶が口のなかから消えることはない。

電話をすると、トニーはわたしがしゃがみこんでいるプールサイドに現れた。プールまで下りてきたのは、部屋にいればトレバーに夕食を作ってくれとせがまれるからだ。トニーはわたしのそばにひざまずいた。なにも聞かなかったけれど、なんとなく勘付いていたと思う。わたしは抱きしめてくるトニーを拒まなかった。自分がなにを望んでいるかわからなかったし、こういうとき、人は触れられたいと思うはずだから。肌と肌を合わせたいと思うはずだから。それをトニーはよろこんで与えようとしていたから。

それ以来、トニーはわたしのそばにいた。トレバーに学校へ行く支度をさせるころにリーガル＝ハイに来て、わたしとトレバーをマーシャの車やバスまで送っていく。夕食を食べて行くことも時々ある。帰ってくるとアパートの前に立って待っていることもあった。そんな義理もないのにどうしてこっちの問題に首を突っ込もうとするのか、わたしには理解できなかった。ゆうべわたしはトレバーが寝ているあいだに電話をして、救急箱を持ってきてほしいと頼んだ。

「昨日の夜、来てくれって言ってただろ。救急箱を持ってきた」トレバーは言って、金属の箱を差し出した。

わたしは部屋のドアをあごで指して言った。「あの子、寝てるの」救急箱を受け取って続ける。「ありがとう。トレバーはまだなにも言ってないけど、襲われたんだと思う」

「ひどいな」

トニーに会えば、そして、トレバーのぐったりした体を抱き上げたりスプーンで食べさせたりするのを手伝ってもらえば、気持ちが楽になるだろうと思っていた。だけど、こうして会いに来たトニーは、わたしが壊れたと言うものをなにもかも直そうと意気込んでいて、それに気付くと気持ちはますます沈んだ。

わたしはトニーのことが好きだ。本当に好きだと思う。だけど、わたしはこの人のことを知らない。コールやカミラを知らないのとおなじくらい知らない。それなりに長い付き合いなのに、母親の名前とか、一人でバスに乗るようになったのは何歳なのかとか、親しい相手なら知ってるようなことはなにも知らない。

「なにかできるか?」トニーは期待と不安と悲しみが入り混じった顔をしている。まだ九時にもなっていないはずなのに、トニーは普通の暮らしに背を向けてここにいる。強い陽射しに首の裏を焼かれながら、ここに立ってわたしを見つめ、これまでとはちがうなにかをもらえないかと願っている。少しの報いでがまんするべき人じゃないのに、わたしに与えられるのはそれだけ。わたしが与えたいものもそれだけ。

「トニー」わたしはこれから言うことにトニーが気付くように、ゆっくりと名前を呼んだ。トニーは大きな足を見下ろし、また目を上げた。わたしの前で泣くことはしないだろうけれど、その仕草は泣いているのと同じだった。「もう、こんなことしなくていいんだよ」わたしの手にはまだトレバーの血がついている。頭のなかは、なんでもいいから陽射しをよけたいということでいっぱいだ。なのに、トニーの頭はきっとわたしのことでいっぱいだ。

トニーは声を出すことができる分だけ口を開いた。「おれは気にしてないってこと、わかってるだろ」

一番の問題はそこなのだ。トニーは何十年だってこんなことを続けるだろう。そのうちわたしの葬式の日が来て、トニーは一人で嘆き悲しみ、灰しか残さなかった女の墓参りをすることになるだろう。わたしは、真夜中に現れるむこうの世界のことを考えた。あっちの世界では、みんながこの世界とは少しだけちがう歩き方をする。その世界のわたしなら、全部の役割を担い、全部を引き受けようとするトニーを拒んだりしない。ここよりマシな世界ではないとしても、そこでならわたしはトニーを受け入れられる。追うことも逃げることもなくなって、トニーは好きなだけ悲しむことができる。繰り返し自分に背を向け、追ってきませんようにと願い続けたわたしを何年も追いかけたあとで。

いつかこうなると思っていた。いつかは勇気を出して、お願いだからもう放っておいてと言うことになるとわかっていた。「もうやめて。わたしがいなくてもトニーなら大丈夫」マーカスに紹介されたあの日から、トニーにいつかこんな顔をさせるんじゃないかと怖かった。

トニーは絶対にわたしに反論しない。たぶん、それも問題の一部だ。トニーはわたしが電話をかければ絶対に出る。世界が崩れてしまいそうなとき、アレとばったり会えればいいのにと思っているとトニーに会う。弱い風に吹かれるのが嫌だからって、トニーに守られない夜が怖いからって、プールサイドで抱きしめてもらうのはもう終わりにしなくちゃいけない。

トニーはわたしの手を取って唇へ持っていき、手を開かせて、そこにキスした。

わたしはアパートを出ていくトニーを見ていた。カメラをかまえた記者たちをよけながら帰っていくんだろう。わたしにもわかっている。どうやって人生を取りもどすのか、わたしは早く考えなくちゃいけない。トレバーと一緒にこの町を取りもどすにはどうすればいいのか。全部の賭けに勝って、わたしたちがわたしたちの体を取り返すにはどうすればいいのか。たぶん、すべては二週間後の法廷ではじまる。それとも、路上で？　それとも、トレバーと一緒につま先をひたすプールで？　とにかく、わたしにもわかっている。罠から抜け出すつもりなら、手段を選んでいる暇はない。

のぞき穴から外を見張るのがやめられなかった。わたしは、だれが拡大された目でこっちをのぞき返すと思っているんだろう。警官かもしれないし、トレバーを連れに来たスーツ姿の知らない女性かもしれないし、ママかもしれない。そう、わたしはママが来るかもしれないと思っている。トニーが帰ってから一時間後くらいにママから電話があった。新しい携帯電話を手に入れたらしかった。二日前にブルーミング・ホープ更生施設を出たと言っていた。保護観察官がわたしの手紙を気に入ったらしい。手紙を送ったことさえ忘れかけていた。手紙を書いたのは二月にママに会いに行ったあとだから、ずっと前のことだ。

ママはディープ・イーストの古い友だちのところに泊まっていると言い、住所をわたしに教えた。それ以上ママがなにか言う前に、わたしは電話を切った。

ママはリーガル＝ハイに行くとは言わなかった。それでも、ふいに窓から顔をのぞかせるんじゃないか、玄関のドアをノックするんじゃないかという気がしてならない。のぞき穴からプールを見ると、水面にママの顔が映ってる気がして仕方がない。

太陽は沈んでいて、トレバーはまた眠っていた。

この三日間は部屋中のブラインドを下ろしっぱなしにして過ごした。トレバーが、頭のなかに脳みそじゃなくてドラムが入ってるみたいだと訴えたからだ。マーカスがフットボールをしてたから、脳しんとうを起こしたときに必要なものは知っている。暗闇と静寂だ。

ただし、九歳の男の子はすぐに退屈するし、眠ってるとき以外は静寂なんか好きじゃない。わたしはハリー・ポッターの二巻目を丸々一冊読んで聞かせ、知ってる曲を片っ端から鼻歌で歌って聞かせた。それにも疲れると、寝てくれないか期待しながらパパの古いCDを流した。たいてい、トレバーはCDを聞いているうちに眠った。

トレバーが来週あたりには完全に回復しますようにとわたしは祈っていた。一緒に十二歳のガキどもをぶちのめしてやらなくちゃいけないから。トレバーは事件から二日過ぎた日曜日には話せるようになって、なにがあったのかわたしに説明した。わたしがマーシャと出かけたあと、アパートをこっそり抜け出してバスケのコートに行ったらしい。七年生のなかでも特別にバスケがうまい相手に賭けを持ちかけ、ワンオンワンで負かしてやるつもりだった。七年生は勝負に乗り、そいつの仲間もゲームを見物しようとコートに集まった。

ゲームがはじまってトレバーが優勢になると、相手の子は焦ったのかトレバーを突き飛ばし、そのままトラベリングをしたらしい。トレバーがファウルだろと言うとそいつは怒り、こいつをやっちまえと仲間をけしかけた。トレバーに言わせれば、七年生がケンカを吹っかけてきたのは単に負け試合を切り上げるためだった。上級生のほうが体も大きいし、なによりむこうは大勢いた。子どもたちにしてみたら、退屈で静かな春の日にはケンカほどもってこいの暇つぶしはない。といっても、それは厳密にはケンカじゃなかった。トレバーは地面に倒れて一方的に蹴られ続け、ただの一度も反撃できなかった。やがてコートにやって来た年長の男の子たちがもう帰れと言うと、七年生たちはトレバーを地面に放ったまま逃げていった。年長の子たちはトレバーを助け起こし、この部屋まで送ってきた。トレバーが一部始終を話しているあいだ、わたしは強い光を浴びて目がちかちかしてるような、パパが話してた白内障の症状がはじまったような感覚を味わっていた。まぶしいだけじゃない。激しい怒りで両目が燃えるように熱くて痛い。わたしは、そいつらを見つけ出すよ、とトレバーに言った。わたしのほうが六歳上だからって関係ない。大陪審が終わってあんたが回復したら、速攻でそいつらをぶちのめしに行くからね。

トレバーは、大陪審ってなに？　と何度もたずね、なんでアパートの前にずっと記者の人たちがいるの？　と繰り返しわたしに質問した。そのたびにわたしは、マーカスのことと関係があるんだよ、マーカスを刑務所から出すための準備なの、と答えた。嘘じゃないけど真実でもない。真実を話したってなにも恥ずかしくないのはわかってる。トレバーだって、わたしがやっちゃいけないことをしに出かけてたことを知らないわけじゃない。自分の母親がずっとハイでいることだってわかっていた。なにでハイになってるかはよくわかっていなかったけれど。ただ、トレバーにはこれ以上ひとつだって、こわがる理由を与えたくなかった。人を信じられなくなる理由を与えたくなかった。この子は、もう十分大変な目にあった。

今日の朝、トレバーは外に出たいと言って立ち上がってみようとした。だけど、歩こうとしても体が片側に傾いてしまう。わたしは母親っぽい声を作って、寝てなさいと言った。あの事件があってから、トレバーには部屋のいろんなところにカメラをしかけたからね、と言ってある。だから、わたしがいない時でもあんたが動こうとしたり、テレビを観ようとしたりしたらすぐわかるからね、と。信じたかどうかはわからないけれど、取材しようとつきまとう連中がこれだけたくさんいるんだから、カメラに追われる感覚に慣れるのは悪いことじゃないと思う。なにより、こんなふうに顔の腫れ上がったトレバーを記者たちに見られるわけにはいかない。夕食前に児童保護サービスが飛んでくるに決まっている。

部屋はこれまでにないほど暗くて、頭のなかには、血まみれで横たわっていたトレバーの姿と、にやにや笑うタルボット署長の顔が交互に浮かんだ。タルボットの言ってたことは間違ってはいない。わたしはトレバーの状況を悪化させているだけ。幸福に暮らせるかもしれない唯一のチャンスを奪っている。この部屋はトレバーみたいな子どもがいるべきところじゃない。わたしはトレバーみたいな子どもを世話すべき人間じゃない。

マーシャからは何度も着信があった。わたしはもう何日もマーシャからの電話を無視していた。なにを言えというんだろう？　証言台に立って真実を話す準備ができたって？　そうすれば自分自身を刑務所に送りこむことになって、この部屋には捜査の手が入り、トレバーは連れて行かれて赤の他人に預けられてしまうのに？　そいつらは、この子がどれだけ素速くドリブルができるのか、どんな曲が流れれば、生まれてから一度も怖い思いをしたことがないみたいに踊れるのか、なにひとつ知らないのに？　だけど、来週わたしが証言台で真実を話さなければ、マーカスはサンタ・リタを出られない。すぐにサン・クエンティンに送られ、もう一度マーカスを抱きしめるころには、首の上のわたしの指紋はしわくちゃでたるんでいるだろう。

マットレスのそばの床にすわっていると、突然声が聞こえた。かすかな声がいつまでも止まない。間違いなくディーの声だ。けたたましい笑い声が小さくなり、波みたいにまた大きくなる。息と笑い声が一気に吐き出され、間違いなくディーだとわかる。わたしは立ち上がり、できるだけ音を立てないように廊下に出るとディーの部屋にむかった。

部屋のドアは開け放たれていて、真ん中にディーがすわっていた。床に腰を下ろし足の裏を合わせて、がっくり下げた頭は天井よりも足に近い。わたしが部屋に入っても、ディーは頭の位置を変えることなく、目だけ上げてこっちを見た。頭のてっぺんの髪はもつれてボサボサで、両肩が大きく突き出している。自分自身を脱ぎ捨てようとしているみたいに。骨だけになろうとしているみたいに。

「あの子はあんたのところ?」笑い声の合間にディーはたずねた。ディー自身にも抑えられないくすくす笑いが口から絶え間なくもれてくる。

「あの子なら大丈夫だから。あのさ、バーノンがずっとあんたを探してるよ。もどってきて家賃を払うつもりはあるわけ? わたしが今月分を払わなかったから、バーノンはあんたを強制退去させるつもりだよ」

ディーはまた目を床に落とした。くすくす笑いが消えていき、妙な調子のつぶやきになる。それから、足につきそうなくらいぐっと頭を下げた。口があるらしいところから、なにか小さな声が聞こえた。

「なに?」

突然、ディーがぱっと顔を上げた。「そんなこと聞くなんて何様のつもり? こっちはあんたになんの借りもないんだよ」

ディーがこういう人だということをわたしは忘れかけていた。躁状態になって笑い続けているかと思えば、次の瞬間にはこんなふうになる。相手に鋭い牙をむく。

わたしはディーに近づいてしゃがんだ。顔と顔をぐっと近づけ、ディーを見下ろす。目をのぞきこむ。ディーはわたしをにらみ返した。

「借りならめちゃくちゃあるよね」唾が飛ぶのがわかった。口をほとんど開かずに話す。ディーにはわたしの歯の先しか見えていないだろう。「一生かけても返せないくらいの借りがあるよ」両腕を広げてそう言うと、ディーはあたりを見回した。はじめて来た場所を見るような顔だった。殺風景な部屋。整えられたマットレスの上には、きちんとたたまれた毛布。生活のにおいがしない部屋。

ディーはわたしの視線を避けて足に目を落とした。だけど、ディーのなかでなにかが変わった気配があった。このマットレスの上で子どもを産もうとしていた女性の名残が、ほんの少しだけもどってきたような気がした。

「あの子に会いたい」ディーが言った。

わたしは首を横に振った。見なくてもディーにはそれがわかったはずだった。「好きなときにもどってきてトレバーに会うなんて、そんなこと許さない。どこの母親が自分の子どもを何週間も放っておく？　わたしがいなかったらあの子は死んでたかもしれない。わかってんの？」

ディーはまたしても敵意のこもった目でわたしを見上げた。ところが、怒りにゆがんだ顔からふと力が抜け、すねてるみたいな奇妙な表情になった。

「努力したんだよ」〝愛してる〟と言うときみたいな小さな声だった。

「これが努力？」

「わたしはあの子を愛してる。だけど、愛だけじゃ問題はなくならない。愛があったってなにもかも解決できるわけじゃない。あんたのママにはそのことがわかってたし、パパだってそうだったと思うね。あんたの部屋にいるあの子。あの子もわたしを愛してる」ディーはまばたきもせずに話し続けた。「わたしがあの子を愛するように、あの子もわたしを愛してる。だけど、もう少ししたら、あの子はわたしのダメなところに気付くだろうよ。それがどれだけつらいことか、あんたにはわからないだろう。自分の子どもにダメな親だと気付かれて、なのに自分じゃどうしようもないんだ」

ディーが立ち上がり、そのときはじめて全身が見えた。トレバーよりも痩せている。ディーはわたしのそばを通って先に玄関へむかった。二人で廊下に出ると、ディーは手すりのむこうに唾を吐いた。プールサイドのどこかに唾が落ちる音がした。ディーがぱっとわたしを振り返った。

「わたしはもうここにはもどらない。だからあの子はあんたのもの、それでいい？　ひとつだけ忘れちゃいけないよ。あの子があんたの全部を許せなくても、あんたにできることはなにもないんだからね」ディーはまた手すりのむこうに唾を吐き、わたしを押しのけて部屋にもどり、叩きつけるようにドアを閉めた。わたしは夜の闇のなかに一人で残された。これは現実？　どんな母親ならトレバーみたいな子どもを正しく育てることができる？

わたしは部屋にもどり、これからなにをするのかもわからないまま、出かけてくるというメモをトレバーに書いてKとサインした。このごろじゃ、どっちが自分の本当の名前なのかわからなくなっていたから。靴を履き、葬式の日に手に入れた黒いブレザーをはおる。最後にもう一度だけのぞき穴をのぞいて外に人がいないか確かめた。街灯の明かりとプールだけが見えた。

トレバーが袋叩きにされて以来、家を空けるのはこれがはじめてだった。記者を避けるために裏口から出てアパートを回りこみ、ハイ通りに出る。ハイ通りはいつもと変わらずそこにあった。変化のないことが変化みたいに思えるこんなときは、おなじ角でおなじ変わり者の老人が口笛を吹いてることが、落ち着くような気も恐ろしいような気もする。十二歳のころとおなじ光景がいまもあることが。八十番のバスが角で停まり、わたしは飛び乗った。ポケットの小銭全部でバス賃を払い、年をとった女の人のとなりにすわる。女の人は、サンドイッチを買うんだみたいなことを一人でつぶやいている。

パパはよく、週末になるとマーカスとわたしを連れて適当なバスに乗った。ママが仕事から帰ってくるまでの時間つぶしだ。バスに乗ると、パパは決まって運転手とおしゃべりをはじめ、わたしとマーカスの分のバス賃をまけてくれないかと交渉した。わたしたちは可愛かったしパパは愛想がよかったから、たいていの運転手は子ども二人のバス賃をタダにしてくれた。パパはわたしを膝にすわらせ、小声で言ったものだった。「ベイビー、ほしいものを手に入れるには、ああやるんだ。言葉なんか空疎だとかいう連中は嘘をついてるのさ」それからパパはバスに合わせて膝を揺らしはじめ、わたしは前後左右に揺れながら大笑いし、マーカスも風邪がうつるみたいに笑いがうつって大笑いをはじめた。

　バスの最高で最悪なところは乗ってる人たちだ。となりの女の人はサンドイッチに入れたい具材をひとつひとつ数え上げている。わたしはしばらくこのバスに乗っているつもりでいたから、シートに深くすわって女の人のむこうの窓から外を見た。タケリアをいくつか通り過ぎたけれど、どれもラ・カーサにくらべれば見劣りした。やがてバスは、教会や酒屋、葬儀場やアパートが並んでいて、そのあいだに民家が何軒か立っている地域に入った。国際大通りは、イースト・オークランドのさまざまな人生をこうして織り合わせている。バスはイースト・オークランドのさらに奥へと入っていった。わたしはどこで降りるか覚えていますようにと祈った。

　長いあいだ、体が楽器に変わるような瞬間を待ち続けていた気がする。ポップでロック《LOCK》な音楽の一部になって、みんなをダンスに引きこめるように。パパがブラックパンサー党に入ったときは、きっとそんな瞬間だったんだろう。大きなよろこびをベレー帽の下に隠し、完璧な角度を守って体を揺らしていたパパ。ママがはじめてパパの顔を見て、この笑顔を文字どおり手に入れなくてはと心に決めたときも、きっとそんな瞬間だった。マーカスがマイクにむかって歌っているときも。絵を描いているときなら、時々わたしもそんな瞬間に触れることがある。だけど、絵を描くだけじゃ足りない。心がざわつくたくさんの瞬間は、絵を描くくらいじゃ消えてくれない。

　バスの窓から外をながめていると、それぞれの音楽のなかで生きる人たちがそこら中に見えた。自転車に乗っておなじ場所をぐるぐる回っている男の子たち。肩にラジカセを載せ、頭でリズムを取っている。図書館のそばの赤信号でバスが停まった。二人の子どもが――十二歳か十三歳くらいだ――並んで歩いているのが見える。男の子が女の子の肩に腕を回し、女の子のおしりはすごく大きいから体を寄せ合うのがむずかしそうに見えるけれど、二人は苦もなく歩き続ける。女の子が彼氏にもたれると、男の子はひたいにキスをする。首を絞めてるみたいな格好に見えないこともないけれど、二人はすごく若くて本当に幸せそうで、初めてのデートにはしゃいでいるみたいに見えた。女の子が腕に下げたバッグには本がたくさん入っていた。

たぶんわたしは、幸福と綱引きするような瞬間を何度も逃してきた。あれはディモンドのパーティがある二週間くらい前だった。夕暮れ時に、またカミラにばったり会った。カミラはハイ通りのそばに停まっていたタコスのキッチンカーで夕食をおごってくれて、わたしたちは縁石にすわって一緒にタコスを食べた。食べながらわたしはカミラに質問をした。どうしていまの人生にそんなに満足しているのか。どうして路上で働こうと思ったのか。

カミラは一瞬顔を引きつらせ、それから元の表情にもどって頬を赤らめた。

「袋小路みたいな人生から抜け出すお手伝い？　なら、けっこうよ」その瞬間、見たくなかった真実が垣間見えた気がした。カミラは路上を闊歩《かっぽ》する輝ける女神じゃない。必死で生き延びようとしている普通の女だ。生き延びるというのは、世界はすばらしいと思いこみ、最高の人生を送っているんだと自分で自分をだますことだけど。

なぜかはわからないけれど、その晩、タコスのキッチンカーのそばにすわって、カミラは長い話をした。あのとき語ってくれた人生の断片は、たぶん、そんなふうに生きるようになってからはじめてする話だったと思う。わたしは彼女のことを少しずつ理解していった。カミラの望みは自分自身の体で心のおもむくままに生きること。腰を振り、ネオンの光のなかで澄まして歩くこと。

カミラは〈クレイグスリスト〉の広告に応募してこの仕事をはじめたのだという。当時、あのオンライン広告サイトはできたばかりだったし、インターネットを使う人も少なかった。

「わたしが売りにしてたのは、〝若いトランスジェンダーを支配したい男〟の欲望を満たすこと。ゲスな客ばっかりだったけど、わたしは若かったし、自分とヤりたいと思ってくれる人がいて、それで家賃も払えるなら最高だって思ってた。稼いだお金でほしかったものは全部手に入れたしね。顔を整形して、ホルモン治療もやって。本物のエージェンシーにエスコート嬢として雇ってもらうこともできたし。だけど、あいつらのピンハネはひどいもんだったし、いい仕事もろくになかった。そんなときにディモンドに誘われたのよ。

あんたくらいの年のころは、いまみたいな暮らしができるなんて思ってもなかった」カミラは緑のアクリルの指輪で縁石をこつこつ叩いた。「不満がないわけじゃないけど、むかしにくらべたらずっとマシ」

カミラの話し方はいつもとどこかちがった。わたしに嫉妬してるみたいな、叶うことなら時間を巻きもどしたいと思ってるみたいな口調だった。カミラは、激しく殴られるのにもだんだん慣れていったという話や、待ち合わせにナイフを持ってきて切り刻もうとする男たちの話をした。

「ディモンドは、わたしが新しい子を連れていきさえすれば身を守ってくれる。いまは殴ったりしない客だけ相手してるし、ディモンドもほかの客にはわたしを紹介しないようにしてくれてる」

カミラはそう言うとタコスの残りを食べて立ち上がり、指でわたしの頰をなでてから、彼女を仕事へ送っていくために待機している車へ歩いていった。

カミラは生き延びるための道を見つけ、マーカスは失敗こそしたけど夢中になれるものを見つけ、トレバーでさえ好きなことを見つけた。あの子はバスケのゴールがあればいつだって走っていく。なのにわたしは、世界が停止するくらいの愛が降ってくるのをいまだに待っている。わたしを裏返し、腐ってしまった部分を取り除いてくれるほどの愛と出会うのを。せめて、人生を耐えられるものにしてくれるなにかがほしい。どうせいなくなってしまうだれかではなく。

イーストモントに近づくと、わたしは次で降りようとワイヤーを引いて運転手に知らせた。このあたりは平坦だけど、道路に開いた穴はどこよりも深い。サンドイッチのおばあさんはまだとなりに乗っていて、一人言をつぶやき続けている。サンドイッチは現実のものなんだろうか。これからバスが行くあたりには飲食店なんか一軒もないのに、降りようとする気配もない。膝につきそうなくらい頭を低く垂れている。

わたしは立ち上がり、一瞬、おばあさんにじゃあねと手を振ろうかと思った。だけど、その人はわたしがとなりにいたことさえ気付いていないみたいだった。だから、わたしはまっすぐ出口へむかった。おばあさんが本当にサンドイッチを手に入れるのか、永遠に知ることのないまま。

自分の行く先を知ってるからって、そこへ――あの人の元へ――行きたいかどうかはまたべつの話だ。路上で働くようになる前のわたしなら、こんな売人の家《トラップハウス》には絶対に入ったりしなかった。今日は玄関のドアをノックすることさえせずに裏口へ回り、第二の家に来たみたいに中に入った。こういう場所のなにが怖いかというと、異様に静かなところだ。どこかから音楽の低音だけが聞こえてくる。遠くてくぐもった音。家のなかはどこも暗くて、抑えた声とうめき声、歯がカチカチ鳴る音がかすかに聞こえる。

入っちゃいけない場所に入るときの鉄則は、だれにもなにも聞かないこと。質問は厳禁だし、おどおどした振る舞いも厳禁。鉄則をやぶればヤバいことになる。家は木造で、木の床は割れてささくれている。ママに住所を聞いたとき、どこのことかすぐにわかった。ママの友だちは、どんな立場でこの世界を悲しむべきかママにもわかっていなかったころから、このトラップハウスに住んでいる。わたしは階段を上り、大きくCと書かれたドアをノックした。

ママがドアを開けた。

ママがもどってくるというのがどういうことか、わたしは長いあいだ考えずにきた。全部が起こったこの町にママがもどってきたら、自分はどう思うのか。それについて考えたのはずっと前のことだ。十六歳になったあの日、ママに会うことは二度とないんだろうと思った。あの日は、ママだけのためのわたしの葬式の日だった。

だけど、いまママはここにいる。『パープル・レイン』のトレーナーを着て、両手は袖のなかに隠している。「あんたが来るとは思ってなかったよ」

わたしはうなずいた。ママに自分は姿を変えられる妖怪《シェイプ・シフター》だと言われたら、わたしは信じたと思う。目の前に立ってる女の人は、数カ月前に会ったママとは別人みたいに見えた。数年前のママはこの人に呑みこまれてしまい、十年前のママは嚙みくだかれてもう跡形もない。

「なにしに来たの」ママのことをよく知らなかったら、拒絶されたみたいに感じたと思う。ママは、口になにか入れてるみたいに頰をへこませたりもどしたりしている。

「さあ。さっきディーに会って、それで急に――ママがなんであんなことをしたか知りたくなった」

わたしには答えが必要だった。わたしたちがこの手で作ってきた人生の断片を、ママにつなぎ合わせてほしかった。ママのことを自分のママだと思えるだけの理由を与えてほしかった。わたしの知っている人だと思えるように。母親だって変われるんだと言ってほしかった。トレバーにもマーカスにもわたしにも希望はあると思いたかった。

「そう。じゃあ散歩をしよう。どっちみち見せたいものがあったんだよ」ママは袖に隠れた手を差し出した。見えないなにかを渡そうとしてるみたいに。わたしがその手を取ると、ママは廊下に出てドアを閉め、きしむ階段を下りて棺桶みたいな建物を出た。

外に出ると冷たい空気が服のなかに忍びこんできた。「ほんとに散歩なんかするつもり？　ママ、もう遅いんだよ」

「すぐに済むよ。本当だから」ママは通りをあごで指して言った。

本当についていくべきなのかはわからなかった。だけど、一番キツい瞬間はすでに終わっていた。わたしはここにいてママの手を握っていて、ふたつの手はそのうち溶けてひとつになってしまいそうだ。わたしはママについて歩きはじめた。ママの最後の望みを叶えるみたいに。歩いているうちに、海のにおいが漂ってきた。空気中に気配がするほどには近いけれど、見えないくらいには遠くにある。

「ベイビー、あんたの質問に答える前にひとつ教えてくれる？」

わたしは肩をすくめた。

「なんで警官なんかと寝ようって思った？　パパがどんな目にあわされてきたか知ってるだろうに。ニュースで知ったんだよ。怒ってるわけじゃない。ただ知りたいんだ」

わたしはママから顔をそむけて言った。「わからない。でも、ほかにどうしようもなかった。気付いたらああするしかなくなってて、抜け出したくても抜け出せなかった。わかるでしょ？」

ママは横断歩道の前で立ち止まり、車が一台通るのを待った。「ベイビー、だから、そういうことなんだよ。あたしがあんなことをしたのもおなじ理由だった。パパが死んでから、心も体も自分のものじゃなくなったような感じでね。気付いたら、抜け出せないなにかにはまりこんでしまってた。ドアに鍵がかかってないことには、どこかで気付いてたんだろうと思うよ。だけど、あたしはパパが残してった深い穴の底で息が詰まりそうで、あと一分だって耐えられそうになかった。だから、全部終わらせようとしたんだ。鍵のこともあんたのこともソラヤのことも考えられなかった。なのにあたしの手首の切り方が甘かったせいで、ソラヤが抜け出してプールで溺れたってことを知らされて、なにもかも手に負えなくなった。あたしのなかでなにかが終わって、元にもどることは二度とないような感じがした。いまだに自分があの日生き延びたとは思えないんだよ。一分だって生き延びたとは思えないんだ」

手のなかでママの手が温かい。見覚えのないママの姿がはじめて見えたような気がした。その姿は優しくて弱かった。こんなに正直な言葉をママの口から聞くのは久しぶりだった。

ママはまた話しはじめた。今度は小さな声だった。「ソラヤがプールのそばではじめて歩いたときのこと、覚えてるかい?」また始まった。ママはいつだって記憶のらせんに隠れてしまう。わたしはつないでいた手を離してポケットに入れた。「みんなでプールサイドにいてフットボールの試合があったからラジオを聞いてて、いい天気だったからマーカスは友だちと遊びに行ってて、あんたはクラスの女の子たちはみんなパーティにいるのにって不満げだったけど、あたしは娘を水曜日に外出させるようなまねはしなかった。あんたは癇癪を起こしそうで、尻を引っぱたいてやろうかと思って振り向いたら、あの子が立っててなにかおしゃべりもしてて、片方の足を上げて前に出した。それからもう片方の足も前に出して、あたしはそのまま永遠にあの子が歩くのを見ていたかったけれど、あの子は飛び込もうとでもするみたいにプールにむかって歩いてて、なにがなんでもプールの水を味見するんだって決意してる目をしてた」

「だから、ママはあの子を抱き上げてプールから離したんだよね。でも、あの子は今度ははいはいになってプールにもどっていこうとした」

「あの子が歩くのを見たのはあれが最後だった」ママの目から涙があふれた。わたしたちは国際大通りに入っていた。なのに、いつものあの通りにいるとは思えなかった。すぐそばにはママの顔があって、わたしの肌は隠れてて、自分がどこへむかっているのかもわかっていない。わたしはただママについていく。ママは少しだけ前を静かに歩いている。こんなに静かなママを見るのはいつぶりだろう。連れて行きたい場所があると言ってはいたけど、さまよってるだけなんじゃないかと思えるくらいママの歩き方は遅い。

フットヒル大通りに着くと、ママはもう一度わたしと手をつなごうとした。わたしは近づいてきたママの手をよけ、ゆっくりとまた体のわきにもどした。だけど、ママはあきらめなかった。わたしが握りしめた手を包みこむように握って、ママの手がわたしのこぶしの殻みたいだ。わたしもその手をわざわざ振り払うことはしなかった。ママは街灯の明かりが霧でかすむほうへむかって歩き続けた。カミラの姿を見つけてもわたしは驚かなかった。銀色に輝くカミラが、二十歳は離れていそうな若い女の子の体に腕を回して歩いている。若いと思ったのはそういう歩き方をしていたからだ。おぼつかない足取りでジグザグの線を描きながら。

交差点では、速度計さえついていなそうなおんぼろの車が何台も猛スピードで行き交っていた。カミラはわたしに気付いていない。たぶん、わたしが夜の闇に溶けているから。ちょっと待っててとママに言うと、ママはためらいながらつないでいた手を離した。このまま逃げてしまうんじゃないかと心配しているみたいだった。

カミラは大またで歩き、連れの女の子はついていこうと小走りになっている。二人ともわたしなら絶対に転びそうなヒールを履いていて背が高く見える。カミラが行く手にすっと手を伸ばし、空中のなにかをぱっとつかんだ。透明なハエがいたのかもしれないし、カミラだけに見える綿毛が漂っていたのかもしれなかった。

車道を走って渡ると、ママも急いで追いかけてきた。わたしはカミラと大声で呼んだ。カミラが振り返る。笑っているのは、こっちを向く前からわたしだとわかったんだろう。となりの女の子に回していた腕を離し、ほんの数秒で駆け寄ってくると、わたしの腰をきつく抱きしめた。

「かわいい子《ミハ》」カミラは服に合わせて銀色のウィッグをつけていた。ラメの光るまつ毛のすぐ上で、銀の前髪がひらひら揺れている。

どうしてた？　と聞くと、カミラはわたしの質問には答えずに言った。「あんた、あちこちでニュースになってるよ。わたしのかわいい妹分にあんなにたくさんお客がいたなんて知らなかったわよ」喜んでいるのか感心しているのか嫉妬しているのかはわからない。どれだろうとカミラはかまわないのだ。自分を傷つけないならカミラにはなんだってかまわない。そして、できる限りのことをして相手を助け、そのあとはあっさりいなくなる。カミラみたいな人はほかに見たことがない。みんなを心底愛して、なのにためらいもしないで相手から去ることができる。

わたしは肩をすくめた。「いつのまにかああなってたんだよ」

カミラは、スウェットパンツにスニーカーというわたしの格好を上から下までじろじろ見た。「そんななりじゃ今夜は一人もつかまらないだろうけど」

「あの仕事はもうやらないよ」わたしはそう言い、ママのほうを目で指して続けた。「いまはママと散歩してるだけ」

「そんな格好で？　ほんと、あんたって突拍子もない子よね」

わたしはカミラの連れの子を見た。若い女の子は、ネックレスをいじったり、脚の動きを取りもどそうとする老婆みたいに膝を曲げたりしている。わたしはあたりを見渡して、カミラを迎えに来たスモークガラスの車がないか探した。だけど少しでもマシな車は一台も見当たらない。わたしはカミラに目をもどし、さっきとおなじ質問を繰り返した。「どうしてた?」

「ディモンドが捕まってから、いろいろちょっと大変なのよ。女の子たちもほとんどはグループホームに入れられて、刑務所に入れられた子も何人かいるし。わたしも留置所に二日だけ入ってたけど、罰金だけ取られてすぐに出されたの。年増だから更生の意味がないって思われたのかもね」カミラは笑い、手でウィッグの銀髪をすいた。「常連の客もほとんどいなくなっちゃったから、またエスコート業にもどったってわけ。それはいいんだけど、お客が情熱的になりすぎるのはどうしようもなくって」カミラはそう言ってスカートの裾を引っ張った。「だから、ちょっと大変なのよ」

カミラがスカートの裾を引っ張るまで、脚のあざには気付いていなかった。カミラは太ももの青く変色した部分を隠そうとしている。星座みたいな、脚を強くつかみすぎた指の跡。やっぱり以上の感情も感想も湧かなかった。当然のなりゆきだから。カミラが銀色であざだらけなのは当然だから。そう、当然だから。

わたしがうなずくと、カミラは痛む体で笑った。わたしは最後にもう一度カミラを抱きしめた。

「気をつけてね」

カミラはわたしの頬に触れてうなずいた。「またね」

軽く背中を叩いてちがう道へと歩き去ったのは、今度はわたしのほうだった。〝また〟がないことはわたしもカミラもわかっていた。一週間たとうと一カ月たとうと一年たとうと、路上でばったり出くわすことは二度とない。バスの窓から外を見ているときに、〝しわが増えたけどもしかしたら〟と思うことはあるだろう。だけど、顔を合わせることもハグをすることも二度とない。わたしは待っているママのところにもどり、自分から手をつないだ。ママは、胸から上がぱっと輝くような笑顔になった。

ママはフットヒル大通りも国際大通りもあとにして、立体交差の下の道路《アンダーパス》へむかった。

「迷ったの？」わたしはママに声をかけた。

ママはちがうと首を振って歩き続け、やがてわたしたちは暗闇に包まれた。行く手の高速道路から車が走るシュッという音が時々聞こえるほかは、静まり返っている。ママがわたしの手を引いて右へ向かおうとしたので、わたしは足を止めた。「あっちは道じゃないよ」

ママにぐっと手を引かれ、わたしはしぶしぶ歩き続けた。「わたしを信じてちょうだい」わたしはママを信じていない。信じられたことは一度もない。だけど信じたい。世界中のだれより、心の底からママを信じたい。だから、わたしの足は動き続けた。かかとからつま先、かかとからつま先。坂になった高速道路の連結道路《ランプ》が虚空の幻みたいに見える。暗闇が川となって流れ、また暗闇へと続いていく。ところが、ランプから上の道路《オーバーパス》へ出た瞬間、暗闇が終わる。わたしたちは猛スピードで行き交う車に囲まれている。高速道路とがれきを分ける線の上になんとか立っている。

わたしはママとつないだ手に力をこめた。手をつなぐことでだけ、きしるタイヤや高速で走り過ぎる車から身を守ることができるみたいに。人間はわたしたち二人しかいないみたいだった。これまではママのことをとりあえず正気だと思っていたとしても、いまはちがう。なぜなら、わたしをこんなところに連れてきて平気な顔をしてるから。散歩やちょっとした寄り道をしてるみたいな顔で。猛スピードで走る車とすれすれの場所に立っているのに。

遅い時間だから車の数はそれほど多くない。だけど、走ってる車はどれも時速百三十キロとか百四十キロくらい出している。トラックが近づいてくると、わざわざ見なくても、上着に吹きこんでくる風だけでそうとわかった。

生きながら幽霊になるというのは、まさにこういう感じなんだと思う。わたしとママは、道ばたのがれきや、カリフォルニアの永遠の日照りにも負けない木々のあいだにまぎれて立っている。この道路で一番奇妙で一番透明な存在。暗闇に溶けこみながら、信じがたいほど場違いなわたしたち。

「ママ、マジでこんなところでなにするつもり？」ママの訳のわからない言動に耐えるのもそろそろ限界に近かった。高速道路のそばでママと並んで立つなんてことに、あとどれくらい我慢できるだろう。ママは簡単な質問にさえ答えようとしないのに。

ママは息を大きく吸い、そして止めた。ママが勢いよく息を吐き出し、空中に息の洪水を起こす瞬間を待つ。だけど、ママはまだ息を止めている。自分で自分を窒息させて死のうとしてるんだろうかと疑いはじめたころ、ママが口を開け、息を吐き出しながら雄叫びを爆発させた。その叫び声は、ママが口を閉じたあともまだ消えなかった。空へ舞い上がって雲に飛びこみ、甲高いこだまとなってわたしたちに降りかかってきた。

ママの叫び声が口から爆発した瞬間、わたしは反射的に手を離して飛びすさった。ビニール袋を踏んだ、くしゃっという音がする。ランプを駆け下りて逃げてしまおうか、それとも高速で走る車に飛びこんでしまおうかとさえ思った。なんでもいいからママとママの叫び声から離れたい。ママが振り返り、やぶの奥まで後ずさったわたしに手招きした。わたしは動かなかった。来ないでと言うかわりに両手を胸の前で上げる。

ママの頬がすこし緩んだ。「ベイビー、心配しないで」車の音や永遠に消えない残響に負けじとママは声を張り上げた。「あんたは叫ばなきゃいけない」

わたしは首を横に振った。「ほんとにおかしくなっちゃったんじゃないの？」わたしの声は小さく、震えていた。ママに聞こえたかどうかはわからなかった。

ママが繰り返した。「あんたは叫ばなきゃいけないんだ。叫ばなくたって、なにもかもきっとよくなる。それでも叫ばなきゃいけない」

「もう帰る」わたしは言ったけれど、足は動かなかった。

ママが自分の胸に手を当てた。心臓の鼓動を確認しているみたいなしぐさだった。また口を開いたママは小さな声だった。わたしがママの唇を読んだのか、勝手にそう思いこんだのかはわからない。だけど、ママはたしかにこう言った。「手放すんだよ」

わたしは口を開け、また閉じ、そして言った。「なんで?」

「だれだって重石を抱えたままじゃ歩けるようにはならないから。ベイビー、わたしはあんたに水へむかって歩いてほしい。あんたには泳いでいてほしいんだよ」ママがあごを上げ、海の音がするほうを向いた。見えないけれど、湾の音がするほうを。ママの言ってることはめちゃくちゃだ。なのに、ママがこんなにも腑に落ちることを言うのもはじめてだ。

わたしはゆっくりと口を開けた。あごがぎこちなく動き、喉の奥から声を出すことができるだけの空間を作る。なのに、叫ぼうとしても声ひとつ出ない。

ママが近づいてきて、わたしは顔をそむけた。ママはもう一歩踏み出してわたしの正面に立ち、自分の胸に置いていた手を上げて、わたしの胸の上に置いた。心臓の上じゃない。肋骨が食道と血管に場所を譲るあたりに。ママの声がはっきりと聞こえる。ソラヤにプールから離れなさいと言ったのとおなじ声。ソラヤが水に落ちないように抱き上げたのとおなじ手。ママのうしろを車が走り過ぎ、わたしたちだけが巻き起こった風のなかに残される。ママの手は温かい。

「沈黙は人を飢えさせる。あんたは自分に声を与えなきゃ」母音を引き延ばすルイジアナ訛りが音楽みたいだ。もう一度叫ぼうとしてみたけれど、今度も声は出ない。パパとママの子どもなのに、どうしてわたしは自分の体を音符に変えることができないんだろう。

ママが両手を上げてわたしの顔へ近づけ、頬にそっと当ててあごへとすべらせた。人差し指をわたしの口のなかに差しこみ、あごを蝶番みたいに開かせる。少しずつ、わたしの口は楕円形に開いていった。そうするあいだも、ママは手のひらをわたしの頬に当てたまま、叫びなさいと繰り返した。突然、喉の奥から叫び声が出た。唐突に湧き上がってきた声は、はじめは怒りの雄叫びで、やがて子どもみたいな泣き声に変わっていった。うめき声、むずかるような泣き声、女と子どものあいだの声。

わたしが叫ぶと空がそれを拾い、投げ返されるこだまは少しだけ音楽みたいに聞こえた。見えないトロンボーンが鳴らす長い音。最後まで消えないオルガンの一番低い音。冬の日の戦場から上がる戦火みたいに、わたしの体からはあとからあとから音があふれ出した。ママはわたしのこわばったあごをいつまでもなで、涙はわたしの肌へ溶けていき、とうとうそれ以上は声を出せなくなって胸は大きく上下し、息を切らしてむき出しになったわたしをママは抱きしめ、そのあいだ車は一瞬も停まらなくて、速度を落とすこともしなくて、わたしとママはわたしたちの名前も知らない空とアスファルトのあいだから動くこともできなくて、あらゆるものがわたしたちのそばを猛スピードで走り過ぎていって、やがてママはわたしをバス停まで送っていって自分はあの家に帰り、これからもわたしたちはあの高速道路でなにがあったか話すことはない。あれは夜のことで、わたしたちは幽霊だった。それでもママはわたしに泳ぎ方を教えてくれた。そして、水のなかは暗闇じゃない。暗闇じゃない。

家に帰ったのが何時だったかは覚えていない。覚えているのは目がさめたときのことだけ。ドアを叩く音がした。こぶしで叩く音。のぞき穴をのぞくと、バーノンの目が見えた。うしろに女の人が立っているのが見えた。その人の手にあるクリップボードも。固く結んだ口元も。

回復にむかっているトレバーの体はまだ眠りの繭に包まれていて、わたしは玄関から部屋の奥へもどった。マットレスのそばへ行く。のぞき穴を確認したことはもうバレているんだから、そこから離れたって存在を消せるわけもないのに。こうなることはわかっていたはずだった。何度も警告されたのに、それでもわたしは逃げ切れると思っていた。ずっとトレバーと一緒にいられると思っていた。どうにかなると思いこんでいた。

「キアラ、ドアを開けろ。警察を呼ぶぞ」バーノンのいつものどなり声がする。

トレバーが目を覚ましそうになり、わたしはまた眠りに落ちますようにと祈った。眠ってしまえば、これから起こることを知らずにすむ。わたしから連れ去られ、赤んぼうみたいにしがみついたわたしの首から引き剝がされる瞬間を、眠っていれば知らずにすむ。ドアを叩く音は止まなかった。トレバーが腫れた目をできるかぎり開き、茶色い瞳がのぞいてわたしを見上げた。爆発から身を守る盾を探すみたいに、目が忙しなく動く。顔をしかめて口を開き、なにがあったのか聞こうとして、傷が痛むのかまた口を閉じた。

わたしはトレバーのほうにかがみこみ、頭をなでた。傷の手当のために剃った頭からはまた髪が生えていて、触っても頭蓋骨の感触はもうしない。わたしは小声で言った。「トレバー、ベイビー、あんたに会いに来た人がいるの。これから、その人があんたをしばらくべつの場所に連れて行くかもしれない。わかった？　でも、こわがらないでいいんだよ。ドアを開けに行くから、あんたはここで寝てていいからね」わたしは淡々と言った。そうしないと声が上ずってしまいそうだった。わたしを作る傷という傷があらわになって、口のなかに隠した恐怖という恐怖が流れ出しそうだった。

わたしはゆっくりと玄関へむかった。こわかった。これからどうなるのかこわかった。やったのはきっとママだ。バーノンか市役所か、とにかくあのスーツ姿の女性の首根っこを押さえているだれかに電話をかけたんだろう。女性はいつだってだれかに首根っこを押さえられていて、ドアをノックするそいつのそばに黙って立たされる。

ドアノブをつかんで、ひねり、引いた。わたしとバーノンと女性を隔てる物はもうなにもない。バーノンは顔をゆがめて立ち、女性はその横で待っている。

「どうかした？」わたしは言った。

「児童保護サービスのミセス・ランドールだ」あれだけ躍起になってわたしにドアを開けさせたのに、バーノンは心底どうでもよさそうな顔だった。退屈しているようにさえ見える。「あとは任せる」バーノンはミセス・ランドールと呼ばれた女性にそう言うと、階段を下りていった。

ミセス・ランドールは、子どもがお日さまに描くような顔をしていた。丸い輪郭にゆがんだ目鼻立ち。ドレッドヘアのせいで、どちらかというと詩人みたいだ。スーツじゃなくてショールのほうが似合いそうだと思った。

ミセス・ランドールが片手を差し出したので、わたしは握手をした。「こんにちは。入っても？」なにもわかっていなかったころなら、ノーを突きつけたと思う。トレバーにもマットレスにも近づくんじゃないと言ってやっただろう。本当は、わたしたちにはここしかないんだから出て行けと言ってやりたい。だけど、わたしは「もちろん」と答え、ミセス・ランドールは部屋に入ってきた。

ミセス・ランドールがトレバーを見た瞬間、すべてが終わった。かさぶただらけのトレバーを前にして、ミセス・ランドールの顔色がさっと変わったのだ。顔色を変えるのも当然だと思う。トレバーの体こそ、この場所がこの子を打ちのめしてしまったことの何よりの証拠だった。わたしがこの子を守れなかったことの。心のどこかではほっとしてさえいた。わたしが張本人だったら、と思ったのだ。この子をこんな目にあわせた張本人になっていたら？

ミセス・ランドールがマットレスに近づくと、トレバーが震え出し、身をよじりはじめた。こんなにケガがひどくなかったら、逃げようとして部屋の隅で小さくなっていたと思う。わたしはミセス・ランドールを回りこんでマットレスに腰かけ、トレバーを両腕で抱きしめた。トレバーがわたしの胸に顔をうずめる。知らない女の人もわたしも、なにも見なくてすむように。

ミセス・ランドールがマットレスのそばにしゃがんだ。「トレバー、こんにちは。わたしはテリッサよ。少しお話しできないかな」

トレバーは聞こえない振りをして返事をしない。

ミセス・ランドールは、もう一度立ち上がりながらわたしに声をかけた。「先に二人で話しましょうか。外に出ましょう」

わたしはうなずき、トレバーの耳元に顔を寄せて言った。「トレバー、ちょっと立ち上がるよ。すぐにもどってくるからね」

胸にもたれてくるトレバーを、わたしは文字どおり押しのけなくてはならなかった。トレバーは倒れこむようにしてマットレスに転がり、枕に顔をうずめた。

わたしはミセス・ランドールについて外へもどり、ドアを閉めた。わたしたちは半分だけ向き合うような格好で立ち、プールに面した手すりにもたれた。

ミセス・ランドールは眉間にしわを寄せて話しはじめた。「いいですか、ジョンソンさん、正直にお話ししますよ。あなたはあの子の法的な保護者ではないし、あの子がある種危険な状態にあることは間違いありません。あなたたちどちらにとってもこの状況はいいことだとは思えません。この数年で三回もソーシャルワーカーたちがトレバーと母親の様子を見に来ているんです。あなたがあの子を助けようとしてきたことはわかっていますよ。でも、それは本来あなたがするべきことではないし、本当ならわたしたちに連絡するべきだったんです。

通常なら、児童を誘拐して危険にさらした疑いであなたを警察に通報するところですが、今回のケースはそれには当てはまらないと思います。あの子があなたを信頼していることは見ればわかります。二人を守れるようにわたしも最善を尽くすつもりです」ミセス・ランドールはそこで言葉を切り、プールを見てからまたわたしに目をもどした。「でも、トレバーをあなたのもとに置いておくことはできません。安全を確保されていないことも、育児放棄されていることも、あまりにも明らかだから。あの子はこちらで引き取らなくてはなりません。今後、トレバーには一時的に養護施設に移ってもらい、そのあいだに、安定した環境を与えられるように手続きを進めていきます。里親のもとに留まれるように手はずを整えることになるでしょうね。あなたがトレバーと接触することは許されません。少なくとも当分のあいだはね。わかりますか？」

ミセス・ランドールの言っているのは、わたしをかろうじて保っている薄皮を次の瞬間にも切り裂き、バラバラにしてしまうようなことだ。なのに、わたしはぼんやりとこんなことを考えていた。この人はこういう話を毎日のように繰り返している。わたしみたいな人たちと向かい合い、相手を悲しみのどん底に突き落とす事実を告げている。大勢の人を絶望させなきゃいけないなんて、どれだけつらいだろう。

「あの子にはわたしから話していい？」本当はそんなことしたくない。あんたはいまよりもっと一人ぼっちになるんだよとトレバーに伝えるなんて。だけど、本当のことを伝えないのは間違ってる。他人があの子を絶望させるくらいなら、わたしがやる。

「もちろん。必要なものをバッグにまとめて持ってきてちょうだいね。わたしはそこで待ってますから」ミセス・ランドールはプールのほうをあごで指して言った。これで話は終わりだと言いたげに。ミセス・ランドールがやるべき仕事は済んだのだ。

部屋にもどると、トレバーはおなじ格好でうずくまっていた。さっきとちがって頭から毛布をかぶっている。ひょろ長い体をせいいっぱい小さくして、毛布の下で丸くなっている。マットレスに近づくと床がきしみ、トレバーが震えはじめた。毛布にさざ波が立つ。

「わたしだよ」わたしはせいいっぱい普通の声を出した。二人で暮らす日々がこれからも続くみたいに。これからも二人でドリブルをしたりキッチンでパーティをしたりできるみたいに。「話があるの」

わたしはもうマットレスのそばにいた。床に膝をつく。マットレスの上にかがみこみ、毛布のはしをつまんでゆっくりとめくった。トレバーは顔をくしゃくしゃにして泣いていた。顔中にしわが寄り、腫れた目からこぼれた涙が頰の上のしわに溜まっている。首を横に振り、声を出さずに口を動かす。

わたしの見ている前で、トレバーが崩れていく。ばらばらになっていく。額に触れると燃えるように熱かった。体が自分自身を燃やして消えてしまおうとでもしているみたいだ。燃えてしまえば、これから待ち受けていることから身を守ることができるから。胸が張り裂けそうだった。わたしはいま、これまで生きてきた中で一番つらいことをしている。それはトレバーのために大人になること。崩れていくトレバーを食い止めること。そうするほかにできることはないから。

「トレバー、わかるよ」わたしはうなずきながら声をかけた。そうすれば、トレバーの傷をなかったことにできるみたいに。ほほ笑みさえすれば、この子が崩れてしまうのを止められるみたいに。「わたしの話を聞いて」

トレバーは首を横に振り続けた。茶色い瞳がトレバーの目に日食を起こしている。

わたしはトレバーの耳元に口を近づけ、鼻歌を歌いはじめた。わたしの歌だけを聞き、空気のかすかな震えだけを感じられるように。少しずつトレバーは首を振るのを止め、鼻をすんすん言わせる音が聞こえはじめた。わたしは鼻歌をやめた。

「話を聞いてちょうだい。できる?」

トレバーは一度だけうなずいた。

「さっきの女の人が、これからあんたを新しい家に連れて行くの。ちょっとのあいだだけだから。すごくいい人だったし、あの人のかっこいい車に乗ったらラジオをつけてって頼んでごらん。きっとつけてくれるから。あんたのママはすぐには帰ってこない。でも、わたしがあんたをここに置いとくのはもうダメなんだって。だから、わたしが次の方法を考えつくまでべつのところで暮らすの。わかった?　ずっと離れ離れじゃないんだよ」

そう言っているあいだでさえ、ずっと離れ離れになるんだろうと思っていた。トレバーの顔を見るのはこれが最後になるんだろう。二人で一緒にマットレスの上で丸くなり、別れる覚悟ができるまで隠れていたい。だけど、トレバーと別れる覚悟なんて永遠にできないし、ミセス・ランドールはプールサイドで待っている。トレバーは傷の治りきっていない腫れた唇を思いきり突き出していて、悲しみに押し流されてしまわないように必死で耐えているのがわかる。

わたしは笑顔を作った。「ほかの子たちと遊べるかもよ。バスケでこてんぱんに負かしてやりな。あんたの最高なダンクシュートを見せてやるの」わたしはトレバーの頭の下に手を差しこんで押し上げた。トレバーが上半身を起こし、マットレスの上にすわる。

わたしはトレバーの頰を両手ではさんだ。ゆうべママがわたしにしたみたいに。この世の唯一の存在みたいにトレバーを見つめた。トレバーがこの世の唯一の存在だったらよかった。

「あんたなら大丈夫」

わたしはトレバーの鼻のてっぺんにキスし、両腕で抱きしめた。トレバーがわたしの肩と首のあいだに顔を押しつける。永遠にこうしていられるなら、喜んでそうする。トレバーをずっと抱きしめていたい。完璧なトレバーを腕のなかに感じていたい。この子が顔を輝かせてダンスするのが当たり前だったころにもどりたい。だけど、ミセス・ランドールのヒールの音が近づいてくるような気がする。我慢の限界に近づいているのがわかる。

わたしはトレバーの頭のうしろをなでた。あの事件のあと、唯一ひどく腫れなかった場所。うしろに手を回し、わたしの腰にしがみついたトレバーの腕に触れる。このままじっとしていたいという衝動にあらがって、結び目をほどくみたいにトレバーの両腕を自分から離そうとする。できることならこのままでいたいのに。しゃくりあげるトレバーを押しのけるようにして立ち上がり、青と黄色のリュックにトレバーの服を詰めた。九歳の誕生日に贈ったリュックだ。本物のウォリアーズのリュックは高くて買えなかった。トレバーはウォリアーズのロゴをしばらく探していたけれど、チームのグッズじゃないからロゴはないんだと気付くと、失望を押し隠してありがとうと言った。ディーはたくさんの失敗をしたけれど、礼儀だけはちゃんとトレバーに教えたのだ。

わたしはリュックのファスナーを閉めてマットレスのはしに置き、トレバーに向き直った。トレバーはまた胎児の格好に丸まっている。両手をつかんで起こそうとすると、頭が重たげにうしろに垂れた。抱え上げて床に立たせようとしても、トレバーは膝に力を入れようとしないで、倒れこむみたいにうずくまった。脅すとか叱りつけるとか母親っぽくたしなめるとか、そういう手段に訴えてもよかった。だけど、一緒にいられる最後の時間をそんなふうに過ごすなんて耐えられなかった。かわりにわたしは床にしゃがみ、トレバーの両膝の下に腕を差しこんで、小さな子を抱っこするみたいに抱え上げた。バスで寝てしまった子どもをベッドへ連れて行くみたいに。トレバーは重かった。血と涙と、歩くことも呼吸をすることもままならないほどの重荷を、体のなかに抱えているから。苦労してノブをつかみ、どうにか少しだけドアを開けると、もどってきていたミセス・ランドールが気付いてドアを大きく押し開けた。

「歩きたがらないんだ。この子を車まで運ぶから、マットレスからリュックを取ってきてくれない？」ミセス・ランドールの目は見なかった。彼女のそばをふらつく足で通り過ぎ、階段へむかう。一段ずつ慎重に下りていくわたしのあとを、ミセス・ランドールがトレバーのリュックを持ってついてくる。下に着くとミセス・ランドールが表へ向かおうとしたので、記者がいるから裏口を使わないとと声をかけ、先に立ってプールのそばを通り過ぎ、だまって裏の門をあごで指した。ミセス・ランドールは門を開けてわたしとトレバーを通し、通りに停めてある黒い車へ急ぎ足でむかった。

ミセス・ランドールがポケットから鍵を取り出し、ボタンを押す。電子音とともに鍵が開き、ミセス・ランドールがうしろのドアを開けて押さえた。トレバーがまた震えはじめ、わたしのTシャツに涙が染みこんでいった。わたしはもう一度トレバーを抱え直し、後部座席に寝かせようとした。トレバーが首に両腕を巻きつけてくる。わたしはその腕をつかんで首から離しながら、かがみこんでトレバーの額にキスした。「大好きだよ」小声で言う。運転席に乗りこんで、この子を安全な場所へ連れて行ってしまいたい。震えずにすむ場所へさらっていきたい。だけど、わたしたちにそんな余裕がないことはわかっている。唯一残された選択肢はこれだけ。トレバーは知らない車の後部座席で粉々に砕けていく。わたしはしがみついてくるトレバーを振りほどき、ドアを閉める。あの子が泣く声を聞かずにすむように。

ミセス・ランドールは車に乗る前にわたしのほうを向いて言った。「ありがとう、ジョンソンさん」だけど、わたしはとっくに彼女に背を向けて通りを歩きはじめていた。バス停へむかって。車が行き交う道路へむかって。ミセス・ランドールがなにを言ってもこんな瞬間がマシになることはないし、遠ざかっていく車を見送ることにも耐えられない。いつまでも残るトレバーの悲鳴を聞きながら、あの子はまだ息ができているんだと思うなんて。

わたしはマーシャに電話をかけた。発信音を聞きながら、自分がマーシャの番号を暗記していたことに気付いた。マーシャが出ると、ひと言だけ言った。「やるよ」マーシャは二十分後に迎えに行くと言い、わたしはバスケのコートにいると言った。わたしはがらんとしたコートの前に立っていた。傾斜を上り、ゴールの真後ろにあるベンチにすわってハイ通りをながめた。目に映るすべてのものが忙しなく絶え間なく動いていた。この街はいますぐ動きを止め、ひざまずいてトレバーがいなくなったことを悲しまなくちゃいけないのに。このコートは記念碑。トレバーのために沈黙する唯一のもの。つむじ風みたいに忙しないこの世界に、たったひとつトレバーが残していったもの。

トレバーが連れて行かれて一週間がたち、大陪審が正式にはじまって五日がたち、今日はわたしが証言台に立つ日だった。リーガル＝ハイの門を出ると、記者たちが群れになって襲いかかってきて、聞き取ることさえできない質問を矢継ぎ早に投げかけてくる。わたしはマーシャの車のドアを開けて助手席に乗りこんだ。マーシャはすかさず丸めた布みたいなものをわたしの膝に置き、「着替えて」と言った。布をつかんで広げてみる。それはこれまで見た中で一番上品で一番地味な黒いワンピースだった。「後部座席に靴も用意してあるから、うしろで着替えて」

うしろを見ると黒い靴が置いてあった。ヒールは申し訳程度で、ほぼフラットシューズだ。マーシャとは足のサイズが少なくとも三つはちがう。ということは、わたしのためだけにこの靴を買ったんだろう。マーシャは車を出し、わたしは後部座席に移って服を着替えた。頭からワンピースをかぶり、ヴァンズを脱いで黒い靴を履く。自分の姿を見下ろすと、粉を吹いた膝といくつも傷跡のある脛《すね》が目についた。

あの日電話をかけて以来、マーシャは毎日わたしに証言の練習をさせ、大陪審がどんなふうに進んでいるのか、把握しているかぎりのことを話した。警官たちはすでに証言を終えていて、陪審員たちが評議に入る前に証人が出廷するのは今日が最後だ。アレとは何度も連絡を取ろうとしたけれど、一度も電話がつながらない。留守電を残そうとすると決まって声が出なくなるから、わたしはいつも無言で電話を切った。ゆうべはどうにかひと言だけ伝言を残すことができた。「トレバーが連れてかれた」それから電話を切り、マーシャから覚えておいてと渡されていた原稿に集中した。大事なのは暗記することじゃないの、とマーシャは言った。自分の身になにが起きたか思い出すこと。わたしが自分の身に起きたことを忘れられるとでも思っているんだろうか。

　わたしは座席のあいだから顔を出して、マーシャの横顔を見た。とがったあご。かすかに左右に動く口。

「戦略は？」マーシャが言った。ピリピリした声だ。

　わたしは手首にはめていたヘアゴムを外し、ツイストに編んだ髪を——今日のために、マーシャがお金を出して二、三日前に編み直してもらった——ひとつにまとめる。首の上に重みを感じたかった。

「落ち着く。自信を持つ。わたしは未来ある若者で、トラブルに巻きこまれただけ」わたしはマーシャに叩きこまれた言葉を繰り返した。「陪審員全員がわたしを見るの？」

「そのために法廷にいると言ってもいいわね」

　わたしは手のひらに頬をのせ、マーシャの石みたいに硬い顔を見た。「わたしはなにも悪くないって、本気で思ってる？」

　マーシャは一瞬だけ道路から目を離し、わたしの顔をちらっと見た。「あなたが悪いことをしたのなら、ハリエット・タブマン（黒人奴隷の逃亡を支援する組織「地下鉄道」指導者の一人）もグロリア・スタイネム（フェミニストでジャーナリスト。女性解放運動の先駆者的存在）も、世間からの逆風に耐えてやるべきことをやり通したたくさんの女たちも、みんな悪いってことになるわね」咳払いをして続ける。「ほかに選べる道もあったんじゃないかとは思ってるわよ。

でも、あなたがあんな目にあうべきだったとはまったく思わない」

こういうとき、わたしはマーシャもほかの白人女性とおなじだと思い知る。この人たちにはわたしがどんなことを経験したか絶対に理解できない。わたしとだれかを比べようとしても、ハリエット・タブマンやグロリア・スタイネムくらいしか思いつかない。わたしはポスターになったパパの顔を思い浮かべる。わたしの脚はパパの手とおなじようなもの。柔らかくて魅力的で、なのに突然、柔らかくもなければ魅力的でもなくなる。わたしたちを形作る神聖な部分に近づいたかと思えば、ふいにまた、まるでちがうなにかになる。

車内にはしばらく、控えめなエンジン音と、信号が変わるのを待っているマーシャが人差し指でハンドルを叩く音だけが流れた。トレバーが連れて行かれたことはマーシャも知っているけれど、わたしたちはその話題を避けていた。なにがあったか知ったマーシャが——一体だれに聞いたんだろう——水を向けてくると、わたしは横目でにらんではねつけた。マーシャにあの子の名前を口にする権利はない。証言をしようと決めたのは、しない理由が単純にないから。トレバーがいなくなったのなら、わたしは路地で警官に見つかったあの夜よりも一人ぼっちになる。これまでで一番一人ぼっちになる。マーカスがいなかったら、打てる手をすべて打ってマーカスを取りもどさなくてはいけないから。マーシャが間違っていたら、わたしの証言がマーカスの釈放につながって、いくらかお金を手に入れて、二人で人生をやり直せるように。わたしはまた売春かなにかをする暮らしにもどって、運がよければべつの生き方を見つけるだろうし、証言をして、あとはマーシャが正しいことを祈るしかない。そうじゃなければそのまま路上に立ち続ける。凍えながら。

裁判所の駐車場に入ると、マーシャはブレーキをかけて体ごとわたしのほうを向いた。「アパートから記者たちがずっとつけてきてる。ここで二分くらい待ちましょう。そうすれば報道陣は正面玄関のまわりに集まるから。あなたは記者たちのあいだをまっすぐ歩いていくの。わたしについてきて。いい？」氷みたいな目を大きく見開いている。

わたしはうなずいた。

マーシャはドアを開けようとしてまたわたしに向き直った。「外にはあいつらもいる。男たちという意味よ。あなたとその……わかるでしょう、その人たちかはわからないけど、とにかく関係者は来ているの。連中もあなたをにらんで威嚇しようとしてくるかもしれない。でも、目を合わせちゃだめ」

「むこうは見てくるのに、なんでわたしは見ちゃだめなわけ？」

「いいから目を合わせないで」

マーシャはガチャッと音を立ててドアを開け、ヒールを履いた足で地面に降りた。わたしも後部座席のドアを開け、アスファルトに足を下ろしてまっすぐに立った。スニーカー以外の靴で歩くのは数週間ぶりだったから、上品な歩き方を足が忘れている感じがした。靴は新品だし、すぐに脱げそうになる。はじめのうち、聞こえるのは時々背後を走っていく車のシュンという音だけだった。湖から吹いてくる塩っぽい風が、わたしたちと一緒に裁判所の階段を上がっていく。階段には仕事着と私服のあいだみたいな格好をした人たちが並んでカメラを構えている。わたしの名前が何度も繰り返されて、ハチの群れが歌ってるみたいだ。そのあいまを、ほんの少しの聞き取れる言葉が時おり流れてくる。

「ジョンソンさん、少しだけお時間よろしいですか？」

「大陪審の結果に期待は？」

甲高くて耳障りな声が一瞬も止まずに聞こえてくるのに、本当にわたしに語りかけてくる言葉はひとつもない。この人たちはカメラのために叫んでいる。番組でほんの数秒流れる映像のために。街の外には届くことさえない番組のために。わたしは階段を上っていく足の筋肉に意識を集中させ、マーシャの後頭部と揺れるポニーテールだけを視界に入れる。マーシャが裁判所のドアを引き開け、わたしは起こった弱い風に身震いしながら中へ滑りこんで、重い音とともにドアを閉めた。先を歩いていたマーシャがふと足を止めた。たぶん、わたしの靴が大理石の床の上で音を立てなくなったことに気付いたんだろう。振り返り、引き返してくる。

「どうしたの？」マーシャは腰を横に突き出して立った。

「なんで記者たちは追ってこないの？」

「法律上の面倒な問題が起こるかもしれないから、裁判所のなかまで映したってその映像は使えない。ここなら安全よ」

わたしは呆れて首を横に振った。首を振って否定できるだけの身の安全が、いまでも残っているみたいに。この裁判所は、わたしたちには大きすぎる。木と大理石。羽目板張りの壁に天井の彫刻。天井は世界一長いはしごでも届かないくらい高い。

マーシャは天井を見上げているわたしの視線を追い、ため息をついた。「ちゃんとこれからのことに集中して。集中してるの？」

わたしは手首の上あたりに爪をはわせた。ギザギザの爪が肌を刺す。「たぶん」

これ以上わたしにかかずらっている暇はないと思ったのか、マーシャはくるっときびすを返し、背すじをぴんと伸ばして歩きはじめた。廊下をまっすぐに進む。大理石の床。わたしたちにまとわりつく足音のこだま。冷たい空気がわたしの脚をはいあがってくる。太ももが他人の服みたいなワンピースのなめらかな裏地と擦《こす》れ合っている。わたしたちはすでに一・五メートルは離れていて、マーシャは歩みを緩めてわたしを待つどころか、さらに早足になっていく。

やがてわたしたちはある部屋の前で止まった。ドアの前には警備員が一人立っている。ここがその部屋なのだとわかった。わたしが怖がるように警官たちが仕向けてきた全部が、この壁のむこうにある。なぜなら、マーシャが——鉄の骨を持つ、白く輝くマーシャが——ここで足を止めたから。マーシャが振り返り、わたしたちは何秒か黙って目を合わせていた。マーシャの瞳のなかに、子どものころの面影がほんのかすかに浮かび上がった。わたしみたいに弱かったころのマーシャの姿が。

「一緒に入りたいけど、わたしが行けるのはここまで。わたしが必要になったらそう言いなさい。法的な助言が必要な場合は、法廷から一度外に出ることができるから」

突然、涙がこぼれそうになった。マーシャのそばから離れたくなかった。

「あなたなら大丈夫だから」

マーシャはわたしの背中に手を当ててさすり、もう行きなさいとドアのほうへ押した。振り返っても、マーシャはいまいる場所から動こうとしない。あんなに長いあいだ一緒に練習してきたのに、この部屋に入ってしまえば、マーシャの顔はどこにも見えないのだ。わたしはドアを飾るアーチ形の枠をみつめた。警備員がわきへどき、わたしはドアノブをつかんで引いた。

たぶんわたしは、大勢の人たちの話し声を期待していたんだと思う。慌ただしくて騒がしい場所を。だけど、ドアを開けてみるとそこには静寂が広がっていて、咳払いの音が一度だけ聞こえた。人はほとんどいない。うしろの三列分の席が空いていたから、少なくともはじめはそう見えた。通路を歩いていくと、前の二列に並ぶ見覚えのある顔が視界に入ってきた。顔の持ち主を実際に知っていたというより、そこに漂う雰囲気を知っていた。並んですわった二人の男。こけた頬に赤らんだ鼻。仕切りみたいにあいだにすわった女は脚を組んでいる。三人はそろって青白くて日光が足りていない。わたしみたいに太陽の熱を感じたことは、一度もないんだろう。

最前列の端には女の子が二人すわっていた。体が飲みこまれそうなくらいぶかぶかのトレーナーを着ていて、そこから裸の脚が無防備に伸びている。レキシーみたいに怯えていて、口を利く前から幼さをあらわにしてしまうような女の子たち。わたしはしばらく彼女たちから目が離せなかった。左側の席にすわった二人のまわりには、制服やスーツに身を包んだ大人たちがいる。わたしたちはどこにいても場違いだ。どこにすわろうか迷っていると、サンドラの顔が見えてほっとした。通路の右側の席はほぼ空っぽで、サンドラと二人の男しかすわっていない。男たちは下を向いている。今日のサンドラはむらさきスーツじゃないけれど、ワインレッドのスーツを着て、月の光を浴びてるみたいに鮮やかだった。

サンドラのとなりにすわると、今度は脚を組むべきかどうかわからなくなった。片方の脚を上げてもう片方の脚にのせてみると落ち着かなかった。両膝が人の視線を集め、ワンピースの裾からのぞく太ももへ引き寄せてしまうような感じがした。わたしは脚をほどいた。ありえないほど白い明かりに照らされた場所では、正しく振る舞うことなんかできない。なにかをやりすぎなほど補おうとする、まぶしすぎる明かりの下では。

サンドラは前を向いたまま手を伸ばし、わたしの手を握った。

「あれ、だれ？」わたしはそう言いながら、通路のむこうにすわった女の子たちのほうをあごでしゃくった。

サンドラはわたしのほうを見ずに答えた。「たぶん、あなたとおなじで証人だと思う」

「警官たちがやったことを証言するってこと？」

「わからないけど、あの格好を見るかぎり、あなたの証言の信憑性《しんぴょうせい》を下げるために呼ばれたんでしょうね。あなたを窮地に追いやって、嘘をついているような印象を陪審員たちに与えるために」

「あれしか服を持ってないのかも」

「あの子たちを呼んだ弁護士たちは服くらい用意できる」サンドラは黄色いノートパッドに目を落とした。「タルボットに雇われた弁護士かお仲間があの二人を呼んだんでしょう」

膝が震えはじめていた。「あんな子たち知らない。なんであの二人がわたしの話をできるわけ？」

「この街には倫理観が欠けてるから」

「タルボットたちが、お金であの子たちにわたしのことを悪く言わせるってこと？」

サンドラは下を向いたままかすかに頭をかたむけ、わたしと目を合わせた。そして、低く落ち着いた声で言った。「あなたは自分のことだけ考えていなさい。あなたがいまここにいるのは、自分と、お兄さんと、生きるために仕方なく警官たちに体を売った女の子たちのため。わかる？」

サンドラはまた前を向いた。わたしはうなずいたけれど、たぶんサンドラには見えていなかった。ほんの一瞬、むかしのママがサンドラに姿を変えてここにいるような気がした。ママの一部が生まれ変わって現れたみたいだった。

裁判官の真後ろの壁には大きな時計がかかっていて、それが九時を指した瞬間、法廷が静まり返った。裁判官が小槌を三回鳴らすのを見ながら、法廷番組の一場面みたいだと思った。なんとなく〝静粛に〟という決まり文句を期待していたけど、裁判官はそのひと言は言わずになにか法律用語を並べて、一人の男性がそれに応えて立ち上がった。使われている言葉がひとつも理解できないし、なにが起こっているのかもわからない。すると、サンドラがわたしのほうへ体をかたむけ、小声で言った。

「証人の一人が出廷しなかったのよ」

「だれ？」

「警官の一人」

「へえ、よかった」わたしは鼻で笑った。

サンドラは首を横に振った。「そうでもないわ。警官側の人間では彼だけがあなたの証言を裏付けたはずだから」

「警官のくせに、なんでそんなこと?」

「良識、みたいなものでしょう」サンドラはそう言って、口元をゆるめずにほほ笑んだ。左の頬にほんのかすかなえくぼができる。

わたしはサンドラみたいには思えない。良識がないわけじゃないにしても、あいつらにエゴを手放せるほどの良識はない。来るはずだった警官が一度はそう決断したのは、時間が流れたからだ。男たちのなかには三日月があって、時間の流れとともに満月になる。マーカスの月は、ある時までは欠けるばかりで、胸のなかはきっと闇夜みたいに真っ暗だっただろう。だけどいま、兄さんの月はまたゆっくりと満ちはじめ、いつかはきっと満月になる。その警官も、だからわたしを助けようとした。月を取りもどしたから。

裁判官の前には机が並んでいて、そのひとつにいたはげ頭の男性が立ち上がり、わたしたちのほうへまっすぐ歩いてきた。サンドラが立ち上がり、男性と小声でなにか話しはじめた。少しすると、サンドラはわたしを振り返ってほほ笑み、法廷を出ていった。はげ頭の男性はまた机にもどっていった。静かだった法廷のあちこちから控えめな話し声が聞こえはじめ、声は少しずつ大きくなっていった。膝の裏に汗がたまってかゆい。トレバーがとなりにすわっていてくれたらよかったのに。小さな男の子にしかできないやり方で、手を握っていてくれたらよかったのに。

裁判官がすっと顔を上げた瞬間、またしても法廷のなかが静まり返った。裁判官が話しはじめる。

「予定外の変更があったため、これよりはじめます。陪審員はすでに選出され、宣誓を終えています。

一人目の証人はミズ・キアラ・ジョンソンです。地方検事、速記者、ミズ・ジョンソン、陪審員の方以外は、わたしを含めて退出します」

席にすわっていた人たちが静かに外へ出て行き、最後に裁判官が法廷を出て行った。あとには、はげ頭の男性、陪審員の人たち、速記者、わたしだけが残った。

わたしは自分を見下ろした。黒いワンピースに押しこめられた胸を見て、やわらかくふくらんだお腹を見て、灰色に乾燥した膝を見て、最後に自分の足を見る。両足が交互に前に出て、証言台へむかっていく。途中、うしろではげ頭の男性が咳をするのが聞こえた。マーシャに繰り返し言われたことを思い出す。顔を上げなさい、両肩を引いて背すじを真っすぐに伸ばしなさい。振り返り、はげ頭の男性と——地方検事と——目を合わせようとする。地方検事は机のそばに立ち、両手を体の前で組んでいた。あいさつがわりの笑顔を作ると、検事はわたしから目をそらし、うつむいて机に置いた書類を読みはじめた。法廷に残っただれもがわたしと目を合わせないようにしていた。

わたしは証言台の階段を上り、オークの丸椅子にすわった。ママの裁判で証言をしたときとは全部がちがう。あのときは、自分は被告人じゃなくて被害者なんだと思った。いまだって自分が被告人じゃないことはわかっている。少なくとも、法的な意味では。証言台は演壇みたいだ。朗読できる作品はひとつもないし、わたしはこんな人たちの前で自分からステージに上がるタイプでもないけれど。わたしはマーカスとはちがう。陪審員のほうをながめてみても、一人一人の顔を見分ける前に視界がぼやけていく。はっきりと見えるのは一人だけ。地方検事は落ち着き払って立っている。こんなことは数え切れないくらい繰り返してきたんだろう。この人にとって、わたしはその他大勢の一人。借り物のワンピースを着て借り物の言葉を話す、場違いな若い女。

地方検事の視界にもわたししか映っていないみたいだ。両方の眉がひと続きになって眉間のところだけが小さく下がり、そうしてわたしを分析し、これから起ころことを予測しようとしているみたいだ。自分の意志以外のなにかが働いてここにいるみたいに。わたしは、にらんでいると思われないように、頰の内側を嚙んでやわらかい表情を作った。マーシャは、落ち着いて上品な仕草を心がけなさい、でも子どもっぽさも忘れないでと言っていた。わたしは笑顔に見えますようにと祈りながら唇を軽く突き出し、地方検事が手続きに関する決まり文句を並べるのを聞いていた。手続きのことならマーシャからしつこいくらい説明を受けている。

決まり文句を終えると、いきなり検事は質問をはじめた。一拍置くことさえしなかった。「ミズ・ジョンソン、偽名を使っているというのは本当ですか？」

「偽名じゃなくてあだ名です。むかしから知ってる人たちはわたしのことをキアと呼ぶんです」

「姓はどうです？　ホルト、ですね？」

わたしはまばたきをして答えた。「知らない人に本名を教えたくなかったので」

「なぜですか？」検事の額には地図のようなしわが刻まれている。

「だって、危険じゃないですか」

検事はうなずき、うつむいて数歩歩いた。考えこむような仕草だけど、言葉の効果を高める芝居だということくらいみんな知っている。

わたしは三日月形の跡を見るためだけに手首に爪を立てた。検事の顔以外のなにかが見たかった。

「ミズ・ジョンソン、あなたのお仕事はなんですか？」検事が近づいてきて、わたしがすわっている証言台を見上げた。この質問の答えならマーシャに叩き込まれてきた。なのに、検事の顔を見た瞬間、その口が小さく開くのを見た瞬間、覚えたはずの答えが完全に頭から消えた。

「仕事はありません」

「ですが、定期的な収入がありますよね？」

膝が震え出す。「ありません。前は少しだけ収入があったけど、給料という形じゃなかったんです」

「その収入はどこから？」

「男性から」そう言ってしまった瞬間、間違えた、と思った。たしかにマーシャはひと言で答えるのが一番だと言った。もし、〝はい〟か〝いいえ〟か〝たぶん〟のどれかで答えられるのなら。わたしの答えがねじ曲げられ、攻撃の手段として使われる恐れがないのなら。

検事はわたしの短い回答に不意を突かれたような顔になり、咳払いをして少しのあいだ黙りこんだ。検事の雰囲気が変わったような感じがした。いぶかしげなしかめっ面が、妙に親しげな凝視に変わる。目の前にいるわたしに見せるには、こんな場所で見せるには、不自然なほど打ち解けた表情に思えた。検事がさらに証言台に近づいてきた。「さしつかえなければ、男性たちがなぜあなたにお金を払っていたか教えてもらえますか？」

頭のなかでは答えているのに、口が動かない。わたしはママのことを考えた。一緒に叫び、空にあやされていたあの夜のこと。震えていたトレバーのことを考えた。監獄で泣いているマーカスのことを考えた。わたしがやりたくもない仕事をしたのは、ここで黙りこむため？　腕に繰り返し爪を食いこませる。そうしていると、また声が出るようになった。

「男性がお金を払ったのは、わたしにお金がなくて、生きのびるためのお金を稼ぐためにするべきことをしたからです」

「するべきこととはなんだったのか、さしつかえなければ教えてもらえますか？」さしつかえなくてもあっても、もちろんどうだっていいのだ。それでも検事は気遣いを見せようとしていたし、予想していたより攻撃的でもなかった。

「男性の相手です」

「性的な意味での相手ということでしょうか？」

「毎回ではありません」わたしは190番のことを思い出しながら言った。あの警官は何時間も話し続け、涙の池ができるくらい泣き続けることもあった。「いつもそういう感じになったわけじゃありません」

「ジェレミー・カーライル巡査の場合はどうでしたか？　カーライル巡査とはどのように過ごしましたか？」

わたしは黙りこんだ。目を閉じてあの警官の姿を思い出す。赤いまだらのある頬。大きなグレーの家。

「名前は知りませんでした。バッジの番号だけで覚えていたので。何度か見かけたことはあったけど、いつもほかの警官と一緒にいました。ある日の夜、カーライル巡査はわたしを迎えに来て、自分の家に連れていきました」わたしは陪審員たちのほうを見た。どの顔も無表情だ。トイレに行くのをがまんしていて、わたしの話が終わるのを待ちかねているみたいだ。わたしはそこで黙り、マーシャに教わったとおり検事の反応を待った。マーシャは、相手がしばらく黙っていると人は用意していた質問をいくつか忘れるから、と言っていた。

「カーライルの家ではなにをしましたか？」

陪審員のなかには、ブレイズをおだんごにまとめた黒人の女性が一人いた。ふとその女性と目が合った。

「セックスをしました」

「カーライル巡査はそれに対していくら払いましたか?」

「払ってません」

検事がぴたりと動きを止め、まっすぐわたしを見た。わたしのことをやっと一人の個人として認識したみたいだった。顔をしかめ、鼻にしわが寄る。「あなたと過ごした時間に対して、カーライル巡査は一切料金を払わなかった?」

「払うと言ってましたけど、寝て起きたら払わないと言いました。支払いならしたと言っていました」

「支払っていたんですか?」

「おとり捜査があることを警告したから、それで十分だと言っていました」

検事は首を何度か縦に振り、わたしに背を向けて陪審員たちのほうに近づきながら、おとり捜査とは何なのか説明してくれませんか、と言った。それから、またわたしに向き直った。わたしはパーティのことを話し、カーライルがプリウスでわたしを迎えに来て自分の家に連れて行ったこと、泊まっていくつもりはなかったこと、それでもどうしようもなかったことを話した。検事はカーライルに関する質問を続けたけれど、そのどれにもわたしは答えられなかった。検事は少しのあいだ黙った。

「刑事たちが行った取調べで、あなたは『あの場にいるべきではなかった』と言ったそうですね。事実ですか?」

「だと思います」

「あの取調べのあと、自分が置かれた状況の深刻さを理解しましたか?」

「だと思います」

検事が遠回しになにを言おうとしているのかわからなかった。だから、わたしはただ繰り返した。

「にもかかわらず、あなたは次の週にもパーティに参加し、オークランド市警察の警官複数名と性交渉を持っています。自分の行動が道徳的に問題があるとは思いませんでしたか？」

「そうは言って――」

「あなたはこの件についてだれにも相談しませんでした。先述のパーティに参加することもやめなかった。そうですね？」

わたしは検事の目を見返した。鋭い目がぴたりとわたしを見すえている。答えを考えたいのに、検事の話し方ではどんな答えが正しいのかわからない。返事の仕方がわからない。

「そうです。でも、わたしは警官たちに脅されたんです。どうしようもなくて」わたしは手首より上の皮ふに爪を食いこませた。さっきよりも強く。

検事はうなずいた。「ミズ・ジョンソン、あなたはだれと暮らしていますか？」

「一人です」

「言い方を変えましょう。あなたのアパートの借り主はだれですか？」

「兄です」わたしは背すじを伸ばしながら言った。

検事はその答えを待ち受けていたみたいにうなずいた。「お兄さんはいまどこにいますか？」

わたしは、もしかしたらマーシャがいるかもしれないと法廷を見回した。傍聴席は空っぽだ。

「サンタ・リタです」

「刑務所の？」

「はい」

「お兄さんはなぜ刑務所にいるんですか？」

わたしは目を閉じた。思いきり目を閉じれば外へ出られるかもしれない。空が広くて、だれの視線も感じないでいい場所へもどれるかもしれない。

「ドラッグを持ってたから」

「あなたが売春をはじめたのもそれが理由ですか？」

「どういう意味ですか？」

「ドラッグが理由ですか？」検事は呆れたように両手を振り上げた。「ドラッグを買うために売春を？」

思わず椅子を蹴って立ち上がりそうになったから、胸のなかであのルールを繰り返した。〝落ち着いて、落ち着いて〟。「ちがいます。ドラッグをやったことなんか一度もありません」

だけど、検事のなかではもう結論が出ていたみたいで、マーカスやママやパパについて質問をはじめた。検事は、わたしの家族全員が不適切な行動をしているとか、ほかにもそういうくだらない話を続けた。マーシャが予測していた内容ばかりだったけど、それでもわたしはいますぐ自分の皮ふから逃げ出したくなった。この皮ふを脱ぎ捨てて骨だけになってしまいたかった。

検事は少しのあいだ話をやめて自分の机にもどり、水をひと口飲んだ。わたしはまた陪審員たちのほうを見て、並んだ顔のどれかに希望を感じさせる表情が見つからないか探した。だけど、陪審員席ではうつろな視線だけが絡み合っていた。

「ミズ・ジョンソン」わたしははっとして目をもどした。検事のほうへ。速記者が叩くキーボードの音が聞こえるほうへ。「警察官と性交渉を持つことは間違っていると思っていましたか？」当たり前のことを聞かれている気がした。聞く必要さえないこと。

「もちろん正しいことだとは思いませんでした」わたしはマーカスのことを考えながら答えた。こんな木造の罠みたいな場所を出さえすれば、マーカスはすぐにでも自由になる。

「では、なぜパーティに参加したのですか?」

「さっきも言ったけど、そうするしかなかったんです」

「ベッドを下りてパーティから帰ることはできませんでしたか? カーライル巡査の迎えを断ることはできなかったんですか?」

震えは指先からはじまった。爪の下から震えがはじまって、体の内側へ広がっていった。上にでもなく下にでもなく、震えはただ内側へ広がり続けた。肋骨の内側の空洞が振動している。連れ去られていくとき、トレバーもこんなふうに震えていたんだろうか。

「できたかもしれないけど、ほかに選択肢がなくて――」

「ではパーティ会場に監禁でもされていたんですか? カーライル巡査はあなたに手錠をかけて後部座席に乗せ、ドアにロックをかけたんでしょうか?」

「ちがいます」わたしは証言台の手すりを指先でこつこつ叩き、爪を立てた。手すりの木がこの震えを吸い取って、わたしを空っぽにしてくれればいい。

「あなたは、行為の対価として金銭が支払われないことに怒っていたのですか?」

わたしは検事を見つめた。汗で濡れた鼻から眼鏡がずり落ちている。

「だと思います」

「警官たちを暴力行為で訴えればお金がもらえるかもしれないと思いましたか?」

「どういう意味ですか?」

「裁判になれば自分にお金が入るのではないかと期待しましたか?」

法廷のなかは静まり返っていた。足を組み替える人も髪を耳にかける人もいなかった。壊れやすいその一瞬に邪魔が入ると思っている。みんなが待ちかまえている、わたしが粉々に砕け散る瞬間に。

「いいえ」ひと言。ひと言。ひと言。

検事は間をおいて振り返り、法廷全体を見回して、またわたしに向き直った。マーシャは、あいつらはよくこういう小手先の技を使うのよ、と言っていた。〝あいつら〟のなかにはマーシャも入っているんだろうか。

「当時、あなたは未成年でしたね。合っていますか？」

「十七歳でした」

「未成年の場合、法定強姦に該当するということは知っていますか？」

その件についてはマーシャから詳しく説明された。「はい」

「性交渉の前に自分の年齢を相手の男性たちに伝えましたか？」

わたしとマーシャが聞かれませんようにと願っていた質問だった。この質問だけは飛ばしてほしかった。

「むこうは知ってました」

「では、伝えたんですね？」

「正確には伝えていません。でも、あの人たちは知ってました。本当に、知ってました」

検事はほほ笑んだ。裁判の準備中にマーシャと見たインタビュー映像でも、検事はこんなふうにほほ笑んで、女性が受ける虐待について語り、女性の安全を守りたいと話していた。だけどいま、検事は虐待された女性を見るようにはわたしを見ていなかった。ぼんやり立ちつくす小さな女の子を見ているような目つきだった。混乱した小さな女の子を。「ミズ・ジョンソン、なぜ警官たちがあなたの年齢を知っていたと思うのですか？」

震えは体の外にまで表れていた。体中が震えている。体が揺れ、椅子の脚が床とこすれてキイキイ音がした。

「わたしを見ていたから。わたしは横になっていて、あの人たちはわたしの目をじっと見て、だからわたしの年は知ってたんです。知ってたから、最初から最後まで目を開けて、セックスしてるあいだずっとわたしを見つめてたんです。そのほうがセックスがよくなるみたいでした。わたしを見て、わたしの小ささを味わってたから、だからあの人たちは知ってたんです。わたしは子どもでした」

床がキイキイ鳴り、手すりを叩く爪は割れ、震えはいつまでも続き、目はかすみ、わたしの喉の奥に隠れたオークランドの空はこんなにもまぶしかった。わたしはソラヤとはちがう。ソラヤはあんなに小さくて、プールの一番浅いところでも足がつかないくらいだった。それでも、警官たちといたとき、わたしは小さかった。すごくすごく小さくなった気がした。

「ですが、年齢は伝えていなかったんですね？」検事はこれが最後だとわかっている。これが最後の質問だ。

爪が肌に深く食いこみ、血がにじんだ。

「わたしは子どもだったんです。わたしは子どもだったんです」

外にはトレバーとマーカスとアレとママがいるとわかってはいても、たくさんの理由があって証言をしようと決め、肺のなかから言葉を爆発させようと決めたのだとしても、そういうことはなにひとつ考えられなかった。考えていたのは爪が皮ふに食いこんでいるということだけ。皮ふが切れても血が流れても、わたしはただ爪のことだけを考えていた。なにもかもがぐちゃぐちゃになっていっても、おなじ顔ばかりが並ぶ部屋に座っていなくてはいけなくても、自分の体がもう自分のものとは思えなくても、わたしにはこの爪がある。この爪があれば、人は壊れても消えることはないと思い出せる。乾いた血がこびりつく顔でうつぶせになってたトレバーみたいに。あの子はあんなふうになってさえ、空気を体に取りこむ方法を知っていた。この爪は奇跡。だれにもこの爪をきれいにしたり整えたり鋭く研いだりさせない。この爪に必要なのはありのままであること。わたし自身のものであること。

「ありがとうございました、ミズ・ジョンソン」

検事は証言台から下りてけっこうですというようなことを言い、視界のすみで陪審員の一人がくしゃみをしたのが見えた。すべてが動き続け、いつまでもぶつかり合う。この木の部屋は、あの夜の空みたいにわたしを解き放った。あの日、二度と自分の物になることはないアパートへ帰りながら見た高速道路の星空みたいに、わたしを自由にした。

あのとき、わたしは子どもだった。

時間は詰まった下水管を流れる水みたいにほとんど進まなかった。マーシャはわたしを裁判所からまっすぐ家に送り、アパートに着くまでひと言も話さなかった。話していたとしてもわたしは気付かなかったと思う。

法廷を出たわたしはちがう体になっていた。凝った装飾の木の天井の下を歩いて法廷に入り、大勢の汗が染みこんだ傍聴席にすわったわたしは、いまとはちがう古い体をしていた。この新しい体は喉からお腹まで穴がいくつも開いていて、わたしはそのなかにもぐりこんでしまいたかった。この新しい体にはどんなタトゥーより深く刻まれた傷があって、わたしはそれを美しいと思った。この新しい体には抱えきれないくらいたくさんの記憶があった。

わたしはだれの物でもない部屋の真ん中にすわって大声で叫び続けた。とうとうディーに体を乗っ取られたみたいに。ママがわたしの体の奥から現れて、口を開かせているみたいに。そのうち太陽が沈み――暗闇に残されたわたしには窓の外できらめくプールだけが見えた――また昇った。陽はまた沈んで、また昇った。そんなふうにしてたぶん三日が過ぎたあと、ノックの音が聞こえた。夕方の空はパステルカラーに染まりはじめていた。わたしの口はようやく閉じた。

わたしは動かなかったけれど、むこうもわたしを待たなかった。アレは自分の家みたいにドアを開け、つかつか入ってくると、持っていた大きなバッグをキッチンカウンターの上に重そうに置き、床にすわっているわたしに真っすぐ歩いてきて膝をつき、水みたいに脱力したわたしを抱き寄せた。二人の体はひとつに溶け合い、わたしはアレの運んできたたくさんの匂いを吸いこんだ。何種類ものスパイスの香り。アレの母親が作ったかぎ針編みの毛布の匂い。スケートパークの匂い。

アレが腕から少しだけ力を抜いたので、肌が見えた。首のうしろに彫られた新しいタトゥーがちらっと見える。ラベンダー色の一足の靴で、片方の靴底にはKと彫ってあった。

アレが体を離したので、ようやく目が見えた。涙があふれている。こんなふうに泣くアレを見るのははじめてで、わたしは思わずかがみこんで頬にキスをした。塩の味がする。頬から目尻まで唇をはわせる。アレは海の底。闇と水と塩の百もの層に隠れたたくさんの魔法。胸のなかが温かい。胸が張り裂けそうだという決まり文句の、ちょうど反対の感じ。胸が張り裂けてしまわなかったら、時々わたしたちは、胸のなかが満たされ、血液がめぐる感覚に気付く幸運に恵まれる。

アレがわたしの腰に両手を置き、その顔をいくつもの考えがよぎっては消えた。迷いが唇の震えになって表れている。このあいだとはちがってわたしたちは床の上にいた。二人をさえぎる物もなかった。わたしの唇はすでにアレの唇のすぐそばにあった。

「キアラ」アレの涙は止まっている。わたしは動かなかった。わたしの名前はひとつの問い。

アレの名前はひとつの答え。このときはじめて、自分に降りかかってきたたくさんのことにも意味があったのかもしれないと思った。汚れたプールみたいに最悪な日々を乗り切ることでしか、こんなふうにアレの元にもどることはできなかったのかもしれない。アレはわたしにキスをしている。わたしもアレにキスをしている。アレは信じられないくらいやわらかくて、触れられたり髪をなでられたりすると、わたしはこれ以上ないほどくつろいだ気持ちになった。アレがわたしの上になった。ふと体を離し、まぶたの下から星でものぞいてるみたいに、わたしの目を見つめる。わたしは宇宙も停止するほど深い愛情を感じる。これは、わたしを解きほぐし、それでいて完全にしてくれる愛。

アレがゆっくりとわたしに覆いかぶさり、いつものようにお腹に指を這わせる。だけど、今日はその指を途中で離すことはしない。そしてわたしに語りかける。残念だったね。メッセージをくれたらすぐに駆けつけたんだよ。アレは聞きたい言葉を全部言うけど、わたしはなによりもその目つきに吸い寄せられる。アレは目を大きく見開いていて、こんなにわたしを見てくれる人はいままでいなかったと思う。アレはわたしの内側を曇らせるもやを通して、本当のわたしを見ている。新しい体も古い体もわたしが生きてきたどんな体も見透かして、本当のわたしを見ている。何層ものシアバターで体を守っていようとアレは気にしない。アレはただわたしを抱きしめる。わたしのものになりたいと、それだけを望んでいる。

わたしたちは部屋の床の上でもつれ合う。この部屋はこれまでの暮らし全部の生きた残骸。ここにいるのはずっとわたしを抱きしめてきたアレ。わたしたちは息を切らして抱き合い、笑ったり叫んだりする。アレに愛を伝えるのははじめてなのに、わたしはがまんできずに愛してると言ってしまう。こんなに強くそう感じたのははじめてだったから。愛してるという言葉が口いっぱいに広がったのははじめてだったから。その感覚だけをわたしは求めてきたような気がしたから。アレもおなじ言葉を返す。何度も何度も愛してると言う。こんなに確かな真実ははじめてだと思う。

アレはわたしに食事をさせ、わたしはこれまで出会ってきた女たちの話をした。パーティで出会ったディモンドの女たちのこと。カミラのこと。レキシーのこと。通路のむこう側の席にいたくたびれた顔の二人のこと。ママのこと。自分のこと。路上が女たちを切り裂いてしまうことを話した。路上はわたしたちを切り裂いて、一番守るべき部分を奪ってしまう。わたしたちのなかに残っていたはずの子どもの部分を。女たちの口はもう叫ぶこともできない。路上が叫び声さえ奪ってしまうから。路上はなにもかも奪ってしまうから。

アレは目をそらさずにうなずき、わたしの声が小さくなると、スプーンでスープをすくってわたしの口に運ぶ。わたしの鼻にキスをする。それからアレは、母親のうつろな表情を見るとどんな気分になるか話し、クララだったかもしれない女の子の冷たい体をひずませていた無数のアザのことを話す。そのとき感じた恐怖のこと。あんたは――あんたとわたしは――もっと幸せになるべきだと言う。わたしも、アレはもっと幸せになるべきだと言って、医者とか妊婦や産後の女性を支えるドゥーラとか、そういう仕事について、厨房とはちがうなにかを求める心を満たすべきだと言う。

アレはたくさんの食べものを持ってきていて、これが一番だと信じている方法でわたしを癒そうとしていた。わたしたちは服も着ないで床にすわり、マットレスにもたれていた。スープは熱くて、口から胃に流れていくのがわかる。ひと口ひと口が体に吸収されていく。わたしはトレバーのことを話した。あの子のアザができた目。わたしの首にしがみついてくる腕を無理やり離し、後部座席に乗せなくてはいけなかったこと。ディーがトレバーの望むようにはあの子を愛することができなくて、わたしもあの子を守り切ることができなかったこと。

アレはわたしをさえぎって言った。「あんたはあの子の母親じゃないけど、それでもだれにも奪われないなにかを与えてたと思うよ」信じたいのに、アレの言葉はでたらめにしか聞こえなかった。わたしが事実として知っているのは、後部座席に乗せたあの子の顔が腫れ上がっていたことと、あの子が震えていたことだけ。神聖ななにかを証明するような事実はひとつもない。

自分がいつ眠りこんだのかも、アレがいつ起きて肺のあるあたりからわたしをどかしたのかもわからない。だけど、陪審員たちが評決を下した瞬間は正確にわかった。陪審員たちは何キロも離れた場所にいるのに、この部屋で起こったことみたいにはっきりとわかった。ガチャンという音がしたから。〝朝と呼ぶにはまだ薄暗い時間〟に響いた、ガラスの割れる音。ほとんど使ったことのないランプの破片にかがみこむアレの姿。そして、静寂。まさにその瞬間、陪審員たちは一斉にうなずいて書類に署名をし、裁判官に提出したのだ。すべての手続きを、きっとあの人たちは互いに視線をそらしながら厳粛におこなった。そうすれば罪悪感がやわらぐと思っているみたいに。

電話が鳴ったのはそれから一時間後だった。わたしは床にすわり、アレに抱きしめられていた。わたしはすすり泣き、もうおしまいなのかな、とアレにたずねた。アレはなにも言わずに両腕に力をこめ、そうしているうちに、自分には体があるのだという実感がもどってきた。そして、電話が鳴った。

わたしは電話に出た。

マーシャははじめから早口で、意味のないことをしばらくしゃべり続け、ふいに口調がゆっくりになった。

「キアラ、本当にごめんなさい。起訴はされないことになったの」

こうなることはわかっていた。こうなるという予感があった。なのに、マーシャがそう言うのを聞くと殴られたみたいな衝撃を感じた。歯にグリルをはめた男がわたしをレンガの壁に押しつけたときみたいに、鋭い痛みが体に走る。すべてがはじまったあの夜みたいに。

「マーカスはどうなるの？」本当は聞きたくなかった。答えを知ってしまいたくない。だけど、聞くしかない。

マーシャは一瞬黙りこんだ。間が空く。「マーカスには最高の弁護士を手配したから。わたしよりもずっと適任の人よ。でも、それ以上のことはできないの。もう起訴を切り札に圧力をかけられないから」マーシャはまた黙った。「ごめんなさい」

きっと、マーシャの氷みたいな目は涙に濡れている。なぜなら、希望を持つだとかそういう話を突然はじめたから。わたしは黙ってマーシャの話を聞いた。相手が説明したいと望むなら、そうさせておけばいい。砕けてしまったものも少しはマシに見える。マーシャに怒りを感じるはずだった。怒れるものなら怒りたかった。なのに、怒りは感じない。マーシャが電話を切ると、ランプの破片が床中に散らばったあの瞬間から二時間たっていた。アレを見上げる。アレはまた床にすわり、片腕をわたしの体に回していた。わたしの頬を塩の涙が伝いはじめたのを見て、すぐに片付けを止めたのだ。アレの手は、血ときらめくガラスの破片におおわれている。わたしたちは二人とも黙っていた。

＊＊＊

感じるとも思っていなかった穏やかさに浸りながら、わたしはマットレスの端に頭をあずけて天井を見ていた。ほかにどんな結末があるだろう。全部が激流みたいに襲いかかってくることも、目がくらむほどの悪夢が続いてそこから逃れられないことも、全部空が教えてくれたこと。路上は雲の上まで続くのだから。オークランドにはすべてがある。悲しみも憧れも。オークランドは若いわたしたちの背中をつかまえようとする。わたしは頭を起こしてアレに向き直り、その手からガラスの破片をひとつずつ取りのぞいた。アレの手のひらを頬に当て、その血をわたしのものにする。わたしたちは互いのものだという印。アレの唇が動いて小さな声がもれる。なにを言っているかは聞き取れない。

アレはわたしを胸に引き寄せ、繭で包みこむみたいに抱きしめる。わたしたちにもわかっている。きっとすぐに、全部をうしなって、だけどお互いを失わなかったことの意味と向き合うときがくる。

屋根をうしなって家を見つけたことの意味と。だけど、いまはただアレはわたしを抱きしめ、わたしはアレの手を洗ってマーシャにもらった黒いワンピースを巻きつけ、アレは割れたランプの破片を片付けはじめる。

マーカスの大きすぎるTシャツを着ていると、その音が聞こえた。はじめは幻聴だと思った。だけど、音はあまりにもはっきりと聞こえたし、理屈抜きでこれは空耳なんかじゃないとわかった。

わたしはアレのそばを通って玄関に近づいた。「聞こえた?」

アレは肩をすくめ、ガラスを集めようとまた腰をかがめた。

ドアを開け、中庭をのぞむ廊下に出て手すりから下を見る。すると、そこにあの子がいた。下を見た瞬間にあの子だとわかった。頭のてっぺんに、生まれたときから変わらないあざが見える。トレバーがプールのふちにすわって両足を水につけ、パシャパシャとしぶきを立てている。

空は淡い青色で、わたしはらせん階段を下りていった。下りていく先はわたしの人生の中心。わたしたちみんなをいつまでも引き寄せる、汚れたプール。ソラヤがはじめて歩いたときのことを考えた。わたしのなかには息をする余裕のない部分がずっとあって、その部分はソラヤのことをいつも恋しがっている。ソラヤが走るのを見たかったし、しゃべるのを見たかったし、わたしの名前を、三つの音節を発音するところを見たかったし、トレバーみたいにシュートができるようになるところを見たかった。

幻想のなかに歩いていくみたいな感じがした。わたしは幽霊に会うんだろうか。なにも履いていない足が敷石に触れ、トレバーの後頭部がはっきりと見えた。夢じゃない。トレバーは青と黄色のリュックを背負っていた。ミセス・ランドールに預けたはずのリュック。何カ月も前の誕生日にプレゼントしたリュック。わたしはトレバーの真後ろまで歩いていった。大きすぎるTシャツを一枚着ただけの格好でとなりにすわり、両足を水のなかに滑りこませる。ふくらはぎの真ん中まで水につかる。

わたしはトレバーを見つめた。トレバーはプールを見つめている。わたしがいることに気付いていないようにさえ見えた。目の腫れはきれいに引いて、ほお骨のあたりはまだ黒ずんでいるけれど、この子をこの子らしくしている部分は元にもどっている。完璧に丸い顔。飛び出しそうに大きな目。突き出た唇。

「トレバー、どうしてここにいるの?」わたしは肩でそっとトレバーに触れた。見なくてもわたしがいることを感じられるように。

トレバーはプールから目を離さなかった。水から出てはまたパシャッと水に隠れる自分の両足を、じっと見ている。突然、タイマーでも仕掛けてあったみたいにトレバーの顔がこっちを向き、わたしをまっすぐに見てにっと笑った。

「ボール、取りに来たんだ」

それを聞いて、思わず頬がゆるんだ。全身に笑みが広がっていく感じがする。これがそんなに単純な事態じゃないことは、わたしたちにもわかっている。だけど、やっぱりこれは、すごく単純なことのような気がした。弾むボールの音を聞きながら、わたしたちが一緒に大きくなったこと。バスケのコートとそこでトレバーが襲われたこと。それはわたしたちが終わりを迎えるはじまりだったこと。前みたいな日々にもどることは叶わないこと。それでも、こんな瞬間を手に入れることはできる。トレバーの単純な言い訳で十分だ。二人でまたコートへ行って適当に集まった人たちでゲームをして、声を上げて笑えるんだから声を上げて笑えばいい。太陽が空に溶け、夜がわたしたちを脅かすまで。夜はもう一度捕まえるためだけにわたしたちを突き放す。逃げられないことをわかっていて、何度もおなじ場所へ連れもどす。その時が来たら、わたしはトレバーをまたバスに乗せなくてはいけない。

ここへ来るために忍びこんだのとおなじ路線にこの子を乗せる。だけど、それでかまわない。額にはキスをし、手にはボールを持たせ、そうしてこの子を送り出すから。そのときこめた精一杯の力は、だれにも奪えないから。

トレバーが立ち上がってリュックを下ろすと、当然みたいな気もしたし、笑ってしまいそうな気もした。Tシャツを脱いで短パンも脱ぎ、前とおなじぶかぶかのボクサーパンツで立ったトレバーは、プールサイドに刑事たちの靴が見えたあのときより、身長が二センチは高い。

考えるより先にわたしはおなじことをしていた。Tシャツを頭から脱ぐ。爪の痕におおわれた皮ふを見て、自分が服を脱いだことに気付く。爪痕のあいだにはかさぶたが点々と目立っている。よく晴れた朝は見かけだけは平和で、まぶしいその光のなかで、突然わたしたちは下着姿になっている。トレバーがわたしの手をぎゅっと握る。カウントダウンは必要なかった。飛びこむべき瞬間を、わたしたちは二人ともわかっていた。何度でも飛びこめばいい。汚れたプールは深い深い海になる。水のなかでわたしは目を開ける。塩素で赤くなってもかまわない。トレバーのほうを見ると、トレバーもわたしを見ている。トレバーが口を開ける。わたしも口を開ける。わたしたちは指と指でつながったまま笑い出し、ふたつの口から流れ出したあぶくが水中で溶け合っていく。きっと水の上では、わたしたちの笑い声がディーの声みたいに聞こえているだろう。この瞬間のわれを忘れそうなよろこびに、わたしたちは悲鳴みたいな声で叫ぶ。水に体をゆだねる。

著者あとがき

二〇一五年、わたしはオークランドで暮らすひとりのティーンエイジャーでしたが、その年、ある事件が報道されました。オークランド市警とベイエリアの警察官たちがひとりの若い女性を性的に搾取し、その件を隠蔽しようとしていたのです。数カ月、数年をかけて事件の詳細は明らかになっていき、やがて世間の注目が別の事件に移ってからも、わたしはそのことを考え続けていました。被害者の女性のこと。それから、ほかの被害女性たちのこと。ほかの女性たちは一面記事にこそのらなかったけれど、警官がひとりの人間の体と心と魂に与えうる傷を、同じように受けた被害者たちです。報道されたひとつの事件のほかにも、セックスワーカーや若い女性たちが警官から性的暴行を受けたケースは、過去にも現在にも数多くあります。彼女たちは被害のことをだれにも語ってもらえず、法廷に立つ機会も得られず、いまいる世界から逃げ出すこともできません。明るみに出た事件はほんのわずかです。

『夜の底を歩く』を書きはじめたとき、わたしは十七歳で、弱くて無防備で透明な存在でいることについて思い悩んでいました。黒人の若い女というのは基本的にそうですが、わたしも、兄弟や父親といった身近な男たちの世話をしなさい、守ってやりなさいと言われて育ちました。男たちの安全も、体も、夢も守ってやりなさい、と。そんなふうに育つと、自分の安全や体や夢は後回しにするようになり、わたしを守れる人も守ろうとする人もいないと思うようになります。キアラは完全に架空の人物ですが、彼女の物語は、黒い肌や茶色い肌の女性が日常的に直面する様々な暴力を元にして描いたものです。二〇一〇年の研究では、警官による性的暴行は、報告されている警官の不祥事の中でも二番目に多いこと、有色人種の女性への加害が特に多いことが明らかになっています。

本作の執筆とリサーチでは、オークランドの事件と他の類似事件を参考にしました。自分が生まれ育った街の話を書きたいという思いがありましたし、若い黒人女性が性的被害に遭うというのはどういうことか、掘り下げて書きたいと思いました。被害を生き延びた者が事件を語ること、一面記事のむこうにある世界を想像すること、そして、読者にその世界を見せるということについても。暴力は多くの運動で抗議され、活字になり、詳細に語られますが、それらの物語の中で、黒人女性やクイアやトランスジェンダーの人たちはかならずしも大きくは取り上げられません。だからといって、彼らの存在が消えるわけではないのです。わたしが書きたかったのは、黒人の女であること、そして黒人の若い女が大人扱い《アダルティフィケーション》されることによって生まれる恐怖や危険のことです。それから、キアラが――生き延びることなど到底できそうにない現実にいる、たくさんの黒人女性と同様に――それでも喜びと愛を感じられたことも。

謝辞

はじめに、ルーシー・カーソンとモリー・フリードリヒ、そしてフリードリヒ・エージェンシーのみなさんに心からの感謝を。最高の理解者として、様々な場面で助けてくれました。唯一無二の助言をくれ、モリーとルーシーというすばらしい二人に紹介してくれたルース・オゼキにも感謝を。編集者のダイアナ・ミラーにも感謝を。先の見えない状況でも、常に意見をくれ、深い配慮を寄せてくれました。キアラの物語の刊行を支えてくれたクノッフ社のみなさんにも感謝を。ニーシャ、あなたが意見をくれたおかげで、『夜の底を歩く』の性産業の描写が確かなものになりました。

サマンサ・ラジャラムにも感謝を。創作サイト〈ピッチ・ウォーズ〉で、わたしのメンターと友人になってくれました。〈ピッチ・ウォーズ〉というすばらしい場があったからこそ、わたしはこの小説を見直すことができましたし、なによりあなたの友情と手助けを得ることができました。マリア・ドンにも特別な感謝を。すばらしい編集の技術を惜しみなく分け与えてくれてありがとう。

ジョーダン・カーンズにも感謝を。一番必要なときに読者になってくれましたし、あなたがワークショップと執筆の場を何年も作ってくれたからこそ、この作品を書く準備ができました。作家として過ごす最初の場所になってくれたオークランド芸術学校、わたしの中に眠る詩人を育ててくれたオークランド青少年桂冠詩人プログラムにも感謝を。わたしが愛し、大事にしてきた子どもたちみんなに感謝を。昼の時間を喜びで満たしてくれてありがとう。みんなのおかげで、夜の時間を言葉とともに過ごすことができました。

パパ、文章を書く楽しさとたくさんのジャズを教えてくれてありがとう。ママ、家中を本でいっぱいにしてくれて、読書の大切さを教えてくれてありがとう。ローガン、行き詰まった時に真っ先に電話したくなる相手でいてくれて、望める限り最高の聞き手と兄さんでいてくれてありがとう。マグダ、親友でいてくれて、これまで書いたものほぼ全部の最初の読者でいてくれてありがとう。ザック・ワイナー、初期のメンターシップ、ライティングの集まりを開いてくれたこと、いつも寄り添ってくれることに感謝しています。友達と家族みんなに感謝を。書くべき豊かな世界とコミュニティを与えてくれたことに。このことは感謝してもしきれません。

オークランドにも感謝を。わたしを育ててくれ、カフェと、図書館と、アパートと、この本を書くための居場所となった空を与えてくれました。あなたはこれからもずっとわたしのホーム。

最後に、愛するモー、ありがとう。この物語をはじめて通して読んだあの日から、何時間にも及ぶ推敲《すいこう》と最後の仕上げまで、あなたはいつもそばにいてくれた。あなたは一番の理解者で、わたしの碇《いかり》で、一日の仕事を終えたときの慰め。あなたがいなかったら、この作品をこんなふうに完成させることはできなかった。わたしにとってのあなたは、キアラにとってのアレ。あなたの腕と料理と言葉が待つ家に帰ることがどれだけ幸せか、とても言葉では伝えられません。あなたはわたしのすべて。

訳者あとがき

本書は*Nightcrawling*（Alfred A. Knopf, June 7, 2022）の全訳である。

著者のレイラ・モトリーは、物語の舞台であるカリフォルニアのオークランドに生まれた。脚本家の父と幼稚園教諭の母を持ち、家族の愛犬はジャズ界の巨匠チャールズ・ミンガスにちなんで名付けられるなど、アートと教育を大切にする家庭で育った。六年生からはオークランド芸術学校に通い、その後、ミルズ・カレッジの卒業生である母親に影響され、スミス・カレッジに進学した。幼い頃から小説や詩を書くことに強い関心があり、十四歳のときにはマジックリアリズムの作品を、十五歳のときには歴史小説をそれぞれ書き上げている。十六歳のときにはオークランド青少年桂冠詩人賞（オークランド在住の十三歳から十八歳を対象とした文学賞。受賞者は一年間朗読会やポッドキャストなどに出演し、またSNSでも自身の体験や考えを発信する）を受賞した。

スミス・カレッジで創作クラスを教えていた作家のルース・オゼキは、モトリーの作品を読んだときのことをこのように評している。「はじめてレイラの作品を読んだときの驚きは覚えています。彼女のヴォイスは力強く、詩情豊かで苛烈でした。独特の説得力があって、物語を前へ駆り立て、読者を否応なく惹きつけるんです」（二〇二二年六月〈ロサンゼルス・タイムズ〉）オゼキは、まだ一年生の彼女を例外的に上級創作クラスへ入れている。レイラ・モトリーは幼い頃から作家という職業に惹かれ、かつまた持って生まれた才能を適切に育む環境にも恵まれていたということだ。

いっぽう、本作の主人公であるキアラは、あらゆる点でモトリーと異なる環境に生まれ育つ。ブラックパンサー党の党員であった父親は無罪の身で投獄され、刑務所内で適切な医療を受けられなかったことが原因で、出獄してまもなく亡くなる。母親もまた、夫を亡くしたあとに悲惨な事件を起こし、やはり刑務所に入る。過酷な体験によって、朗らかだった以前とは人が変わったようになっている。母親が警察に連行された日、キアラの兄のマーカスはすでに成人年齢である十八歳になっていた。これによりキアラたちは児童として保護を受けることができなくなり、二人きりで生き延びることを余儀なくされてしまう。はじめのうちこそ配送業で働いていたマーカスだったが、叔父のタイがラッパーとして成功していたことを知ると、仕事を辞めてラッパーを目指しはじめる。十七歳にしてひとりで家計を担うことになったキアラは、突如として二倍に跳ね上がった家賃の工面のため、また、共同住宅の同じ階に住み、ネグレクトを受けている九歳のトレバーを守るため、職探しに奔走する。だが、高校も卒業していない未成年を雇ってくれる店はない。追い詰められたキアラは売春をはじめるが、やがて男性といるところを警察に見つかってしまう。警察官たちは未成年のキアラを保護するどころか、逮捕をちらつかせて脅すことで性的に搾取しはじめる。

モトリーは本作を十六歳で書きはじめ、十七歳のときに完成させた。執筆をはじめて三年後の二〇二二年に——つまり、まだ十代のうちに——*Nightcrawling*というタイトルでクノッフ社から刊行されると、その年のブッカー賞に史上最年少でノミネートされた。早熟ぶりが注目されることの多いモトリーだが、十代で本作を書いたことについては明確な意図があったと答えている。「十代のうちに十代のブラックの女の子の物語を書きたいと思っていました……当事者でいるうちに」（二〇二二年八月〈ヴォーグ〉）「当事者でいるうちに」という回答は、〝同世代だから〟という単純な意味ではない。

そもそもモトリーは、二〇一六年五月に報じられたオークランド市警察の不祥事に着想を得て本作を書きはじめた。警察の通信指令係を母親に持つブラックの少女が、十六歳のとき、母親の友人であった警察官から性的虐待に遭った。加害者の警察官は少女に同僚の相手をさせ、その数は三十人以上にのぼった。そのうち少女に報酬を払った者は三人しかいなかった。ドラッグ等の複数の問題を抱えていた少女は十二歳から売春をしていたという。その時点で、警官以外の成人男性たちから長らく性的虐待を受けていたということだ。さまざまなインタビューに応じた少女の受け答えからは、自分が虐待に遭っていたと認めることへのためらいや自責の念が明確に伝わってくる。はじめて証言台に立った際には、緊張のあまり嘔吐する場面もあった。この事件は本作と同様、加害者のひとりが遺書を残して自殺したことで明るみになったが、結末は異なり、オークランド市は最終的に被害者少女に百万ドルの和解金を支払っている。

モトリーが実際の事件とは異なる結末を採用したのは、物語的な効果を狙ってのことではない。AP通信の調査によると、二〇〇九年から二〇一四年のあいだに性的不祥事事件によって資格を剥奪された米国の警察官は九九〇人にのぼる（二〇一五年十一月〈AP通信〉）。だが、九つの州とコロンビア特別地区が資格剥奪に関する記録を提出していないこと、こうした事件は権力側によって揉み消されることが少なくないことから、実際の事件はデータよりはるかに多いとされている。モトリーは、警察官による性暴力が事件として認められ、適切な補償がなされるケースは稀であること、キアラのようなケースのほうが一般的であることを伝えようとしている。

オークランド市警による性的虐待事件がニュースで報じられたとき、モトリーは十三歳だった。だが、テレビに映る被害者少女が「男たちはわたしを餌食にする」と語るのを聞いたとき、十一歳のころから徐々に感じはじめた不快感を言語化されたように感じたという（二〇二二年七月・八月〈マザー・ジョーンズ〉）。道を歩いているだけで、性的な視線を一方的に向けられる。バス停から家に向かって歩いているだけで襲われる恐怖を感じる。ブラックの女性も被害者になり得るというのに、ブラック・ライブズ・マターで訴えられるのはブラックの男たちのことばかりだと感じた。オークランドの駅で白人の男に喉を切り裂かれた十八歳のニア・ウィルソン。シカゴ市警の警察官に理由もなく射殺された二十二歳のレキア・ボイド。不適切な逮捕によって投獄され、刑務所内で死亡したサンドラ・ブランド。シュプレヒコールで彼女たちの名が呼ばれても、すぐに男たちの名前に取って代わられる。

作中でキアラがこんなふうに考える場面がある。

あの人たちは女たちのことでもああやって行進するんだろうか。殺された女たちだけではなく、銃を頭に突きつけられるような暴行を受けた女たちのことでも、ああやって声をあげるんだろうか。

この一節には、モトリー自身が長らく抱いてきた違和感がこめられている。なぜブラックの女たちは、子どもの頃から身近な男たちの世話をするように言い聞かせられるのか。なぜ親たちは、警察や白人がそばにいるときの行動について子どもたちに言い含めながら、警官による女性への性暴力については警告しないのか。ジョージ・フロイド事件はアメリカ全土におよぶ抗議運動の契機となったが、ブラックの女性への性加害に抗議するデモはなぜこれほど少ないのか。ティーンエイジャーになってからというもの、モトリーの違和感は深まるばかりだった。「ブラックの女の子たちは特にそうですが、ティーンエイジャーでいると納得できないことばかりです。女として性的に見られながら、子どもとして見下されるんですから。『いやいや、まだ若いからなにもわかっていないんだ』と言って」

（二〇二二年七月・八月〈マザー・ジョーンズ〉）

さまざまなインタビューにおいて、モトリーは幾度となく「無防備な（vulnerable）」という言葉を使っている。本作に出てくる子どもはトレバーだけではない。キアラもまた子どもであり、無防備《vulnerable》な被害者だ。そして、大陪審の最中に文字どおり血を流しながら「わたしは子どもだった」、わたしは無防備だったと繰り返すことで、キアラは自分も被害者であったと認めることにはじめて成功している。大陪審の結果、結局裁判はおこなわれず、キアラが賠償金を得ることはなかった。おそらく、マーカスが刑務所を出ることも望めないだろう。トレバーと一緒に暮らせる日も二度と来ない。日に見える形では、問題はなにひとつ解決していない。だが、キアラはそれほどの状況にありながら、被害を透明化されることに確かに抗い、自分はケアをするだけの人間ではなくケアをされる権利があると自覚し、「わたしは子どもだった」という短い言葉で、その権利があることを訴えた。十三歳の頃、テレビの中で自責の言葉を口にする被害女性を見たモトリーは、「当事者でいるうちに」本作を書くことで、あなたは悪くない、ただ無防備だったのだと連帯を示している。

二〇二二年に刊行された本作は、キエセ・レイモンやジェイムズ・マクブライドらから熱烈な推薦文を寄せられ、またたく間に〈ニューヨーク・タイムズ〉紙のベストセラーリストにランクインした。前述のとおり、史上最年少でブッカー賞の十三候補作のうちの一作にえらばれると、国内外で注目を集めた。〈オプラズ・ブック・クラブ〉でも番組史上では最年少作家として本作が紹介され、大きな話題を呼んだ。辛口で知られる〈カーカス・レビュー〉で星付きのレビューを獲得したほか、ラムダ文学賞のレズビアン部門で最終候補に選ばれ、ペン／フォークナー賞が後援する賞のひとつ〈ジョセフィン・マイルズ〉賞を受賞した。

華々しくデビューしたモトリーは「息をするだけ、みたいな時間を作るのは大変」（二〇二三年六月〈ロサンゼルス・タイムズ〉）と本音をもらしつつ、創作のペースは落としていない。二〇二四年四月には初の詩集*woke up no light*がクノッフ社から刊行され、二〇二五年六月にはおなじくクノッフ社から小説*The Girls Who Grew Big*が刊行予定だ。

しばらくは多忙の中スミス・カレッジに通っていたが、二年生の前期になると執筆と学業の両立に限界を感じ、退学を決意した。本作の執筆中も、作品に集中したいという理由でオークランド芸術学校の卒業を早めている。彼女にとっては、どんなときも書くことこそが最優先事項なのだ。

大学を辞めたもうひとつの理由は、マサチューセッツ州で暮らすうちに、オークランドに戻りたいという思いが切実なものになったからだった。オークランドという街が持つ負の側面や危険性を描きながら、モトリーは生まれ育ったこの街を愛している。同様に、目を覆いたくなるような悲惨な状況を描きながら、そこでもなお失われない美しさを描く。差別と貧困によって亡くなったキアラの父親のことを描きながら、そこには音楽とダンスの気配がある。モトリー自身、「ブラックの登場人物の人生も経験も全部描くことが、わたしにとっては大切なんです」と語る（二〇二二年六月〈ロサンゼルス・タイムズ〉）。本作は美しい結末を迎えるが、やはりその場面にも、悲しみと幸福が実に複雑に絡み合っている。だからこそ、わたしたち読者は、本を閉じたあともこの結末について考え続けることをやめられないのだろう。

最後になりましたが、編集の窪木竜也さんと三井珠嬉さん、校正の宮本いづみさん、訳者質問に丁寧に答えてくださったレイラ・モトリーに心から感謝いたします。

二〇二四年十一月

訳者略歴　翻訳家　訳書『消失の惑星《ほし》』ジュリア・フィリップス，『トラスト―絆／わが人生／追憶の記／未来―』エルナン・ディアズ（ともに早川書房刊），『ピクニック・アット・ハンギングロック』ジョーン・リンジー，『わたしはイザベル』エイミー・ウィッティング，『サリンジャーと過ごした日々』ジョアンナ・ラコフ他多数

夜《よる》の底《そこ》を歩《ある》く

2025年1月10日　初版印刷
2025年1月15日　初版発行

著者　レイラ・モトリー

訳者　井上《いのうえ》　里《さと》

発行者　早川　浩

発行所　株式会社早川書房
東京都千代田区神田多町2－2
電話　03－3252－3111
振替　00160－3－47799
https://www.hayakawa-online.co.jp

印刷所　株式会社亨有堂印刷所
製本所　大口製本印刷株式会社

Printed and bound in Japan

ISBN978-4-15-210391-8　C0097